王安忆

长篇小说

长恨歌

人民文学出版社

图书在版编目(CIP)数据

长恨歌/王安忆著.—北京:人民文学出版社,2018 (2023.6重印)
(王安忆长篇小说)
ISBN 978-7-02-014424-2

Ⅰ.①长… Ⅱ.①王… Ⅲ.①长篇小说—中国—当代 Ⅳ.①I247.5

中国版本图书馆 CIP 数据核字(2018)第 164276 号

策划编辑 **杨 柳**
责任编辑 **刘 稚**
装帧设计 **刘 远**
责任印制 **张 娜**

出版发行 **人民文学出版社**
社　　址 **北京市朝内大街 166 号**
邮政编码 100705

印　　刷 **三河市宏盛印务有限公司**
经　　销 **全国新华书店等**

字　　数 300 **千字**
开　　本 850 **毫米**×1168 **毫米** 1/32
印　　张 13.125 **插页** 2
印　　数 23001—26000
版　　次 2004 **年** 5 **月北京第** 1 **版**
印　　次 2023 **年** 6 **月第** 8 **次印刷**

书　　号 978-7-02-014424-2
定　　价 45.00 **元**

目　　录

第一部

第二部

第三部

第一部

第一章

1. 弄　堂

站一个制高点看上海，上海的弄堂是壮观的景象。它是这城市背景一样的东西。街道和楼房凸现在它之上，是一些点和线，而它则是中国画中称为皴法的那类笔触，是将空白填满的。当天黑下来，灯亮起来的时分，这些点和线都是有光的，在那光后面，大片大片的暗，便是上海的弄堂了。那暗看上去几乎是波涛汹涌，几乎要将那几点几线的光推着走似的。它是有体积的，而点和线却是浮在面上的，是为划分这个体积而存在的，是文章里标点一类的东西，断行断句的。那暗是像深渊一样，扔一座山下去，也悄无声息地沉了底。那暗里还像是藏着许多礁石，一不小心就会翻了船的。上海的几点几线的光，全是叫那暗托住的，一托便是几十年。这东方巴黎的璀璨，是以那暗作底铺陈开，一铺便是几十年。如今，什么都好像旧了似的，一点一点露出了真迹。晨曦一点一点亮起，灯光一点一点熄灭。先是有薄薄的雾，光是平直的光，勾出轮廓，细工笔似的。最先跳出来的是老式弄堂房顶的老虎天窗，它们在晨雾里有一种精致乖巧的模样，那木框窗扇是细雕细做的；那屋披上的瓦是细工细排的；窗台上花盆里的月季花也是细心细养的。然后晒台也出来了，有隔夜的衣衫，滞着不动的，像画上的衣衫；晒台矮墙上的水泥脱落了，露出锈红色的砖，也像是画上的，一笔一画都清晰的。再接着，山墙上的裂纹也现出了，还有点点绿苔，有触手的凉意似的。第一缕阳光是在山墙上的，这是很美的图画，几乎是绚烂的，又有些荒凉；是新鲜的，又是有年头的。这时候，弄底的水泥地还在晨雾里头，后弄要比前弄的雾更重一些。新式里弄的铁栏杆的阳台上也有了阳光，在落地的长窗上折出了反光。这是比较锐利的一笔，带有揭开帷幕，划开夜与昼的意思。雾终被阳光驱散了，什么都加重了颜色，绿苔原来是黑的，窗框的木头也是发黑的，阳台的黑铁栏杆却是生了黄锈，山墙的裂缝里倒长出绿色的草，飞在天空里的白鸽成了灰鸽。

上海的弄堂是形形种种，声色各异的。它们有时候是那样，有时候是这样，莫衷一是的模样。其实它们是万变不离其宗，形变神不变的，它们是倒过来倒过去最终说的还是那一桩事，千人千面，又万众一心的。那种石窟门弄堂是上海弄堂里最有权势之气的一种，它们带有一些深宅大院的遗传，有一副官邸的脸面，它们将森严壁垒全做在一扇门和一堵墙上。一旦开进门去，院子是浅的，客堂也是浅的，三步两步便走穿过去，一道木楼梯在了头顶。木楼梯是不打弯的，直抵楼上的闺阁，那二楼的临了街的窗户便流露出了风情。上海东区的新式里弄是放下架子的，门是镂空雕花的矮铁门，楼上有探身的窗还不够，还要做出站脚的阳台，为的是好看街市的风景。院里的夹竹桃伸出墙外来，锁不住的春色的样子。但骨子里头却还是防范的，后门的锁是德国造的弹簧锁，底楼的窗是有铁栅栏的，矮铁门上有着尖锐的角，天井是围在房中央，一副进得来出不去的样子。西区的公寓弄堂是严加防范的，房间都是成套，一扇门关死，一夫当关万夫莫开的架势，墙是隔音的墙，鸡犬声不相闻的。房子和房子是隔着宽阔地，老死不相见的。但这防范也是民主的防范，欧美风的，保护的是做人的自由，其实是想做什么就做什么，谁也拦不住的。那种棚户的杂弄倒是全面敞开的样子，牛毛毡的屋顶是漏雨的，板壁墙是不遮风的，门窗是关不严的。这种弄堂的房屋看上去是鳞次栉比，挤挤挨挨，灯光是如豆的一点一点，虽然微弱，却是稠密，一锅粥似的。它们还像是大河一般有着无数的支流，又像是大树一样，枝枝杈杈数也数不清。它们阡陌纵横，是一张大网。它们表面上是袒露的，实际上却神秘莫测，有着曲折的内心。黄昏时分，鸽群盘桓在上海的空中，寻找着各自的巢。屋脊连绵起伏，横看成岭竖成峰的样子。站在制高点上，它们全都连成一片，无边无际的，东南西北有些分不清。它们还是如水漫流，见缝就钻，看上去有些乱，实际上却是错落有致的。它们又辽阔又密实，有些像农人撒播然后丰收的麦田，还有些像原始森林，自生自灭的。它们实在是极其美丽的景象。

上海的弄堂是性感的，有一股肌肤之亲似的。它有着触手的凉和暖，是可感可知，有一些私心的。积着油垢的厨房后窗，是专供老妈子一里一外扯闲篇的；窗边的后门，是供大小姐提着书包上学堂读书，和男先生幽会的；前边大门虽是不常开，开了就是有大事情，是专为贵客走动，贴婚丧嫁娶的告示的。它总是有一点按捺不住的兴奋，跃跃然的，有点絮叨的。晒台和阳台，还有窗畔，都留着些窃窃私语，夜间的敲门声也是此起彼落。还是要站一个制高点,再找一个好角度:弄堂里横七竖八晾衣竹竿上的衣物,带有点私情的味道;花盆里栽的凤仙花、宝石花和青葱青蒜,也是私情的性质;屋顶上空着的鸽笼,是一颗空着的心;碎了和乱了的瓦片,也是心和身子的象征。那沟壑般的弄底,有的是水泥铺的,有的是石卵拼的。水泥铺的到底有些隔心隔肺,石卵路则手心手背都是肉的感觉。两种弄底的脚步声也是两种,前种是清脆响亮的,后种却是吃进去,闷在肚里的;前种说的是客套,后种是肺腑之言,两种都不是官面文章,都是每日里免不了要说的家常话。上海的后弄更是要钻进人心里去的样子,那里的路面是饰着裂纹的,阴沟是溢水的,水上浮着鱼鳞片和老菜叶的,还有灶间的油烟气的。这里是有些脏兮兮,不整洁的,最深最深的那种隐私也裸露出来的,有点不那么规矩的。因此,它便显得有些阴沉。太阳是在午后三点的时候才照进来,不一会儿就夕阳西下了。这一点阳光反给它罩上一层暧昧的色彩,墙是黄黄的,面上的粗粝都凸现起来,沙沙的一层。窗玻璃也是黄的,有着污迹,看上去有一些花的。这时候的阳光是照久了,有些压不住的疲累的,将最后一些沉底的光都迸出来照耀,那光里便有了许多沉积物似的,是黏稠滞重,也是有些不干净的。鸽群是在前边飞的,后弄里飞着的是夕照里的一些尘埃,野猫也是在这里出没的。这是深入肌肤,已经谈不上是亲是近,反有些起腻,暗底里生畏的,却是有一股蚀骨的感动。

上海弄堂的感动来自于最为日常的情景,这感动不是云水激荡的,而是一点一点累积起来。这是有烟火人气的感动。那一条条一排排的里巷,流动着一些意料之外又情理之中的东西,东西不是什么大东西,但琐琐细细,聚沙也能成塔的。那是和历史这类概念无关,连野史都难称上,只能叫作流言的那种。流言是上海弄堂的又一景观,它几乎是可视可见的,也是从后窗和后门里流露出来。前门和前阳台所流露的则要稍微严正一些,但也是流言。这些流言虽然算不上是历史,却也有着时间的形态,是循序渐进有因有果的。这些流言是贴肤贴肉的,不是故纸堆那样冷淡刻板的,虽然谬误百出,但谬误也是可感可知的谬误。在这城市的街道灯光辉煌的时候,弄堂里通常只在拐角上有一盏灯,带着最寻常的铁罩,罩上生着锈,蒙着灰尘,灯光是昏昏黄黄,下面有一些烟雾般的东西滋生和蔓延,这就是酝酿流言的时候。这是一个晦涩的时刻,有些不清不白的,却是伤人肺腑。鸽群在笼中叽叽哝哝的,好像也在说着私语。街上的光是名正言顺的,可惜刚要流进弄口,便被那暗吃掉了。那种有前客堂和左右厢房的房子里的流言是要老派一些的,带薰衣草的气味的;而带亭子间和拐角楼梯的弄堂房子的流言则是新派的,气味是樟脑丸的气味。无论老派和新派,却都是有一颗诚心的,也称得上是真情的。那全都是用手掬水,掬一捧漏一半地掬满一池,燕子衔泥衔一口掉半口地筑起一巢的,没有半点偷懒和取巧。上海的弄堂真是见不得的情景,它那背阴处的绿苔,其实全是伤口上结的疤一类的,是靠时间抚平的痛处。因它不是名正言顺,便都长在了阴处,长年见不到阳光。爬墙虎倒是正面的,却是时间的帷幕,遮着盖着什么。鸽群飞翔时,望着波涛连天的弄堂的屋瓦,心是一刺刺的疼痛。太阳是从屋顶上喷薄而出,坎坎坷坷的,光是打折的光,这是由无数细碎集合而成的壮观,是由无数耐心集合而成的巨大的力。

2. 流　　言

流言总是带着阴沉之气。这阴沉气有时是东西厢房的薰衣草气味，有时是樟脑丸气味，还有时是肉砧板上的气味。它不是那种板烟和雪茄的气味，也不是六六粉和敌敌畏的气味。它不是那种阳刚凛冽的气味，而是带有些阴柔委婉的，是女人家的气味。是闺阁和厨房的混淆的气味，有点脂粉香，有点油烟味，还有点汗气的。流言还都有些云遮雾罩，影影绰绰，是哈了气的窗玻璃，也是蒙了灰尘的窗玻璃。这城市的弄堂有多少，流言就有多少，是数也数不清，说也说不完的。这些流言有一种蔓延的洇染的作用，它们会把一些正传也变成流言一般暧昧的东西，于是，什么是正传，什么是流言，便有些分不清。流言是真假难辨的，它们假中有真，真中有假，也是一个分不清。它们难免有着荒诞不经的面目，这荒诞也是女人家短见识的荒诞，带着些少见多怪，还有些幻觉的。它们在弄堂这种地方，从一扇后门传进另一扇后门，转眼间便全世界皆知了。它们就好像一种无声的电波，在城市的上空交叉穿行；它们还好像是无形的浮云，笼罩着城市，渐渐酿成一场是非的雨。这雨也不是什么倾盆的雨，而是那黄梅天里的雨，虽然不暴烈，却是连空气都湿透的。因此，这流言是不能小视的，它有着细密绵软的形态，很是纠缠的。上海每一条弄堂里，都有着这样是非的空气。西区高尚的公寓弄堂里，这空气也是高朗的，比较爽身，比较明澈，就像秋日的天，天高云淡的；再下来些的新式弄堂里，这空气便要混浊一些，也要波动一些，就像风一样，吹来吹去；更低一筹的石窟门老式弄堂里的是非空气，就又不是风了，而是回潮天里的水汽，四处可见污迹的；到了棚户的老弄，就是大雾天里的雾，不是雾开日出的雾，而是浓雾作雨的雾，弥弥漫漫，五步开外就不见人的。但无论哪一种弄堂，这空气都是渗透的，无处不在。它们可说是上海弄堂的精神性质的东西。上海的弄堂如果能够说话，说出来的就一定是流言。它们是上海弄堂的思想，昼里夜里都在传播。上海弄堂如果有梦的话，那梦，也就是流言。

流言总是鄙陋的。它有着粗俗的内心，它难免是自甘下贱的。它是阴沟里的水，被人使用过，污染过的。它是理不直气不壮，只能背地里嘁嘁喳喳的那种。它是没有责任感，不承担后果的，所以它便有些随心所欲，如水漫流。它均是经不起推敲，也没人有心去推敲的。它有些像言语的垃圾，不过，垃圾里有时也可淘出真货色的。它们是那些正经话的作了废的边角料，老黄叶片，米里边的稗子。它们往往有着不怎么正经的面目，坏事多，好事少，不干净，是个腌臜货。它们其实是用最下等的材料制造出来的，这种下等材料，连上海西区公寓里的小姐都免不了堆积了一些的。但也唯独这些下等的见不得人的材料里，会有一些真东西。这些真东西是体面后头的东西，它们是说给自己也不敢听的，于是就拿来，制作流言了。要说流言的好，便也就在这真里面了。这真却有着假的面目，是在假里作真的，虚里作实，总有些改头换面，声东击西似的。这真里是有点做人的胆子的，是不怕丢脸的胆子，放着人不做却去做鬼的胆子，唱反调的胆子。这胆子里头则有着一些哀意了。这哀意是不遂心不称愿的哀，有些气在里面的，哀是哀，心却是好高骛远的，唯因这好高骛远，才带来了失落的哀意。因此，这哀意也是粗鄙的哀意，不是唐诗宋词式的，而是街头切口的一种。这哀意便可见出了重量，它是沉底的，是哀意的积淀物，不是水面上的风花雪月。流言其实都是沉底的东西，不是千淘万洗，百炼千锤的，而是本来就有，后来也有，洗不净，炼不精的，是做人的一点韧，打断骨头连着筋，打碎牙齿咽下肚，死皮赖脸的那点韧。流言难免是虚张声势，危言耸听，魑魅魍魉一起来，它们闻风而动，随风而去，摸不到头，抓不到尾。然而，这城市里的真心，却唯有到流言里去找的。无论这城市的外表有多华美，心却是一颗粗鄙的心，那心是寄在流言里的，流言是寄在上海的弄堂里的。这东方巴黎遍布远东的神奇传说，剥开壳看，其实就是流言的芯子。就好像珍珠的芯子，其实是粗糙的沙粒，流言就是这颗沙粒一样的东西。

流言是混淆视听的，它好像要改写历史似的，并且是从小处着手。它蚕食般地一点一点咬噬着书本上的记载，还像白蚁侵蚀华厦大屋。它是没有章法，乱了套的，也不按规矩来，到哪算哪的，有点流氓地痞气的。它不讲什么长篇大论，也不讲什么小道细节，它只是横着来。它是那种偷袭的方法，从背后撩上一把，转过身却没了影，结果是冤无头，债无主。它也没有大的动作，小动作却是细细碎碎的没个停，然后敛少成多，细流汇大江。所谓“谣言蜂起”，指的就是这个，确是如蜂般嗡嗡嘤嘤的。它是有些卑鄙的，却也是勤恳的。它是连根火柴梗都要拾起来作引火柴的，见根线也拾起来穿针用的。它虽是捣乱也是认真恳切，而不是玩世不恭，就算是谣言也是悉心编造。虽是无根无凭，却是有情有义。它们是自行其是，你说你的，它说它的，什么样的有公论的事情，在它都是另一番是非。它且又不是持不同政见,它是一无政见,对政治一窍不通,它走的是旁门别道,同社会不是对立也不是同意,而是自行一个社会。它是这社会的旁枝错节般的东西,它引不起社会的警惕心,因此,它的暗中作祟往往能够得逞。它们其实是一股不可小视的力量,有点“大风始于青萍之末”的意味。它们是背离传统道德的,却不以反封建的面目,而是一味地伤风败俗,是典型的下三烂。它们又敢把皇帝拉下马,也不以共和民主的面目,而是痞子的作为,也是典型的下三烂。它们是革命和反革命都不齿的,它们被两边的力量都抛弃和忽略。它们实在是没个正经样,否则便可上升到公众舆论这一档里去明修栈道,如今却只能暗度陈仓,走的是风过耳。风过耳就风过耳,它也不在乎,它本是四海为家的,没有创业的观念。它最是没有野心,没有抱负,连头脑也没有的。它只有着作乱生事的本能,很茫然地生长和繁殖。它繁殖的速度也是惊人的,鱼撒子似的。繁殖的方式也很多样,有时环扣环,有时套连套,有时谜中谜,有时案中案。它们弥漫在城市的空中,像一群没有家的不拘形骸的浪人,其实,流言正是这城市的浪漫之一。

流言的浪漫在于它无拘无束能上能下的想象力。这想象力是龙门能跳狗洞能钻的,一无清规戒律。没有比流言更能胡编乱造,信口雌黄的了。它还有无穷的活力,怎么也扼它不死,是野火烧不尽,春风吹又生的。它是那种最卑贱的草籽,风吹到石头缝里也照样生根开花。它又是见缝就钻,连闺房那样帷幕森严的地方都能出入的。它在大小姐花绷上的绣花针上流连,还在女学生的课余读物,那些哀情小说的书页流连,书页上总是有些泪痕的。台钟滴滴答答走时声中,流言一点一点在滋生;洗胭脂的水盆里，流言一点一点在滋生。隐秘的地方往往是流言丛生的地方，隐私的空气特别利于流言的生长。上海的弄堂是很藏得住隐私的，于是流言便漫生漫长。夜里边，万家万户灭了灯，有一扇门缝里露出的一线光，那就是流言；床前月亮地里的一双绣花拖鞋，也是流言；老妈子托着梳头匣子，说是梳头去，其实是传播流言去；少奶奶们洗牌的哗哗声，是流言在作响；连冬天没有人的午后，天井里一跳一跳的麻雀，都在说着鸟语的流言。这流言里有一个“私”字，这“私”字里头是有一点难言的苦衷。这苦衷不是唐明皇对杨贵妃的那种，也不是楚霸王对虞姬的那种，它不是那种大起大落、可歌可泣、悲天恸地的苦衷，而是狗皮倒灶，牵丝攀藤，粒粒屑屑的。上海的弄堂是藏不住大苦衷的。它的苦衷都是割碎了平均分配的，分到各人名下也就没有多少的。它即便是悲，即便是恸，也是悲在肚子里，恸在肚子里，说不上戏台子去供人观赏，也编不成词曲供人唱的，那是怎么来怎么去都只有自己知道，苦来苦去只苦自己，这也就是那个“私”字的意思，其实也是真正的苦衷的意思。因此，这流言说到底是有一些痛的，尽管痛的不是地方，倒也是钻心钻肺的。这痛都是各人痛各人，没有什么共鸣，也引不起同情，是很孤单的痛。这也是流言的感动之处。流言产生的时刻，其实都是悉心做人的时刻。上海弄堂里的做人，是悉心悉意，全神贯注的做人，眼睛只盯着自己，没有旁骛的。不想创造历史，只想创造自己的，没有大志气，却用尽了实力的那种。这实力也是平均分配的实力，各人名下都有一份。

3．闺　阁

在上海的弄堂房子里，闺阁通常是做在偏厢房或是亭子间里，总是背阴的窗，拉着花窗帘。拉开窗帘，便可看见后排房子的前客堂里，人家的先生和太太，还有人家院子里的夹竹桃。这闺阁实在是很不严密的。隔墙的亭子间里，抑或就住着一个洋行里的实习生，或者失业的大学生，甚至刚出道的舞女。那后弄堂，又是个藏污纳垢的场所。老妈子的村话，包车夫的俚语，还有那隔壁大学生的狐朋狗友一日三回地来，舞女的小姊妹也三日一回地来。夜半时分，那几扇后门的动静格外地清晰，好像马上就跳出个什么轶事来似的。就说那对面人家的前客堂里的先生太太，做的是夫妻的样子，说不准却是一对狗男女，不几日就有打上门来的，碎玻璃碎碗一片响。还怕的是弄底里有一大户人家，再有个小姐，读的中西女中一类的好学校，黑漆大门里有私家轿车进去出来，圣诞节、生日有派推的钢琴声响起来，一样的女儿家，却是两种闺阁，便由不得怨艾之心生起，欲望之心也生起。这两种心可说是闺阁生活的大忌，祸根一样的东西，本是如花蕊一样纯洁娇嫩的闺阁，却做在这等嘈杂混淆的地方，能有什么样遭际呢?

月光在花窗帘上的影，总是温存美丽的。逢到无云的夜，那月光会将屋里映得通明。这通明不是白日里那种无遮无拦的通明，而是蒙了一层纱的，婆婆娑娑的通明。墙纸上的百合花，被面上的金丝草，全都像用细笔描画过的，清楚得不能再清楚。隐隐约约地，好像有留声机的声音传来，像是唱的周璇的《四季歌》。无论是多么嘈杂混淆的地方，闺阁总还是宁静的。卫生香燃到一半，那一半已经成灰尘；自鸣钟十二响只听了六响，那一半已经入梦。梦也是无言无语的梦。在后弄的黑洞洞的窗户里，不知哪个就嵌着这样纯洁无瑕的梦，这就像尘嚣之上的一片浮云，恍惚而短命，却又不知自己的命短，还是一夜复一夜的。绣花绷上的针脚，书页上的字，都是细细密密，一行复一行，写的都是心事。心事也是无声无息的心事，被月光浸透了的，格外的醒目，又格外的含蓄，不知从何说起的样子。那月亮西去，将明未明，最黑漆漆的一刻里，梦和心事都偃息了，晨曦亮起，便雁过无痕了。这是万籁俱寂的夜晚里的一点活跃，活跃也是雅致的活跃，温柔似水的活跃。也是尘嚣上的一片云。早晨的揭开的花窗帘后面的半扇窗户，有一股等待的表情，似乎是酝酿了一夜的等待。窗玻璃是连个斑点也没有的。屋子里连个人影都没有的，却满满的都是等待。等待也是无名无由的等待，到头总是空的样子。到头总是空却也是无怨又无哀。这是骚动不安闻鸡起舞的早晨唯一的一个束手待毙。无依无靠的，无求无助的，却是满怀热望。这热望是无果的花，而其他的全是无花的果。这是上海弄堂里的一点冰清玉洁。屋顶上放着少年的鸽子，闺阁里收着女儿的心。照进窗户的阳光已是西下的阳光，唱着悼歌似的，这是最后关头的倾说。这也是热火朝天的午后里仅有的一点无可奈何。这点无可奈何是带有一些古意的，有点诗词弦管的意境，是可供吟哦的，可是有谁来听呢？它连个浮云都不是，浮云会化风化雨，它却只能化成一阵烟，风一吹就散，无影无踪。上海弄堂里的闺阁，说不好就成了海市蜃楼，流光溢彩的天上人间，却转瞬即逝。

上海弄堂里的闺阁，其实是变了种的闺阁。它是看一点用一点，极是虚心好学，却无一定之规。它是白手起家和拿来主义的。贞女传和好莱坞情话并存，阴丹士林蓝旗袍下是高跟鞋，又古又摩登。“浔阳江头夜送客，枫叶荻花秋瑟瑟”也念，“当我们年轻的时候”也唱。它也讲男女大防，也讲女性解放。出走的娜娜是她们的精神领袖，心里要的却是《西厢记》里的莺莺，折腾一阵子还是郎心似铁，终身有靠。它不能说没规矩，而是规矩太杂，虽然莫衷一是，也叫她们嫁接得很好，是杂糅的闺阁。也不能说是掺了假，心都是一颗诚心，认的都是真。终也是朝起暮归，农人种田一般经营这一份闺阁。她们是大家子小家子分不大清，正经不正经也分不清的，弄底黑漆大门里的小姐同隔壁亭子间里舞女都是她们的榜样，端庄和风情随便挑的。姆妈要她们嫁好人家，男先生策反她们闹独立，洋牧师煽动她们皈依主。橱窗里的好衣服在向她们招手，银幕上的明星在向她们招手，连载小说里的女主角在向她们招手。她们人在闺阁里坐，心却向了四面八方。脚下的路像有千万条，到底还是千条江河归大海的。她们嘴里念着洋码儿，心里记挂着旗袍的料子。要说她们的心是够野的，天下都要跑遍似的，可她们的胆却那么小，看晚场电影都要娘姨接和送。上学下学，则是结伴成阵才敢在马路上过的，还都是羞答答的。见个陌生人，头也不敢抬，听了二流子的浪声谑语，气得要掉眼泪。所以，这也是自相矛盾，自己苦自己的闺阁。

午后的闺阁，真是要多烦人有多烦人的。春夏的时候，窗是推开的，梧桐上的蝉鸣，弄口的电车声，卖甜食的梆子声，邻家留声机的歌唱声，一股脑儿地钻进来，搅扰着你的心。最恼人的是那些似有似无的琐细之声，那是说不出名目和来历，嘀里嘟噜的，这是声音里暧昧不明的一种，闪烁其词的一种，赶也赶不走，捉也捉不住的一种。那午后多半是闲来无事，一颗心里，全叫这莫名的声音灌满，是无聊倍加。秋冬时节则是阴霾连日，江南的阴霾是有分量的，重重地压着你的心。静是静的，连个叹息声都是咽回肚里去的，再化成阴霾出来的。炭盆里的火本是为了驱散那阴霾，不料却也叫阴霾压得喘不过气来，晦晦涩涩地明灭着。午后的明和暗、暖和寒全是来扰人的。醒着，扰你的耳目；睡着，扰你的梦；做女工，扰你的针线；看书，扰的是书上的字句；要是有两个人坐在一处说话，便扰着你的言语。午后是一日里正过到中途，是一日之希望接近尾声的等待，不耐和消沉相继而来，希望也是挣扎的希望。它是闺阁里的苍凉暮年，心都要老了，做人却还没开头似的。想到这，心都要绞起来了，却又不能与人说，说也说不明的。上海弄堂里的闺阁，也是看不得的。人家院里的夹竹桃，红云满天，自家窗前的，是寂寞梧桐；上海的天空都叫霓虹灯给映红了，自家屋里终是一盏孤灯，一架嘀嘀答答的钟，数着年华似的。年华是好年华，却是经不得数的。午后是闺阁的多事之秋，带有一股饥不择食的慌乱劲儿，还带有不顾一切的鲁莽劲儿，什么都不计较了，酿成大祸，贻误终身都无悔了，有点像飞蛾扑灯。所以，这午后是陷阱一般的，越是明丽越是危险。午后的明丽总是那么不祥，玩着什么花招似的，风是撩人的，影也是撩人的，人是没有提防的。留声机里，周璇的《四季歌》，从春数到冬，唱的都是好景致，也是蛊惑人心，什么都挑好的说。屋顶上放飞的鸽子，其实放的都是闺阁的心，飞得高高的，看那花窗帘的窗，别时容易见时难的样子，还是高处不胜寒的样子。

上海弄堂里的闺阁，是八面来风的闺阁，愁也是喧喧嚣嚣的愁。后弄里的雨，写在窗上是个水淋淋的“愁”字；后弄的雾，是个模棱两可的愁，又还都是催促，催什么，也没个所以然。它消耗着做女儿的耐心，也消耗着做人的耐心，它免不了有种箭在弦上，钗在匣中，伺机待发的情势。它真是一日比一日难挨，回头一看却又时日苦短，叫人不知怎么好的。闺阁是上海弄堂的天真，一夜之间，从嫩走到熟，却是生生灭灭，永远不息，一代换一代的。闺阁还是上海弄堂的幻觉，云开日出便灰飞烟散，却也是一幕接一幕，永无止境。

4. 鸽　子

鸽子是这城市的精灵。每天早晨，有多少鸽子从波涛连绵的屋顶飞上天空！它们是唯一的俯瞰这城市的活物，有谁看这城市有它们看得清晰和真切呢？许多无头案，它们都是证人。它们眼里，收进了多少秘密呢？它们从千家万户窗口飞掠而过，窗户里的情景一幅接一幅，连在一起。虽是日常的情景，可因为多，也能堆积一个惊心动魄。这城市的真谛，其实是为它们所领略的。它们早出晚归，长了不少见识。而且它们都有极好的记忆力，过目不忘的，否则如何能解释它们的认路本领呢？我们如何能够知道，它们是以什么来做识路的标记？它们是连这城市的犄犄角角都识辨清楚的。前边说的制高点，其实指的就是它们的视点。有什么样的制高点，是我们人类能够企及和立足的呢？像我们人类这样的两足兽，行动本不是那么自由的，心也是受到拘禁的，眼界是狭小得可怜。我们生活在同类之中，看见的都是同一件事情，没有什么新发现的。我们的心里是没什么好奇的，什么都已经了然似的，因为我们看不见特别的东西。鸽子就不同了，它们每天傍晚都满载而归。在这城市上空，有多少双这样的眼睛啊！

大街上的景色是司空见惯，日复一日的。这是带有演出性质，程式化的，虽然灿烂夺目，五色缤纷，可却是俗套。霓虹灯翻江倒海，橱窗也是千变万化，其实是俗套中的俗套。街上走的人，都是戴了假面具的人，开露天派推的人，笑是应酬的笑，言语是应酬的言语，连俗套都称不上，是俗套外面的壳子。弄堂景色才是真景色。它们和街上的景色正好相反，看上去是面目划一，这一排房屋和那一排房屋很相像，有些分不清，好像是俗套，其实里面却是花样翻新，一件件，一宗宗，各是各的路数，摸不着门槛。隔一堵墙就好比隔万重山，彼此的情节相去十万八千里。有谁能知道呢？弄堂里的无头案总是格外的多，一桩接一桩的。那流言其实也是虚张声势，认真起来又不管用了，还是两眼一抹黑。弄堂里的事又是公说公有理，婆说婆有理，没有个公断，真相不明的，流言更是搅稀泥。弄堂里的景色，表面清楚，里头乱成了一团麻，剪不断，理还乱。在那窗格子里的人，都是当事人，最为糊涂的一类，经多经久了，又是最麻木的一类，睁眼瞎一样的。明眼的是那会飞的畜生，它们穿云破雾，且无所不到，它们真是自由啊！这自由实在撩人心。大街上的景色为它们熟视无睹，它们锐利的眼光很能捕捉特别的非同寻常的事情，它们的眼光还能够去伪存真，善于捕捉意义。它们是非常感性的。它们不受陈规陋习的束缚，它们几乎是这城市里唯一的自然之子了。

它们在密密匝匝的屋顶上盘旋，就好像在废墟的瓦砾堆上盘旋，有点劫后余生的味道，最后的活物似的。它们飞来飞去，其实是带有一些绝望的，那收进眼睑的形形色色，也都不免染上了悲观的色彩。

应当说，这城市里还有一样会飞的生物，那就是麻雀。可麻雀却是媚俗的，飞也飞不高的。它们一飞就飞到人家的阳台上或者天井里，啄吃着水泥裂缝里的残汤剩菜，有点同流合污的意思。它们是弄堂的常客，常客也是不受尊重的常客，被人赶来赶去，也是自轻自贱。它们是没有智慧的，是鸟里的俗流。它们看东西是比人类还要差一等的，因它们没有人类的文明帮忙，天赋又不够。它们与鸽子不能同日而语，鸽子是灵的动物，麻雀是肉的动物。它们是特别适合在弄堂里飞行的一种鸟，弄堂也是它们的家。它们是那种小肚鸡肠，嗡嗡嘤嘤，陷在流言中拔不出脚的。弄堂里的阴郁气，有它们的一份，它们增添了弄堂里的低级趣味。鸽子从来不在弄堂底流连，它们从不会停在阳台、窗畔和天井，去谄媚地接近人类。它们总是凌空而起，将这城市的屋顶踩在脚下。它们扑啦啦地飞过天空，带着不屑的神情。它们是多么傲慢，可也不是不近人情，否则它们怎么会再是路远迢迢，也要泣血而回。它们是人类真正的朋友，不是结党营私的那种，而是了解的，同情的，体恤和爱的。假如你看见过在傍晚的时分，那竹梢上的红布条子，在风中挥舞，召唤鸽群回来的景象，你便会明白这些。这是很深的默契，也是带有孩子气的默契。它们心里有多少秘密，就有多少同情；有多少同情，就有多少信用。鸽群是这城市最情意绵绵的景象，也是上海弄堂的较为明丽的景象，在屋顶给鸽子修个巢，晨送暮迎，是这城市的恋情一种，是城市心的温柔乡。

这城市里最深藏不露的罪与罚，祸与福，都瞒不过它们的眼睛。当天空有鸽群惊飞而起，盘旋不去的时候，就是罪罚祸福发生的时候。猝然望去，就像是太阳下骤然聚起的雨云，还有太阳里的斑点。在这水泥世界的沟壑裥褶里，嵌着多少不忍卒目的情和景。看不见就看不见吧，鸽群却是躲也躲不了的。它们的眼睛，全是被这情景震惊的神色，有泪流不出的样子。天空下的那一座水泥城，阡陌交错的弄堂，就像一个大深渊，有如蚁的生命在作挣扎。空气里的灰尘，歌舞般地飞着，做了天地的主人。还有琐细之声，角角落落地灌满着，也是天地的主人。忽听一阵鸽哨，清冽地掠过，裂帛似的，是这沉沉欲睡的天地间的一个清醒。这城市的屋顶上，有时还会有一个飞翔的东西，来与鸽群做伴，那就是风筝。它们往往被网状的电线扯断了线，或者撞折了翅翼，最后挂在屋脊和电线杆上，眼巴巴地望着鸽群。它们是对鸽子这样的鸟类的一个模拟，虽连麻雀那样的活物都不算，却寄了人类一颗天真的好高骛远的心。它们往往出自孩子的手，也出自浪荡子的手，浪荡子也是孩子，是上了岁数的孩子。孩子和浪荡子牵着它们，拼命地跑啊跑的，要把它们放上天空，它们总是中途夭折，最终飞上天空的寥寥无几。当有那么一个混入了鸽群，合着鸽哨一起飞翔，却是何等的快乐啊！清明时节，有许多风筝的残骸在屋顶上遭受着风吹雨打，是殉情的场面。它们渐渐化为屋顶上的泥土，养育着瘦弱的狗尾巴草。有时也有乘上云霄的挣断线的风筝，在天空里变成一个黑点，最后无影无踪，这是一个逃遁，怀着誓死的决心。对人类从一而终的只有鸽子了，它们是要给这城市安慰似的，在天空飞翔。这城市像一个干涸的海似的，楼房是礁石林立，还是搁浅的船只，多少生灵在受苦啊！它们怎么能弃之而去。鸽子是这无神论的城市里神一般的东西，却也是谁都不信的神，它们的神迹只有它们知道。人们只知道它们无论多远都能泣血而归。人们只是看见它们就有些喜欢。尤其是住在顶楼的人们，鸽子回巢总要经过他们的老虎天窗，是与它们最为亲近的时刻。这城市里虽然有着各式庙宇和教堂，可庙宇是庙宇，教堂是教堂，人还是那弄堂里的人。人是那波涛连涌的弄堂里的小不点儿，随波逐流的，鸽哨是温柔的报警之声，朝朝夕夕在天空长鸣。

现在，太阳从连绵的屋瓦上喷薄而出，金光四溅的。鸽子出巢了，翅膀白亮白亮。高楼就像海上的浮标。很多动静起来了，形成海的低啸。还有尘埃也起来了，烟雾腾腾。多么的骚动不安，有多少事端在迅速酝酿着成因和结果，已经有激越的情绪在穿行不止了。门窗都推开了，真是密密匝匝，有隔宿的陈旧的空气流出来了，交汇在一起，阳光变得混浊了，天也有些暗，尘埃的飞舞慢了下来。空气里有一种纠缠不清在生长，它抑制了激情，早晨的新鲜沉郁了，心底的冲动平息了，但事端在继续积累着成因，种瓜得瓜，种豆得豆的。太阳在空中渡着它日常的道路，移动着光和影，一切动静和尘埃都已进入常态，是日复一日，年复一年。所有的浪漫都平息了，天高云淡，鸽群也没了影。

5. 王 琦 瑶

王琦瑶是典型的上海弄堂的女儿。每天早上，后弄的门一响，提着花书包出来的，就是王琦瑶；下午，跟着隔壁留声机哼唱

《四季歌》的，就是王琦瑶；结伴到电影院看费雯丽主演的《乱世佳人》，是一群王琦瑶；到照相馆去拍小照的，则是两个特别要好的王琦瑶。每间偏厢房或者亭子间里，几乎都坐着一个王琦瑶。王琦瑶家的前客堂里，大都有着一套半套的红木家具。堂屋里的光线有点暗沉沉，太阳在窗台上画圈圈，就是进不来。三扇镜的梳妆桌上，粉缸里粉总像是受了潮，有点黏湿的，生发膏却已经干了底。樟木箱上的铜锁锃亮的，常开常关的样子。收音机是供听评弹、越剧，还有股票行情的，波段都有些难调，丝丝拉拉地响。王琦瑶家的老妈子，有时是睡在楼梯下三角间里，只够放一张床。老妈子是连东家洗脚水都要倒，东家使唤她好像要把工钱的利息用足的。这老妈子一天到晚地忙，却还有工夫出去讲她家的坏话，还是和邻家的车夫有什么私情的。王琦瑶的父亲多半是有些惧内，被收伏得很服帖，为王琦瑶树立女性尊严的榜样。上海早晨的有轨电车里，坐的都是王琦瑶的上班的父亲，下午街上的三轮车里，坐的则是王琦瑶的去剪旗袍料的母亲。王琦瑶家的地板下面，夜夜是有老鼠出没的，为了灭鼠抱来一只猫，房间里便有了淡淡的猫臊臭的。王琦瑶往往是家中的老大，小小年纪就做了母亲的知己，和母亲套裁衣料，陪伴走亲访友，听母亲们喟叹男人的秉性，以她们的父亲作活教材的。

王琦瑶是典型的待字闺中的女儿，那些洋行里的练习生，眼睛觑来觑去的，都是王琦瑶。在伏天晒霉的日子里，王琦瑶望着母亲的垫箱，就要憧憬自己的嫁妆的。照相馆橱窗里婚纱曳地的是出嫁的最后的王琦瑶。王琦瑶总是闭花羞月的，着阴丹士林蓝的旗袍，身影袅袅，漆黑的额发掩一双会说话的眼睛。王琦瑶是追随潮流的，不落伍也不超前，是成群结队的摩登。她们追随潮流是照本宣科,不发表个人见解,也不追究所以然,全盘信托的。上海的时装潮,是靠了王琦瑶她们才得以体现的。但她们无法给予推动,推动不是她们的任务。她们没有创造发明的才能,也没有独立自由的个性,但她们是勤恳老实,忠心耿耿,亦步亦趋的。她们无怨无艾地把时代精神披挂在身上,可说是这城市的宣言一样的。这城市只要有明星诞生,无论哪一个门类的,她们都是崇拜追逐者;报纸副刊的言情小说,她们也是倾心相随的读者。她们中间出类拔萃的,会给明星和作者写信,一般只期望得个签名而已。在这时尚的社会里,她们便是社会基础。王琦瑶还无一不是感伤主义的,也是潮流化的感伤主义,手法都是学着来的。落叶在书本里藏着,死蝴蝶是收在胭脂盒,她们自己把自己引下泪来,那眼泪也是顺大流的。那感伤主义是先做后来,手到心才到,不能说它全是假,只是先后的顺序是倒错的,是做出来的真东西。这地方什么样的东西都有摹本,都有领路的人。王琦瑶的眼睑总是有些发暗,像罩着阴影,是感伤主义的阴影。她们有些可怜见的,越发的楚楚动人。她们吃饭只吃猫似的一口,走的也是猫步。她们白得透明似的,看得见淡蓝经脉。她们夏天一律的疰夏,冬天一律的睡不暖被窝,她们需要吃些滋阴补气的草药,药香弥漫。这都是风流才子们在报端和文明戏里制造的时尚,最合王琦瑶的心境,要说,这时尚也是有些知寒知暖的。

王琦瑶和王琦瑶是有小姊妹情谊的,这情谊有时可伴随她们一生。无论何时,她们到了一起,闺阁生活便扑面而来。她们彼此都是闺阁岁月的一个标记,纪念碑似的东西;还是一个见证,能挽留时光似的。她们这一生有许多东西都是更替取代的,唯有小姊妹情谊，可说是从一而终。小姊妹情谊说来也怪，它其实并不是患难与共的一种，也不是相濡以沫的一种，它无恩也无怨的，没那么多的纠缠。它又是无家无业，没什么羁绊和保障。要说是知心，女儿家又有多少私心呢？她们更多只是个做伴，做伴也不是什么要紧的做伴，不过是上学下学的路上。她们梳一样的发式，穿一样的鞋袜，像恋人那样手挽着手。街上倘若看见这样一对少女，切莫以为是一胎双胞的姐妹，那就是小姊妹情谊，王琦瑶式的。她们相偎相依，看上去不免是有些小题大作的，然而她们的表情却是那样认真，由不得叫你也认真的。她们的做伴，其实是寂寞加寂寞，无奈加无奈，彼此谁也帮不上谁的忙，因此，倒也抽去了功利心，变得很纯粹了。每个王琦瑶都有另一个王琦瑶来做伴，有时是同学，有时是邻居，还有时是在表姐妹中间产生一个。这也是她们平淡的闺阁生活中的一个社交。她们的社交实在太少，因此她们就难免全力以赴，结果将社交变成了情谊。王琦瑶们倒都是情谊中人，追求时尚的表面之下有着一些肝胆相照。小姊妹情谊是真心对真心，虽然真心也是平淡的真心。一个王琦瑶出嫁，另一个王琦瑶便来做伴娘，带着点凭吊的意思，还是送行的意思。那伴娘是甘心衬托的神情，衣服的颜色是暗一色的，款式是老一成的，脸上的脂粉也是淡一层的，什么都是偃旗息鼓的，带了一点自我牺牲的悲壮，这就是小姊妹情谊。

上海的弄堂里，每个门洞里，都有王琦瑶在读书，在绣花，在同小姊妹窃窃私语，在和父母怄气掉泪。上海的弄堂总有着一股小女儿情态，这情态的名字就叫王琦瑶。这情态是有一些优美的，它不那么高不可攀，而是平易近人，可亲可爱的。它比较谦虚，比较温暖，虽有些造作，也是努力讨好的用心，可以接受的。它是不够大方和高尚，但本也不打算谱写史诗，小情小调更可人心意，是过日子的情态。它是可以你来我往，但也不可随便轻薄的。它有点缺少见识，却是通情达理的。它有点小心眼儿，小心眼儿要比大道理有趣的。它还有点耍手腕，也是有趣的，是人间常态上稍加点装饰。它难免有些村俗，却已经过文明的淘洗。它的浮华且是有实用作底的。弄堂墙上的绰绰月影，写的是王琦瑶的名字；夹竹桃的粉红落花，写的是王琦瑶的名字；纱窗帘后头的婆娑灯光，写的是王琦瑶的名字；那时不时窜出一声的苏州腔的柔糯的沪语，念的也是王琦瑶的名字。叫卖桂花粥的梆子敲起来了，好像是给王琦瑶的夜晚数更；三层阁里吃包饭的文艺青年，在写献给王琦瑶的新诗；露水打湿了梧桐树，是王琦瑶的泪痕；出去私会的娘姨悄悄溜进了后门，王琦瑶的梦却已不知做到了什么地方。上海弄堂因有了王琦瑶的缘故，才有了情味，这情味有点像是从日常生计的间隙中迸出的，墙缝里的开黄花的草似的，是稍不留意遗漏下来的，无心插柳的意思。这情味却好像会洇染和化解，像那种苔藓类的植物，沿了墙壁蔓延滋长，风餐露饮，也是个满眼绿，又是星火燎原的意思。其间那一股挣扎与不屈，则有着无法消除的痛楚。上海弄堂因为了这情味，便有了痛楚，这痛楚的名字，也叫王琦瑶。上海弄堂里，偶尔会有一面墙上，积满了郁郁葱葱的爬山虎，爬山虎是那些垂垂老矣的情味，是情味中的长寿者。它们的长寿也是长痛不息，上面写满的是时间的字样，日积月累的光阴的残骸，压得喘不过气来的。这是长痛不息的王琦瑶。

第二章

6. 片　厂

四十年的故事都是从去片厂这一天开始的。前一天，吴佩珍就说好，这天要带王琦瑶去片厂玩。吴佩珍是那类粗心的女孩子。她本应当为自己的丑自卑的，但因为家境不错，有人疼爱，养成了豁朗单纯的个性，使这自卑变成了谦虚，这谦虚里是很有一些实事求是的精神的。由这谦虚出发，她就总无意地放大别人的优点，很忠实地崇拜，随时准备奉献她的热诚。王琦瑶无须提防她有妒忌之心，也无须对她有妒忌之心，相反，她还对她怀有一些同情，因为她的丑。这同情使王琦瑶变得慷慨了，自然这慷慨是只对吴佩珍一个人的。吴佩珍的粗心其实只是不在乎，王琦瑶的宽待她是心领的，于是加倍地要待她好，报恩似的。一来二去的，两人便成了最贴心的朋友。王琦瑶和吴佩珍做朋友，有点将做人的重头推给吴佩珍的意思。她的好看突出了吴佩珍的丑，她的精细突出了吴佩珍的粗疏，她的慷慨突出的是吴佩珍的受恩，使吴佩珍负了债。好在吴佩珍是压得起的，她的人生任务不如王琦瑶来得重，有一点吃老本，也有一点不计较，本是一身轻，也是为王琦瑶分担的意思。这么一分担，两头便达到平衡，友情逐日加深。

吴佩珍有个表哥是在片厂做照明工，有时来玩，就穿着钉了铜扣的黄咔叽制服，有些炫耀的样子。吴佩珍本来对他是不在意的，拉拢他全是为了王琦瑶。片厂这样的地方是女学生们心向往之的地方，它生产罗曼蒂克，一种是银幕上的，人所周知的电影；一种是银幕下的，流言蜚语似的明星轶事。前者是个假，却像真的；后者是个真，倒像是假的。片厂里的人生啊，一世当作两世做的。像吴佩珍这样吃得下睡得着的女孩子，是不大有梦想的，她又只有兄弟，没有姐妹，从小做的是男孩的游戏，对女孩子的窍门反倒不在行了。但和王琦瑶做朋友以后，她的心却变细了。她是将片厂当作一件礼物一样献给王琦瑶的。她很有心机的，将一切都安排妥了，日子也定下了，才去告诉王琦瑶。不料王琦瑶却还有些勉强，说她这一天正好有事，只能向她表哥抱歉了。吴佩珍于是就一个劲儿地向王琦瑶介绍片厂的有趣，将表哥平日里吹嘘的那些事迹都搬过来，再加上自己的想象。事情一时上有些弄反了，去片厂倒是为了照顾吴佩珍似的。等王琦瑶最终拗不过她，答应换个日子再去的时候，吴佩珍便像又受了一次恩，欢天喜地去找表哥改日子。其实这一天王琦瑶并非有事，也并非对片厂没兴趣，这只是她做人的方式，越是有吸引力的事就越要保持矜持的态度，是自我保护的意思，还是欲擒故纵的意思？反正不会是没道理。吴佩珍要学会这些，还早着呢。去找表哥的路上，她满心里都是对王琦瑶的感激，觉得她是太给自己面子了。

这表哥是她舅舅家的孩子。舅舅是个败家子，把杭州城里一爿茧行吃空卖空，就离家出走，也不知去了什么地方。她母亲平素最怕这门亲戚，上门不是要钱就是要粮，也给过几句难听话，还给过几次钉子碰，后来就渐渐不来了，断了关系。忽有一日，那表哥再上门时，便是穿着这身钉了铜扣的黄咔叽制服，还带了两盒素点心，好像发了个宣言似的。自此，他每过一两月会来一次，说些片厂里的趣事，可大家都淡淡的，只有吴佩珍上了心。她按了地址去到肇嘉浜找表哥，一片草棚子里，左一个岔，右一个岔，布下了迷魂阵。一看她就是个外来的，都把目光投过去，待她要问路时，目光又都缩了回去。等她终于找到表哥的门，表哥又不在，同他合住的也是一个青年，戴着眼镜，穿的却是做工的粗布衣服，让她进屋等。她有点窘，只站在门口，自然又招来好奇的目光。天将黑的时候，才见表哥七绕八拐地走来，手里提着一个油浸浸的纸包，想是猪头肉之类的。她回到家里，已经开晚饭了，她还得编个谎搪塞她父母，也是煞费了苦心。可她无怨无艾，洗脚时看见脚底走出的泡，也觉得很值得。这晚上，吴佩珍竟也做了个关于片厂的梦，梦见水银灯下有个盛装的女人，回眸一笑，竟是王琦瑶，不由感动得醒了。她对王琦瑶的感情，有点像一个少年对一个少女，那种没有欲念的爱情，为她做什么都肯的。她在黑漆漆的房间里睁着眼，心想：片厂是个什么地方呢？

到了那一天，去往片厂的时候，吴佩珍的兴奋要远超过王琦瑶，几乎按捺不住的。有同学问她们去哪里，吴佩珍一边说不去哪里，一边在王琦瑶的胳膊上拧一下，再就是拖着王琦瑶快走，好像那同学要追上来，分享她们的快乐似的。她一路聒噪，引得许多路人回头侧目，王琦瑶告诫几次没告诫住，最后只得停住脚步，说不去了，片厂没到，洋相倒先出够了。吴佩珍这才收敛了一些。两人上车，换车，然后就到了片厂。表哥站在门口正等她们，给她们一人一个牌挂在胸前，表示是厂里的人，便可以随处乱走了。她们挂好牌，跟了表哥往里走。先是在空地上走，四处都扔了木板旧布，还有碎砖破瓦，像一个垃圾场，也像一个工地。迎面来的人，都匆匆的，埋着头走路。表哥的步子也迈得很快，有要紧事去做似的。她们两人被甩在后头，互相拉着手，努力地加快步子。下午三四点的太阳有点人意阑珊的，风贴着地吹，吹起她们的裙摆。两人心里都有些暗淡，吴佩珍也沉默下来。三人这样走了一阵，几百步的路感觉倒有十万八千里的样子，那两个跟着的已经没有耐心。表哥放慢了脚步与她们拉扯片厂里的琐事，却有点不着边际的。这些琐事在外面听起来是真事，到了里面反倒像是传闻，不大靠得住了，两人心里又有些恍惚。然后就走进了一座仓库似的大屋，一眼望过去，都是穿了制服的做工的人走来走去，爬上爬下，大声吆喝着。类似明星的，竟一个也见不着。她们跟着表哥一阵乱走，一会儿小心头上，一会儿小心脚底，很快就迷失了方向。头上脚下都是绳索之类的东西，灯光一片明一片暗的。她们好像忘记了目的，不知来到了什么地方，只是一心一意地走路。又好像走了十万八千里，表哥站住了脚，让她们就在这边看，他要去工作了。

她们站的这块地方，是有些熙攘的，人们都忙碌着，从她们的身前身后走过。好几次她们觉得挡了别人的路，忙着让开，不料却撞到另一人的身上。而明星样的人还是一个不见。她们惴惴的，心想是来错了，吴佩珍更是愧疚有加，不敢看王琦瑶的脸色。这时，灯光亮了，好像有十几个太阳相交地升起，光芒刺眼，她们这才看见面前是半间房间的摆设。那三面墙的房间看起来是布景,可里头的东西样样都是熟透的。床上的被子是七成新的,烟灰缸里留有半截烟头的,床头柜上的手绢是用过的,揉成了一团,就像是正过着日子,却被拆去了一堵墙,揪出来示众一般。看了心里有点欢喜,还有点起腻。因她们站得远,听不见那里在说什么,只见有一个穿睡袍的女人躺在床上,躺了几种姿势,一回是侧身,一回是仰天,还有一回只躺了半个身子,另半个身子垂到地上的。她的半透明的睡袍裹着身子,床已经皱了,也是有点起腻的。灯光暗了几次,又亮了几次。最后终于躺定了,再不动了,灯光再次暗下来。再一次亮起时,似与前几次都不同了。前几次的亮是那种敞亮,大放光明,无遮无挡的。这一次,却是一种专门的亮,那种夜半时分外面漆黑里面却光明的亮。那房间的景好像退远了一些,却更生动了一些,有点熟进心里去的意思。王琦瑶注意到那盏布景里的电灯,发出着真实的光芒,莲花状的灯罩,在三面墙上投下波纹的阴影。这就像是旧景重现,却想不起是何时何地的旧景。王琦瑶再把目光移到灯下的女人,她陡地明白这女人扮的是一个死去的人,不知是自杀还是他杀。奇怪的是,这情形并非阴森可怖,反而是起腻的熟。王琦瑶看不清这女人的长相,只看见她乱蓬蓬的一头鬈发,全堆在床脚头,因她是倒过来脚顶床头,头抵床脚地躺着,拖鞋是东一只,西一只。片厂里闹哄哄的,货码头似的,“开麦拉”“OK”的叫声此起彼伏,唯有那女人是个不动弹,千年万载不醒的样子。吴佩珍先有些不耐烦,又因为有点胆大,就拉王琦瑶去别处看。

下一处地方是拍打耳光的,在一个也是三面墙的饭店,全是西装革履的,却冲进一个穷汉,进来就对那做东的打耳光。做派都有点滑稽的，耳光是打在自己手上，再贴到对方的脸上，却天衣无缝的样子。吴佩珍喜欢看这个，往复了多少遍都看不厌，直说有趣。王琦瑶却有些不耐烦，说还是方才那场景有看头，是个正经的片子，不像这，全是插科打诨，猴把戏一样的。两人又回到方才那棚里，不料人都散了，那床也挪开了，剩几个人在地上收拾东西。她们疑心走错了地方，要重新去找，却听表哥叫她们，原来，收拾东西的人里头就有表哥。他让她们等一会儿，再带她们去别处逛，今日有一个棚在做特技呢！她们只得站在一旁干等。有人问表哥她们是谁，表哥说了，又问她们在哪个学校读书，表哥说不上来，吴佩珍自己说了，那人就朝她们笑，一口白牙齿在暗中亮了一下。过后，表哥告诉她俩，这人是导演，在外国留过学的，还会编剧，今天拍的这戏，就是他自编自导的。说罢，就带上她们去看拍特技，又是烟又是火，还有鬼的。也都是底下的工人在折腾，留给演员去做的事，只一眨眼。吴佩珍又要表哥带她们去看明星，表哥却面露难色，说今天哪个棚都没拍明星的戏，说这明星的戏不是哪天都有的，也不是想排哪天就排哪天的，要随着明星的意思。吴佩珍便揭底似的说：你不是讲每天都可看见谁谁谁的？王琦瑶见表哥脸上下不来，就圆场道：下回再来吧，天也黑了，家里人要等了！表哥这就带了她们往外走，路上又遇见那导演一回，竟还记得她们，叫她们某某中学的女学生，很幽默的，两人都红了脸。

回去的电车上，两人就有些懒得说话，听那电车的当当声。电车上有些空，下班的人都到了家，过夜生活的人又还没有出门。那片场的经验有些出人意料，说不上是扫兴还是尽兴，总之都是疲乏了。吴佩珍本来对片厂没有多少准备，她的向往是因王琦瑶而生的向往,她自然是希望片厂越精彩越好,可究竟是什么样的精彩,心中却是没数的,所以她是要看王琦瑶的态度再决定她的意见。片厂给王琦瑶的感想却有些复杂。它是不如她想象中的那样神奇,可正因为它的平常,便给她一个唾手可得的印象。唾手可得的是什么?她还不知道。原先的期待是有些落空,但那期待里的紧张却释然了。从片厂回来几天,她都没什么表示,这使吴佩珍沮丧,以为王琦瑶其实是不喜欢片厂这地方,去片厂全是她多此一举。有一日,她用作忏悔一样的口气对王琦瑶说,表哥又请她们去片厂玩,她拒绝了。王琦瑶却转过脸,说:你怎么能这样不懂道理,人家是一片诚心。吴佩珍瞪大了眼睛,不相信地看着她,王琦瑶被她看得不自在,就转回头说:我的意思是不该不给人家面子,这是你们家的亲戚呀!这一回,连吴佩珍都看出王琦瑶想去又不说的意思了,她非但不觉得她作假,还有一种怜爱心中生起,心想她看上去是大人,其实还是个孩子呀!这时候,吴佩珍对王琦瑶的心情又有点像母亲,包容一切的。

从此,片厂就变成她们常去的地方。拍电影的窍门懂得了不少,知道那拍摄完全不是按着情节的顺序来的,而是一个镜头一个镜头分别拍了,最后才连成的。拍摄的现场又是要多破烂有多破烂,可是从开麦拉里摄取的画面总是整洁美妙。炙手可热的大明星她们也真见着了一二回,到了镜头面前,也是道具一般无所作为的。那电影的脚本则是随意地改变,一转眼死人变活人的。她们钻进电影的幕后,摸着了奥秘的机关,内心都有一些变化。片厂的经验确是不寻常的经验,它带有一些人生的含义。尤其在她们那个年龄,有些虚实不分,真伪不辨;又尤其是在那样的时代,电影已成为我们生活的一个重要部分。

7. 开 麦 拉

王琦瑶知道了,拍电影最重要最关键的一瞬,是"开麦拉"的这一瞬,之前全是准备和铺垫。之后呢?则是永远的结束。她看出这一声"开麦拉"的不同寻常的意义,几乎是接近顶点的。那导演有时让她们看镜头,镜头总是美妙,将杂乱和邋遢都滤去了。还使暗淡生辉。镜头里的世界是另一个,经过修改和制作,还有精华的意思。那导演已成为熟人,她们见他不再脸红。有几回,表哥不在片厂,她们便直接找他。他自作主张的,喊她们一个叫"珍珍",一个叫"瑶瑶",好像她们成了他戏里的角色似的。他背地里和片厂的人说,珍珍是个丫头相,不过是荣国府贾母身边的粗使丫头,傻大姐那样的;瑶瑶是小姐样,却是员外家的小姐,祝英台之流的。他把吴佩珍当小孩子看,喜欢逗她,开些玩笑;对王琦瑶则说有机会要让她上一回镜头,因她的眉眼有些像阮玲玉,趁着人们对阮玲玉的怀念,说不定能捧出一颗明星。也是带点玩笑的意思,却含蓄得多。王琦瑶当然也不会认真,只是有点喜欢自己和阮玲玉的相像。可是有一日,导演竟真的打电话到家里,让她去试一试镜头。王琦瑶心怦怦跳着,手心有点发凉,她不知道这是不是个机会,她想,机会难道就是这般容易得的吗?她不相信,又不敢不信,心里有些挣扎。她本是想不告诉吴佩珍,一个人悄悄地去,再悄悄地回,就算没结果,也只她自己知道,好比没发生过的一样。可临到那一天,她还是告诉了吴佩珍,要她陪自己一起去,为了壮胆子。晚上她没睡好,眼睛下有一片青晕,下巴也尖了一些。吴佩珍自然是雀跃,浮想联翩，转眼间，已经在策划为王琦瑶开记者招待会了。王琦瑶听她聒噪，便又后悔告诉了她。这一天的课，两人都没上好，心不知飞到哪里去了。终于放学，两人便踅出校门，上了电车。这时间的电车，多是些家庭主妇般的女人，手里拎着布袋，身上的旗袍是有皱痕的，腿后的丝袜也没对准缝，偏了那么一点，头发或是蓬乱，或是理发店刚出来戴了一顶盔似的，脸上表情也是木着的，万事俱不关心的样子。电车在轨道里哐哐当当地走，也是漠然的表情。她们俩却是这漠然里的一个活跃，虽然也是不做声，却是有着几百年的大事在酝酿的。下午三点钟的马路，是有疲惫感的，心里都在准备着结束和换班了。太阳是在马路西面的楼房上，黄熟的颜色。她们俩倒好像是去开始这一天的，心里有着许多等待。

导演先将她俩领进化妆室，让一个化妆师来给王琦瑶化妆。王琦瑶从镜子里看见自己的形象，觉得自己的脸是那么小，五官是那么简单，不会有奇迹发生的样子，不由颓丧起来。她由化妆师摆弄，听天由命的表情，有一段时间，她闭起眼睛不去看镜子。她感到十分的难堪，恨不得这一切早点结束；她还有些神经过敏，认为那化妆师也是恨不得早点结束，手的动作难免急躁和粗暴的。她睁开眼睛再看镜子，镜子里的自己是个尴尬的自己，眼睛鼻子都是不得已的样子。化妆室的光是充足的平均分配的光，没有抑扬顿挫，看上去都有些平铺直叙的。王琦瑶对自己没有信心了，反倒是豁出去地，睁大眼睛看那化妆师的手法，看着自己一点一点变得不是自己，成了个陌生人。这时，她倒平静下来，心情也松弛了，等那化妆师结束工作走开时，她甚至还生出几分幽默感同吴佩珍开玩笑。吴佩珍说她简直像是嫦娥下凡，她就说嫦娥也是月饼盒上的嫦娥，于是两人都笑。一笑，表情舒展了，脂粉的颜色里有了活气，便生动起来。再看那镜子里的美人，也不那么生分和隔膜了。不一会儿，导演就派人来招呼她去，吴佩珍自然尾随着。棚里灯架都支好了，那吴佩珍的表哥在一个高处朝着她笑，导演却变得很严肃，六亲不认似的，指定她坐在一个床上，是那种宁式眠床，有着高大的帐篷，架上雕着花，嵌着镜子，是乡下人的华丽。导演告诉她，她现在是一个旧式婚礼中的新娘，披着红盖头，然后有新郎官来揭盖头，一点一点露出了脸庞。导演规定她是娇羞的，妩媚的，有憧憬又有担忧的，一股脑儿交给她这些形容词，全要做在一张脸上。王琦瑶虽是点头，心却茫然，还恍恍的，不知从何着手。可此时她只是一个豁出去，反倒是很镇定，竟能注意到周围，听见有邻近棚里传出来的"开麦拉"的叫声。

接着，一块红盖头蒙上来了，眼前陡地暗了。这时，王琦瑶的心才擂鼓似的跳起来。她领悟这一时刻的来临，心生畏惧，膝盖微微地打颤。灯光齐明，眼前的暗变成了溶溶的红色，虽是有光，却是不明就里的光。王琦瑶发热似的，寒颤沿了膝盖升上去，牙齿都磕碰起来。片厂里的神奇在光里聚集和等候着。有人走过来，整理她的衣服，又走开了，带来一阵风，红盖头动了一下，抚着她的脸，是这一下午的紧张里的一个温柔。她听见四周围一连串的"OK"声，是递进的节奏，有几分激越的，齐心奔向一个目标的，最终是一声"开麦拉"。王琦瑶的呼吸屏住了，透不过气来，她听见开麦拉走片的机械声，这声音盖住了一切，她完全忘记了她该做什么了。当一只手揭去红盖头的时候，她陡然一惊，往后缩了一下，导演便嚷了一声停。灯光暗下，红盖头罩上，再从头来起。

再一遍来起就有些人事皆非了。很多情景远去了，不复再现，本来也是幻觉一样的东西。王琦瑶清醒过来，寒颤止住了，心跳恢复正常。红盖头里的暗适应了，能辨出活动的人影。灯光亮起，是例行公事的，一连串“OK”也是例行公事，那一声“开麦拉”虽是例行公事，也是权威性的，有一点不变的震撼。她开始依着导演的交代在脸上做准备，却不知该如何娇羞，如何妩媚，如何有憧憬又有担忧。喜怒哀乐本来也没个符号，连个照搬都没地方去搬的。红盖头揭起时，她脸上只是木着，连她天生就有的那妩媚也木住了。导演在镜头里已经觉察到自己的失误，王琦瑶的美不是那种文艺性的美，她的美是有些家常的，是在客堂间里供自己人欣赏的，是过日子的情调。她不是兴风作浪的美，是拘泥不开的美。她的美里缺少点诗意，却是忠诚老实的。她的美不是戏剧性的，而是生活化，是走在马路上有人注目，照相馆橱窗里的美。从开麦拉里看起来，便过于平淡了。导演不觉失望，他的失望还有一点为王琦瑶的意思，他想，她的美是要被埋没了。后来，为了补偿，他请一个摄影的朋友，为王琦瑶拍了一些生活照，这些生活照果真情形大异，其中一张还用在了《上海生活》的封二，以“沪上淑媛”为题名。

试镜头的经历就这样结束了，这是片厂里的小事一桩。王琦瑶从此不再去片厂了，她是想把这事淡忘，最好是没发生过。可是罩着红盖头，灯光齐明的情景却长在了心里，眼一闭就会出现的。那情景有一种莫测的悸动，是王琦瑶平静生活中的一个戏剧性的片刻。这一片刻的转瞬即逝，在王琦瑶心里留下一笔感伤的色彩。有时放学走在回家的路上，会有一点不期然的东西唤起去试镜头的那个下午的记忆。王琦瑶这年是十六岁，这事情使她有了沧桑感，她觉得自己已经不止十六岁这个岁数了。她还有点躲避吴佩珍，像有什么底细被她窥伺了去似的。放学吴佩珍约她去哪里，十有九次她找理由拒绝。吴佩珍有几次上她家找她玩，她也让娘姨说不在家推了。吴佩珍感觉到王琦瑶的回避，不由黯然神伤。但她却并不丧失信心，她觉得无论过多少日子，王琦瑶终究会回到她的身边。她的友情化成虔诚的等待，她甚至没有去交新的女朋友，因不愿让别人侵占王琦瑶的位置。她还隐约体会到王琦瑶回避的原委，似乎是与那次失败的试镜头有关，她也不再去片厂了，甚至与表哥断了来往。这次试镜头变成她们两人的伤心事，都怀有一些失败感的。后来，她们逐渐变得连话也不大讲了，碰面都有些尴尬地匆匆避开。当她们坐在课堂的两头，虽不对视，可彼此都感觉到对方的存在，有一种类似同情的气氛在她们之间滋生出来。去片厂的事情是以一声“开麦拉”告终的，这有一种电影里称作“定格”的效果，是一去不返，也是记忆永存。如今，课余的生活又回复到老样子，而老样子里面又是有一点新的被剥夺，心都是有点受伤的，伤在哪里，且不明白的。本来见风就是雨的女子学校，对这回王琦瑶试镜头的事，竟无一点声气，瞒得紧紧的。两人虽然没互相叮嘱，却不约而同地缄口不提。其实在一般女学生看来，能为导演看上去试一回，已是足够的光荣，成功则是奢望中的奢望。这也是王琦瑶她们原先的想法，可一旦走到了那一步，情形便不是旧时旧地，人也不是旧人，是付出过代价的，有些损失的。若非吴佩珍这样将心比心的旁观者，是体尝不到这番心境的。

8. 照　片

导演为拍照片的事打电话给王琦瑶，是在一个月之后了。听到导演的电话，王琦瑶的口气不自主就变得生硬起来，还有点讽刺地，问他有何贵干。导演说有一朋友叫程先生的，是个摄影师，想替她拍些照片。王琦瑶说，她是并不上相的，还是请程先生找别人吧！导演笑道：瑶瑶生气了！王琦瑶就不好意思再推了。过了一天，那程先生自己来电话约好时间和地方，到时候，王琦瑶遵程先生吩咐，带上自己的几件旗袍和裙装，按着他给的地址去了。程先生住在外滩的一幢大楼，顶上的一层，房间是重新隔过的，装修成一个照相间，拉着布幔，有一些布景，欧洲的城堡，亭台楼阁什么的。里边另有暗房和化妆室。程先生是个二十六岁的青年，戴着金丝边近视眼镜，白衬衫束在吊带西装裤里，很精干的样子。他让王琦瑶进化妆间修饰一下，自己在外面布灯。王琦瑶从化妆间的窗户看见了外滩，白带子似的一条。星期天的上午，太阳格外的好。海关大钟当当地敲着，声音在空气里散开，听起来是旷远的意境。江边的人是如豆的大小，亮晶晶地移动。王琦瑶的眼睛从窗外移回来，忽有些茫然的，不知自己来这里是为什么。她无意地抑制了自己的希望，不让这希望漫生漫长。她已是受过打击的，心里难免有点灰。她其实无意地也欣赏着自己的希望成灰，顾影自怜的。到程先生这里来，她对自己说是照顾导演的面子，为他人做嫁衣裳的，她自己是无所谓。她很无所谓地打量镜子里的自己，涂了点唇膏，也懒得换衣服，就这么走出了化妆间。

程先生已经布置好了，背景是一幅橙色的布幔，布幔前是一个花几，几上是白色的马蹄莲。他请王琦瑶站到几旁去，退几步又进几步地端详着。王琦瑶也是以无所谓的表情接受这样端详，并无窘色，曾经沧海的样子，不过也是天真的“曾经沧海”，暗底里使劲，有些夸张的。程先生的眼光和导演是不同的，导演要的是性格，程先生只要美。性格是要去塑造什么，美却没有这任务。在程先生眼里，王琦瑶几乎无可挑剔，是个标准美人，每个角度都有每个角度的美。她又不是拍惯照片的那样，有着无可矫正的坏毛病。是一张白纸，想画什么图画就画什么图画。她却也不是不大方，并不扭捏的。她的大方是有试镜头的经历作底的，也是有过锻炼。因是失败的锻炼，她的大方里便有了一点谦逊和腼腆，是楚楚动人的。程先生心里很满意导演朋友的推荐。他这个照相间里记不清来过多少美人了，都是程式化的，已经完成的照片似的，他只是在复制而已。这时，他内心竟有一些儿激动，这情绪似乎传达给了王琦瑶，当灯光亮起时，她竟也生出一点无名的希望。这希望是退一步的希望，还是崛起的。程先生的照相间自然是比不上片厂，有些小儿科的，气氛是冷清的气氛，可它却也是认真的，诚实的，从小处做起，奋发的，使人愿意合作的。王琦瑶不由得收起那无所谓，流露出一些兴趣和热情。

像王琦瑶这样知道自己长得漂亮的女孩，无论有多么老实，都免不了是作态的。在这样的年龄，这作态又往往不高明，或是过火，或是错位，结果反而逊色。王琦瑶却是个不犯错误的例外。她比较聪敏，天生有几分清醒，片厂的经历又增添了见识，这就使她比较含蓄和沉着。要说作态，她也有，是不作态的作态，以抑代扬，特别适合照片的表现。程先生欲罢不能地，拍了又拍，王琦瑶也有如鱼得水之感。她有些热，眼睛亮亮的，面色姣好。她所携带的各款衣服都挨次轮过，程先生的布景也挨次轮过，她一会儿变成外国的女郎，一会儿是中国的小姐。等最后拍完，她回到化妆间换衣服时，天已正午。黄浦江闪闪发光，江面有一点一点金银斑，是飞翔的水鸟。汽车驶过江边，驶进背阴的幽暗的直街，大楼底下的直街像峡谷之间的沟渠。她从容仔细地重新穿上来时的衣服，将其余的一件件叠好，收起。她心情很明净，拍过的照片她不再去想，当它是桩没结果的事情。她拿好东西离开化妆间时，心想，这扇面朝外滩的窗倒是有意思的。这扇窗正好在楼的角上，也就是在沿江马路和狭窄的直马路的直角上，又是高处，可眼观六路的。她走出化妆间与程先生道了再见，出门到了走廊，然后按下电梯的钮。电梯悄无声息地上来，她走进去，回过身时，看见程先生站在门边，正目送她。

后来被《上海生活》选为封二的照片是她穿家常花布旗袍的一张。她坐在一具石桌边的石凳上，脸微侧，好像在与照片外的人作交谈，人家说她听的姿态。背后是一具圆窗，有花叶枝蔓的影，一看便是纸板画的景。虽是做的室外的景，光却是室内的人造的光。她那姿态也是摆出来的，就算是交谈也是供展览的交谈。这张照片其实是最寻常的照片，每个照相馆橱窗里都会有一张，是有些俗气的，漂亮也不是绝顶的漂亮。可这一张却有一点钻进人心里去的东西。照片里的王琦瑶只能用一个字形容，那就是乖。那乖似乎是可着人的心剪裁的，可着男人的心，也可着女人的心。她的五官是乖的，她的体态是乖的，她布旗袍上的花样也是最乖的那种，细细的，一小朵一小朵，要和你做朋友的。景是假，光是假，姿势是假，照片本身说到底就是一个大假，可正因为这假，其中的人倒变成个真人了。这人不是合伙一起假戏真做地欺人，而是假戏假做，老老实实，把底兜出来，坦言相告。照片上的王琦瑶，不是美，而是好看。美是凛然的东西，有拒绝的意思，还有打击的意思；好看却是温和、厚道的，还有一点善解的。她看起来真叫舒服。她看起来还真叫亲切，能叫得出名字似的。那些明星、模特儿确实光彩照人，可却是两不相干，你是你，她是她的。王琦瑶则入人肺腑。那照片的光也是仔细贴切，王琦瑶像是活的，眸子里映着人影，衣服褶子都在动似的。这照片是收在家庭照相簿里，而不是装上玻璃框挂在墙上作偶像用的。这照片倘若要去做广告，那也是做的味之素、洗衣粉一类的，而不是夜巴黎香水、浪琴坤表。这照片是实惠的情调，没有一点奢华，有一点艳丽，也是俗丽，有一点甜蜜，也是桂花粥的甜蜜。它不是醒人耳目，过目不忘的，它是看过了就不去想，再看见还会再喜欢的，看不厌却不是丢不下的。总之，它是适度，从容，有益无害的。《上海生活》选它作封里，是独具慧眼。这照片与“上海生活”这刊名是那么合适，天生一对似的，又像是“上海生活”的注脚。这可说是“上海生活”的芯子，穿衣吃饭，细水长流的，贴切得不能再贴切。

王琦瑶却不知道为什么刊登出来的是这张，许多精心设计、全神贯注的照片反而没有中选。她甚至有点模糊，记不清这一张是怎么拍下的，总之是不经意的一张。照片上的自己不是她喜欢的自己，有点乡气，还有点小家子气，和她想象中的自己大不相似的，令她失望，还有些受打击。虽然是高兴事，可情绪却低落了。她想，她难道是这样经不起检验吗？她想，一次试镜头是那样，一次拍照又是这样，都是不顺心遂意似的。那本《上海生活》被她压在枕头底下，也不想多看。她心里有说不出的沮丧，好像露了个丑。她简直不知道自己究竟是个什么样子，除了灰心，还惶惑不安。再坐到镜子面前，就好比换了个立场，是重新审度的。她想这照片简直是剥皮，要把人打散了重新来过。这“开麦拉”究竟是什么东西，里面另有一世人生吗？王琦瑶又是一番惆怅生起。《上海生活》刊登照片并没有带给她多大的快乐，有一点也是杂拌的，百感交集，还不够折磨人的。

这一回是瞒也瞒不住了，全校都知道了王琦瑶，还有别的学校的女学生跑来看王琦瑶的。王琦瑶走到哪里，都是有人伫步回眸。女学生们就是这样，就像不相信自己的眼睛，非要旁人说了才算数的。原先并不以王琦瑶为然的人，这回服气了，倒是原先肯定王琦瑶的，现在反有些不服，存心要唱对台戏的。于是就有流言兴起，说王琦瑶的表兄之类的在《上海生活》当差，走的是近水楼台。无论是艳羡的目光，还是无中生有的流言，全不在王琦瑶的心目中，因为在经验上和觉悟上，王琦瑶都要超出她们一筹，所有的议论都是无稽之谈。王琦瑶人在事中，心里有的全不是那些。《上海生活》把她变成了女校的名人，师生皆知的，可她倒有些找不到自己似的，那照片就像是硬夺走她本来的面目，再塞给个不相干的，要不要也不由她。

9. “沪上淑媛”

“沪上淑媛”这名字是贴着王琦瑶起的。她不是影剧明星，也不是名门闺秀，又不是倾国倾城的交际花，倘若也要在社会舞台上占一席之地，终须有个名目，这名目就是“沪上淑媛”。这名字是有点大同世界的味道，不存偏见，人人都有份权利的，王琦瑶则是众望所归。她旗袍上的花样，成为流行的花样；她的烫发梢的短发也成为流行的短发，她给“沪上淑媛”这名字画了一幅肖像。“沪上淑媛”是平常心里的一点虚荣，安分守己中的一点风头主义，它像一桩善举似的，给每个人都送去一点幻想。一九四五年底的上海，是花团锦簇的上海，那夜夜歌舞因了日本投降而变得名正言顺，理直气壮。其实那歌舞是不问时事的心，只由着快乐的天性。橱窗里的时装，报纸副刊的连载小说，霓虹灯，电影海报，大减价的横幅，开张志禧的花篮，都在放声歌唱，这城市高兴得不知怎么办才好。“沪上淑媛”也是欢乐乐章，是寻常女儿的歌舞，它告诉人们，上海这城市不会忘记每一个人的，每一个人都有通向荣誉的道路。上海还是创造荣誉的城市，不拘一格，想象自由。它是唯恐不够繁华，唯恐不够荣耀，它像农民种庄稼一样播种荣誉，真是繁花似锦。“沪上淑媛”这名字有着“海上升明月”的场景，海是人海，月是寻常人家月。

然而，就有照相馆来请王琦瑶拍照。是在晚上，营业结束，母亲让娘姨陪着，挟着衣服包，乘一辆三轮车，去照相馆。那照相间是要比程先生的正规，灯也多，有人专门负责照明布景，还有人帮她换衣化妆，三四个人围着王琦瑶转，有点众星捧月的意思。这时候，楼下店门关上了，是静的，门外的马路也是静的，几重静包围，照相间里气氛是有神圣感的。拉起布幔的后窗下，弄堂里有“火烛小心”的敲梆声，像是另个世界传来的。灯光照在身上，热烘烘的有点烤，自己都可看见自己眼中的光芒似的。四周都是暗，暗中的世界也是另一个。在照相馆橱窗陈列出来的照片是要华丽得多，去参加晚会的装束。但这华丽是大众化的华丽，像婚纱出租似的，心都是各自的心。这明摆着是作假的华丽，众所周知，倒也不骗人。这照相馆橱窗里的华丽也是怀了一些未圆的梦，淑媛的梦，还怀着争取，也是淑媛的争取。《上海生活》封二的王琦瑶是生活中的淑媛，那橱窗里的王琦瑶是幻想中的淑媛，两者都是真人。前者是入心的，后者是夺目的，各有各的归宿。橱窗里的王琦瑶，将那可人的乖藏进心里去，把矜持做在脸上，比世人都站得高似的。她脸上是冷冷的，心里却是热切的，想得到人们喜欢的。这是王琦瑶喜欢的自己，特别地合她口味，还给了她自信。那陈列她照片的橱窗前，她是不再经过，这也是一个矜持。那大照片标出了她的名字，题为"沪上淑媛王琦瑶"，她的名字便随风而走了。

王琦瑶却依然故我。晚上拍照睡觉迟了，第二日早上也还准时到校。学校举行恳亲会，要她上台给老校友献花，她推给了别的同学。有好奇的同学问她照相的细节，她则据实回答，不渲染卖弄，也不故作深奥。她对人对事还和从前一样，不抢先也不落后，保持中游，使那些生忌的女生也渐渐消除了成见，缓和下来。虽是一切照旧，心情其实是另一番了。过去的安守本分中是怀了一些委屈，还有些负气的，如今却是心甘情愿。王琦瑶做人做得从容多了，这从容是有成功打底的。因是有收获，所以叫她怎么退让她也是愿意。照相馆里那些众星捧月的晚上，足以照耀很多个平淡的白昼，有了那橱窗里的亮相，无声也是有声。这就是王琦瑶高出一般女生的地方，她是比人多出一颗心的，确实是淑媛里的典范。王琦瑶总是安静，以往的安静是有些不得已，如今则有希望撑腰，前后两种安静，却都是一个耐心。王琦瑶就是有耐心，她比人多出的那颗心就是耐心。耐心是百折不挠的东西，无论于得于失，都是最有用的。柔弱如王琦瑶，除了耐心还有什么可作争取的武器？无论是成是败，耐心总是没有错的，是最少牺牲的。安静也是淑媛的风采。王琦瑶什么都故我，只有一桩旧日的东西是回不来了，那就是和吴佩珍的友谊。她们如今是比陌生人还要疏远，陌生人是不必互相躲的，她们却都有些躲。有王琦瑶照片的照相馆，吴佩珍也是要绕道行的，连照片上的王琦瑶也不愿见了。各自都有着说不出来的苦恼，想起来不免伤感。

现在，想取代吴佩珍位置的同学有好几个，有的上门来邀王琦瑶一同去学校，有的课后约王琦瑶一同看电影。王琦瑶一律是不远不近，不卑不亢。几次下来，对方便也失了兴趣，只得退回去了。这一日，王琦瑶在课本里发现一封信，打开看是一张请柬，另有一纸信笺，写着一些女学生间流行的文字，表明对王琦瑶的好感，很真诚地邀请她参加生日晚会，署名是蒋丽莉三个字。蒋丽莉向来与王琦瑶没什么往来，似乎也从来没有过特别接近的朋友。她出身工厂主家庭，是班上同学中家境最好的之一。她功课一般，却喜欢在课间看小说，终把眼睛看成了近视，戴着洋瓶底厚的眼镜，那样子越发不可接近。因受小说的影响，她的作文语句就分外浓艳，是哀情小说的翻版。王琦瑶接受邀请去赴晚会，一是不忍拂蒋丽莉的好意，二也是好奇。这好奇也是一半对一半，一半是冲着蒋丽莉，另一半是对了晚会。同学们中间流传着蒋丽莉家的排场，她又从不带人去她们家，就更显得神秘了。这事要放在过去，无论怎样的好奇，王琦瑶都只能有一个做法，就是拒绝，她是不会把自己奉献给别人的热闹里面的。

可如今她却不那么在意了,再说,谁知道呢?说不定到头来人家的热闹反过来奉献给她的。王琦瑶心里决定去参加晚会,就想同蒋丽莉说一声,可蒋丽莉明显在回避她,下了课便匆匆出了教室,只在桌上留一本翻开的书。那敞开的书页是在向王琦瑶也讨一封信笺,欲言又止的样子。王琦瑶有意不称她的心,她不喜欢这种文艺腔的把戏,那些写在纸上的字句总有点叫她肉麻。蒋丽莉回到课堂,面对空着的书页,现出失望的表情,王琦瑶有点心中暗喜的。一直挨到放学,蒋丽莉抢先出了教室,头不回地往前走,王琦瑶追上去,叫了她一声。她陡地涨红了脸,很窘,也很坚定,是迎受打击的样子。不料王琦瑶却说到那天,她一定去祝贺生日快乐,还谢谢她的邀请。她的脸更红了,眼睛里好像有了泪光,蒙蒙的。第二天,王琦瑶又在书本里看见一页信笺,淡蓝色,角上印花的那种,写着诗句般的文字,歌颂的是昨晚的月亮。王琦瑶不免心里有些起腻。

过了几日,生日的那晚就到了。王琦瑶准备了一对束发辫的缎带作礼物,素色旗袍外罩了格子的薄呢秋大衣,头发上箍一条红发带,画龙点睛的效果。直到八点她才离开家门,她去也是打算蜻蜓点水一到就走的。临到这一日,她心里忽觉得没了底,不知等待自己的是什么。她和蒋丽莉又不熟,倘若有吴佩珍做伴就好了。吴佩珍就像是很久以前的事,想起来不由满心惆怅。她在自己的朝北房间里等待八点钟到来,这时间弄堂里已是一片寂静,有些声响也是入夜的声响,天井里的水声,自鸣钟的报时声,无线电里播的是夜曲。这一刻的静由不得人寂寞心来,还疲惫心来,一天已到了尾声,却还有个未完成。八点钟她走出家门,弄里的一盏电灯洒下的不是亮,而是夜色。街上的灯也还不足以驱散这弄口涌出的暗,霓虹灯更是夜空里的浮云,人是灯影那样的东西。蒋丽莉的家住在背静的马路,一条宽阔的弄堂,弄堂两边是二层的楼房,有花园和汽车间,也是暗和静的,但那暗和静却是另一番声色。蒋丽莉家的窗户拉着窗帘,那窗帘上的光影似是要比别家的活跃。王琦瑶以为她是晚会迟到的一人,可却有汽车从她身后越过,停在蒋丽莉家的门前,门是开着的,要迎一宿的客似的。

她走进门去,把大衣脱下挂在门厅的衣帽架上,手里拿着手袋和礼物。客厅里人不多,且都在说自己的话。长餐桌上摆了水果点心,最中间空着放蛋糕的位置,蛋糕大约还在路上。蒋丽莉一个人坐在客厅的一角,有一句没一句地弹钢琴,穿的还是平常的衣服,脸上是漠不关心的表情,好像是别人的生日。当她看见王琦瑶,脸上有了一个灿烂的笑容。她站起身,丢下钢琴,向王琦瑶过来,拉住了她的手。王琦瑶不由心生感激,蒋丽莉是这个晚上唯一的熟悉,也是唯一的亲切,于是也握了她的手。蒋丽莉就把她往外拉,一下直拉上了楼,拉进她的房间。房间里粉红色的窗帘,粉红色的床罩,梳妆镜上也是粉红缎子的帘罩,倒把蒋丽莉衬托得更加老气和陈暗了。而蒋丽莉也好像是有心破坏,桌上床上堆的书,封面上染着墨汁且残破了的;杯子里是有褐色茶垢的;唱片是裂纹的;胡乱抛置的衣服都是黑和灰两种颜色的。王琦瑶本是要赞叹这房间,话也不好出口了。这房间就好像憋了一肚子的气,又是含了一包委屈。蒋丽莉把王琦瑶领进房间,自己在床沿坐下,眼睛看着地,半天不说话。王琦瑶不知所措,此情此景很怪,也很尴尬。楼下却忽然沸腾起来,大约是蛋糕房将蛋糕送到了,传来阵阵惊呼声,人也多起来似的。王琦瑶想劝蒋丽莉下楼去了，却发现她原来在哭，眼泪从镜片后面流了满脸。她说你怎么了，蒋丽莉，今天是你的生日，你唱主角的日子，怎么不高兴了。蒋丽莉的眼泪更汹涌了，她摇着头连连地说：你不知道，王琦瑶，你不知道。王琦瑶就说：那你告诉我，我不知道的是什么。蒋丽莉却不说，还是哭和摇头，带了些撒娇的意思。王琦瑶有一点不耐，但只得忍着，还是劝她下楼，她则越发地不肯下楼。最后王琦瑶一转身，自己下去了。走到一半，听见身后有脚步声，却见蒋丽莉一脸泪痕地也跟下来了。心里倒有点好笑，也有点嫌烦，还有一点感动，是不得已，被逼出来似的感动。她回头对蒋丽莉说，你不换衣服不化妆，至少要洗洗脸吧！这话听起来有一些亲情，也是不得已的亲情。蒋丽莉听话地去了洗手间，再出来时脸色便干净了一些。她从王琦瑶手里拿过那装缎带的小盒，说：这是给我的吧！要贴在心窝上的表情。王琦瑶不去看她，快步向客厅走去，蒋丽莉要跟她去，却叫一帮亲戚朋友围住了。

一整个晚上，蒋丽莉都是拉着王琦瑶的手，到这到那的。有人认出王琦瑶，互相传着，就像认识似的与她微笑说话。王琦瑶渐渐自如了一些，也有些愉快了，可就是抽不出她的手，好像上了锁。蒋丽莉还时不时将她的手紧握一下，似乎有什么你知我知的秘密。这陡然而起的亲密，是叫王琦瑶发窘，可她面上并不流露，也是知己的样子。她心里诧异蒋丽莉和学校里就像换了一个人，又顾不得细想，忙着应付眼前的人和事。人和事是像穿梭似的，也没个仔细的印象，都是有些花团锦簇的，很亮丽的景象。那屋角的钢琴，你去弹几下，我去弹几下，不间断地琮琤声起，也是亮丽之声。后来，客厅里有些热，打开一扇落地窗，外面是一个平台，铺着花砖，走下几阶便是花园。露台的灯开了，隐约可见花园里的丁香花枝，纷乱搅成一团的样子，花和叶都落尽了。蒋丽莉拉着王琦瑶到露台上，也不说话，只望着花园幽暗的里处。王琦瑶觉出这样子的古怪，便说身上冷要进屋，于是又进了客厅。客厅里闹哄哄的，围着一对青年男女向他们要喜糖吃，生日蛋糕已切得七零八落，残骸似的躺在枝形吊灯下面，奶油像是脏了，邋遢兮兮的。咖啡杯也是东一个西一个，留着残渣。晚会是要结束的样子，正在最后的高潮里，人都有些失态似的。一个青年跑来向王琦瑶大献殷勤，演剧般的姿态，王琦瑶却红了脸，不知如何是好。蒋丽莉顿时沉下脸，将王琦瑶拉开，叫那人讨了个没趣。然后就有人率先告别回家，接着，则是一窝蜂的告别，衣帽架前乱成一团。蒋丽莉也不理别人，只对了王琦瑶一个人致告别词，她说她把这个生日当作她们两人共同的，说罢就松开她手，揪心的表情一般转身上了楼。王琦瑶是被开释的心情，不由暗暗松了口气。衣帽架前的人已疏散了不少，还有两三个年长的客人在与蒋丽莉的母亲说话。当王琦瑶取下自己的大衣时，她母亲竟然回过头来特地向她告别，谢谢她的光临，说今天蒋丽莉特别高兴，还请她以后经常来。她将王琦瑶直送到门外，王琦瑶走出好远，还见门口一方灯光里有她的身影。

从这晚以后，王琦瑶和蒋丽莉做了朋友。她们在学校还是往常那样，交往都是私底下。她们不同于一般女学生的要好，同进同出，嘁嘁喳喳，有说不完的心里话，就像王琦瑶和吴佩珍那样的。她们不这样交往是各有原因。在王琦瑶，是不愿给人们留下厚此薄彼的印象，内心深处，则是有着对吴佩珍的顾恤，虽是她不愿承认的；而在蒋丽莉，却是为了与众不同，她凡事都要反着大家来,她做人行事的原则最简单,就这一个公式。她们俩在做朋友上的趣味又都有些不同于女学生的地方,都有些自以为不俗的,王琦瑶是因为经历,蒋丽莉则来源于小说,前者是成人味,后者是文艺腔,彼此都有些歪打正着,有些不对路,也自欺着挡过去了,结果殊途同归。她们在学校各归各,出了校门则形影不离。蒋丽莉干什么都要拖着王琦瑶,王琦瑶因有蒋丽莉母亲的请求,便不好拒绝似的。她几乎要成为蒋家的一员,到哪都跟着的。蒋丽莉的亲戚朋友很快都为她熟识,也是她的亲戚好友一般。由于她小小的名声,又由于她的懂事知礼,众人对她的热诚还胜过对蒋丽莉一筹。到后来,不是为蒋丽莉而请她,倒像是为请她捎带上蒋丽莉的。她显见得有些受宠,但她没有一点忘形,待蒋丽莉比较以前还更照顾了。

自那天的晚会之后,晚会便接踵而来。所有的晚会都像有着亲缘关系,盘根错节的。晚会上的人也都是似曾相识,天下一家的样子。他们虽有形形种种,干什么的都有,却都是见面熟。所有的晚会,又都大同小异,是有程式的,王琦瑶很快就领会了它的真谛。她晓得晚会总是一迭声的热闹,所以要用冷清去衬托它;她晓得晚会总是灯红酒绿五光十色,便要用素净去点缀它;她还晓得晚会上的人都是热心肠,千年万代的恩情说不完,于是就用平淡中的真心去对比它。她天生就知道音高弦易断,她还自知登高的实力不足,就总是以抑待扬,以少胜多。效果虽然不是显著,却是日积月累,渐渐地赢得人心。她是万紫千红中的一点芍药样的白;繁弦急管中的一曲清唱;高谈阔论里的一个无言。王琦瑶给晚会带来一点新东西,这点新东西是有创造性的,这里面有着制胜的决心,也有着认清形势的冷静。王琦瑶在晚会上,有着凡事靠自己的心情。别人都是晚会的主人,想来就来,想去就去。只有她是客人,来和去都做不得主的。她还晓得蒋丽莉可说是她在晚会上的唯一的亲人,她和她走到哪都是手拉着手。蒋丽莉本心是讨厌晚会的,可为了和王琦瑶在一起,她牺牲了自己的兴趣。她们俩成为晚会上的一对常客,晚会总看见她们的身影。有那么几次,她们缺席的时候,便到处听见询问她们,她们的名字在客厅里传来传去的。缺席不到也是以抑待扬的一部分,比较极端的那部分。

上海的夜晚是以晚会为生命的,就是上海人叫作"派推"的东西。霓虹灯、歌舞厅是不夜城的皮囊,心是晚会。晚会是在城市的深处,宁静的林阴道后面,洋房里的客厅,那种包在心里的欢喜。晚会上的灯是有些暗的,投下的影就是心里话,欧洲风的心里话,古典浪漫派的。上海的晚会又是以淑媛为生命,淑媛是晚会的心,万种风情都在无言之中,骨子里的艳。这风情和艳是四十年后想也想不起,猜也猜不透的。这风情和艳是一代王朝,光荣赫赫,那是天上王朝。上海的天空都在倾诉衷肠,风情和艳的衷肠。上海的风是撩拨,水是无色的胭脂红。王琦瑶是这风情和艳里的一点,不是万众瞩目的那点,却是心里垫底的一点。她几乎是心里的心,最最含而不露的。倘若没有王琦瑶,晚会便是空心的晚会,是浮光掠影的繁华。王琦瑶是这风情和艳里最有意的一点,是心里的那点渴望,倘若没有这,风情是无由的风情,艳也是无由的艳了。如今,这风情和艳都是有根有源,它们给上海染上那叫作情调的东西,每一景每一物都会说话似的,说的比唱的还好听。王琦瑶走进上海的夜晚,这夜晚是以弄堂深处的昏黄和照相馆布幔前的灯作背景的,这夜晚不再是照片那样断章取义，而是有头有尾，也不是静止，而是流动。这流动又不是片厂开麦拉里的流动，开麦拉里流动的是人家的故事，这夜晚流动的都是自己的，自己的得，自己的失。这得失说是自己的，却又不全是，它是上海灯光之上那一大块天空，还在星光之上的，是笼罩一整个城市，昼里变白，夜里变黑，随日月转移。这一块天空被高楼遮住，被灯光遮住，是有障眼法的，可却是雷打也不动，任凭乾坤颠倒，总是在人头顶上的一个无边无际。

10. 上海小姐

一九四六年的和平气象就像是千年万载的，传播着好消息，坏消息是为好消息作开场白的。这城市是乐观的好城市，什么都往好处看，坏事全能变好事。它还是欢情城市，没有快乐一天没法过的。河南闹水灾，各地赈灾支援，这城市捐献的也是风情和艳，那就是筹募赈款的选举上海小姐。这消息是比风还快，转眼间家喻户晓。“上海”是摩登的代名词，“上海小姐”更是摩登的代名词，上海这地方，有什么能比“小姐”更摩登的呢？这事情真是触动人心，这地方，谁不崇尚摩登啊？连时钟响的都是摩登的脚步声。这是比选举市长还众心所向的事情，市长和他们有什么关系？上海小姐却是过眼的美景，人人有份。那发布消息的报纸一小时内抢光，加印也来不及，天上的云都要剪下来写号外的。电车当当地，也在发新闻。这是何等的艳情啊！是梦中景色，如今却要成真。都像是坐不住要跳起来的，心乒乒乓乓地擂鼓，是快三步的节奏。灯光也像是昏了头似的，晕眩闪烁。还有什么能比“上海小姐”这事情更得这城市的心？这心是像孩童一般天真，有些恬不知耻的贪欢。这是人人都要去投票，无私奉献意见的事情，选票上写着爱美的心意。

最初建议王琦瑶参加竞选的，是那拍照的程先生。程先生后来又给王琦瑶拍过两次室外的照片。这两次，王琦瑶是要老练一些，但却不动声色。她就像知道程先生的心意似的，程先生刚想到，王琦瑶便做到了。王琦瑶的美是一点一滴累积起来的美，不会减，只会加，到了最后，程先生眼里的王琦瑶是如天仙一般，举世无双的了。他是真心建议王琦瑶参加竞选“上海小姐”，他简直觉得这选举就是为王琦瑶而举行的。倘若只有程先生的建议，王琦瑶还不会去报名，因她对自己不如程先生那样的有信心，再则她也不同于程先生的人在事外，她是有过得失的，得失都是心上留痕；她可不敢轻举妄动。但程先生的建议确实触动了她的心。那些接踵而至的晚会，时间长了，就有徘徊之感，不知何去何从的。程先生的建议使她心头一亮，虽然亮也是蒙昧的亮。这晚，蒋丽莉一个远房表姐的婚宴上，蒋丽莉一下子宣布了程先生的这个建议。这其实是一个很不合适的婚礼节目，带有喧宾夺主的意思，众人的目光全转到王琦瑶身上，她虽然恼怒，却也不好发作。不过，在喜庆的宴会上宣布这事给了她一个吉兆，那大红灯笼虽不是对着她来的，可洋洋喜气却是有主也没主的。那一对新人是吉兆，成双的吉日是吉兆，杯子里的酒，怀里的康乃馨，都是好兆头。马路上的灯也是流光溢彩，喜形于色，广告灯箱里的丽人倩影，更是春风满面。王琦瑶心里对蒋丽莉也不全是怪，还有一点感激，她想，这也许是一个机缘呢？谁又能知道。于是她便顺势而走了。

蒋丽莉就好比是自己参加竞选，事未开头，就已经忙开了。

连她母亲都被动员起来,说要为王琦瑶做一身旗袍,决赛的那日穿。蒋丽莉拖着她,参加一个又一个晚会,就像做巡回展出。她也不懂婉转措辞,开口就提选票的事,不管人家认不认识王琦瑶,也不管王琦瑶难堪不难堪。她的任性和专断,算是用着了地方,她的一厢情愿,也用着了地方。她做这些事情的时候,就好像"上海小姐"是她家的,王琦瑶也是她家的,她都有权一手包揽的。好在她是一片真心都写在脸上,否则,保不住是要坏事的。她是真心地以为王琦瑶美,而要向全社会推荐这美。她选择美丽的王琦瑶做她的知心,她的心事也变得美丽了。"上海小姐"这称号对她无关紧要,要紧的是王琦瑶。她想得王琦瑶的欢心,这心情是有些可怜见的。她对父母兄弟都是仇敌一般,唯独对个王琦瑶,把心里的好兜底捧出来的,好像要为她的爱找个靶子似的。这爱不仅是她自己的,还加上小说里看来的,王琦瑶真有些招架不住了。王琦瑶内心又可怜她,觉得她是有的不要,要的没有,对人对己都是无故的折磨。因此才能由着她胡来,只是见得她闹得过分了,不得不说她几句。这时候,她就成了个不知错在哪里的孩子,满脸的害怕和惶惑。心里又是不忍。有一回,王琦瑶又生气了,蒋丽莉拧着双手说了一句:王琦瑶,我不知怎样让你高兴!这句话使王琦瑶想起了吴佩珍,心里不由一阵暗淡。她想吴佩珍从不说这些起腻的话,但时时处处都是这样做的。如今她和她,虽在咫尺之间,却遥如天各一方。

事情已经沸沸扬扬,王琦瑶的小照却刚刚寄出。王琦瑶的原意是寄出小照就不管了,全当没有这回事,可是哪抵得住蒋丽莉的鼓噪,还有程先生的一日三提。程先生在报界有些熟人,选举上海小姐是这段日子报纸的热门话题,选票也由报业发放。但程先生在报界的熟人又不是太熟的,所以他带来的消息难免真假参半。王琦瑶倒还好,蒋丽莉就总是被这些消息左右。程先生有一回说某某企业的业主,号称某某大王的,其女也参加竞选,一下子便捐助给赈灾委员会一大笔款。蒋丽莉立刻就要去筹款捐助。又一回程先生说的是,某某政界要人为某某交际花竞选,专门在国际饭店召开一个盛大的酒会,社会各界名流都邀请了前去。蒋丽莉便也要去开酒会。王琦瑶的心怎能不受影响,也是七上八下,想不管也不行了。这些日子是有些激动难耐的,天天都在等待结果。这结果又是像押宝一样,有力气也使不上,只能由着天意。于是蒋丽莉就要去礼拜堂祈祷,祈祷辞是可当作抒情散文发表的。王琦瑶的不耐本是压在心里,却叫蒋丽莉张扬得满世界,那不耐便加了倍的,不由生出厌烦之心,对蒋丽莉不理不睬的。蒋丽莉只以为自己做得还不够,就更加努力,王琦瑶简直不知如何是好。她知道蒋丽莉是对她好,可这好却像是压迫,是侵犯自由,要叫人起来反抗的。这就像用好来欺人,好里面是有个权力的。这事情如今八字没一撇,却已闹得满城风雨,几乎人人皆知。王琦瑶只恨没个地方躲,可以不见人;又恨不能装聋作哑,好拒绝回答问题。好在,这时她们已经毕业,可以不去学校。倘若还是在校,众目睽睽之下,王琦瑶想都不敢想的。可即使是在家里,光是家人和亲戚,就够她应付的。所以,她又不得不经常在蒋丽莉家中,蒋丽莉再鼓噪,不过是一个,外面可就是成十成百的。后来,索性就搬过去住了。

蒋丽莉早就邀请王琦瑶与她同住,王琦瑶一直没有答应,如今搬去了,把蒋丽莉喜欢的,提前三天就在收拾房间。见她高兴,她母亲便也很积极,吩咐老妈子做这做那,好像迎接贵客。蒋丽莉家中只有母亲和一个兄弟。父亲在抗战时把工厂迁到内地,抗战胜利也还不回来,其实是在那里娶了小的,是连过年也在那边过的,每年只在两个孩子的生日回来,也算是舐犊之情吧。蒋丽莉的弟弟在读初中,读书是三天打鱼,两天晒网,逃了学也不干别的,只在家里听无线电,这无线电可以从一早听到一晚,关起了门,只三顿饭出来吃。他们家的人都有些怪,连老妈子都有怪癖的,样样事情倒着来;孩子对母亲没有一点礼数,母亲对孩子却是奉承的;过日子一分钱是要计较,一百块钱倒可以不问下落;这家的主子还都是当烦了主子,倒想着当奴仆,由着老妈子颐指气使的。王琦瑶住过去之后,几乎是义不容辞的,当起了半个主子,另半个是老妈子。第二天的菜肴,是要问她;东西放在哪里,也是她知道;老妈子每天报账,非要她记才轧得拢出入。王琦瑶来了之后,那老妈子便有了管束,夜里在下房开麻将桌取缔了;留客吃饭被禁止了;出门要请假,时间是算好的;早晨起来梳光了头发,穿整齐鞋袜,不许成天一双木屐呱哒呱哒地响。于是,渐渐地,那半个主子也叫王琦瑶正本清源地讨了回来。王琦瑶住进蒋丽莉家,还是和蒋丽莉搞了平衡。她是还蒋丽莉的好,也是还她的权力控制。这样,她们就谁也不欠谁,谁也不凌驾于谁了。就在这时候,王琦瑶接到参加初选的通知。

初选真是美女如云,沪上美色聚集一堂。大报小报的记者穿插其间,是抢新闻也是饱眼福。那眼睛是花的,新闻也加了花边。进行初选的饭店门口,三轮车和轿车穿梭似的,你来我走。小姐们带着娘姨或者小姊妹,还有家人陪伴的,裁缝和发型师也有跟随而来的。上海的小姐们就是与众不同,她们和她们的父兄一样,渴望出人头地,有着名利心,而且行动积极,不是光说不做的。她们甚至还更勇敢,更坚忍,不怕失败和打击。上海这城市的繁华起码有一半是靠了她们的名利心,倘若没有这名利心,这城市有一半以上的店铺是要倒闭的。上海的繁华其实是女性风采的,风里传来的是女用的香水味,橱窗里的陈列,女装比男装多。那法国梧桐的树影是女性化的,院子里夹竹桃丁香花,也是女性的象征。梅雨季节潮黏的风,是女人在撒小性子,叽叽哝哝的沪语,也是专供女人说体己话的。这城市本身就像是个大女人似的,羽衣霓裳,天空撒金撒银,五彩云是飞上天的女人的衣袂。

这一天,就更是不同凡响。是小姐们的节日,太阳都是为她们升起的,照着她们从千家万户走出来。花店里的花是为她们罄售一空的,为的是庆贺她们入围。最漂亮的时装穿在她们身上,最高超的化妆术体现在她们脸上,还有最摩登的发型,做在她们头上。这就像是一次女性服饰大博览,她们是模特儿。她们的容貌全是百里挑一。她们分开来看,个个可以夺魁;对比着看,一个赛一个;再要合起来,这美便是排山倒海之势。她们是这城市的精髓,灵魂一样的。平常的日子里,她们的美洇染在空气里,平均分布的,而今天是特别的日子,她们集起精华,钟灵毓秀,画下这城市最美的图画。

有了初选一幕,王琦瑶就有些安心,对各方的关怀询问有了交代,对自己也有了交代。而接下去的进入复选,却是有些意外的喜悦了。可说到了这时,王琦瑶才开始认真起来,之前,她就好像是应付蒋丽莉,还应付程先生。她的不认真,有点是为自己做一层防卫的壳,壳里藏的是自尊心。蒋丽莉和程先生的认真,来日都会打击她的自尊心,所以她只有将这不认真做得彻底,才可保住自己的不受伤。回想那时的一段日子,其实是难挨的日子。蒋丽莉和程先生的希望和努力,说到底都是要王琦瑶来负责任的,他们的成和败都不是自己的,而是王琦瑶的。他们那样的做法是有些代人做主,把自己的意愿强加于人的。王琦瑶倘若是认真,定会对他们有怨气,甚至反友为敌。也是不认真救了他们和王琦瑶的友情。现在好了,能够进入复选,连蒋丽莉和程先生都满意了。

王琦瑶和蒋丽莉重新出现在各种晚会上,每一个晚会都有些像记者招待会,问题层出不穷,王琦瑶总是有问有答。而蒋丽莉却变得格外矜持,问十句不定答一句的。程先生又给王琦瑶拍了一次照,是借人家的照相间,拍的大特写,专要人记准她的脸的。他再去托报界的熟人,竟真给登在了报纸的一角。报不是大报,却是竞选上海小姐的配文,等于做了一次广告。事情到了这步,王琦瑶心里倒有些害怕。她觉得事情太顺了,顺得像有个陷阱在前面等她,她相信物极必反的道理。这时候,王琦瑶其实是真正地起了奢望。她的心本来是高的,只是受了现实的限制,她不得不时时泼自己的冷水。她知道这世界上的东西真是太多了,越想要越不得,不如握牢自己手中的那一点,有一点是一点,说不定反会有意外的获得,所以是越不想越能得。如今这意外却到了眼前,不想也要想的地方。这是更难挨的日子。前边的难挨是在"防",这时的难挨是在"进"。在等待复选的日子里,王琦瑶竟然憔悴了。

王琦瑶住的是底层客厅旁的一间,本是书房,专门为她做了卧室。窗户对了花园,月影婆娑。有时她想,这月亮也和她自己家的月亮不同。她自己家的月亮是天井里的月亮,有厨房的烟熏火燎味的;这里的月亮却是小说的意境,花影藤风的。她夜里睡不着,就起来望着窗外,窗上蒙着纱窗帘。她听着静夜里的声音,这声音都是无名的,而不像她自己家的夜声,是有名有姓:谁家孩子哭,奶娘哄骂孩子的声;老鼠在地板下赛跑的声;抽水马桶的漏水声。这里只有一个声音有名目,像是万声之首的,那就是钟声。它凌驾于一切声息之上,那些都是它的余音,是声的最细小的笔触,是夜的出声的冥想。这夜声是有浮力的,将人托起,使之荡漾,像水似的。一个人浮游得久了,便会觉得从里到外都虚空了,叫这夜声给浸透了。这里的夜,是有侵蚀性,它侵蚀人的实感,而代之以幻觉。这里的夜色清澄见底,也不像她自家窗外的夜色,是有着杂质,混沌沌的,这里的夜色可照见人影儿,头发丝都一清二楚。伸出手,夜色从指缝里全漏尽了,筛子也筛不出个颗粒。一穹的夜色压在顶上,也不觉重,是如蝉翼一般的,也只有一件东西是有形,也是为首的,那就是月光投下的影,透明的夜色是替它作衬托,也是夜色最细小的笔触,是夜的肌肤。这夜色可在万物之间穿行,无缝不入,最终,万物皆成无形无色。这夜色是有溶解力的,它溶解了物的实体,代之以虚形,总之,这里的夜晚是有魔术的,它混淆视听,使得人物皆非。

复选的名单是登在报上的,尽管胜负未决,但也已是光辉的殊荣,人人瞩目。都知道王琦瑶住在蒋丽莉家,她家竟有点门庭若市的了。凡认识些的都要来坐坐,问题是问也问不完。王琦瑶也更成了蒋家的光荣。蒋丽莉和母亲成天替她送往迎来,准备茶点,忙得不亦乐乎,只有那弟弟闭门不出,无线电叽叽哝哝不知在说唱什么。她们这三人,一早起来就穿戴整齐,坐在客厅里,等着门铃响,好去迎客,有点严阵以待的意思。都明白事情已接近最后的关头,一点儿也忽略不得的。曾有个晚报记者来采访,回去写了篇文章,把王琦瑶和蒋丽莉描写成干姐妹的关系,于是蒋家的工商背景又使她名声增添一成。其实,蒋丽莉的母亲早已将她看成比亲女儿还亲的。亲女儿是样样事情与她作对,王琦瑶则正相反,什么都遂她的心。她甚至还写信给重庆的丈夫,逼他捐一些钱给赈灾委员会,为王琦瑶的竞选再添筹码。这母女俩平时的是非全是出于无事,如今有了这事供她们忙,且又共一个目标的,于是相安无事,甚至还有些同心协力。这时候,离复选虽还有几天,但其实大家心里都有些数了。有一些人明摆着就是给垫底的,还有一些人则明摆着要进入决赛,只不过走个过场的。而另有一些人却是在这两种人的之间,既不是垫底,也不是确定无疑的。这是尚待争取的人,王琦瑶便是其中之一。竞选的任务其实是由这类人真正承担的,她们可说是"上海小姐"的中流砥柱,是名副其实的"上海小姐"。这场竞选的戏剧实际上是由她们唱主角,一轮轮的考验都是冲着她们来,优胜劣汰也是冲着她们来。最后能冲出重围的,是上海小姐里的真金。

在登门来访的客人之中,有一个人却是王琦瑶始料未及,那就是吴佩珍。进门见是她,王琦瑶不由就慌了神,吴佩珍也有点慌,眼睛看着别处,手也没处放的。两人就这么手足无措地站了一会儿,吴佩珍才从口袋里掏出一封信,交在王琦瑶手里。王琦瑶来回看了两遍,还没看懂似的,只模糊知道那是片厂的导演写来的一张请柬。吴佩珍说,要有个回话,去还是不去。王琦瑶想也没法想的，就说去。吴佩珍也不告辞一声，转身就走。王琦瑶跟在后面，一直跟出门外。吴佩珍便放慢了脚步，两人走了并肩，走出弄堂，又走了一段，到了一个邮筒跟前。吴佩珍说：回去吧，别送了。王琦瑶说再送一段，反正是没事。两人都停了脚步，也是谁也不看谁。吴佩珍又说：我本来想把信投在这里的，结果却自己送来了。王琦瑶不说话，看着那邮筒。停了一会儿，两人都哭了。她们也不知在哭些什么，有什么可哭的，只是觉得心里有一种无法挽回的难过。上午十点钟的阳光从梧桐叶里洒在她们身上，晶片似的，还像水银，有一些落叶扫着她们的腿，在路面上嚓嚓地过去。她们的眼泪把手里的手绢都浸湿了，可还是说不出名堂，还是难过。有一种和她们纯洁无忧的闺阁生活有关的东西似乎失不再来了，她们从此都要变得复杂了。有轿车从她们身后开过，无声地，车身反射着阳光，也是水银流淌般的。她俩又哭了一会儿，吴佩珍慢慢地转过身，低头抹泪地走了。王琦瑶看着她的背影，渐渐地干了眼泪，眼睛有些酸胀，被太阳刺得睁不开，脸上的皮肤是紧的。她也慢慢转过身，向回走去。

导演请王琦瑶吃饭是在新亚酒楼，王琦瑶心想吴佩珍也会去，就没告诉蒋丽莉，怕她跟着，只说要回家看看，拿点衣物。可是吴佩珍却并不在，只有导演自己。导演见面就叫她瑶瑶，使她回想起片厂的事情，几乎是隔世的了。导演说：瑶瑶成大姑娘了！这话是兄长的亲昵，要叫人掉泪的。王琦瑶忍着，笑道：导演却是越发年轻了。导演显然没料到王琦瑶能有这样场面上的应答，倒是一怔。停了半拍，王琦瑶又问：导演召见有何贵干呢？导演嘴上说没事，心里却开始打鼓，后悔来时太没准备，王琦瑶已今非昔比了。这时,跑堂送上菜单,导演让王琦瑶点,她略略推辞便点了两样,糟鸭掌和扬州干丝,不贵也不便宜,不叫主人破费也不叫主人难堪,也是经场面的。是临窗的桌,窗玻璃都叫泼墨似的霓虹灯染了,天上放礼花一般。餐室里只亮了几盏壁灯,桌上点了蜡烛,烛光摇摇曳曳,两人的脸忽明忽暗,心里都有些恍惚,心想对方这人是谁,又为何在了一起。导演先前已经说过没事,也不便再改口,只能拉扯些闲话。王琦瑶不会真当他没事,只是不知是怎样的事。两人心里都有些不耐,嘴上还东一句西一句的,说些往事,又说些近况,后来就说到了"上海小姐"的事情上,两人忽都停了一下。

菜上来了,导演客气了几声,便埋头吃起来。一旦吃起,就好像把要说的事给忘了,只是一股劲地吃。这时,王琦瑶看见他西装袖口已经磨破,一层变两层,指甲也长了没剪,心里有些作呕,便放下筷子。等几个盘子的菜都去了大半,导演才从容起来,渐渐地放下筷子,脸上也有了光彩似的。他请王琦瑶抽烟,重新对待的方式,王琦瑶不抽,却帮导演点了烟,这动作使导演受了感动,就有些推心置腹的。他说瑶瑶,你还是求学的年龄,应当认真地读书,何必去竞选"上海小姐"?王琦瑶说我并不是有心想去竞争,不过是顺水推舟,水到渠就成,水不到就不成的。导演说:瑶瑶你是受过教育的,应当懂得女性解放的道理,抱有理想,竞选"上海小姐"其实不过是达官贵人玩弄女性,怎能顺水推舟?王琦瑶说:这我倒有不同的看法,竞选"上海小姐"恰巧是女性解放的标志,是给女性社会地位,要说达官贵人玩弄女性,就更不通了,因为也有大亨的女儿参加竞选,难道他们还会亏待自己的女儿不成?导演说:那就对了,其实为的就是这些大亨的女儿，“上海小姐”是大亨送给他们女儿和情人的生日礼物，别人都是作的陪衬，是玩弄里的玩弄。听了这话，王琦瑶却变了脸，冷笑说：我倒不这么想，在家全是女儿，出外都是小姐，有什么她是我不是的，倘若真是你说的那样，我就是想退也不能退了，偏要奉陪到底，一争高低。见她这样动气，还这样有道理，导演不由乱了方寸，不知说什么好。他支吾了些男女平等，女性独立的老生常谈，听起来像是电影里的台词，文艺腔的；他还说了些青年的希望和理想，应当以国家兴亡为己任，当今的中国还是前途莫测，受美国人欺侮，内战又将起来，也是文艺腔的，是左派电影的台词。王琦瑶便不再发言，只由着他去说。等他说了有一个段落，便站起来要告辞。导演措手不及地也站起，想再说些什么，王琦瑶却先开了口，她说：导演，其实我竞选“上海小姐”也有你的一份，如不是当初你让程先生替我拍照登在《上海生活》，也不会有后来的事情，说实在的，去竞选还是程先生的建议呢。说罢一笑，是有些嘲弄的口气。这笑容刺激了导演，他突然来了灵感，对王琦瑶说出一番话，他说：瑶瑶，不，王小姐，“上海小姐”这顶桂冠是一片浮云，它看上去夺人眼目，可是转瞬即逝，它其实是过眼的烟云，留不住的风景，竹篮打水一场空的，它迷住你的眼，可等你睁开眼睛，却什么都没有，我在片厂这多年的经历，见过的光荣，作云是倾盆的大雨，作风是十二级的，到头来只是一张透明的黑白颠倒的胶片纸，要多虚无有多虚无，这就叫作虚荣！王琦瑶没听他说完就转身走了，留下他在身后朗诵。楼下有新人的喜宴，鞭炮声声，将他的话全盖没了。

导演是负了历史使命来说服王琦瑶退出复选圈，给竞选“上海小姐”以批判和打击。电影圈是一九四六年的上海的一个进步圈，革命的力量已有纵深的趋势。关于妇女解放青年进步消灭腐朽的说教是导演书上读来的理论，后一番话则来自他的亲闻历见，含有人生的体验，这体验是至痛至爱的代价，可说是正直的肺腑之言。他看着王琦瑶走远，头也不回，她越是坚定，他越觉得她前途茫茫，可想帮也帮不上忙的。喜庆的鞭炮声是一连串的，窗玻璃上的灯光赤橙青蓝。这城市的夜晚真是有声有色啊！

11．三 小 姐

导演的话，王琦瑶如风过耳，而与吴佩珍见面，她却有回不去的感觉。可这更使她义无反顾，为的是尽快将茫然的前途明确下来，好偿还代价似的。此时此地，代价是未明的代价，前途是未明的前途，王琦瑶的心却是平静的。她本就是个少想多做的人，不过是受了境遇的影响，生出些感时伤怀，这其实都是赘物一样无用的东西，平添负担的，王琦瑶出于上进的本能，将它们排除了出去。通过复选，进入决赛，似乎是在意想之中，她并没有多少意外的喜悦，就好像决赛的资格不是别人给她的，而是她自己给自己的。她不再相信奇迹，只相信自己。每一个进入决赛的小姐，都是以为理所当然。这竞争一轮又一轮的，早已把侥幸的心理消除干净，余下的都是谋事在人，成事也在人。这也是上海的小姐同其他小姐的不同之处，她们是主动权在握，相信人的力量。说起来，进入决赛也已是大半个成功，是大半个名人。有上海的老店名店主动上门来给王琦瑶免费做衣服的。在发表决赛名单的同时，也公布决赛时小姐们将三次出场，第一次是旗袍装，第二次是西洋装，第三次是结婚礼服。穿上结婚礼服出场就好像小姐们都要出阁似的，于是社会上一时盛传这些小姐都已经名花有主，谁对谁也有名有姓。决赛之前的日子，蒋家闭门谢客，只程先生例外，他是她们与外界的联络。所以，她们人在家中坐，却知天下事的。

王琦瑶和蒋丽莉母女，再加上程先生，四人着重商量的，是这三次出场的服装问题。程先生认为把结婚礼服放在压轴的位置，是有真见识的。因为结婚礼服总是大同小异，照相馆橱窗里摆着的新娘照片，都像是同一个人似的，是个大俗；而结婚礼服又是最圣洁高贵，是服装之最，是个大雅，就看谁能一领结婚礼服的精髓，这次出场是带有些烈火真金的意思了。她们三人听程先生说话都听出了神，这女人的衣服穿在她们身上，心倒好像长在程先生体内，他全懂得。程先生接着说，对这结婚礼服，虽是有些无从着手，却也并非一无所措，可做的至少有两点：第一，就是利用对比，让第一次和第二次出场给第三次开辟道路，做一个烘托。结婚礼服不是白吗？就先给个姹紫嫣红；结婚礼服不是纯吗？就先给个缤纷五彩；结婚礼服不是天上仙境吗？就先给个人间冷暖，把前边的文章做足，轰轰烈烈，然后却是个空谷回声——这也就是第二点，王琦瑶要穿最简单的结婚礼服，最常见的，照相馆橱窗里的新娘的那种，是退到底的意思，其间的距离越拉开，效果就越强烈，难的是前两套服装是个什么繁荣热闹法，这就要听你们女士的意思了。这时候，她们三个哪敢有什么意见，心里只有惭愧，做女人的要领全叫一个男人得去了，很失职的。倒是王琦瑶还剩几分主见，说是受程先生启发，她决定穿一身红和一身翠，好去领出那身白。程先生一听便知她已明白自己的意思,只是在红和翠的具体颜色上有一些分歧。他说,红和翠自然是颜色的顶了,可是却要看在什么地方,王琦瑶好看是不露声色的美,要静心仔细地去品的,而红和翠却是果断的颜色,容不得人细想,人的目光反是仓促行事的;它们的浓烈也会误事,把王琦瑶的淡盖住了不说,还叫这淡化解了的,浓烈也浓烈不到极处了。倘若退一步的颜色,有些谦让的,能同王琦瑶互相照顾,你呼我应,携起手来,齐心协力的,兴许倒可达到浓烈的效果。所以,他建议红是粉红,和王琦瑶的妩媚,做成一个娇嫩的艳;绿是苹果绿,虽然有些乡气,可如是西洋的式样,也盖过了,苹果绿和王琦瑶的清新,可成就一个活泼的艳。说到此处,她们三人便只有听的份,再开不得口了。三次出场和装束就这样定了下来。

这时,社会已经风传"上海小姐"的三名位置已经全被人买下,一是某大老板的千金,二是某军政界要人的情妇,三是某交际花,名扬沪上的。虽是风传,小报上却登出了讽刺小品,说是评"上海小姐"却评出了"上海夫人"。接着又有文章调侃,把"上海夫人"这谑称解释出人皆可夫的意思。第三篇则是辟谣,说"上海小姐"的评选是投票的方式,不存在花钱买这一说。第四篇文章就专门反驳辟谣者,说它是此地无银三百两,人家说买的就是选票,国民政府的官,抗日的民族义士称号都可以买得,"上海小姐"又有什么买不得?这话其实是含沙射影,指的是重庆接收大员的受贿。几张报纸你来我往,硝烟渐起的样子,算是为决赛造了一场别致的声势,也使竞选的空气加倍地紧张起来。

程先生出入蒋家越发频繁,早来晚去的,也是临战的气氛。裁缝请进门就再没离去过,三餐一宿地侍奉,好比贵客,同时又是伙计,是有几个师傅监工的。程先生自然是为首,蒋丽莉算一个,她母亲也算一个。再有王琦瑶,鸡蛋里挑骨头,一个针脚不许错。她挑剔着这些,心里是有些委屈的,难道这就是她的人生吗?那么微乎其微的,又是角角落落的心思都用尽的样子。她明知那裁缝的活是好得没法再好的,却有意找茬地说不好,看着裁缝为难,自己的委屈非但没减少,还加了些为人家的。粉红旗袍缎子上的绣花,却是温暖着她的心,那细针密线,绣的都是她的希望,绲边绲的也是希望,看着会掉泪,即使事情不成也不怪它的。苹果绿的洋装的裙裥,则要洒脱得多,开司米的面料把光收进去,沉下去,稳住了心的。结婚礼服的白可是百感交集,有千万句话要说,终还是哑口无言,其实最是你知我知,天知地知,是善解里的善解。这些衣服,都是要与她共赴前程的,是她孤独中的伴侣。她与它们是有肌肤之亲,是心贴心。这也是有些叫人委屈的,临到头谁也帮不上忙,只撇下她自己似的。临近决赛的日子,住在人家家里是叫人委屈,报纸传播的谣言更叫人委屈,蒋家母女和程先生待她的好是委屈加委屈。这些委屈都是憋在心里,看上去依然如故,谁也看不出来,都照着自己的意思奔忙和着急,难免有些乱的,王琦瑶反倒是乱中的一个镇定。在小报的笔仗,衣料的粉红嫩绿,还有包在心里的委屈中,决赛的那一日,一分一秒地来临了。

投票的方式也是艳情手笔,有万种风流。台前一排花篮,系着各小姐的芳名,有意于哪一位,便将手中的康乃馨投进哪一位的花篮。康乃馨有红色和白色两种,摆满了前厅,一百元钱一朵,卖花得的钱,捐给河南的灾民。这城市所有的康乃馨都集中到了新仙林花园的前厅,康乃馨的舞池似的。红和白都是风情的颜色，花香更是风情。这一天的晚上，连天上的星星都变成了康乃馨，也在向人间撒播风情。这晚上的灯啊！真是了不得，都在诉说衷肠，人心荡漾得没法说。灯下的梧桐，也是有衷肠的，只是不说。车水马龙是啦啦队一样鼓动，川流不息的，不让人消停。这城市的劲头，足得了不得，不知人事不知愁的，立志将世上的快乐都享尽。新仙林门前的灯是起雾的，厅里的康乃馨也是起雾的，而且漫了出来，聚起一层云，新闻记者的闪光灯，是云里的雷电，顷刻之间，酿成一场风流雨。小姐们的轿车来了，一辆辆的，出轿车的一幕是最初的亮相。人们目不暇接的，胡乱喝着彩，掀起了第一个高潮。这时候，好像有五彩的小雨，缤纷乱舞，披了人的一身，小姐们惊鸿一瞥，倏忽而去。新仙林前人头济济，是自觉自愿的龙套演员，烘托气氛的。厅里排着长队买康乃馨，那康乃馨摘了还会长似的，怎么卖也不见少，转眼间，人人手里都有一束，厅里还是康乃馨的舞池。今天就像是康乃馨的晚会。是它们聚首的日子，盛开得格外娇艳，心花怒放的样子。这情景可真美啊！这繁华是可有四十年不散的余音，四十年的入梦。

决赛是载歌载舞的，小姐的三次出场被歌唱、舞蹈和京剧的节目隔开来，每一次出场都有声色作引子。在歌、舞、剧的热闹中间，她们的出场有偃旗息鼓，敛声屏息的意思，是要全盘抓住注意力，打不得马虎眼的。在歌、舞、剧的各自谢幕之后，便也产生了舞后、歌后和京剧皇后，每一个皇后都是为她们出场开道的，她们便是皇后的皇后。是何等的光荣在等着她们，天大地大的光荣将在此刻决定，这又是何样的时刻呢？台前的花篮渐渐地有了花，一朵两朵，三朵四朵，是真心真意，也是悉心悉意。篮里的花无意间为王琦瑶作了点缀。康乃馨的红和白,是专为衬托她的粉红和苹果绿来的,要不,这两种艳是有些分量不足,有些要飘起来,散开去的,这红和白全为它们压了底。王琦瑶在红白两色的康乃馨中间,就像是花的蕊,真是娇媚无比。她不是舞台上的焦点那样将目光收拢,她不是强取豪夺式的,而是一点一滴,收割过的麦地里拾麦穗的,是好言好语有商量的,她像是和你谈心似的,争取着你的同情。她的花篮里也有了花,这花不是如雨如瀑的,却一朵一朵没有间断,细水长流的,竟也聚起了一篮。王琦瑶不是台上最美最耀目的一个,却是最有人缘的一个,三次出场像是专为她着想,给她时间让人认识,记进心里。她一次比一次有轰动,最后一次则已收揽了夺魁的希望。

白色的婚服终于出场了,康乃馨里白色的一种退进底色,红色的一种跃然而出,跳上了她的白纱裙。王琦瑶没有做上海小姐的皇后,就先做了康乃馨的皇后。她的婚服是最简单最普通的一种,是其他婚服的争奇斗艳中一个退让。别人都是婚礼的表演,婚服的模特儿,只有她是新娘。这一次出场,是满台的堆纱叠绉,只一个有血有肉的,那就是王琦瑶。她有娇有羞,连出阁的一份怨也有的。这是最后的出场,所有的争取都到了头,希望也到了头,所有所有的用心和努力,都到了终了。这一刻的辉煌是有着伤逝之痛,能见明日的落花流水。王琦瑶穿上这婚纱真是有体己的心情,婚服和她都是带有最后的意思,有点喜,有点悲,还有点委屈。这套出场的服装,也是专为王琦瑶规定的,好像知道王琦瑶的心。穿婚服的王琦瑶有着悲剧感,低回慢转都在作着告别,这不是单纯的美人,而是情景中人。投向王琦瑶篮里的花朵带着点小雨的意思了,王琦瑶都来不及去看,她眼前一片缭乱，心里也一片缭乱，她是孤立无援，又束手待毙，想使劲也不知往何处使的，只有身上的婚服，与她相依为命。她简直是要流泪的，为不可知的命运。她想起那一次在片厂，开麦拉前的一瞬，也是这样的境地，甚至连装束也是一样，都是婚服，那天一身红，今天一身白，这预兆着什么呢？也许穿上婚服就是一场空，婚服其实是丧服！王琦瑶的心已经灰了一半，泪水蒙住眼睛。在这最后的时刻，剧场里好像下了一场康乃馨的雨，看不清谁投谁，也有投错花篮的。这是顶点，接下去便胜负有别，悲喜参半了。所有的小姐都伫立着，飞扬的沉落下来，康乃馨的雨也停了，音乐也止了，连心都是止的，是梦的将醒未醒时分。

这一刻是何等的静啊，甚至听见小街上卖桂花糖粥的敲梆声，是这奇境中的一丝人间烟火。人的心都有些往下掉，还有些沉渣泛起。有些细丝般的花的碎片在灯光里舞着，无所归向的样子，令人感伤。有隐隐的钟声，更是命运感的，良宵有尽的含义。这一刻静得没法再静了，能听见裙裾的窸窣，是压抑着的那点心声。这是这个不夜城的最静默时和最静默处，所有的静都凝聚在一点，是用力收住的那个休止，万物噤声。厅里和篮里的康乃馨都开到了最顶点，盛开得不能再盛开，也止了声息。灯是在头顶上很远的地方，笼罩全局的样子；台下是黑压压的一片，没底的深渊似的。这城市的激荡是到最极处，静止也是到最极处。好了，这静眼看也到头了，有新的骚动要起来了。心都跳到口边了，弦也要崩断了。有如雷的掌声响起，灯光又亮了一成，连台下都照亮了。皇后推了出来，有灿烂的金冠戴在了头上，令人目眩。那是压倒群芳的华贵，头发丝上都缀着金银片，天生的皇后，毋庸置疑，不可一世的美。金冠是为她定做的，非她莫属，她那个花篮也分外大似的,预先就想到的,花枝披挂在篮边,兜不住的情势。亚后却是有藏不住的妖冶,银冠也正对她合适。花篮里的花又白的多红的少,专配银冠似的。她的眼睛是有波光的,闪闪熠熠,煽动着情欲,是集万种风情为一身,是人间尤物。掌声连成了一片,灯光再亮了一成,连场子的角落都看得见,眼看就要曲终人散,然后,今夜是人家的今夜,明晨也是人家的明晨。这时,王琦瑶感觉有一只手,领她到了舞台中间,一顶花冠戴在了她的头顶。她耳边嗡嗡的,全是掌声,听不见说什么。皇后的金冠和亚后的银冠把她的眼眩花了,也看不见什么。她茫然地站着,又被领到皇后的身边。她定了定神,看见了她的花篮,篮里的康乃馨是红白各一半,也是堆起欲坠的样子,这就是她春华秋实的收获。

王琦瑶得的是第三名,俗称三小姐。这也是专为王琦瑶起的称呼。她的艳和风情都是轻描淡写的,不足以称后,却是给自家人享用,正合了三小姐这称呼。这三小姐也是少不了的,她是专为对内,后方一般的。是辉煌的外表里面,绝对不逊色的内心。可说她是真正代表大多数的,这大多数虽是默默无闻,却是这风流城市的艳情的最基本元素。马路上走着的都是三小姐。大小姐和二小姐是应酬场面的,是负责小姐们的外交事务,我们往往是见不着她们的,除非在特殊的盛大场合。她们是盛大场合的一部分。而三小姐则是日常的图景,是我们眼熟心熟的画面,她们的旗袍料看上去都是暖心的。三小姐其实最体现民意。大小姐二小姐是偶像,是我们的理想和信仰,三小姐却与我们的日常起居有关,是使我们想到婚姻、生活、家庭这类概念的人物。

第三章

12. 程先生

程先生学的是铁路,真心爱的是照相。他白天在一家洋行里做职员,晚上就在自家照相间里拍照或者冲洗。照相里他最爱照的是女性,他认为女性是世界上最好的图画。他对女性是有研究的,他以为女性的好时光只有十六岁至二十三岁这一段,是娇嫩和成熟两全其美的时候。做职员的工资都用在这上面了,好在,他并没有别的嗜好,也没有女朋友。他从来没有过意中人,他的意中人是在水银灯下的镜头里,都是倒置的。他的意中人还在暗房的显影液中,罩着红光,出水芙蓉样地浮上来,是纸做的。兴许是见的美人多了,这美人又都隔着他喜爱的照相镜头,不由就退居其次了,程先生几乎都没想过婚娶的事情。杭州的父母有时来信提及此事,他也看过就忘,从没往心里去过。他的性情,全都对着照相去了。他一个人在这照相间里,摸摸这,摸摸那,禁不住会喜上心来。每一件东西,与他都有话说,知疼知暖的。

在四十年代,照相还算得上是个摩登玩意,程先生自然也就是个摩登青年,不过,已是二十六岁的老青年了。在他更年轻的时候，确实是喜欢摩登玩意，沪上流行什么，他必定要去试一下。他迷过留声机，迷过打网球，也迷过好莱坞，和一切摩登青年一样，他也是见异思迁，喜新厌旧的。可当他迷上照相机之后，他便把一切抛光，矢志不渝了。他确是因摩登而为照相吸引，而一旦吸引，却不再是追求时尚的心情了。他迷上照相，可真有点像迷上意中人，忽然发现以往都是错误的贪欢，还是无谓的彷徨，多少宝贵的金钱和时光都浪费了，幸而一切发现得还早。自从迷上照相，他便不再是个追求摩登的青年，他也逐渐过了追求摩登的年龄，表面的新奇不再打动他的心，他要的是一点真爱了。他的心也不再像更年轻的时候那样游动飘移，而是觉出了一点空洞和轻浮，需要有一点东西去填满和坠住，那点东西就是真爱。现在，表面上看来，程先生还是很摩登的，梳分头，戴金丝眼镜，三件头的西装，皮鞋锃亮，英文很地道，好莱坞的明星如数家珍，可他那一颗心已不是摩登的心了。这是那些追逐他的也是很摩登的小姐们所不知道的，这也是她们所以落空的原因。

程先生其实是很有几个追逐者的，他是那种正当婚龄且罗曼蒂克的小姐以及她们父母的注目的对象，他有正当的职业和可观的薪水，还有一个很有意趣的爱好。可怜她们坐在照相机前，眉目传情，全是对了一架机器，冰冷的，毫无人情味。程先生也不是不懂得，只是没兴趣。光顾他照相间的小姐，在他眼里，都是假人，不当真的，一嗔一笑都是冲着照相机，和他无关的。他也并不是不欣赏她们的美，可这美也是与他无关。二十六岁的人，是有些刀枪不入了，不像十七八岁的少男，什么都是照单全收，哪怕日后再活生生地剥开，也无悔无怨的。二十六岁的心是已开始结壳的，是有缝的壳，到三十六岁，就连缝也没有了。谁能钻进程先生心上的缝里去呢？终于有了一个人，那就是王琦瑶。那个星期天的早晨，王琦瑶走进他的照相间，她起先是不起眼的，因为光线的缘故，还有些暗淡，但那暗淡是柔和的暗淡，兴许就是这不起眼才使程先生不设防的，有点悄然而入的意思。他先还是有点不起劲，觉得王琦瑶是马路上成群结队的女性中的一个，唤不起创作的灵感。可每当他拍完一张，却都觉得有一点新发现，是留给下一张去完成的，于是一张接一张地便没了头。直到最终，他依然还觉得有一个没完成。其实，这就是余味的意思了。程先生忽然感到了照相这东西的大遗憾，它只能留下现时现地的情景，对"余味"却无能为力。他还认识到自己对美的经验的有限，他想，原来有一种美是以散播空气的方式传达的，照相术真是有限啊！当王琦瑶离去，他忍不住开门再望她一眼，正见她进了电梯，看见她在电梯栅栏后面的身影，真是月朦胧鸟朦胧。这天下午，程先生在暗房里洗印拍好的照片，忘记了时间，海关大钟也敲不醒他了。他怀了一种初学照相时的急切，等待显影液里浮现出王琦瑶的面容，但那时的急切是冲着照相术来的，这时的急切却是对着人了。相纸上的影像由无到有，由浅至深，就好像王琦瑶在向他走来，他竟感到了心痛。

王琦瑶有点来分程先生的心了。她不仅是程先生的照相机统治下的女性，她是有一些照相镜头之外的意义的，那就也要以之外的手法去攫取了。程先生并不想要去攫取什么，他只觉得心上少了些什么，要去找回来。于是，他就总是想着要做些什么，这是带有点盲目的争取，因和果都不怎么明了的。他将王琦瑶的照片推荐给《上海生活》，不曾想真的刊登出来，他等不及地给王琦瑶打电话,报功似的。可当他看见报摊和书局里摆着这一期的《上海生活》被人拿在手里翻阅,却觉得不是滋味,好像要找的没找回,反又失去了一点。这张照片本是他最喜欢的,这时变成最不喜欢的。陈列王琦瑶照片的照相馆前,他只去过一回,而且是在夜间。人车稀少,灯光阑珊,第四场电影也散了。他在照相馆橱窗前站着,里面那人又近又远,也是有说不出的滋味。橱窗玻璃上映出他的面影,礼帽下的脸,竟是有点哀伤的。他双手抄在西裤口袋里,站在无人的明亮的马路上,感到了寂寞。在这不夜城里,要就是热闹,否则便是寂寞里的寂寞。过后,他曾有两次再给王琦瑶照相,他分明觉得这不是他想做的,可问题是,除了照相,程先生他又能做什么?这两次照相,还是没追回什么却少去什么的。其时的王琦瑶,面对的似乎并不是程先生的镜头,而是大众的眼睛:一颦一笑,都是准备再上封面或封里,是对观众打招呼的。因此,程先生觉着他的眼睛也不是自己的,而是代表大众的了。之后,程先生就再不提照相的事了。

程先生想到了约会,可却开不了口。有一次,电影票买了,电话也打通了,可等王琦瑶来接,说的却是另一件事,完全无关的。程先生虽是二十六岁,也见识了许多美女,可都是隔岸观火,其实是比十六岁少年还不如的。十六岁时至少有勇敢,如今勇敢没了,经验也没积攒,可说两手空空。这约会的念头,一直等到王琦瑶和蒋丽莉做了朋友,才最终实现。虽然一约两个,可唯有这样,程先生才开得口的。程先生有约,王琦瑶表面不露,心里是满意的。倒并不是也对程先生有好感,为的是好和蒋丽莉平衡。她和蒋丽莉交朋友,成日是在蒋丽莉的社交圈子里出入，她这方面，是一个也没有，程先生正好填了这个空白。那天，是程先生请她们看原版的美国电影。程先生先到了一步，站在国泰电影院门前等候，两个女学生远远地走来，在梧桐树叶的阳光下显得特别有情致。天空是那样明净，有几丝云彩也是无碍的，路边墙上的影，是画上的那种，若静若动的。一个先生和两个小姐约会是多么奇妙的人生场景，它有一种羞怯的庄严，郑重其事，还是满腹的心事。有一种下午是专门安排给这样的约会，它有一种佯装的暧昧，还有一种佯装的木知木觉。这样的下午是一个假天真，也是一个真有情。

蒋丽莉知道程先生，却是头一次看见，王琦瑶为他们做了介绍，然后三人一起进了电影院。他们三人的坐法是：王琦瑶和程先生坐两头，蒋丽莉坐中间。其实坐两头的往往有着干系，坐中间的那一个，虽是两头都靠，实际两边都无涉，是作隔离，还作桥梁的。王琦瑶请程先生吃橄榄，由蒋丽莉传递；有费解的台词，也由程先生翻译给蒋丽莉，再传给王琦瑶。看电影时，王琦瑶的手始终拉着蒋丽莉的手，就像联合起来孤立程先生；程先生的殷勤却一半对一半，表示一视同仁，蒋丽莉还是个障眼法。电影院里黑漆漆的，放映孔的光柱在头顶旋转移动，是个神奇世界。下午场的电影总是不满座，三三两两，有些心不在焉，好像各怀各的心事。影幕上的声音也在头顶上回荡，格外洪亮，震人耳膜。他们三人似乎感到某种威慑，有些偎在一起的样子。蒋丽莉能听见两边的呼吸声，心跳也是近在咫尺，影幕上的故事她没有看清，只做了身边这两人的传声筒。程先生伏在她腮边低语，虽是说给王琦瑶的话，却句句先入她的耳。走出电影院，来到阳光明媚的马路，再看那程先生就是变了样的。然后他们去喝咖啡，三人坐一个火车座，她俩坐一排，程先生坐对面。程先生的话还是对王琦瑶的，眼睛却是看着蒋丽莉，王琦瑶也不作答，都由蒋丽莉代言了。话也不是什么要紧的话，全是闲篇，谁答都一样。蒋丽莉渐渐有些话多，也有了些私心。程先生明明问的是她俩的事，她只回答自己的一份，王琦瑶又是个不开口，程先生被牵着走也是无奈。最终是他俩在谈心，多年的朋友似的，王琦瑶则作壁上观。程先生的心全在王琦瑶身上，可惜分不出嘴去，又不敢送出目光去。蒋丽莉的话像流水，流出来的全是小说的字句，也叫程先生不便流连目光，只得垂下眼，盯着杯中的咖啡底，底里有王琦瑶的影，也是不回答。蒋丽莉这才止了说话，眼也看着咖啡底，底里是程先生的影，垂目不语的。

从此，程先生就成了她们的晚会中人，护花神似的，紧随其后，每次都是陪到底，送回家。程先生是有些把照相荒废掉的，照相机上蒙了薄灰，暗房也生出潮气，他走进去，无端地就会生出感慨。他心里的那个真爱似乎换了血，冷的换成热的，虚的换成实的。王琦瑶就是那个热和实。程先生原先也是晚会的积极分子，晚会填补了独身一人的很多夜晚。晚会那一套东西他还没熟到腻的程度，本是可以再消受一段日子，可是陪伴王琦瑶参加晚会使腻烦的一天提前到来。去晚会是为接近王琦瑶，可王琦瑶反倒远去了。其实在晚会上，王琦瑶与他的话反是多了些，举止也亲密些的，为的是避免纠缠，可程先生倒无言以对了，说出口的都不是自己的话，大家的话似的。晚会上的一切都是公有制，笑是大家一起笑，闹是大家一起闹，聚散是大家的聚散。最没有个人自由就是晚会，最没有私心就是晚会，怀着私心来的程先生，自然是要失望了。可他还是不得不去，王琦瑶即便是个影子，他也要追随的；这影子就是被风吹散，他也要到那个散处去寻觅。晚会上，他站在一个墙角，手里一杯酒，自始至终。空气里都是王琦瑶，待他去看，却什么也看不着。这是苦闷的晚上，身边的热闹都是在嘲讽他，刺激他，他却不退缩。

晚会的程先生，在蒋丽莉的眼睛里，也成了个影子，是失魂落魄的那个影子。她想把他唤回来，就总是说东说西。程先生耳根子不得清净，苦闷是加一成的。可他生性柔和，从来不善驳人面子，只得敷衍。因敷衍的疲累，苦闷再加一成。程先生愁容满面，蒋丽莉越发地要散他的心。她不是看不见，而是不愿看程先生的憔悴为什么，她只想：程先生就算是一块坚冰，她用满肚肠的热，也能融化它。蒋丽莉读过的小说这会儿都来帮她的忙，教她温柔有情，教她言语生风，还教她分析形势，只可惜她扮错了角色，起首一句错了，全篇都错。信心是错，希望也是错的。晚会上的程先生，是由着她摆布，怎么都行的，虽是魂不守舍，但有个壳蒋丽莉也满意，壳碎了，碎的片蒋丽莉也要拾起的。蒋丽莉参加晚会，说的是为王琦瑶，其实是为程先生，她就是局外人似的，站在墙角。不是她要做局外人，是因为程先生做了，她就不得不做。程先生苦闷，她也不得不苦闷，是全心相随。可惜程先生一点看不见，满心的王琦瑶。每夜的晚会上，只有这两个人是真人，其余的，都是戴假面的。真心也只有这两颗，其余的心都是认不得真的。可惜这两颗真心走的不是一条道，越是真越是不碰头。

提议竞选“上海小姐”，是程先生向王琦瑶献的一点殷勤，蒋丽莉的热烈附议，一半对王琦瑶，一半对程先生。这段日子，王琦瑶虽然难熬，倒是程先生和蒋丽莉的好时光。他们三个几乎隔日一见,见面就有说不完的话。等到王琦瑶住进蒋丽莉家,程先生开始上门来,连蒋丽莉的母亲都有几分欢喜。她家的客人是成群结伙的,热闹是连成片的,冷清也是连成片,而程先生这样的常客,是将热闹冷清打匀了来的,是温馨的色彩,虽然是客,却是家庭的气息。蒋家的男人又长期在外,一个儿子未成年且百事不晓,程先生是还能帮着拿主意的,就是不拿主意,往客厅里一坐,本身就是个掂量。竞选的日子里,程先生和蒋丽莉的痴心得到了暂时的宣泄和转移,都是愉快的心情。他们因有着共同的目标,便也有了共同的语言,王琦瑶却出于地位不同,要与他们唱些反调,是别扭曲折的心曲,不得不唱。那两个则是团结一致的,越是要讨她喜欢,越是要同她把反调唱到底。他们三人站成了两派,王琦瑶一个对付他们两个,心里晓得两个都是帮她,也是含了些娇痴和任性,还有点讨他们保证来坚定信心。所以这三人两派其实是一条心。这一条心里有着些阴差阳错的情爱,还有些将错就错的用意。

一个先生两个小姐是一九四六年最通常的恋爱团体,悲剧喜剧就都从中诞生,真理和谬误也从中诞生。马路上树阴斑斓处,一辆三轮车坐了一对小姐,后一辆坐了一个先生,就是这样的故事的起源,它将会走到哪一步,谁也猜不到。

临近决赛的日子里,王琦瑶对程先生的上门是真欢迎的。万事未决之中,程先生是一个已知数,虽是微不足道的,总也是微不足道的安心,是无着无落里的一个倚靠。倚靠的是哪一部分命运,王琦瑶也不去细想,想也想不过来。但她可能这么以为,退上一万步,最后还有个程先生;万事无成,最后也还有个程先生。总之,程先生是个垫底的。住在蒋丽莉的家,有百般的好处，也没一件是自己的。虽也是仔细地过日子，过的却是人家的日子，是在人家日子的边上过岁月。拿自己整段的岁月，去做别人岁月的边角料似的。而回到自己家中，那虽是整段的岁月，却又是看不上眼，做面子做衬里都够不上的，还抵不上人家的边角料的。但总还是不甘心。而程先生是这边角料里的一个整匹整段，是一点不甘心也甘心。在心里最委屈的时候，王琦瑶单个儿和程先生出去了一两回，是程先生陪她回家拿东西。程先生不进弄堂，找个咖啡馆候着。隔着窗玻璃看那马路上的行人，程先生对自己说：这一个小姐后面该是王琦瑶了，或者，这个先生过去，王琦瑶就过来了。咖啡在杯里凉了，他也不知道。电车当当地过去，是安宁白昼的音乐，梧桐树叶间的阳光，也会奏乐似的，是银铃般的乐声。王琦瑶走过来时，是最美的图画了，光穿透了她，她像要在空气里溶解似的，叫人全身心地想去挽留。程先生不由激动起来，有点鼻酸了。他的照相间的灰越积越厚，暗房水池残留的定影液也变了颜色，他已有多少日没有进去了啊！程先生也感到了委屈，他几乎是连后路都截断的，一味地向前，他感到了咖啡杯的凉意。这时，王琦瑶已在了眼前。看见王琦瑶，那委屈烟消云散，取而代之的是满心的愿意。王琦瑶坐都不坐，立即要走，坐一坐便是允诺了什么似的。虽知道这是个万事万物的底，可毕竟远不是退的地步，只不过前途茫茫，稳住心即可的。再有一层，则是为了蒋丽莉。

她当然是知道蒋丽莉的心。像王琦瑶这般聪敏仔细，又没叫感情遮住眼，什么看不见呢？她甚至还能看出蒋丽莉的母亲的心。这一个无能的女人，以往大事小事都是问王琦瑶，如今则是问程先生了。上回亲戚中有人结婚请喜酒，她竟借口王琦瑶有些不舒服，要程先生陪她们母女去赴宴，这笨拙又露骨的用意是叫王琦瑶好气好笑也可怜的。逢到这种情形，王琦瑶总是自行退让，给她们方便。可她不去，程先生也不去。为了蒋丽莉母亲的面子，最后是四个人都去。一晚上，王琦瑶总是候在蒋丽莉母亲身边，左右不离的，空出程先生边上的位子让蒋丽莉去填。王琦瑶这么撮合蒋丽莉和程先生，有一点为日后脱身考虑，有一点为照顾蒋家母女的心情，也有一点看笑话的。她再明白不过，程先生的一颗心全在她的身上，这也是一点垫底的骄傲。看着蒋丽莉心甘情愿地碰壁，虽也是不忍，却还是解了一些心头委屈似的。程先生怎么也摸不透她的心，这颗心太过复杂，是境遇的复杂所造成，也将他推进复杂的境遇中。他总是身不由己地，奔了王琦瑶去，结果却落在了蒋丽莉手中，走入迷魂阵似的。程先生是个直心的人，没有左顾右盼的，对蒋丽莉只觉得她热心，蒋丽莉母亲也热心，虽是有些过头，也不生疑的，总以热心回报，不料误入了歧途。

蒋丽莉为程先生，已不知哭过了多少回了。程先生对她在意一点和忽略一点，都是回到房里流泪的理由。那房间重新收拾过了，书本是清洁整齐摞好的；茶杯天天洗；唱片呢，去旧换新，很罗曼的小夜曲；床头挂了些手绣的香包，是王琦瑶的女工；衣柜里也新添了颜色鲜亮的衣服，是程先生的眼光。这房间里有了一股欣欣向荣的气象，是温顺和婉的好脾气，还是翘首以望的心情。她写了许多不给人看的字句，日记本外面包了红绸子。她看不清形势，一半是因为爱的糊涂，另一半也是有权利心的。她对王琦瑶有权利，对王琦瑶的朋友也有了权利似的。对这权利她也是有些糊涂，不明白哪部分是名，哪部分是实，哪部分当然归她,哪部分则是有前提的公平交易。这也是从小养成的任性使然,到头总是吃亏。蒋丽莉被这感情折磨得不行的时候,便向王琦瑶倾诉衷心。是小说式的倾诉。其中那些上句不接下句,词不达意的地方,才是真感情。这真是叫王琦瑶为难,不知该说什么好。泼她的冷水不对,鼓励更不对,形势是无法分析,真相也不便告诉。她也只能随她去,什么态也不表的。可经不住蒋丽莉一个劲地追问她的意见,只能说程先生人不错,再要问,便不得已地说:人可是有点呆。蒋丽莉却说,这不叫呆,而叫不俗。王琦瑶见她执迷不悟,有时就用话来暗示,说凡事都要凭缘分,倘若没有再用心也是白用。蒋丽莉听了这话,不由喜形于色,说:这就对了,我自己常想,事情偏偏这样巧,偏巧我和你好,你又带来一个程先生,这巧其实就是缘分啊!王琦瑶一边暗中叹气,一边觉得自己已尽到责任,余下的事再与她没有干系。

决赛的日子是万事的目的地一样,到了那一日,什么都可见分晓的,所以都是一心往那里奔。奔到眼前,抬起头来,才发现事事皆非。不过这一抬头,是将几年当一瞬间说,甚至几十年当一瞬间说的。蒙在鼓里还要有一段。那天晚上,他们三人一个台上,两个台下,多日的努力和激动,都归成一个听天由命,有点悲戚,也有点感动。满台的小姐,台下两个只盯着一个看,他们由于立场和代价的关系,已难以进行比较,也难做判断。他们三个全是束手待毙的,等待命运降临。到第三轮出场,看着穿了婚服的王琦瑶,程先生的眼泪都要涌上来的。这是他朝思暮想的一幕,是唯愿不醒的梦。蒋丽莉的眼里也是含泪的,婚纱下面的不是王琦瑶,而是她自己,她却是不把它当梦,而是当未来。这一时刻,他们三人,台下台上,是泪眼相向,各是各的情怀。最后的关头，蒋丽莉情不自禁地抓住程先生的手，程先生没有拒绝也没有响应，注意力全在台上，身子都是木的，别说是手。待到宣布第三名王琦瑶时，程先生也情不自禁起来，回握一下蒋丽莉的手，然后抽回来，全身心地鼓掌。蒋丽莉也是鼓掌，心更是像擂鼓一般，脸也红了。这一个晚上，初看起来，真是如意夜晚。虽不是头等的荣耀，可位居第三似更可靠，两个有情的则都看见些曙光般的希望。这晚，王琦瑶她们在台上照相留影，接受来访，程先生和蒋丽莉在前厅等候。厅里的康乃馨到底有些枯萎了，红和白都不那么鲜明，枝叶也开始凋零，东一片，西一片的，是收场的样子。厅前的灯火，是最后的辉煌了，人意阑珊的气氛。车马稀了些，馄饨挑子却在路边悄然出现，是静夜的景致了。

第二天早上，程先生光了脸，穿了整洁的衣服，来到蒋丽莉家。那两人晨妆已毕，早就坐在了客厅。三个人的眼睛都熬了夜的，有些血丝，还有些浮肿。太阳有些潮黏，照在打蜡地板上，蜡也像要化似的。蒋丽莉的母亲亲手布置茶点，连她也换了新衣服。这有点像大年初一的那种早晨，轰轰烈烈的除夕夜过去了，满地的炮仗纸扫尽了，年节虽才开始，也带了点倦意。那喜庆之气是要照耀一整年，就有些勉为其难的意思。他们回顾昨天晚上，你一言我一语，互相补充和纠正，要使情景重现似的。昨晚的灯光和康乃馨在这样的潮天的太阳里显得不很真切，恍恍惚惚。他们就加把劲地回顾，好把它唤回来。一个上午过去了，他们的讨论还保持到餐桌上。桌上也是过年一样的菜，新换的桌布，年节用的碗碟。餐桌上的热闹却含了一些失落，一天过去了一半，可事情没新发展。午后总是倦怠的，有些提不起劲，都是歪着的。阳光里的灰尘也是黏滞的，光线是显得有些灰。

坐着无话，蒋丽莉便起身到角落弹钢琴，东一句，西一句，琴声琮琤，毕竟是一点鼓舞，也是一点推动。是为找事做，程先生也走到钢琴边，倚着琴站着，问蒋丽莉会弹这还是会弹那。蒋丽莉就用钢琴回答他，都不全会，又都会一两句，因此有求必应，两人都有了些兴致。钢琴边一站一坐的两个年轻男女，是这类客厅里最贴切的情景。王琦瑶在另一角的沙发上，看着他们，忽然发现她做主角的日子过去了。昨夜的那光荣啊！真是有些沧海巫山的味道。那钢琴是刺她耳的，还刺她的心，是专挑她过不去的来。坐在钢琴前的蒋丽莉虽然姿色平平，可却很优雅，无形中与她拉开了距离，程先生也是有距离的。王琦瑶忽有些悲伤，这是大喜过后常有的心情。那大喜总是难免虚张声势，有过头的指望。王琦瑶望着落地窗外冬日的花园，丁香花枝纠成一团，解也解不开的。太阳却开始蓬勃起来，空气也爽利了，昨天的夜晚都已经按下不想了，是轻松，也是空落落。上海滩的事情就是这样，再大的热闹也是一瞬间。王琦瑶甚至想到，是该回家的日子了。这时，程先生回头说：王琦瑶，来唱一曲吧！王琦瑶不由心头火起，脸红着，却笑道：我又不是蒋丽莉那样的艺术人才，会唱什么？蒋丽莉还自顾自弹着琴，程先生则有些不放心，走过来提议：我们去看电影好吗？王琦瑶负气似的说：不去。程先生又说：我请二位小姐吃西餐。王琦瑶还是说不去，这回是将头扭过去，眼里含了泪的。程先生真是知心的体贴，可正是这体贴，碰到了王琦瑶的痛处。两人默默无语地坐着，蒋丽莉的琴声不再刺耳，是很柔和地揪心。

这天以后，王琦瑶开始和程先生约会了。她对蒋丽莉说回自己家，出了弄堂就掉了个头的。有两次，看完电影回来，夜已深了,没进门就听见蒋丽莉的琴声,在空旷的夜空下,有点自言自语的意思。这些天,蒋丽莉重新拾起钢琴课,终于找到程先生一个喜欢似的,也为了倾诉心声。王琦瑶走上楼梯时,总蹑着手脚,可还是会被蒋丽莉叫住,要告诉她心中的感受。落地窗外有着大大的满月,也在抒发着感受。蒋丽莉找定了王琦瑶做她的知心,王琦瑶是逃不脱的。她曾经提出搬回家住,蒋丽莉听都不要听,说王琦瑶回去,她也跟回去,反正是不分离。蒋丽莉的感情总是夸张,可到底不掺假,王琦瑶不能不当真的。她想她虽然没有承诺程先生什么,可毕竟是侵占了蒋丽莉的机会,她要不知道蒋丽莉的心意还好,而蒋丽莉偏是第一个要让她知道。王琦瑶的感情不是从小说里读来的,没那么多美丽的道理,可讲的是平等互利的原则,有来有往,遵义守信。她心里对蒋丽莉抱愧,行动上便对她好过从前,把她当亲姐妹一般。有一回,蒋丽莉说:程先生最近怎么不来了,那若有所失的样子,使王琦瑶只得拒绝程先生的邀请,程先生只得再上门来。蒋丽莉大喜过望,王琦瑶自知是作孽,除此又无他法,只有一个念头在安慰她的良心,就是那个不承诺。这时候的王琦瑶就靠着这个不承诺保持着平衡。不承诺是一根细钢丝,她是走钢丝的人,技巧是第一,沉着镇静也是第一。

这一天,程先生带着羞怯和紧张,向王琦瑶提出,再到他的照相间去照一次相。这请求里是有些含义的,倘若装不懂也可蒙混过去,要拒绝反倒是个挑明,水落石出了。王琦瑶要的就是个含糊,什么样的结论都为时过早。心里的企盼又开始抬头,有些好高骛远,要说也是叫程先生的一片痴心给宠出来的。程先生的痴心是集天下为一体,无底的样子,把王琦瑶的心抬高了。

再去程先生的照相间,也是个礼拜日。前一天已经收拾过了,擦去了灰尘,梳妆桌上插了一束花,两朵玫瑰合一蓬满天星,另一角则立了一帧王琦瑶的小照。是那头一次来时照的,看上去,像比现在年轻好几岁,没有成熟的样子,其实不过就是前年。再看窗外,依然是前年的景色。这两年的时间,似乎只记在了王琦瑶的身上,其他均是雁过无痕。花和小照,都是欢迎的意思。尤其是那照片,竟是不由分说,不来也要来的味道,是老实人的用心,一不做,二不休的。王琦瑶总是装看不见。她略施脂粉就走出了化妆间,走到照相机前坐好,灯亮了。两个人共同地想起前年的那个礼拜日,也是这样的灯光,人却是陌路的人,是楼下那如蚁的人群中漠不相关的两个。如今,虽是前途莫测,却总有了一分两分的同心,也是世上难得。他们已有很久没有一起照相,可并不生疏,稍一练习便上了手,左一张右一张的。上午总是短促,时间在厚窗幔后面流逝,窗里总灯光恒常。两人也不觉得肚饥,没个完的。他们一边照相还一边扯着闲篇,许多趣事都是当时不觉得,过后才想起。他们先是说着两人都知道的事情,然后就各说各的,一个说一个听,渐渐就都出神,忘了照相。两人坐在布景的台阶上,一个高一个低,熄了灯,天光就从厚幔子外面透过来一些。程先生说他在长沙读铁路学校,听到日本人轰炸闸北便赶回上海,要与家人会合。一路艰辛,不料全家已经回到了杭州,再要去杭州,上海却已宁静,开始了孤岛时期,于是就留下,一留就是八年,直到遇见了王琦瑶。王琦瑶说的是她外婆,住在苏州,门前有白兰花树,会裹又紧又糯的长脚粽,还去东山烧香,庙会上有卖木头雕的茶壶茶碗,手指甲大小的,能盛一滴水,她最后一次去苏州是在认识程先生的前一年。

两个人由着气氛的驱策，说到哪算哪，天马行空似的。这真是令人忘掉时间，也忘掉责任，只顾一时痛快的。程先生接下去叙述了第一次看见王琦瑶的印象，这话就带有表白的意思，可两人都没这么看，一个坦然地说，一个坦然地听，还有些调侃的。程先生说：倘若他有个妹妹，由他挑的话，就该是王琦瑶的样。王琦瑶则说倘若他父亲有兄弟的话，也就是程先生的样，这话是有推托的意思，两个人同样都没往心里去，一个随便说，一个随便听。然后，两人站起身来，眼睛都是亮亮的，离得很近地，四目相对了一时，然后分开。程先生拉开窗幔，阳光进来了，携裹了尘埃，星星点点，纷纷扬扬在光柱里舞蹈，都有些睁不开眼的。望了窗下的江边，有靠岸的外国轮船，飘扬着五色旗。下边的人是如蚁的，活动和聚散，却也是有因有果，有始有终。那条黄浦江，茫茫地来，又茫茫地去，两头都断在天涯，仅是一个路过而已。两个倚在窗前，海关大钟传来的钟声是两下，已到了午后，这是个两心相印的时刻，这种时刻，没有功利的目的，往往一事无成。在繁忙的人世里，这似是有些奢侈，是一生辛劳奔波中的一点闲情，会贻误我们的事业，可它却终生难忘也难得。

过了一天，照片就洗印出来了。这是完全打破格局的，因是边聊天边照相，虽不是张张好，却留下一些极为难得的神采，那表情是说到一半的话和听到一半的话，那话又是肺腑之言，不与外人说的。这照片是体己的照片，不是供陈列展览的。两人看照片是在咖啡馆里，他们看一张，笑一张，当时的情景和说话都历历在目，程先生就说：看你这样子！王琦瑶则笑：怎么会这样子！然后认真地回忆，终于想起了说：原来是这样啊！每一张都是有一点情节的，是散乱不成逻辑的情节，最终成了成不了故事，也难说。王琦瑶总算一张一张看完，程先生又让她翻过来看背面，原来每一张照片的背后都题了词的。有的是旧诗词，有的是新诗词，更多的是程先生自己凭空想的。是描绘王琦瑶的形神，也是寄托自己的心声。王琦瑶心里触动，脸上又不好流露，只能有意岔开，开了一句玩笑道：看上去倒像是蒋丽莉的做派。两人想起蒋丽莉，忽都有些不自在，沉默下来。停了一会儿，程先生问道：王琦瑶，你不会一直住在蒋丽莉家吧？这话其实是为自己的目的作试探，却触到了王琦瑶的痛处。她有些变脸，冷笑一声道：我家里也天天打电话要我回去，可蒋丽莉就是不放，说她家就是我家。她不明白，我还能不明白，我住在蒋家算什么，娘姨？还是陪小姐的丫头，一辈子不出阁的？我只不过是等一个机会，可以搬出来，又不叫蒋丽莉难堪的。程先生见王琦瑶生气，只怪自己说话不小心，也不够体谅王琦瑶，很是懊恼，又覆水难收。王琦瑶见程先生不安，也觉自己的脾气忒大了，便温和下来，两人再说些闲话，就分手了。

然而，才过几天，王琦瑶搬出蒋家的机会就来临了，只是到底事与愿违，是个大家都难堪。有一天晚上，王琦瑶又不在家，蒋丽莉为了找一本借给王琦瑶的小说，进了她的房间。小说没找到，却在她枕边看到了那一些照片，还有照片后面的题词。程先生对王琦瑶许多明显的用心都为她视而不见地忽略了，这些照片却终于拨开迷雾，使她看清了真相。这其实也是长期以来存在心底的疑虑，有了一个突破口，便水落石出。这一真相摧毁了蒋丽莉的爱情，也摧毁了她的友谊。这两种东西都是蒋丽莉掏心掏肺对待的。因是一厢情愿，那付出便是加了倍的，不料却是这样的结果。

13. 李 主 任

请王琦瑶出场剪彩的请柬，正是王琦瑶离开蒋家那天送到的。王琦瑶已坐上了三轮车，那老妈子将请柬送了过来。王琦瑶看见这广东女人脸上掩不住的喜色，知道自己走称了她的心。她想她何苦要去做那不相干人的眼中钉？无故地结了怨仇。蒋家母女都没有出来送她，一个借故去大学注册，一个借故头痛，这使王琦瑶的走带了点落荒而逃的意思。王琦瑶穿了一件短袖月牙白绸旗袍，一把折扇挡着初秋还有些暑意的阳光，蝉一声叠一声地叫，路上的树阴倒是秋色了。她心里茫茫然的，手里请柬也没兴致去拆。她没有告诉程先生发生的事情，这事很不好开口。她还是有点负气，故意要使自己处境凄惨，这才解恨似的。她一路出了宽阔的弄堂，院墙的丁香就像是起烟的，香雾缭绕，弄前的马路人车俱无，静得也是起烟的。王琦瑶拆开手里的信封，见是一家百货楼开张，请她去剪彩。这消息没怎么叫她兴奋，反有点叫她稀奇，她想，她这个陪衬用的三小姐，能为开业庆典增添什么彩头？想来也是一家不怎样的百货楼，请不到第一第二位，便让她到场敷衍罢了。这一日是灰心的一日，是告一段落的，事情是收场了，却还有许多善后工作。在末梢上的心情。

王琦瑶到家正是午饭的时候，她推说已经吃过，便到亭子间里看书。亭子间是灰拓拓的，那种碱水洗过后泛白的颜色，墙和地都是吃灰的。王琦瑶的心倒格外的静，一动不动，看了一下午的书。傍晚时，接了两个电话。一个是程先生，问她怎么突然回家了，他是去了蒋丽莉家才知道的。她说是家里有事，便回来了。程先生问是什么样的事，需不需要他帮忙。她笑道，也不是什么大事，不过正是个借口罢了。程先生松口气似的，停了会儿却又问，是不是因为他那日说的话不合适，才突然决定。王琦瑶就反问，那天他说哪句话不合适，她怎么不知道。程先生倒不好说了，再停了会儿，就要上门来看她。她说刚到家，有些杂事，过两天再说罢，便放了电话。第二个电话是那家百货楼来的，请三小姐那天务必到场，届时会有汽车来接，庆典过后还有一个便宴，也请三小姐赏光，过后，也会有车送回府上。那人说话口气非常恭敬，也很急切，很怕她不去的样子。听过这两个电话，王琦瑶的心熨帖了不少，有点沉到底又浮起来的意思。本打算连晚饭也推托的，这时却一并吃了，还陪母亲捅了一阵子莲心，才上楼睡觉，一觉就到天明。

剪彩那日，王琦瑶穿的是竞选决赛的第一套出场服，粉红缎旗袍，头发因为长了，也没剪烫，临时去理发店做了个略显老气的发髻。她心里也是敷衍，是对那长久的冷落的一个抗议。她想，他们怎么会记起了三小姐，连她自己都快忘了。而她这不经意的装束却自有成功之处，粉红是对她号的颜色，娇嫩新鲜，发髻是最合适她目前心情的发型，是新鲜里一点沧桑，而毕竟那十八岁的年轻是挡也挡不住的。一双皮鞋是新买的，白色的细高跟，将王琦瑶的身材拔高，玉树迎风的样子。王琦瑶从前门上的汽车，前后的窗户里，有一些眼睛在看，是一些很有洞察力的眼睛，什么都瞒不过它们。王琦瑶心里有一些悲戚，她坐进汽车，看着车窗外的街景，电车总是当当，永恒的声音。她的眼睛是漠然的表情，什么都无所谓，但这漠然是带着挑战性的，有一点豁出去的精神，要将命运奉陪到底的决心。到了地方，她眼睛里才掠过一丝惊讶,她发现这百货楼竟是这几日报纸和无线电大做广告的那家,庆典的声势也很大,几十个花篮排在了门前,她这时有点后悔来得草率了,可她很快镇定下来,还有些好笑自己的激动,再大的辉煌也还不是兜个圈子再回到原地?这时的王琦瑶是很透彻的,不过,这透彻不是说她放弃努力,刚好相反,是认清形势,知己知彼,是做努力的准备。她从粉盒里检查了一下仪容,然后下了汽车。

参加庆典的有许多要人,有一些是面熟的,显然在报上见过照片,只是时事与政治同王琦瑶隔得太远,都是纸上文章,还是天外文章,所以也是木然。剪彩仪式总是一大串的讲话,王琦瑶只静立着,等待轮到她的那一剪刀。虽然头一回经历,可电影里报刊上也见多了,到了实地反更减些意思,例行公事似的。心里又遗憾自己的装束,便盼着早散早回家。只在那动剪子的一刹那,悸动了一回。毕竟是众人瞩目,由她唱主角的一瞬,可也是倏忽之间。接下来的便宴,一大半要人走了去赴公事,留下少数,其中有一位李主任,落座时就在她身边。是军人的气派,腰背很挺,不苟言笑。周围人也都有趋奉之色,有些赔小心的,气氛总有几分紧张。倒是王琦瑶没什么顾忌,出言天真,稍稍活跃了空气。她以为李主任是此间百货楼的经理之类,便问他化妆品牌子的问题,见他脸上浮出微笑,才知道自己弄错了,收又收不回,只得低下头去吃菜。望了她羞红脸的样子,李主任又一次浮起了微笑。后来王琦瑶才知道,李主任是军政界的一位大人物,也是这间百货楼的股东。请她前来剪彩,就是李主任的建议。

李主任是在"上海小姐"的决赛上认识王琦瑶的。他本是为二小姐来捧场,结果手里的花却投在了王琦瑶的篮子里。王琦瑶唤起他的不是爱美的心情,而是怜惜之意。四十岁的男人是有怜惜心的,这怜惜心其实是对着自己来,再折射出去的。四十岁的人,哪个是心上无痕?单单是时间,就是左一道右一道的刻画。更何况是这个动荡的时日,李主任这样的风云生涯,外人只知李主任身居高位,却不知高处不胜寒。各种矛盾的焦点都在他身上,层层叠叠。最外一层有国与国间,里一层是党与党间,再一层派系与派系,芯子里,还有个人与个人的。他的一举手,一投足都是牵一发动千钧。外人只知道李主任重要,却不知道就是这重要,把他变成了个活靶子,人人瞄准。李主任是在舞台上做人,是政治的舞台,反复无常,明的暗的,台上的台下的都要防。李主任是个政治的机器,上紧了发条,每时每刻都不能松的。只有和女人在一起的时候,他才想起自己也是皮肉做的人。

女人是一点政治都没有,即便是勾心斗角,也是游戏式的,带着孩童气,是人生的娱乐。女人的诡计全是从爱出发,越是挚爱,越是诡计多端。那爱又都是恒爱,永远不变。女人还是那么不重要,给人轻松的心情,与生死沉浮无关,是人生的风景。女人也是李主任的真爱,但爱不是李主任的人生大业,连附丽都谈不上的,有点奢侈的意味。但因李主任有实力,便也谈得上奢侈了。李主任的正房妻子在老家,是父母之命,媒妁之言。另有两房妻室,一房在北平,一房在上海。而与其厮混过的女人就不计其数了。李主任是懂得女人的美的,竞选"上海小姐",他还是评委之一。在他这样的年龄,不再是用眼睛去审视女人,而是以心情去体察的。当他年轻的时候,他也迷过明眸皓齿的美人,有一句话叫作"秀色可餐",他要的就是这个"可餐",是感官的满足。可随着年纪的增长,也随了感官需求的日益满足,他的要求开始变了。他要一种贴心的感受。他走过许多地方,见过各地的女人,北平女人的美是实打实的,可却太满,没有回味的余地;上海女人的美有余味,却又虚了,有点云里雾里,也是贴不住。由于时尚的风气,两地的女人都走向潮流化,有点千人一面,即使有变,也是万变不离其宗,终是落入窠臼。入目的没有,入心的更没有。这些年,看上去他对女人的心似乎是淡了,其实却是更严格,是有点真心难求的苦衷。

王琦瑶却打动了李主任的心了。他本是最不喜欢粉红这颜色,觉得女人气太重,把娇媚全做在脸上,是露骨的风情。可王琦瑶穿上的粉红却化腐朽为神奇,是焕然一新的面目。那粉红依然是娇媚做在脸上,却是坦白,率真,老实的风情。旗袍上的绣花给人一针一线的感觉,仔细认真的表情。他发现他是错怪了这颜色,这颜色是天然的女人气,风要吹,水要流的,怪就怪街上那些女人们穿坏了它,裁缝也是帮凶,做坏了它。这原来是何等赏心悦目啊!但李主任是女人看多了,眼睛难免缭乱,判断反倒谨慎和犹疑。虽然把花投在了王琦瑶的篮里,却也并非忘不了,加上百事缠身,女人也缠身,更腾不出空去牵记王琦瑶。是在百货楼开业,请他参加庆典,他随意问了声,谁来剪彩?回说还没定,也许请某女士。某女士是位电影明星,也是投其所好,因是与李主任有一段的。李主任听了则说,不如请那三小姐呢!于是王琦瑶便被请了来,坐在了他的身边。那粉红缎旗袍在近处看是温柔如水,解人心意,新做的发型是年轻装老成,懂事和乖觉的。等到她问他化妆品牌子,他是由衷地微笑起来,非但不见怪,还正中他下怀,他要的就是这个,世外人间。再见她知错不语的样子，不由得怜从中来，暗暗做了决定。

在女人的事情上，李主任总是当机立断，不拖延，也不迂回，直接切入正题的。是权力使然，也是人生苦短。晚宴之后，他说用他的车送王小姐回家。王琦瑶不知该怎么回答，却见众人像开道似的闪开，簇拥着他们往门外走。王琦瑶看见人们恭敬奉承的目光，虽知是狐假虎威，心里也是有点得意的，还对那李主任有了些认识。上车时，是李主任亲自为她开门和关门，便有一种懵懂的惊喜生起。李主任上了车坐在她身边，身材虽不高大，可那威严的姿态，却有一股令人敬畏的气势。李主任是权力的象征，是不由分说，说一不二的意志，唯有服从和听命。李主任一路都没说话，车窗是拉了窗帘，有灯光映在帘上，一闪一闪的。王琦瑶不由猜想:李主任在想什么呢？这半天，直到此时，王琦瑶才生出些类似希望的好奇，她想:这一天将怎样结束呢？车在马路上滑行，白纱帘上的灯光是成串的。这个不夜城真是谜一样的，不到时候不揭晓。什么才是时候呢？谁也不知道。王琦瑶心里是惴惴的，还是听天由命的。她似乎觉得有什么事情已经为她决定好了，想也是白想。这便是李主任，而不是程先生了。李主任是决定一切的，而程先生则是要由别人替他决定的。汽车到王琦瑶家，李主任才侧过头说，明晚我请王小姐便饭，不知王小姐肯不肯赏光。虽是客套的谦词，因是李主任说的，便是有权力的谦词，是由你决定，又是不由你决定。王琦瑶慌慌地点了头，李主任又说明晚七点来接，伸手替她开了车门。

王琦瑶站在自家大门前，望了那汽车一溜烟地驶出弄堂，做梦一般。那李主任是头一回看见，他对自己却像有千年万载的把握似的，他究竟是谁呢？王琦瑶的世界非常小，是个女人的世界，是衣料和脂粉堆砌的，有光荣也是衣锦脂粉的光荣，是大世界上空的浮云一般的东西。程先生虽然是个男人，可由于温存的天性，也由于要投合王琦瑶，结果也成了个女人，是王琦瑶这小世界的一个俘虏。李主任却是大世界的人。那大世界是王琦瑶不可了解的，但她知道这小世界是由那大世界主宰的，那大世界是基础一样，是立足之本。她慢慢地推门进屋，楼下客堂暗着，有饭菜的油腻气，灶间倒亮了灯，是几个串门的娘姨在嘁嘁喳喳，说些东家的坏话。她上楼到了自己屋里，一时睡不着，就坐着看窗外。窗外是对面人家的窗户，一臂之遥的，虽然遮了窗帘，里头的生计也是一目了然的，没有什么意外之笔。王琦瑶想着明天的晚上，有着些莫名的憧憬。昨天的事情都已经过去很久了，想也想不起来的样子。她计划着明天穿的衣服和鞋子，还有发型。她敏感到李主任对她有意，却不知道是什么样的有意，便也不知该往何处用心。但她心里总有一条顺其自然的信念，是可以以不变应万变。她知凡事不可强求，自有定数的天理，她也知做人要努力的道理。因此，做什么都需留三分余地，供自己回转身心。而那要做的七分，且是悉心悉意，毫不马虎的。

第二天，王琦瑶还是原先的发型，换一件白色滚白边的旗袍，一半家常，一半出客的样子。妆却是化重了一些，正红的胭脂和唇膏，不致叫那素色扫兴的意思，臂上挽一件米黄的开司米羊毛衫，不是为穿是为配色。汽车还是停在前弄，那司机下车叩的门，不轻不重的两下，受过规矩的模样。王琦瑶走过天井去时有些慌张，那李主任虽是昨晚才见，这时却不知何人何故，事情总有些突如其来。她坐进汽车，迎面看见李主任的微笑，老朋友似的了。虽还是不多话，但毕竟一次熟似一次，是略为亲切的气氛。车走在中途，李主任低头看看她膝上的手提包，指一指上面的珠子说：这是什么？王琦瑶老实回答说，是珠子。李主任便恍悟道：哦，是这样！王琦瑶才知是逗她玩，便也一报还一报地点了李主任手上的戒指说：这是什么？李主任不说话，拿过她的手，把那戒指套在了她的指头上。王琦瑶又慌了，想这玩笑开得有点过头，话收不回，手也抽不回。幸好，那戒指空落落的套不住，李主任只得拿回去，说，明天去买一个。说话时车已到了地方，是公园饭店。门口的人都像是认识他的，说道：李主任来了！便往里请。进了电梯，一直上到十一层，早有人迎候着，领进单间的雅座，靠了窗的，窗下是一片灯海。

李主任并不问王琦瑶爱吃什么，可点的菜全是王琦瑶的喜爱，是精通女人口味的。等待上菜时，他则随便问王琦瑶芳龄多少，读过什么书，父亲在哪里谋事。王琦瑶一一回答，心想这倒像查户口，就也反问他同样的问题。本也不指望他回答，只是和他淘气，不料他却也认真回答了一二，还问王琦瑶有什么感想。王琦瑶倒不知所措了，低下头去喝茶。李主任注意她片刻，然后问：愿不愿继续读书？王琦瑶抬头说：无所谓，我不想做女博士，蒋丽莉那样的。李主任就问蒋丽莉是谁。王琦瑶说是个同学，你不认识的。李主任说：不认识才要问呢。王琦瑶不得已说了一些，全是琐琐碎碎，东一句西一句的，自己也说不下去，就说：和你说你也不懂的。李主任却握住了她的手，说：如要天天说，我不就懂了？王琦瑶的心跳到了喉咙口，脸红极了，眼睛里都有了泪，是窘出来的。李主任松开手，轻轻说了句：真是个孩子。王琦瑶不由抬起了眼睛，李主任正看窗外，窗外是有雾的夜空，这是这城市的制高点了。后来，菜来了，王琦瑶渐渐平静下来，回想方才的一幕，有些笑自己大惊小怪，想她毕竟是有过阅历，还有程先生事情的锻炼，怎么也不至于是这样，便重整旗鼓似的，找些话与李主任说。她那故作的老练，其实也是孩子气的。李主任也不揭穿，一句句地回答。她问他每天看多少公文，还写多少公文，后又想起，那公文都该是秘书写的，他只签个字便可，便问他一天签署多少公文。李主任拿过她的手提包，打开来取出口红，在她手背上打个印，说，这就是他签署的一份重要公文。

第三天，李主任又约王琦瑶吃饭，不过约的是午饭。饭后带她去老凤祥银楼买了一枚戒指，是实践前日的承诺。买完戒指就送她回了家。望了一溜烟而去的汽车，王琦瑶是有点怅惘的。李主任说来就来，说去就去，来去都不由己，只由他的。明知这样，还要去期待什么，且又是没有信心的期待，彻底的被动。以后的几天里，李主任都没有消息，此人就像没有过似的，可那枚嵌宝石戒指却是千真万确，天天在手上的。王琦瑶不是想他，他也不是由人想的，王琦瑶却是被他攫住了，他说怎么就怎么，他说不怎么就不怎么。这些日子里，王琦瑶成天地不出门，程先生也拒绝见的。倒不是有心回避，只是想一个人清净。清净的时候，是有李主任的面影浮起，是模糊的面影，低着头用眼里的余光看过去的。王琦瑶也不是爱他，李主任本不是接受人的爱，他接受人的命运。他将人的命运拿过去，一一给予不同的负责。王琦瑶要的就是这个负责。这几日，家里人待王琦瑶都是有几分小心的，想问又不好问。李主任的汽车牌号在上海滩都是有名的，几次进出弄堂，早已引起议论纷纷。王琦瑶的闭门不出也是为了这个。上海弄堂里的父母都是开明的父母，尤其是像王琦瑶这样的女儿，是由不得也由她，虽没出阁，也是半个客了。

每天总是好菜好饭地招待,还得受些气的。做母亲的从早就站到窗口,望那汽车,又是盼又是怕,电话铃也是又盼又怕。全家人都是数着天数度日的,只是谁也不对谁说。王琦瑶有几日赌气想给程先生打电话,可拿起电话又放下了,觉得这气没法赌。赌气这种小孩子家家的事,怎么能拿来去对李主任呢?和李主任赌气,输的一定是自己。王琦瑶晓得自己除了听命,没有任何可做的。于是也就平静下来,是无奈,也是迎接挑战。她除了相信顺其自然,还相信船到桥头自会直,却是要有耐心。这是茫然加茫然的等待。等到等不到是一个茫然,等到的是什么又是一个茫然。可除了等,还能做什么?

李主任又一次出现,是一个月之后。王琦瑶已经心灰意懒,不存此念。李主任让司机来接王琦瑶,司机在楼下客堂等着,王琦瑶在亭子间里匆匆理妆,换了件旗袍就下来了。旗袍是新做的一件,略大了一些,也来不及讲究了。前一日刚剪了头发,也没烫,只用火剪卷了一下梢。人是瘦了一轮,眼睛显大了,陷进去,有些怨恨的。就这么来到四川路上的酒楼,也是雅座,里面坐了李主任。李主任握了王琦瑶的手,王琦瑶的泪便下来了,有说不出的委屈。李主任将她拉到身边坐下,拥着她,两人都不说话,彼此却有一些了解的。李主任此一番去了又来,似也受了些折磨,鬓边的白发也有了些。不过,这折磨不是那折磨,那只是一颗心里磨来擦去,这却是千斤顶似的重压在上,每一周转都会导致粉身碎骨的险和凶。两人都是要求安慰的,王琦瑶求的是一股脑儿,终身受益的安慰;李主任则只求一点。各人的要求不一样,能量也不一样,李主任要的那一点,正好是王琦瑶的全部;王琦瑶的一古脑儿,也恰巧是李主任的一点。因此,也是天契地合。

王琦瑶偎在李主任的怀里,心是落了地的,很踏实的感觉。李主任钢铁的意志这时也化做了水。他想的是,女人这东西,是纷乱喧嚣的尘世里唯有的清音。王琦瑶却什么都不想,有了李主任就有了一切似的。两人相拥了一会儿,李主任推开她一些,托起她下巴注视她的脸,那脸越发像个孩子,神态也是托付和依赖,孩子似的不争气。李主任虽见过许多女人,各路的都有,各种情形的也有,但在他这样的人事坎坷的中年,遇到如此不明就里全心信托的女人,所唤起的似苦似甜的心情,都有着异常的征服力。李主任再次把王琦瑶拥进怀里,问她这些日子在家里做什么。王琦瑶说在家数手指头。问她数手指头做什么。王琦瑶就说:看你去几日才回来呀!李主任把她又搂得紧一些,心里感叹:看她是个孩子,可女人会的她都会。停了一会儿,王琦瑶也问他这些日子做什么。李主任说:签公文呀!两人都笑了。王琦瑶想他居然还记得那一日的玩笑,可见心里也是存个她的。

四川路上的夜晚是要平凡和实惠得多,灯光是有一处照一处,过日子的灯光。那酒楼的饭也是家常的,虽是油烟气重了些,却很入口。玻璃窗上蒙了人的哈气,有点模糊。窗里倒显得暖暖融融的,滋生着一些同情。李主任松开王琦瑶,让她坐回位子上,说他已派人去租下一套公寓,就给王琦瑶住。他会经常去看她,假如她觉得寂寞,可以有时让母亲陪她,当然,他也会替她请个小大姐。她要愿意,可以去读大学,不读也不要紧,反正不做女博士。说到此处,两人又微笑,想起上一回的情景。王琦瑶听他说完,本已是严丝密缝,挑不出错的,可总也不好一口就答应。想了想说,要回去问问父母。这女学生气的话,又叫李主任笑了,伸过手抚摸下她的头,说:我就是你的父母。这话却把王琦瑶的泪说下来了,不知从何而起的一股辛酸,一下子溢满了胸口。李主任沉默着,却是比王琦瑶还懂得她这辛酸是从哪里来。这一类的眼泪,他不知见过有多少,虽都是一挥而去,可光是沉淀下来的,也有一层底了,略有波澜也会泛起。当年他年轻气盛,什么都可在手里握成齑粉。经历变了,他明白再怎么的不可一世,人都是握在一个巨手中,随时可成齑粉,这只巨手就叫命运。因此,王琦瑶的眼泪就像也是为他流的,触动他的心。王琦瑶哭了一阵不哭了,擦干了眼泪,眼圈红红的,瞳仁却是清澈见底,能映出人影来。神情反是轻松些,也坚决些,好像完成了一个告别的仪式,从此就开始新的阶段,轻装上阵了。她问,什么时候能住过去呢?李主任倒有些意外,本以为她还须再缱绻一番,不料竟是干脆的。他迟疑说,任何时候。王琦瑶就说,明天呢?这一来李主任就被动了,因那房子只是说说的,并未真的租好,只能说还得等几天,这才缓住了王琦瑶。

以后的几天,李主任几乎天天同她一起,吃饭或者看京剧。李主任虽是南方人,却因在北平待过,就迷上了京剧,家乡的越剧却是不能听,一听就起腻,电影也是要起腻。京剧里最迷的是旦角戏,而且只迷男旦,不迷坤旦。他以为男旦是比女人还女人。因是男的才懂得女人的好,而女人自己却是看不懂女人,坤旦演的是女人的形,男旦演的却是女人的神。这也是身在此山中不识真面目,也是局外人清的道理。他讨厌电影,尤其是好莱坞电影,也是讨厌其中的女人,这是自以为女人的女人,张扬的全是女人的浅薄,哪有京剧里的男旦领会得深啊!有时他想,他倘若是个男旦,会塑造出世上最美的女人。女人的美决不是女人自己觉得的那一点，恰恰是她不觉得，甚至会以为是丑的那一点。男旦所表现的女人，其实又不是女人，而是对女人的理想，他的动与静，颦与笑，都是对女人的解释，是像教科书一样，可供学习的。李主任的喜欢京剧，也是由喜欢女人出发的；而他的喜欢女人，则又是像京剧一样，是一桩审美活动。王琦瑶是好莱坞培养大的一代人，听到京剧的锣鼓点子就头痛的。可如今也学会约束自己的喜恶，陪着李主任看京剧，渐渐也看出一些乐趣，有几句评语还很是地方，似能和李主任对上话来的样子。一周之后，李主任便带王琦瑶去看了房子。

房子是在静安寺，百乐门斜对面一条僻静的马路上的短弄里，有并排几幢公寓式楼房，名叫爱丽丝公寓。李主任租的是底楼，很大的客厅，两个朝南的房间，可做卧室和书房，另有朝北的一间给娘姨住。细细的柚木地板打着棕色蜡，发出幽光。家具是花梨木的，欧洲的式样。窗帘挂好了，还有些桌布，沙发巾，花瓶什么的小物件空着，等着王琦瑶闲来无事地去侍弄，给她留一份持家的快乐似的。衣柜也是空的，让她一件一件去填满，同时也填满时间。首饰盒空着，是要填李主任的钱的。王琦瑶走进去时，只觉得这个公寓的大和空。在里面走动，便感到自己的小和飘，无着无落似的。她有些不相信是真的，可不是真的又能是假的？因是底楼，又拉着纱帘，再加上阴天，公寓里暗沉沉的，有些看不清，待到开了灯，却是夜晚的光景了。王琦瑶走到卧室，见里面放了一张双人床，上方悬了一盏灯，这情景就好像似曾相识，心里忽就有了一股陈年老事的感觉，是往下掉的。她转过身就去别的房间看，却去不了。李主任就在她身后，将她抱住，拥着她往床边走。她略略挣了几下，便倒在了床上。屋里是黑的，只有窗外传进的鸟叫,才告诉她这是个白昼的下午。李主任将她的头发揉乱,脸上的脂粉也乱了,然后开始解她的衣扣。她静静地由着他解,还配合地脱出衣袖。她想,这一刻迟早会来临。她已经十九岁了,这一刻可说是正当其时。她觉得这一刻谁都不如李主任有权利,交给谁也不如交给李主任理所当然。这是不假思索,毋庸置疑的归宿。她很清醒地嗅到了新刷屋顶的石灰气味,有些刺鼻的凉意。在那最后的时刻真正来临之前,她还来得及有一点点惋惜,她想她婚服倒是穿了两次,一次在片场,二次在决赛的舞台,可真正该穿婚服了,却没有穿。

第 四 章

14. 爱丽丝公寓

爱丽丝公寓是在闹中取静的一角，没有多少人知道它。它在马路的顶端上，似乎就要结束了，走进去却洞开一个天地。那里的窗帘总是低垂着，鸦雀无声。里头的人从来不出来，连老妈子都不和人啰唆的。一到夜晚，铁门拉上，只留一扇小门，还有一盏电灯，更不知何时何处，何人的世界。“爱丽丝”这名字不知是什么人起的，怀着什么样的用心。“爱丽丝”这三个字听起来，是一个美人，再加一段情。它在我们凡俗的世界，真是一个奇境，与我们虽然比邻，却是相隔天涯，谁也看不见谁的。我们不知道在那些低垂的窗幔后面，是一些什么样的故事。这些故事在这城市的上空，就像是美丽的谣言，不怕不知道，只怕吓一跳。那都是女人的历险故事，爱情作舟筏的，她游到多远，“爱丽丝”就在多远。爱丽丝公寓是这闹市中的一个最静，这静不是处子的无风无波的静，而是望夫石一般的，凝冻的静。那是用闲置的青春和独守的更岁作代价的人间仙境，但这仙境却是一日等于百年，绝非凡人可望。不甘于平凡，好作奇思异想的女人，谁不想作“爱丽丝”？这城市的马路上，到处走着磕磕碰碰的“爱丽丝”。这城市自由真不少，机会却不多，最终能走进这公寓的，可说是“爱丽丝”的精英。

假如能揭开“爱丽丝”的屋顶，旖旎的景色便出现在了眼前。这是个绫罗和流苏织成的世界，天鹅绒也是材料一种，即便是木器，也流淌着绸缎柔亮的光芒。这世界里堆纱叠绉，什么都是曳地遮天，是分外的柔软亮滑，澡盆前的绣花的脚垫，沙发上是绣花的蒲团，床上是绣花的帐幔，桌边是绣花的桌围。这世界是绣花针缝起，千针万线；线是五色缤纷，一个红里也要分出上百种不同。这又是花的世界，灯罩上是花，衣柜边雕着花，落地窗是槟榔玻璃的花，墙纸上是漫洒的花，瓶里插着花，手帕里夹一朵白兰花，茉莉花是飘在茶盅里，香水是紫罗兰香型，胭脂是玫瑰色，指甲油是凤仙花的红，衣裳是雏菊的苦清气。这等的娇艳只有爱丽丝公寓才有，这等的风情也只有爱丽丝公寓才有，这是把娇艳风情做到了头，女人也做到了头。这是女人国的景象，女人的天下。在这钢筋水泥的城市里，哪里能有这等的温馨和柔软，“爱丽丝”就有。“爱丽丝”的灯光也是蒙纱的，将什么都照得绰绰约约，富于梦幻，又是柔上加柔。什么都是无骨，手可在里头穿行，握起来，是一捧水，指缝间可渗漏的。“爱丽丝”还有一个特点，就是镜子多，迎门是镜子，关上门还是镜子。床前有一面，橱里边有一面，浴间里是梳头的镜子，梳妆台上是化妆的镜子，粉盒里的小镜子是补妆用的，枕头边还有一面，是照墙上的影子玩的。所以，“爱丽丝”的人都是成双的，影也是成双的影，欢喜是成对，寂寞也是成对。什么都是有两个，一个实，一个虚；一个真，一个假。留声机的歌声都是带双音的，唱针磨平了头，走着双道。梦是醒的影子，暗是亮的影子，都是一半对一半的。

“爱丽丝”是女人的心，丝丝缕缕，又细又多，墙上壁上，窗上幔上，都挂着的。地上床上，桌上椅上，都铺着的。针线里藏着，梳妆盒里收着，不穿的衣服里掖着，积攒的金银片里搁着。“爱丽丝”原来是这样的巢，栖一颗女人的心，这心是鸟儿一样，尽往高处飞，飞也飞不倦，又不怕危险的。“爱丽丝”是那高枝上的巢，专栖高飞的自由的心，飞到这里，就像找到了本来的家。“爱丽丝”的女人都不是父母生父母养，是自由的精灵，天地间的钟灵毓秀。她们是上天直接播撒到这城市来的种子，随风飘扬，飘到哪算哪，自生自灭。“爱丽丝”是枝蔓丛生的女儿心，见风就长，见土就扎根。这是有些野的，任性任情，没有规矩，不成方圆，好赖都能活，死了也无悔的。这颗心啊，因为是太洒脱了，便有些不知往哪里去，茫茫然的，是彷徨的心。鸟从天上落到地下，其实全是因为彷徨。彷徨消耗了它们的体力和信心，还有希望。飞得越高就越危险。

“爱丽丝”的静其实是在表面，骚动是压在心里的。那厚窗幔后面传出的电话铃便是透露。铃声在宽阔的客厅回荡，在绫罗绸缎里穿行，被揉搓得格外柔软，都有些喑哑了，是殷切之声。只有听见电话铃声，才可领会到“爱丽丝”的悸动不安，像那静河里的暗流似的。电话是爱丽丝公寓少不了的。它是动脉一样的组成部分，注入以生命的活力。我们不必去追究是谁打来的电话，谁打来的都一样，都是召唤和呼应，是使“爱丽丝”活起来的声音。那铃声是在深夜里也会响起的，从寂寞中穿心而过的样子，是最悸动的声音，过后还会有很长一段的不平静。门铃也是一种动静。这是果决的，不像电话铃那样缠绵，萦绕不绝。它是独断专行，我行我素，是静河里最强劲的暗流，主宰河的走向，甚至带有源头的性质。我们也不必去追究是谁按的门铃，总是那有权力有承诺的人。这两种铃声在爱丽丝公寓漫行，就好像主人在漫行，是哪个角落都去得了。如花如锦如梦如幻的“爱丽丝”，就好像托在这铃声之上，悬浮在这铃声之上，是由它串起的珠子。

“爱丽丝”也有热闹的时间，是由那铃声作先行官的。“爱丽丝”的热闹也是厚窗幔捂着，实在捂不住迸出来的那一点，就已叫人目眩，忘也忘不了。这是“爱丽丝”的节日，这节日不是跟着日历排，而是自有定规。这节日有时是长达数月，有时只一夜良宵，平时都把笑和闹积攒着，到这一天来用。眼泪也是积攒到这一日来抛洒。老妈子平时是闲养着，专到这一日来用，一个不够，还要到燕云楼定菜请厨子。这可真是喜上眉梢的日子，大红灯笼都要挂起的，红蜡烛也要点起的。过年的新衣穿上身，鸳鸯被一针一线缝起来。“爱丽丝”的热闹还总是你一日，我一日，她一日，攒起来一年也有三百六十天；“爱丽丝”的热闹还总是你一轮，我一轮，她一轮，总也不断头，岁岁年年的形势，许多人合成的好年景。斜对面的百乐门也是热闹，是铺陈开来；“爱丽丝”的热闹是包心的。百乐门的热闹是脸上的，背地里不知是什么样的暗街陋巷；“爱丽丝”的热闹虽不多，却是心口一致，表里如一。百乐门的热闹是流水，一去不回头的；“爱丽丝”的热闹却是河岸，等着人来的。百乐门的歌舞夜夜达旦，其实是虚张的声势，朝不保夕；“爱丽丝”是个定心丸，昼夜循序，按部就班。

这城市不知有多少“爱丽丝”这样的公寓，它们是这城市的世外桃源，公寓里的生涯总有着隐秘感，有多少不为人知。我们再也猜不出在那灰白的水泥墙后面，有一个美轮美奂的世界。这世界嵌在这城市的一些个零星角落，从总体看，是蚁穴似的，贝壳一般薄脆的壁；那美也是萤火虫似的，一昼一夜的寿命，一星一点的光芒，可就是这些，已是那些自由的精灵，拼尽全力的照耀。这城市还有着许多看不见的自由精灵的残骸，它们做了爬墙虎的肥料，所有的爬墙虎，都是哀悼她们的挽联。这样的公寓里，寄存了她们人生里最大的快乐，是由寂寞作养料的。她们的做女人的心意，全是在“爱丽丝”这样的公寓里实现的。这心意看上去是不起眼的，零零碎碎，都是那主宰命运的大理想的边角料，连边角料也称不上的琐屑，可却是饱含着心血，是终身的希冀。“爱丽丝”这样的公寓，其实还是这心意的墓穴一类的地方，它是将它们锁起独享。它们是因自由而来，这里却是自由的尽头。这是心也甘情也愿的囚禁，自己禁自己的。爬墙虎还是她们残存了的一点渴望，是缘壁的自由，墙缝里透出去的。所以，爱丽丝公寓还是牺牲，献给自由女神的祭礼，也是献给自己的，那就是“爱丽丝”。

这样的公寓还有一个别称，就叫作“交际花公寓”。“交际花”是唯有这城市才有的生涯，它在良娼之间，也在妻妾之间，它其实是最不拘形式，不重名只重实。它也是最大的自由，是城市里逐水草而生的游牧生涯，公寓是像营帐一样的避风雨，求饱暖。她们将它绣成了织锦帐。她们个个都是美，还是高贵，那美和高贵也是别具一格，另有标准。她们是彻底的女人，不为妻不为母，她们是美了还要美，说她们是花一点不为过。她们的花容月貌是这城市财富一样的东西，是我们的骄傲。感谢栽培她们的人，他们真是为人类的美色着想。她们的漫长一生都只为了一个短促的花季，百年一次的盛开。这盛开真美啊！她们是美的使者，这美真是光荣，这光荣再是浮云，也是五彩的云霞，笼罩了天地。那天地不是她们的，她们宁愿做浮云，虽然一转眼，也是腾起在高处，有过一时的俯瞰。虚浮就虚浮，短暂就短暂，哪怕过后做他百年的爬墙虎。

15. 爱丽丝的告别

王琦瑶住进爱丽丝公寓是一九四八年的春天。这是局势分外紧张的一年，内战烽起，前途未决。但“爱丽丝”的世界总是温柔富贵乡，绵绵无尽的情势。这也是十九岁的王琦瑶安身立命的春天，终于有了自己的家。她搬进这里住的事，除了家里，谁也不知道。程先生找她，家里人推说去苏州外婆家了，问什么时候回来，回答说不定。程先生甚至去了一次苏州。白兰花开的季节，满城的花香，每一扇白兰花树下的门里，似乎都有着王琦瑶的身影，结果又都不是。那木头刻的指甲大小的茶壶茶盅也有的卖，用那茶壶茶盅玩过家家的女孩都是小时候的王琦瑶，长大就不见了的。蛋硌路上都印着王琦瑶的脚印儿，却怎么也追不上，飘忽而去的样子。程先生去的时候是茫然，回来更加茫然。乘在回上海的夜车上，窗外漆黑的一片，心里也漆黑一片。程先生禁不住落下泪来，他自己也不知道自己为什么这样伤感，像是没有道理，可伤感却是不可抗拒。从苏州回来后，他再也不去找王琦瑶，心像死了似的。照相机也是不碰，彻底地忘了。他一早一晚地进出家门，总是视而不见地从那照相间穿过，径直进了卧室，或者出了家门。那一切都是不堪入目的。这一年，他已是二十九岁了，孤身一人。他不想成家的事，也没什么事业心，照相这点嗜好，也算是过去了。他真是一无所有的样子，还是万念俱灰的样子。他戴着礼帽，手里还拿了一根斯迪克，走在上海的马路上，好像是一幅欧洲古典风景。那绝望一半是真，另一半是表演，表演给自己看，也给人家看。这表演欲里还蕴含着一些做人的兴趣和希望的。

当程先生找王琦瑶的时候，也有一个人在找程先生，那就是蒋丽莉。蒋丽莉找程先生也是遭受挫折的，可她却不服输。她先到程先生供职的洋行去，那里的人说程先生早就不来上班，据说去了另一家洋行。她就到另一家洋行去问，另一家洋行则从来没听见过程先生的名字，她只能再回到原先那家洋行去打听程先生的住处。被问的人两次见这小姐问程先生，又是急不可耐的样子，便有意隐了不说，怕给程先生招麻烦，自己也要担责任。蒋丽莉这时就想去找王琦瑶了。她明知道是不合情理，可她是不管这些的。然而，此时此刻，竟连王琦瑶也不见了。蒋丽莉也想过这两人会不会在了一处，但细想过便觉不会，程先生那方面没有结婚的消息，王琦瑶这边也没有。最后，她是通过吴佩珍，从那导演的途径，得到了程先生的地址。去找吴佩珍的时候，两人都避开王琦瑶不提，但心里却全是王琦瑶。她们虽然同学多年，可很少有接触，现在，彼此是由王琦瑶曲曲折折地联系起来。这王琦瑶是她们各人心里的一个伤痕似的纪念。蒋丽莉去找程先生的那股劲头，什么也阻挡不了，终于得了他地址的那一天，她便去了他家。

电梯将她送上了顶楼，程先生的门关着，按了几声铃也没回应。程先生还没回家，她便在门口等着。楼梯口的窗户是临黄浦江的，已是薄暮时分，江水是暗红色的，有轮船的汽笛传来。蒋丽莉倚在楼梯栏杆站着，心里也是渺茫。程先生什么时候回来呢？她已经有多久没有见他了呀！最后一次见是什么样的情景？那第一次见他又是什么样的情景？思绪涌上心来，百感交集。晚霞在天边结起了红云，一朵一朵，迅速地变深变黑，有鸽子在飞，一点一点的，不知飞往了哪里。楼里的顶灯亮了，程先生还没有回来。蒋丽莉的腿也站酸了，还觉着了寒意，却不觉一点饿。电梯总是在下边升降，再不上来的。那升降的声音虽是静静的，却格外地清晰入耳。有一阵子特别频繁，是下班回家的时分，可还是不上顶楼。蒋丽莉干脆在楼梯上铺块手绢坐下来等。她不相信程先生会不回来，她也不相信她会找不到程先生。窗外是有光的夜空，也有雾。这楼里满是肃穆的空气，门都是威严紧闭，没有人间冷暖的。偶尔有谁家的门启开一回，传出点人声和饭菜的香气，才找回一些生活的信心似的。蒋丽莉感觉到身下大理石沁出的凉气，她双手抱着胳膊，有点蜷缩的，干脆把时间都忘了。然后她就听见电梯一直升上了顶楼。程先生走出电梯，她几乎没有认出来，也是不相信自己的眼睛。他本来就瘦削，这时几乎形销骨立，剩个衣服架子，挂了礼帽和西装，再拄着斯迪克。她也不去追究程先生这般憔悴是因何人，只觉得一阵鼻酸。她叫一声“程先生”，就落泪了。程先生却是有点蒙了，半天回不过神来，等渐渐明白，看清了眼前的人，不由得往事回到眼前。

程先生和蒋丽莉别后重逢，各人都怀着一段遭际，伤心落意的，见面便分外亲切。虽然不是相知相爱的人，却是茫茫人海中的两个相熟，有一些共同的往事和共同的旧人。他们两人的见面，是把中断的故事再续了起来，却各是各的一段，支离破碎，因此也是感慨丛生，悲喜交加。程先生开了门，打开灯，引蒋丽莉进了房间。蒋丽莉是头一回来到这里，无比地惊奇。照相间虽然荒芜了，却也是另一个世界。她走过去，摸摸这个，摸摸那个，摸了满手的灰。程先生在一边看着，忽也有些唤回，走去揭开灯具上罩的布，灰尘像一场小雨似的。他说：蒋丽莉，你坐好，我给你照张相吧！蒋丽莉便坐下，沾了一旗袍的灰。灯亮的一刹那，程先生竟一阵恍惚，以为眼前这人是王琦瑶，再一定睛，才见是蒋丽莉。她端坐着，双手搁在膝上，脸上是紧张和幸福的表情。她的全身心都是在程先生目光的笼罩里，不敢动不敢笑的。她真希望这一刹那是永远。可是程先生手里的快门响了，灯灭了。她还怔着，却听程先生在同她说话，问她有没有见到王琦瑶。蒋丽莉热腾腾的心凉了一凉，她生硬着口气说：程先生，我还没吃饭呢！程先生愣着，不明白她吃不吃饭于自己有什么责任。蒋丽莉又说：我下午就来这里，等到你至今。程先生便有些羞愧地低下了头，那样子是像大男孩的。蒋丽莉不由柔和了语气，说：程先生，陪我吃晚饭怎么样？程先生就说好，两人一前一后出了房门。

出了楼，见那灯和星光在江面相映成辉，车和人都是活跃的，心里便也有些沸腾。程先生兴致盎然地说：蒋丽莉，我要带你去一个有趣的地方吃饭。蒋丽莉说：无论你带我去哪里，我总是服从。程先生便在前边带路，脚步飞快，蒋丽莉几乎小跑着才能跟上。程先生走着走着，脚步又沉缓起来，好像想起了什么。

蒋丽莉问他话，他也没在意。就这样，来到一个小小的饭馆。走上窄窄的木楼梯，是普通人家的沿街的二楼，好像不专为饭馆陈设的。临窗的餐桌刚撤下，他们便坐上了。楼下是嘈杂的小马路，水果摊前的灯光和馄饨铺的油烟气混淆着，扑面而来。程先生也不问蒋丽莉爱吃什么，兀自点了糟鸭蹼、干丝等几个菜，然后就对了窗外出神。停了一会儿，说，有回同王琦瑶在这里吃饭，忽然想吃橘子，就用一根绳子系了手绢和钱吊下去，让摊主包了几个橘子，再又吊上来。程先生很久不提王琦瑶的名字，是躲避，也是自伐，要痛上加痛似的。今天见了蒋丽莉，是不由得要提起，一提起就放不下了。他也不为蒋丽莉的感情着想，甚至有些借着这感情任性胡来，本能里是知道无论自己说什么，蒋丽莉都只有听的份。

蒋丽莉虽说知道程先生和王琦瑶的往来，可这样听程先生正面描绘还是头一遭，她有些气，有些急，还有些委屈，便伏在桌子上哭了起来。程先生这才收住了话，不知所措地望了蒋丽莉，一个字的劝慰也没有的。蒋丽莉哭了一阵，不哭了，摘下眼镜擦了眼泪，强笑道：程先生，我等你这大半天，难道是为了来听你说王琦瑶的吗？程先生就低了头，望着桌面的缝出神。蒋丽莉又说：难道不说王琦瑶别的话一句也没有吗？程先生就惭愧地笑笑。蒋丽莉扭头对了窗外。水果摊上不是橘子，而是黄金瓜，很灿烂的颜色，赌气也想象王琦瑶那样买个瓜，又觉得重蹈旧辙没什么意思。桌上的菜也是王琦瑶爱吃的，那人是叫王琦瑶收了心去的。可无论怎么样，王琦瑶是无影无踪，千呼万唤没回应的，是人还怕个影子吗？蒋丽莉振作了一些，她讽刺地一笑，说：你程先生再牵记王琦瑶，王琦瑶却并不牵记你，你的心可不是白费了？这话说到了程先生的痛处，可他毕竟是个男人，没叫眼泪流下来，只是把头垂到了桌面上。蒋丽莉又有点心疼，就换了口气说：其实，我也在找王琦瑶，可是没消息，她家的人，全是封口瓶子的嘴，半点真情也探不出来。程先生抬起头，很可怜地说：你再去问一次呢？兴许多问问就能问出，你是她的好朋友。蒋丽莉听见“好朋友”这话便心头火起，她大了声说：朋友值几个钱？我现在可再不信朋友的话了，全是骗人，越是朋友越栽得厉害。这话也是说到要害处的，程先生不敢出声，只听着。蒋丽莉出了气，渐渐平静下来，停了会儿，又说：其实我倒是不怕去问的，心里也是很好奇，看她家的人神秘兮兮的样子，说出来只怕吓人一跳。听她这么一说，程先生倒不敢求她去问了。

其实，王琦瑶住进李主任为她租的爱丽丝公寓，可算是上海滩的一件大事，又是在这样的局势之下，也是乱世里的一件平安事吧！只不过程先生是另一个社会的人，又由于灰心，竟是有些隔世起来。蒋丽莉呢，则因为寻找程先生，凡事都搁置一旁，不闻不问。待到静下心来，稍留些神，不用问，消息自己就来了。消息的来源，不是别人，正是蒋丽莉的母亲。她说：你那同学，在我们家住过一阵的，在做女寓公了呢！据说还是李主任的人。蒋丽莉就问哪个李主任，她母亲其实也搞不清李主任是谁，不过鹦鹉学舌而已，只说是个大人物，无人不晓的。蒋丽莉心里暗暗一惊，心想王琦瑶怎么走了这一条路，这才想起她家人吞吞吐吐的神情，正是合了这事实。母亲又说：这样出身的女孩子，不见世面还好，见过世面的就只有走这条路了。这话虽是有成见的，也有些小气量，但还是有几分道理。可蒋丽莉不要听，一甩手走了。

王琦瑶是伤了她的心，她也正期望王琦瑶早日有归宿，好把程先生让给她，但这消息依然叫她难过，心里还存了一丝不信。她想：王琦瑶是受过教育的，平时言谈里也很有主见，怎么会走这样的路，是自我的毁灭啊！然后她就着手去做进一步的调查，想证明消息的不确实。而事情则越来越确凿无疑，连王琦瑶住的哪一幢公寓都肯定的。蒋丽莉还是不信，她想：耳听为虚，眼见为实，我何不自己走一趟，找到那王琦瑶，倘若真是这样，程先生也好死心了。这时她才想起程先生。这事本是程先生所托，如今却成她自己的事一样了。程先生将会如何地伤心！这念头刺痛了她。她痴痴地想了半天，觉得了自己的可怜。从小到大，都是别人为她做的多，唯有两个人是反过来，是她为他们做的多，这就是王琦瑶和程先生，偏偏是这两个人，是最不顾忌她，当她可有可无。

爱丽丝公寓这地方，蒋丽莉听说过，没到过，心里觉得是个奇异的世界，去那里有点像探险，不知会有什么样的遭际。再加是个阴霾很重的下午，乌云压顶的，心情沉郁得厉害。她乘了一辆三轮车，觉着那三轮车夫的眼光都是特别的。车从百乐门前走过时，已有了异常的气氛。车停在路口，她付钱下车，然后走进了弄堂的铁门，背后也是有眼睛的。那弄内悄无声息，窗户都是紧闭，窗内拉着帘子，有一幅帘子上是漫洒的春花，有些天真的乡气。蒋丽莉似乎嗅见了王琦瑶的气息，她想：王琦瑶真是在这里的啊！她有些胆怯地按了电铃，不知是盼还是怕那开门的人就是王琦瑶。天就像要挤出水来的样子，阴得不能再阴。门开了一道缝，露出一张脸，看不清眉目的，问她找谁，说的是浙江口音。她说找王琦瑶，是她的同学，姓蒋。门重又关上，只一小会儿便开了，让她进去。客厅里很暗，打蜡地板反着棕色的光，客厅那头的房门开着，有一块亮光，光里站着王琦瑶，穿了曳地的晨衣，头发留长，电烫成波浪，人就像高大了一圈。她们俩都背着光，彼此看不清脸，只看见身形，是熟又是生。王琦瑶说：你好，蒋丽莉。蒋丽莉说：你好，王琦瑶。她们说过这话便走拢过来，到了客厅中间的沙发前，这时，那浙江娘姨端来了茶，两人便坐下。王琦瑶又说：蒋丽莉，你母亲好不好？还有你兄弟好不好？蒋丽莉一一回答了好。窗帘上透进些微天光，映在王琦瑶的脸上。她比以前丰腴了，气色也鲜润了些，晨衣是粉红的，底边绣了大朵的花，沙发布和灯罩也是大花的。蒋丽莉眼前出现王琦瑶昔日旗袍上的小碎花，想那花也随了主人堂皇起来的。

她们面对面坐着，有些没话说。由于物人皆非，连往事也难再提，甚至都好像想不起的。停了一会儿，蒋丽莉说：是程先生托我来看你的。王琦瑶淡淡一笑，说：程先生在忙些什么呢？还是成天地照相，洗印？那照相间里有没有添新设备？记得有几盏灯是烧坏了，准备再买的。蒋丽莉说：他早已不碰那些东西了，别说是照相的灯，只怕连一般的电灯都快拉不亮了。王琦瑶又笑了，说：这个程先生啊！好像程先生是个顽皮的小孩。然后她对蒋丽莉说：你呢，什么时候戴博士帽呢？这时，连蒋丽莉都成了小孩。王琦瑶活跃起来。接着说：写了什么新诗没有？蒋丽莉沉下了脸，想她有点欺人，却不知是仗着什么，便反诘道：王琦瑶，你呢？是不是很好？王琦瑶微微一昂下巴，说：不错。这表情是过去不曾有过的，带着慷慨凛然之气，做了烈士似的。王琦瑶说：我知道你心里在想什么，我还知道你母亲心里在想什么，你母亲一定会想你父亲在重庆的那个家，是拿我去作比的。

蒋丽莉,你不要怪我说这样的话,我要不把这话全说出来,我们大约就没别的话可讲,在你的位置当然是不好说,是要照顾我的面子,那么就让我来说。蒋丽莉的脸红一阵白一阵,无地自容的样子,心里却不得不承认王琦瑶的聪敏过人,可谓一针见血。王琦瑶接着说:对不起我要做这样的比喻,怎么比喻呢?你母亲是在面子上做人,做给人家看的,所谓"体面",大概就是这个意思;而重庆的那位却是在芯子里做人,见不得人的,却是实惠。你母亲和重庆那人各得一半天下,谁也不多,谁也不少。至于谁是哪一半,倒是不由自己说了算,也是有个命的。蒋丽莉此时此刻脸不红心也不跳,虽是拿她父母做例子,却是像上课似的,全是处世为人的道理。这道理还不是那些言情小说上的粉饰过的做梦般的道理,是要直率得多,也真实得多。王琦瑶也像是在说别人的事似的,不动心不动气。她又说:要说自然是面子和芯子两全为好,也就是圆满的意思了,可人的条件都是有定数,倘若定数只能面也凑合,里也凑合,还不如丢下一边,要个满满的半边,也是不圆满里的圆满;再说,还有句老话叫作月满则亏,水满则溢呢!缺一半,另一半反可更牢靠更安全还说不定呢!蒋丽莉听了王琦瑶这一席话,心想方才被她看成小孩并不吃亏,这些道理是可与做她母亲的人去平齐的。

正像王琦瑶说的,把这话说出来,别的话便也好说了。这是最大的忌讳,摆出来也不过如此的,更何况枝枝节节的难堪。两人都轻松下来,蒋丽莉问了些李主任的情况,王琦瑶也都不瞒她,还告诉了些事情的经过,再就带她参观房间。进卧室时,王琦瑶抢行一步,将床上的什么塞进了床头柜里,脸上掠过一片红晕,使蒋丽莉想起她不再是姑娘了,两人间好像有了一条分界线，有些隔河相望了。看毕，王琦瑶又吩咐那浙江娘姨去买蟹粉小笼作点心，一边吃一边告诉蒋丽莉左邻右舍的闲事，许多上海滩上盛传的流言竟在此得到证实，也做了细节上的更正。这时，天倒有些亮起来，晴了一半。两人又好像回到了过去的时光，却是将嫌隙搁下不谈，只说些好的。因此那程先生便再不提了，没这人似的，倒是李主任说得多些。王琦瑶拿来李主任的板烟斗给蒋丽莉看，大小各异的，装在一个金属盒里。王琦瑶拿起一个在嘴上，做那抽烟的姿态，很孩子气的。蒋丽莉起身告辞，王琦瑶却怎么也不让走，非留她吃晚饭，嘱那娘姨做这做那。主仆都有些兴奋，想来蒋丽莉是这里的头一个客人。吃晚饭时，王琦瑶对蒋丽莉说了一句动感情的话，她说：总是我在你家吃饭，今天终于可以请你在我家吃饭了。这话使蒋丽莉也有些触动，她头一回体谅到王琦瑶住在她家的心情，这本是她从来没想过的。窗外全黑了，客厅里开了灯，亮堂堂的，留声机上放了一张梅兰芳的唱片，咿咿呀呀不知在唱什么，似歌似泣。灯下的杯盘都是安宁的样子，饭菜可口，还有一些温过的花雕酒，冒着轻烟。

蒋丽莉不知该如何去对程先生说，她不免也为程先生着想，生怕他经受不住这打击。她还是为自己着想，倘若他真的垮到底，心都死绝，她又希望何在呢？这时候，她是可怜程先生也可怜自己，可怜他们两个都是被动，由不得自己做主。这天她决定去和程先生谈，约他在公园里见面。她老远就看见程先生的身影，茕茕孑立的样子。想到自己带给他的竟是那样的消息，不由得感到了抱歉。她还没下车，程先生便迎了过来，然后两人一起进了公园。走在甬道上，一时都无语，程先生想问不敢问，蒋丽莉想说又不好说。两人沿了甬道走了一圈，到了湖边，租了船，一头一尾坐着，荡到了湖心。虽是面对面，中间却隔了个王琦瑶，夺去了注意力。划了一会儿桨，蒋丽莉说：程先生还记得吗？前一回来这里划船，是我们三个人。说这话是为了渐入正题，让程先生有个准备。程先生好像预感到前边有什么祸事等着他，不由红了脸，避开话题，要蒋丽莉去看岸边的一株垂柳，说是可以入画的。若在平时，这正是对蒋丽莉心思的话题，可今天却是有另外的任务。她没有搭程先生的腔，重起头道：我妈昨天还说，王琦瑶不来，程先生也不来了。程先生强笑了一声，想打岔却找不出话来，便垂下眼去看水面。蒋丽莉虽是不忍，但想长痛不如短熬，就一鼓作气说道：我妈还告诉我有关王琦瑶的一些流言。程先生险些儿丢了手中的桨，苍白着脸说：流言是不可信的，上海这地方，什么样的流言没有啊！蒋丽莉被他抢白了一通，又好气又好笑，禁不住嘲讽说：我还没说是哪一种流言呢，你就不相信。程先生的眼睛在镜片后闪了一闪，早忘了划桨，船兀自打着转。蒋丽莉倒难以启口了，可话已说到这个地步，要不说怕是再没机会了，便平淡了口气，一五一十将她听到看到的都告诉了程先生。程先生手里划动了桨，一下一下，不说也不哭，变成个牵线人似的。他把船划到岸边，用桨够住岸边一块石头，把缆绳绕住，然后上了岸，也不管船上还有一个蒋丽莉。等蒋丽莉手慌脚忙地爬上岸去，还替他拿着斯迪克，他已进了一片小树林子，面对了一棵树站着。她走近去，本想埋怨他，却见他在流泪。

程先生！蒋丽莉轻轻地唤他，他不是不答应而是听不见。蒋丽莉又轻轻地扯他衣袖，他也不是不理睬，而是不觉得。蒋丽莉不由得叹了一声道：你这么难过，叫我怎么办呢？程先生这才回头望了她一眼，无限惨淡地说了声：还不如死了好呢！蒋丽莉潸然泪下，心想她这人原来还抵不上一死的，心里正过不去，不料程先生却将她搂住，头抵着她的头。她便不由自主地抱住了程先生，嗅到了他衣领上的生发水气味，很清淡的。她心里升起了希望，虽然是从程先生的绝望里硬挤出来的一线，那也是希望。

以后的日子里，程先生再不提王琦瑶了，蒋丽莉也不提。他们俩每星期都有约会，或是吃饭，或是看电影。那吃饭和看电影的地方都是另选的，不是过去三个人常去的，也不是程先生单独与王琦瑶同去的。就好像在躲王琦瑶，越想躲越躲不了，每一回见面，两人都会无端地生出紧张，生怕做错了什么似的。那王琦瑶在彼此的心里都占了大地方，留给他们自己相知相交的只有些缝隙了，打擦边球似的。不过，虽然只是缝隙里的情义，却是真情义，没有欺骗和作假的，有就有，没有就没有。蒋丽莉对程先生自然是没话说，程先生对蒋丽莉至少是没有反感，还有些感激。感激她对自己，也感激她对王琦瑶，是兄妹朋友的感情，也是起作用的感情。有一段，他们的往来还相当密切，几乎天天见面，甚至两人还共同出席一些亲朋好友的宴席和聚会，俨然一对情侣，婚娶之事就在眼前的形势。这段日子，是心底平静，不说大的憧憬，却有些小计划的。程先生是蒋家的座上客，连那木头样的少爷，见面也有几句客套的。蒋丽莉过二十岁生日的时候，父亲从内地回来，郑重地见了面，彼此都留下了好印象。程先生虽然没有正式提出求婚，可言语间已不把自己当外人的。蒋丽莉的母亲开始着手为蒋丽莉设计结婚的仪式，还有喜宴上穿的旗袍，同时也想起自己出阁的情景，又是喜又是悲。

在这热腾腾的气氛中，蒋丽莉的心却有点凉。程先生分明在与她接近,她倒觉得是远了。她得到程先生的感情越是多就越是不满足。蒋丽莉不免是得寸进尺。她天性里就是有占有欲和权利心的,先前的宽忍不过是形势所迫,不得已为之。这也是此一时彼一时的人之常情,但在蒋丽莉身上则表现得尤为极端,退也是到底,进也是到底,没有中间道路的。这时候,她对程先生的态度几近苛求,稍一个走神都是不可以,且又将王琦瑶看得过重,凡事都往这上面联想。开始,是心里想,嘴上还是不提,设个禁区,也是留有余地,可后来情形就有些变了。这日,两人走在马路上,是去先施公司为友人买礼券。正说着话,程先生却有点对不上茬,分明是心不在焉。顺了他的目光看去,前边有一架三轮车,车上大包小包中间坐了个披斗篷的年轻女人。蒋丽莉先还有些不明白,再仔细看去,才恍然若悟,也停了说话。她不说话,程先生倒像醒了,问她说到一半怎么不说了,蒋丽莉冷笑:我以为前边那人就是王琦瑶,就忘了话是说到哪里了。程先生冷不防被她点穿了心思,笑也不是,恼也不是,只好不做声。这是自那日划船以来头一回提王琦瑶的名字,把彼此的隐衷都抖搂出来的意思,有些撕破脸的。蒋丽莉见程先生不说话,便当他是承认,还是不服气,一下子火了起来,买东西的心思全没了,当下叫住一辆三轮车,上去就走,把程先生丢在了马路上。程先生虽是难堪可也无奈,谁让自己不留心呢?他自个儿去先施公司买了礼券,又去采芝斋为蒋丽莉买了点松仁糖,便乘电车去了蒋丽莉家。蒋丽莉本来在客厅,见他来了,转身上楼进了房间,还把门反锁了。程先生又不便大声,只得压低了声音,里边就是不开门,待他认了输准备走开,却听那门锁嗒的一声开了。推开门,见蒋丽莉站在门前,眼睛哭成个桃了。于是百般地劝慰,直到天近黄昏，才将她劝慰过来。

事情有过第一次，就有第二次，渐渐地，蒋丽莉是有些把王琦瑶挂在嘴边，动辄便来。有时说得准，有时却是出错的，而不论对错，程先生总是一概吃下去，赔不是。次数多了，程先生自己也有些糊涂，真以为自己是非王琦瑶莫属的了。王琦瑶本是要靠时间去抹平，哪经得住这么翻来覆去的提醒，真成了刻骨铭心。程先生经历了割心割肺的疼痛，渐渐也习惯了没有王琦瑶的日子，虽然也是没有奈何。如今，蒋丽莉却告诉他，他原来可以用心存放王琦瑶的。王琦瑶又好像回来了，朝夕相伴的，还免去了早先的牵肠挂肚，是更自由的念想。他开始喜欢独处，一个人的时候，就是和王琦瑶在一起的时候。他重新又摆弄起照相机，却热衷于拍些风景啊，静物啊，建筑什么的，没有人物，是给王琦瑶留着空的。于是，就将蒋丽莉忽略了，见面的次数稀疏下来。开始，蒋丽莉赌气也不约他，好容易来了电话或者来了人，还爱理不理的。甚至干脆拒绝。有点欲擒故纵，也有点动真气。可后来，程先生干脆没消息了，蒋丽莉不由着了慌，开始给程先生打电话。听筒里传来程先生的声音，一颗心是放定了，气却又上来了。虽是见了面，终是不欢而散，彼此都是扫兴。几次下来，程先生竟也婉拒她的约请了。这样，事情就退到最初的状态，两个人的认真和努力都付之东流似的，有徒劳的感觉。蒋丽莉是不甘心的，也是不相信。程先生的婉拒反倒激励了她，使她一而再，再而三地打电话过去。她又一次退到底，变得谦卑起来，怎么都可以，只要与他见面。程先生却是有点怕了，躲着她的。这“怕”倒不是专对蒋丽莉的，而对了男女之情来的。程先生的两次恋爱都是折磨人的，付出去的全是真心，真心和真心是有不同，有的是爱，有的是情义，可用心都是良苦，然而收回的是什么呢？因此，他开始从根本上怀疑有没有什么两情相悦。他想男女之情真是种瓜不得瓜，种豆不得豆。不得是磨人，得也是磨人。

蒋丽莉打电话过去就没人接了，去程先生新供职的公司打听，却说他请长假回了老家，什么时候返沪尚不可知。蒋丽莉又去他那外滩的顶楼的居所，想找找有没有留下字条一类的线索。她已有那寓所的一把钥匙，倒是不常用的，因总是程先生上她家的多。电梯无声地上了顶楼，穹顶下有一股荒凉的气息扑面而来，像是没有人烟的气息，很多灰尘在空气中飞舞着。她将钥匙插入锁孔，开门进去。屋里是黑的，拉着窗帘，从缝隙间漏进光线，灰尘便在那里飞舞。她站了一会儿，适应了眼前的暗，才渐渐走动起来。地板是蒙灰的，照相机上是蒙灰的，桌上椅上都是蒙灰的，灯上罩了布，左一架，右一架，也是蒙灰的。她在中间的空地上走了几步，想象着灯光亮起的情景。她心里有说不出的空，无着无落的，一颗心便无底地往下掉。那些做布景用的台阶几凳照原样放着，有一副冷清的表情。蒋丽莉看着它们，只觉着心里的空。蒋丽莉走进化妆间，开了梳妆桌上的灯，桌上是收拾过的，干干净净，只是有灰。她看见了镜里的自己，是这顶楼公寓里的唯一的活物，却也是抽了心去，只剩下躯壳。她关上灯再去暗房，暗房倒是有亮的，不知哪来的光。铅丝上，夹了一条旧底片，迎光一看，是无人的景物，左一张右一张，也是放空的心似的。蒋丽莉丢下不看，走了出来。然后就来到程先生的卧房，卧房里只一张床，一具衣柜，还有一个衣帽架，上面挂了件夹上衣，没穿走的，一碰也是扬灰。房间也是收拾过的，一丝不乱，面无表情的样子,好像无话可说。蒋丽莉几乎能听见灰尘从天花板降落的声气。她晓得程先生这一走是千呼万唤不回头了,她这一回是真的失去他了。

蒋丽莉同程先生一波三折,从始到终的时候,王琦瑶只有一件事可做,那就是等李主任来。李主任将她安置在爱丽丝公寓之后,曾与她共同生活过半个月。像李主任这样的忙人,时间都是一日当两日过的,所以也可算是一个蜜月了。然后,李主任便是来也匆匆,去也匆匆,有时是过一夜,有时只是半天。王琦瑶从不追问李主任从哪来,又到哪去,政局和公务是她不懂也没兴趣的。李主任的私事,她又不便过问,过问也是没趣。李主任就是喜欢她这浑然不觉不闻不问,里面是有女人的自知之明,也有着女人的可怜,便又增添了爱惜,只是苦于无术分身,无法多陪她。这段日子,李主任是像箭在弦上,又像千钧一发,他夜里熟睡着也会挺身而起,要去发命或者受命。梦魇屡屡发作,便挣扎着叫喊。逢到这时,王琦瑶就拥住他,不停地抚慰,直到他大汗淋漓地醒来,翻身将王琦瑶抱在怀里,身心的紧张都得到些缓解。还有的夜晚他睡不着,一个人悄悄地起来,坐在客厅里,轻轻放一张梅兰芳的唱片。在王琦瑶面前,李主任还须撑持着,藏住心里的疲累,而对了梅兰芳的声音,他却是彻底地解除武装,软弱下来。李主任的内心,只有留声机里的梅兰芳知道,他知道了也不会去说。王琦瑶有时候一觉睡到天亮,身边没了人,赶紧出房门,却见李主任一个人在沙发上熟睡,烟斗里的烟丝全成了灰,唱针在唱盘上空转,一圈又一圈。

李主任每一次走,都不说回来的日期,王琦瑶便也无心一天天地数日子,日历都不翻的。光阴连成一条线地过去,无所谓是昼还是夜。她吃饭睡觉都只为一个目的，等李主任回来。王琦瑶认识了李主任，才知道这世界是有多大，距离有多远，可以走上十几日也不回来的；王琦瑶跟了李主任，也才知道这世界有多隔绝，那电车的当当声都像是遥远地方传来，漠不相关的；王琦瑶等着李主任，知道了什么是聚，什么是散，以及聚散的无常。她有时候想，天下雨李主任会来；雨天里则想，天出太阳李主任就来。她还扔铜板占卦，这一面是李主任来，那一面则是不来，她又看瓶里的花苞，花开了李主任就来。她不数日子，却数墙上的光影，多少次从这面墙移到那面墙。她想："光阴"这个词其实该是"光影"啊！她又想：谁说时间是看不见的呢？分明历历在目。她等李主任是寂寞，又是填寂寞，寂寞套寂寞的，真是里里外外的寂寞。她不想去娘家，怕家里人问这问那，更不想让他们来，也是怕问这问那，连电话都懒得打，几乎断了来往。蒋丽莉来过那一次以后，还来过两次，一同出去看电影，后来也不来了。没有人来，她也不出去。她不出去，也不让娘姨出去，去买菜是给她掐着时间，要让她也尝尝寂寞的滋味，这其实是寂寞加寂寞的。还是灶火冷清，王琦瑶就像是不吃饭的，一天至多吃一顿，吃什么也是不知道的。她有时也听梅兰芳的唱片，努力想听出李主任听的意思，好和李主任作约会似的，更是无从抓挠，越听离得越远。她想，她和李主任的缘，大约就是等人的缘，从开始起，就是等，接下来，还是等，等的日子比不等的多，以等为主的。她不知道，爱丽丝公寓，那一套套的房间里，盛的全是各色各样的等。

李主任回来的时候，王琦瑶难免是要流泪，虽然什么也不说，李主任也知道她委屈。知道她委屈，要走的时候还得走。李主任不觉有身不由己之感，这心情一旦生出，就不是此时此地，一人一物，而是多少年多少事的浓缩。不知从什么时候开始，李主任当头的一个“敢”字，变成了一个“难”。他是因为“敢”，才涉足世事的核心，越往深处越无回旋之地，如今是举步维艰。世人以为他有权，其实他是连对自己的权利都没有的。李主任可怜王琦瑶，也可怜自己，因可怜自己，更可怜王琦瑶，不知道该怎么待她好。越这样，王琦瑶越恋他。事到如今，两人是真有些夫妻的恩爱了。这恩爱也是从等里面生出来的，是苦多乐少的恩爱，还是得过且过的恩爱，有一日是一日。王琦瑶不知道时局的动荡不安，她只知道李主任来去无定，把她的心搞得动荡不安。她还知道，李主任每一次来都要比上一次更憔悴，苍老几岁的样子，她就有洞中一日，世上千年的心情。她只能担心，却帮不上一点忙。李主任的世界是云水激荡的世界，而她，云是行云，水是流水，除了等，又还能做什么？她除了送一个“等”给李主任，又还能送什么？李主任的世界啊，她是望也望不着，别说去够了。她听着他的汽车在弄口发动，片刻间无声无息。

有一回李主任来，缱绻之后，正色道，对谁也别承认她与李主任的关系，反正这房子是以王琦瑶名义顶下的，他每一回来去都无人知无人晓，虽说上海传言很盛，但传言只是传言，毕竟不作数的。王琦瑶躺在枕上听他这一席话，觉得他是要摆脱干系的，便冷笑一声道，她自知攀不上李家，也从未有过做李家什么人的奢望，因此也从未对别人承认过什么，像他今天这一番叮嘱，其实是大可不必。李主任知道她是有误解，又不便说明，只苦笑一声说：本以为王琦瑶不会闹小心眼儿，结果却也会的。王琦瑶听出了他话里的苦衷，再看他焦愁的面容，头发几乎白了一半的，不由一阵后悔的辛酸，她强笑道：和你开玩笑的。李主任抱住她，不觉有些动情，说道，他这一生，是如履薄冰，如临深渊的一生，怕是自身难保，能不牵连她们这些人就算是最好，她们这些人是最最无辜的了。他说着这话，眼睛都有些要湿的样子。这是他的肺腑之言，轻易不吐，这会儿是吐给王琦瑶，也是吐给自己。王琦瑶听在耳里却惊在心里，想这话越说越不善，要去打断他，却哽住喉头，眼泪流了下来。

这一个夜晚事后想来是不同寻常，天格外地黑，格外地静，桂花糖的梆子，一记没敲，百乐门的歌舞声也偃息着。屋里静得呀，连那娘姨在自己房间的梦哭声都一清二楚。他们两人几乎通宵未眠。先是说话，后是躺着想心事，各想各的，但都是伤感。李主任听见王琦瑶的隐泣，装着听不见，不是不想劝，而是没法劝，他说什么都是无法兑现的，不如不说。王琦瑶听见李主任起床，在客厅里走动，也装着不知道，李主任是通天的人，倘若他都是过不去，又有谁能帮得上他。所以，这一夜是极其孤独的夜晚，两个人在一处，却谁也安慰不了谁，由着各自难过。两人都是有预感的，李主任的预感有凭有据，王琦瑶却是一笔糊涂账。她朦胧觉着，有什么事情即将来临，却又不敢多想，对自己说：天亮就会好了。她心里盼着天亮，不知不觉地睡着，梦见自己要去苏州外婆家，还没去就被推醒了。屋里一片漆黑，李主任的脸却是清晰的，俯视着她，将一个西班牙雕花的桃花心木盒放在她枕边，又抽出她的手，把一枚钥匙按在她手心，说要走了，汽车已在门外。王琦瑶不由搂住他脖子大哭起来，从未有过的失态。她像个孩子一般要赖着不让他走，心想他这一走又不知什么时候才能来了，她又要日等夜等，寝食不安，数着墙上的光影度日，墙上的光影是要它快时它慢,要它慢时它快,毫不解人意,梧桐树也不解人意,秋风未起就已落叶满地。王琦瑶不知哭了有多少时间,李主任解开她的胳膊,走出了公寓,她还在哭。这一个夜晚,是从眼泪里浸泡过去的。最后,晨曦照进了房间,有一点亮了,王琦瑶也哭累了。

王琦瑶这一回等李主任回来,不是坐在公寓里等的。她坐不下来,非要出去走动着才行。她穿戴整齐了,叫一辆三轮车,说一个地方,让那车夫去。她坐在三轮车上,望着街景,那街景是与她隔着心的,她兀自从中间穿过,回头的兴致也没有。橱窗里的鞋帽告诉她,时代又前进了一步。这前进也与她无关,时代是人家的时代。电影院在上演新片,新的男欢女爱,在她则是上一代的故事了。咖啡馆里面对面坐的年轻男女也是上一代的故事,她已是过来人了。阳光从树叶间洒下,是如碎银一般的,除了照她的眼,叫她目眩,也是没有意义。她看着马路上的人,心中不平地想,这么多的人里面,为什么偏偏没有李主任!她让车夫拉她到一处地方,然后便下车去。她对自己说,是要来买东西,却不知该买什么。她有时候是空手而回,有时候则买了乱七八糟不明所以的一大堆。乘在三轮车上,心里的茫然总好一些,因是在向前走,走一点近一点,虽然不知是要去哪里。两边的街景向后退去,时间也在退去,毕竟有点声色。

王琦瑶出去逛街的日子,爱丽丝公寓里有几户相继离去,留下几套空房。王琦瑶并不知晓,只觉得这里越发地静,静得发空。她放着梅兰芳的唱片,声音很响,要把房间填满,不料却是起回声的,一个梅兰芳呼,一个梅兰芳应,更显得大和空。有一回她推开窗户,想看看天,却看见楼上的阳台栏杆停满了麻雀,心里别的一跳，知那主人已经离去。再看左右，又有几户窗门紧闭，不露声色，窗台上铺着落叶，也是人去楼空的意思。“爱丽丝”已是一片凋零了，她心里也是凋零。她安慰自己，只要李主任回来，就一切都好，可是李主任什么时候回来呢？她出去得更勤了，有时一日里会出去三回，早一回，午一回，晚一回。她还总嫌车夫踏得太慢，要他骑得风样的快，和汽车赛跑似的。她匆匆地去，匆匆地回，要事在身的样子。车走在马路，她的眼睛则四下搜索，好像要把李主任从人群中挖出来。她心里焦灼，嘴上都起了干皮。李主任这回走，她是算了日子的，已有整整半个月过去了。这半个月是比半辈子还长，她的耐心已到了头，一分钟也挨不下去了。这一日，她刚出门，李主任就来了，也是满脸的焦灼，问娘姨王琦瑶去哪里了。娘姨说去买东西。又问去多长时间回来。娘姨说不定规，或许短，或许长，又问李主任中午饭怎么吃。李主任说他中午前就得走，是抽空回来看看的。他走进卧房，卧房里拉着窗帘，有王琦瑶的气息，他又去洗澡间刮脸，也是王琦瑶的气息，处处是她触及过的痕迹，洗脸池上的水迹，发刷上的几根断发。他刮了脸，在客厅里坐着等，王琦瑶却是不来。他也坐不住了，来回地踱步，抬头看墙上的钟。他这一趟来，本是个随意，可一旦来到，王琦瑶又不在，就变得非见不可了。他从来没有这般地想见王琦瑶，难忍的渴望。到了最后一分钟，王琦瑶还是不回来，他心里竟是绝望的了。他一边穿外衣，一边还期待王琦瑶在最后一秒钟里出现，可是没有。他走出爱丽丝公寓，怀着悲凉的心情，想，什么时候才能看见她呢？

仅只十分钟之后，他就看见了王琦瑶。在他的汽车里，从车窗的纱帘背后，看见一辆三轮车飞快地驶着，几乎与他的汽车平行，车上坐着王琦瑶。她穿一件秋大衣，头发有些叫风吹乱。她手里紧捏着羊皮手袋，眼睛直视前方，紧张地追寻着什么。三轮车与汽车并齐走了一段，还是落后了。王琦瑶退出了眼睑。这不期而遇非但没有安慰李主任，反使他伤感加倍。这真是乱世中的一景，也是苍茫人生的一景。他想，他们两个其实是天涯同命人，虽是一个明白，一个不明白，可明白与不明白都是无可奈何，都是随风而去。他们两人都是无依无托，自己靠自己的，两个孤魂。这时刻，他们就像深秋天气里的两片落叶，被风卷着，偶尔碰着一下，又各分东西。汽车在车水马龙中穿行，焦躁地按着喇叭，时间已有点迟，都为了等王琦瑶的。这是一九四八年的深秋，这城市将发生大的变故，可它什么都不知道，兀自灯红酒绿，电影院放着好莱坞的新片，歌舞厅里也唱着新歌，新红起的舞女挂上了头牌。王琦瑶也什么都不知道，她一心一意地等李主任，等来的却是失之交臂。

这天晚上，爱丽丝公寓又来了一个人，是吴佩珍。她穿一件黑大衣，烫了发，唇上涂了口红，是少妇的样子，比过去好看了，也成熟了。她进来时，王琦瑶竟有些不敢认，等认出了，便有些吃惊，心想吴佩珍其实是有几分姿色的，过去却藏而不露，也是过谦了吧！吴佩珍似乎为自己的形象不好意思，很不自在的，红了脸说：我结婚了。王琦瑶的心被敲击了一下，嘴里说：恭喜。眼睛却是怔怔的，自己坐了下来，也没给吴佩珍让座。这时，娘姨送茶来，说声：小姐请用茶。王琦瑶厉声道：分明是太太，却叫人家小姐，耳朵听不见，眼睛也看不见吗？那娘姨被她劈脸一顿训斥，丈二不摸头脑，但晓得她心情不好，便也不作计较，转身走了。吴佩珍却尴尬了，她本就不笨，新近做了人妻，又心领许多原委，人情世故都深了一层。她听出王琦瑶这番脾气的来由，怪自己不该进门便说此事，就像是专为炫耀而来。其实，这又有什么可炫耀的呢？她收起些忸怩，身子坐正，抬起脸，对着王琦瑶说，她这次冒昧地上门，是来向她告别的。她本来不准备打搅她，可临到要走，总觉得不见她一面就走不了，这一走，不知什么时候才能见面，王琦瑶是她最好的朋友，也是唯一的，她对于王琦瑶也许情形不同，可王琦瑶对于她确实如此，上海这地方叫她留恋的，除了父母家人，就是王琦瑶了，和王琦瑶做朋友的那一段，是她最快乐，最无忧虑的时光。这话原是有些夸张，但此时此地，却是吴佩珍的最真实。在这一个忧患的年头，忧患就像是空气，无处不在，无论是知道和不知道，都感到忧心忡忡，前途茫然，而过去的每一分钟都是好时光。

王琦瑶听着吴佩珍的话，心里恍恍惚惚，抓不住要领。这一天发生的事情真是太多了，太杂了，乱成一团麻了。等李主任，李主任不来；不等他，他却来了；回到家，他倒走了，闹得她头都痛。这时候，吴佩珍竟在了面前，先说结婚，后又说要走。她的思路渐渐理出一个头绪，问道：你去哪里？吴佩珍被她打断了话，停一下才回答是去香港，跟她的婆家一起走。她婆家也是个中等产业的企业主，决定把家业全都搬到香港，船票已买好，正是明天。王琦瑶笑了一笑，说：吴佩珍，看不出来，我们三个人中间，倒是你最有福啊！吴佩珍有些糊涂地，问：哪三个人？王琦瑶就说：你，我，还有蒋丽莉。听到她提蒋丽莉的名字，吴佩珍就有些别扭，转过脸去。在她心底里，总觉得是蒋丽莉夺去了王琦瑶的友谊。她虽然已经长大，做了人家的太太，却还有着一些女学生的意气，寄存着女学生的恩怨，到老都不会忘的。王琦瑶没注意吴佩珍的心思,继续说:我和蒋丽莉都不如你啊! 蒋丽莉大约要做老小姐了,我是妻不妻,妾不妾,只有你,嫁得如意郎君,有享不尽的荣华富贵。吴佩珍被她说得低下了头,一声不吭的。王琦瑶说着说着便兴奋起来,眼睛放着光,手指甲在沙发布上划过来划过去,眼看就要折断的样子。吴佩珍握住她的手,说:你跟我一起去香港吧! 王琦瑶愣住了,把正说着的话也忘了,等明白过来,便笑了,说:我去算什么? 做仆,还是做妾? 倘若一样做妾,还是在上海好,一动不如一静。吴佩珍说:你再不要妾不妾的,你知道我对你的心,我从来把你看作比我好。王琦瑶身上一颤,软了下来。她扭过脸去对了墙壁望了一会儿,再回过来时,眼睛里全是泪了,她说:谢谢你,吴佩珍,我不能走,我要留在这里等他,我要走了,他倒回来了,那怎么办? 他要回来,见我不在,一定会怪我。

第二日,吴佩珍走的时间里,王琦瑶就好像能听见轮船离岸的汽笛声。和吴佩珍在一起的情景出现在眼前,一幕接一幕。那时候的她们就像是白绢似的,后来就渐渐写上了字,字又连成了句,成了历史。没有字的日子是轻盈自由的日子,想怎么就怎么,没有一点要负的责任,忧愁也是不负责任的忧愁。她和吴佩珍的关系是彼此没有责任的关系,全凭的是友情。与蒋丽莉便不同了,是有些利益的,当然,利益也不是不好的利益。她和吴佩珍的关系是有些类似萍水的关系,至清而无鱼,和蒋丽莉却是莲藕和泥塘。吴佩珍的走,是将王琦瑶这段无字的历史剪下带走的,剩下的全是有字,有些混乱不成章节,是过于认真写,笔墨太重,反不那么流畅自然了。

王琦瑶还是等李主任,自从那次与李主任失之交臂之后,她再不敢出去了。自从看见邻居空关的门窗后,她也再不敢开窗,终日拉着窗帘,倒可避免去看墙上的光影。那公寓里,白天也须开着灯,昼和夜连成一串,钟是停摆的,有没有时间无所谓。唯一有点声气的是留声机,放着梅兰芳的唱段,咿咿哦哦,百折千回。王琦瑶终日只穿一件曳地的晨衣,松松地系着腰带,她像是着戏装的梅兰芳,演的是楚霸王的虞姬。她想,时间这东西,你当它没有就没有。她现在反倒安下心来,有时听那梅兰芳唱段也能听进深处,听见一点心声一样的东西,这正是李主任要听的东西。那就是一个女人的极其温婉的争取,绵里藏针的,这争取是向着男人来的,也是向着这世界来的,只有男人才看得懂,女人自己是不自觉的,做了再说,而这却是男女之间称得上知音的一点东西。公寓里毕静,梅兰芳的曲声是衬托这静的。这静是一九四八年的上海的奇观。在这城市许多水泥筑成的蚁穴一样的格子里,盛着和撑持着这静。这静其实都是那大动里的止,就好像光投下的影,是相辅相成,休戚相关的。王琦瑶几乎忘记了外面的世界,连报纸也不看,广播也不听。这些日子,报纸上的新闻格外地多而纷乱:淮海战役拉开帷幕;黄金价格暴涨;股市大落;枪毙王孝和;沪甬线的江亚轮爆炸起火,二千六百八十五人沉冤海底;一架北平至上海的飞机坠毁,罹难者名单上有位名叫张秉良的成年男性,其实就是化名的李主任。

第二部

第　一　章

1. 邬　　桥

邬桥这种地方,是专门供作避乱的。六月的栀子花一开,铺天盖地地香,是起雾一般的。水是长流水,不停地分出岔去,又不停地接上头,是在人家檐下过的。檐上是黑的瓦棱,排得很齐,线描出来似的。水上是桥,一弯又一弯,也是线描的。这种小镇在江南不计其数,也是供怀旧用的。动乱过去,旧事也缅怀尽了,整顿整顿,再出发去开天辟地。这类小镇,全是图画中的水墨画,只两种颜色,一是白,无色之色;一是黑,万色之总。是隐,也是概括。是将万事万物包揽起来,给一个名称;或是将万物万事偃息下来,做一个休止。它是有些佛理的,讲的是空和净,但这空和净却是用最细密的笔触去描画的,这就像西画的原理了。这些细密笔触就是那些最最日常的景致:柴米油盐,吃饭穿衣。所以这空又是用实来作底,净则是以繁琐作底。它是用操劳作成的悠闲。对那些闹市中沉浮、心怀创伤的人,无疑是个疗治和休养。这类地方还好像通灵,混沌中生出觉悟,无知达到有知。人都是道人,无悲无喜,无怨无艾,顺了天地自然作循环往复,讲的是无为而为。这地方都是哲学书,没有字句的,叫域外人去填的。早上，晨曦从四面八方照进邬桥，像光的雨似的，却是纵横交错，炊烟也来凑风景，把晨曦的光线打乱。那树上叶上的露水此时也化了烟，湿腾腾地起来。邬桥被光和烟烘托着，云雾缠绕，就好像有音乐之声起来。

桥这东西是这地方最多见也最富含义的，它有佛里面彼岸和引渡的意思，所以是江南水乡的大德，是这地方的灵魂。邬桥真是有德行的。桥下的水每日价地流，浊去清来；天上的云，也是每日价地行，呼风唤雨。那桥是弯弯的拱门，桥下走船，桥上走人。屋里长长的檐，路人躲雨又遮太阳。邬桥吃的米，是一颗颗碾去壳，筛去糠，淘水箩里淘干净。邬桥用的柴，也是一根根斫细斫碎，晒干晒透，一根根烧净；烧不净的留作木炭，冬天烧脚炉和手炉。邬桥的石板路上，印着成串的赤脚板；邬桥的水边上，杵衣声此起彼伏，连成一片。邬桥的岁月，是点点滴滴，仔仔细细度着的，不偷懒，不浪费，也不贪求，挣一点花一点，再攒一点留给后人。邬桥的路，桥，房舍，舍里的腌菜坛，地下的酒钵，都是这么一日一日、一代一代攒起的。邬桥的炊烟是这柴米生涯的明证，它们在同一时刻升起，饭香和干菜香，还有米酒香便弥漫开来。这是种瓜得瓜、种豆得豆的良辰美景，是人生中的大善之景。邬桥的破晓鸡啼也是柴米生涯的明证，由一只公鸡起首，然后同声合唱，春华秋实的一天又开始了。这都是带有永恒意味的明证，任凭流水三千，世道变化，它自岿然不动，几乎是人和岁月的真理。邬桥的一切都是最初意味的，所有的繁华似锦，万花筒似的景象都是从这里引发伸延出去，再是抽身退步，一落千丈，最终也还是落到邬桥的生计里，是万物万事的底，这就是它的大德所在。邬桥可说是大千宇宙的核，什么都灭了，它也灭不了，因它是时间的本质，一切物质的最原初。它是那种计时的沙漏，沙料像细烟一样流下，这就是时间的肉眼可见的形态，其中也隐含着岸和渡的意思。

所以有邬桥这类地方，全是水做成的缘。江南的水道简直就像树上的枝，枝上的杈，杈上的叶，叶上的经络，一生十，十生百，数也数不过来。水道交错，围起来的那地方，就叫作邬桥。它不是大海上的岛，岛是与世隔绝，天生没有尘缘，它却是尘缘里的净地。海是苍茫无岸，混沌成一体，水道却是为人作引导的。海是个无望，是个宿命，高高在上。水道则是无望里的出路，宿命里的一个眼前道理，是平易近人。邬桥这类水乡要比海岛来得明达通透一些，俗一些，苟且一些，因此，便现世一些。它是我们可作用于人生的宗教，讲究些俗世的快乐，这快乐是俗世里最最底处的快乐，离奢华远着呢！这快乐不是用歌舞管弦渲染的，而是从生生息息里迸发出来。由于水道的隔离和引导，邬桥这类地方便可与尘世和佛境保持着若即若离的关系，有反有正的，以反作正，或者以正作反。这是一个奇迹，专为了抑制这世界的虚荣，也为了减轻这世界的绝望。它是中介一样的，维系世界的平衡。这奇迹在我们的人生中，会定期或不定期地出现一两回，为了调整我们。它有着偃旗息鼓的表面，心里却有一股热闹劲的。就好比在那烟雾缭绕的幕帐底下，是鸡鸣狗吠，种瓜种豆。邬桥多么解人心意啊！它解开人们心中各种各样的疙瘩，行动和不行动都有理由，幸和不幸，都有解释。它其实就是两个字：活着。

凡来到邬桥的外乡人，都有一副凄惶的表情。他们伤心落意，身不由己。他们来到这地方，还不知这地方名什叫谁，一个劲儿地混叫。在他们眼里，这类地方都是荒郊野地，没有受过驯化的饮食男女。他们或者闭门不出，或者趾高气扬，一步三摇。他们或是骄，或是馁，全都是浮躁浅薄。他们要认识邬桥的不简单，还须有一段相当的时间，到那时候，他们感激都来不及。起初的日子里，邬桥容忍着他们的心浮气躁，他们只当是邬桥的木讷，其实那是真正的宽度，大人不把小人怪的。外乡人是邬桥的一景，无论何年何月，邬桥的街上总要走着一个两个。外面的世界终年在进行角力似的，败下阵来的人，便来到邬桥这样的地方。邬桥人看外乡人，不惊也不怪，再自然不过的。他们貌似看不懂，其实是最懂。外乡人的衣服是羽衣霓裳，天边晚霞那样的东西，衣裳里的心是晚霞迅速收集起来的那个光点，刹那间便沉落，漆黑一团的。外乡人乘着船来到这里，好像到了世界的边边上，那世界使他们又恨又爱，得不到又舍不下，万般地为难。他们个个被离别之苦遮住了眼睛，任凭那水道九曲十八弯，不知前边是什么等着他们。

邬桥是我们母体的母体，因与我们隔了一层亲缘，所以便看它们陌生了。由于血统混杂了一层，我们又与它面貌相异，比生人还要生。其实我们都是从它那里来的，邬桥的桥都是外婆桥。这便是这里外乡人不断头的原因。外乡人七拐八绕的，总能找到一个这样的地方。每一个外乡人，都有一个邬桥。它是我们先祖中最近的一辈，是我们凡人唾手可及的。它不是清明时分那高高飘扬的幡旗，堂皇严正，它却是米磨成粉，揉成面，用青草染了做成的青团，无言无语，祭的是饱暖。它是做得多、说得少的亲缘。过年的腊肉香里，就有着它的召唤；手炉脚炉的暖热里,也有着召唤。荷锄种稻,撒网捕鱼,全是召唤。过桥行船,走路跨坎,是召唤的召唤。这召唤几乎是手心手背,身里身外,推也推不掉,躲也躲不掉。熨在热水中的酒壶里有,炖在灶上的熟荸荠里有,六月的栀子花里有,十月的桂花香里也有。那是绵绵缠缠,层层叠叠,围着外乡人,不认亲也认亲。

水道成网的江南,邬桥这样的地方更是星罗棋布,云层上才数得清。它们是树上枝上的鸟巢,栖着多少失魂落魄的人。失魂落魄的人,来了又走,走了又来,像日长夜消的潮汐。从他们的来去,便可窥见外面世界的繁闹与动荡,还可窥见外面人心的繁闹与动荡。邬桥是疗病养伤的好地方,外乡人却无一不是好了伤疤忘了痛的。这也怪邬桥的哲学不彻底,它总是留有余地,不失敦厚的风度。还怪邬桥的哲学不武断,它总是以商量的口气。外乡人的病也是不断根的病,入了膏肓的,无论怎么,都是治表不治里。可这些不说,邬桥总是个歇脚和安慰。那乌篷船每年要载来多少断肠和伤心,船下流的都是伤心泪。在那烟雨迷蒙的日子,邬桥一点一点近了,先是细细的柳丝,垂直的千条万条,拉了几重婆娑珠帘。桥洞像门一样,一进又一进。然后,穿过柳丝垂帘,看见了水边的房屋,插入水中的石基上长了绿藓苔,绒绒的。临水的窗户撑开着,伸出晾了红衣绿衣的竹竿,还有荸荠形的盖篮。沿水的回廊,立着百年不朽的大廊柱,也是生绿苔的。廊下是各色店铺,酒店的菜牌子挂了一长排,也是百年不朽。这过来的一路上,会碰到一条两条娶亲的大船,篷上贴着喜字,结着红绿绸缎。箱笼摞起来,新娘嘤嘤地哭,哭的是喜泪。两岸的油菜花黄着,秧苗绿着,粉蝶儿白着,好一副姹紫嫣红。最后,邬桥就到了。

2. 外　婆

邬桥是王琦瑶外婆的娘家。外婆租一条船,上午从苏州走,下午就到了邬桥。王琦瑶穿一件蓝哔叽骆驼毛夹袍,一条开司米围巾包住了头,袖着手坐在船篷里。外婆与她对面坐,捧一个黄铜手炉,抽着香烟。外婆年轻时也是美人,倾倒苏州城的。送亲的船到苏州,走上岸的情形可算是苏杭一景。走的也是这条水路,却是细雨纷纷的清明时节,景物朦胧,心里也朦胧。几十年过去,一切明白如话,心是见底的心了。外婆看着眼前的王琦瑶,好像能看见四十年以后。她想这孩子的头没有开好,开头错了,再拗过来,就难了。她还想,王琦瑶没开好头的缘故全在于一点,就是长得忒好了。这也是长得好的坏处。长得好其实是骗人的,又骗的不是别人,正是自己。长得好,自己要不知道还好,几年一过,便蒙混过去了。可偏偏是在上海那地方,都是争着抢着告诉你,唯恐你不知道的。所以,不仅是自己骗自己,还是齐打伙地骗你,让你以为花好月好,长聚不散。帮着你一起做梦,人事皆非了,梦还做不醒。王琦瑶本还可以再做几年梦的。这是外婆怜惜王琦瑶的地方,外婆想,她这梦破得太早了些,还没做够呢,可哪里又是个够呢?事情到了这一步,就只得照这一步说,早点梦醒未必是坏事,趁了还有几年青春,再开个头。不过,这开头到底不比那开头了,什么都是经过一遍,留下了痕迹,怎么打散了重来,终究是个继续。

撑船的老大是昆山人,会唱几句昆山调,这昆山调此时此刻听来,倒是增添凄凉的。日头也是苍白,照和不照一样,都是添凄凉的。外婆的铜手炉是一片凄凉中的一个暖热，只是炭气熏人，微微的头痛。外婆想这孩子一时三刻是回不过神来的，她好比从天上掉到地上，先要糊涂一阵才清楚的。外婆没去过上海，那地方，光是听说，就够受用的。是纷纷攘攘的世界，什么都向人招手。人心最经不起撩拨，一拨就动，这一动便不敢说了，没有个到好就收的。这孩子的心已经撩起了，别看如今是死了一般地止住的，疼过了，痛过了，就又抬头了。这就是上海那地方的危险，也是罪孽。可好的时候想却是如花似锦，天上人间，一日等于二十年。外婆有些想不出那般的好是哪般的好，她见的最繁闹的景色便是白兰花、栀子花一齐开，真是个香雪海啊！凤仙花的红是那冰清玉洁中的一点凡心。外婆晓得曾经沧海难为水的道理，她知道这孩子难了，此时此刻还不是最难，以后是一步难似一步。

手炉的烟，香烟的烟，还有船老大的昆山调，搅成一团，昏昏沉沉，催人入睡。外婆心里为王琦瑶设想的前途千条万条，最终一条是去当尼姑，强把一颗心按到底，至少活个平安无事。可莫说是王琦瑶，就是外婆也为她心不甘的。其实说起来，外婆要比王琦瑶更懂做人的快活。王琦瑶的快活是实一半，虚一半，做人一半，华服美食堆砌另一半。外婆则是个全部。外婆喜欢女人的美，那是什么样的花都比不上，有时看着镜子里的自己，心里不由想：她投胎真是投得好，投得个女人身。外婆还喜欢女人的幽静，不必像男人，闹哄哄地闯世界，闯得个刀枪相向，你死我活。男人肩上的担子太沉，又是家又是业，弄得不好，便是家破业败，真是钢丝绳上走路，又艰又险。女人是无事一身轻，随着有福同享、有难同当便成了。外婆又喜欢女人的生儿育女，那苦和痛都是一时，身上掉下的血肉，却是心连心的亲，做男人的哪里会懂得？外婆望着王琦瑶，想这孩子还没享到女人的真正好处呢！这些真好处看上去平常，却从里及外，自始至终，有名有实，是真快活。也是要用平常心去领会的，可这孩子的平常心已经没了，是走了样的心，只能领会走了样的快活。

有几只水鸟跟了船走，呱呱地叫几声，又飞去了。外婆问王琦瑶冷不冷，她摇头；问饿不饿，她也摇头。外婆晓得她如今只比木头人多口气，魂不知去了哪里，也不知游多久才回来。回来也是惨淡，人不是旧人，景不是旧景，往哪里安置？这时，船靠了一个无名小镇，外婆嘱那老大上岸买些酒，在炭火里温着，又从舱里向岸上买些茶叶蛋和豆腐干，下酒吃。外婆给王琦瑶也倒上半杯，说不喝也暖暖手。又指点王琦瑶看那岸上的人车房屋，说是缩小的邬桥的样子。王琦瑶的眼睛只看到船靠的石壁上，厚厚的绿苔藓，水一拍一拍地打着。

王琦瑶望着蒙了烟雾的外婆的脸，想她多么衰老，又陌生，想亲也亲不起来。她想“老”这东西真是可怕，逃也逃不了，逼着你来的。走在九曲十八绕的水道中，她万念俱灰里只有这一个“老”字刺激着她。这天是老，水是老，石头上的绿苔也是年纪，昆山籍的船老大看不出年纪，是时间的化石。她的心掉在了时间的深渊里，无底地坠落，没有可以攀附的地方。外婆的手炉是陈年八股，外婆鞋上的花样是陈年八股，外婆喝的是陈年的善酿，茶叶蛋豆腐干都是百年老汤熬出来的。这船是行千里路，那车是走万里道，都是时间垒起的铜墙铁壁，打也打不破的。水鸟唱的是几百年一个调，地里是几百度的春种秋收。什么叫地老天荒？这就是。它是叫人从心底里起畏的，没几个人能顶得住。

它叫人想起萤火虫一类的短命鬼，一霎即灭的。这是以百年为计数单位，人是论代的，鱼撒子一样弥漫开来。乘在这船上，人就更成了过客，终其一生也是暂时。船真是个老东西，打开天辟地就开始了航行，专门载送过客。外婆说的那邬桥，也是个老东西，外婆生前就在的，你说是个什么年纪了？

桥一顶一顶地从船上过去，好像进了一扇一扇的门。门里还是个地老天荒，却是锁住的。要不是王琦瑶的心木着，她就要哭了，一半是悲哀一半是感动。这一日，邬桥的画面是铅灰色的线描，树叶都掉光了，枝条是细密的，水面也有细密的波纹。绿苔是用笔尖点出来，点了有上百上千年。房屋的板壁，旧纹理加新纹理，乱成一团，有着几千年的纠葛。那炊烟和木杵声，是上古时代的笔触，年经月久，已有些不起眼。洗衣女人的围兜和包头上，土法印染着鱼和莲的花样，图案形的，是铅灰色画面中一个最醒目，虽也是年经月久，却是有点不灭的新意，哪个岁月都用得着似的，不像别的，都是活着的化石。它是那种修成正果的不老的东西，穿过时间的隧道，永远是个现在。是扶摇在时间的河流里，所有的东西都沉底了，而它却不会。什么是仙，它们就是。有了它们，这世界就更老了，像是几万年的炼丹炉一样。

那桥洞过也过不完，把人引到这老世界的心里去。炊烟一层浓似一层，木杵声也一阵紧似一阵，全在做欢迎状的。外婆的眼睛里有了活跃的光芒，她熄了香烟，指着舱外对王琦瑶说这是什么，那是什么，王琦瑶却置若罔闻。她的心不知去了哪里，她的心是打散了的，溅得四面八方，哪一日再重新聚拢来，也不免是少了这一块，缺了那一片的。船老大的昆山调停了，问外婆哪里哪里，外婆回答这里那里的。船在水道里周折着，是回了家的样子。后来,外婆说到了,那船就丁当地下锚,又摇荡了一会儿,稳在了岸边。外婆引了王琦瑶往舱外走,舱外原来有好太阳,照得王琦瑶眯缝起眼。外婆扶了船老大上了岸,捧着手炉站了一时,告诉王琦瑶当年嫁去苏州那一日的热闹劲:临河的窗都推开着,伸了头望;箱笼先上船,然后是花轿;栀子花全开了,雪白雪白的,唯有她是一身红;树上的叶子全绿了,水也是碧碧蓝,唯有她是一身红;房上的瓦是黑,水里的桥墩是黑,还是唯有她一身红。这红是亘古不变的世界的一转瞬,也是衬托那亘古的,是逝去再来,循回不已,为那亘古添砖加瓦,是设色那样的技法。

3. 阿　二

王琦瑶在邬桥,是住舅外公的家。舅外公开了个酱园店,酱豆腐干是出了名的。每天有豆腐店的伙计来送老豆腐。豆腐店老板家有两个儿子,阿大已娶亲生子,阿二在昆山读书,本想再去上海或者南京考师范,后因时局动荡,暑假后就耽搁了下来。阿二的装扮是旧时的摩登,戴眼镜,梳分头,学生装的领子外头围一条驼色围巾。他对邬桥的女人看都不看一眼,和男人也不打拢,一个人躲在房里看书。有时被阿爹差遣去送豆腐,便满脸的怨艾,郁沉沉的。在有月亮的夜晚,就可见到他孤孑一身的影子。阿二其实是邬桥的一景,说是不贴,其实贴得很,是邬桥的孤独者。邬桥的每一段都会有孤独者来出场,这一段便轮到阿二了。这场景是邬桥水上的泡沫,水是长流水,泡沫却今日非明日。阿二是白净的面皮,五官很纤秀,说话轻轻,走路也轻轻。倘若他不是那么好的一种男孩子,家里人就不免要嫌他,邬桥人也要把他作笑料了，就像通常邬桥舞台上的孤独者一样。而现在的情形就有些不同，大家都有点宠他。家里人心甘情愿地养他，还有几家想让他做女婿的。大约也是时代的不同，时代变得可爱了，那孤独者的形象便也可人心意了，是按着人的恻隐之心一笔一笔刻画的。但这喜欢却是一厢情愿，阿二心里不知有多少讨厌邬桥，这讨厌甚至挂在了脸上，使他更具有时代的特征。他自觉着是见过世界的，就把邬桥看做是世界的边角料，被遗弃的。要依了他的心，是要走出去的，可他的身子却太弱，经不起那大世界的动荡，到了还是退回邬桥。于是，他觉着自己也成了那世界裁剩的边角料，裁又没裁好，身子裁在这里，心却裁在了那里。

所以，阿二内心是很分裂的。有一种传说是说人的影子是人的灵魂，阿二自称是没有影子的人。月光好的夜晚，阿二看着石板桥上自己的影子，心里是拒绝的，想：这是我吗？分明是个别人。有一天，阿二走过酱园店，看见王琦瑶坐在里头，心里忽有种触电般的相通感觉，他惊奇地想：这才是我的影子呢！从这日起，上酱园店送豆腐的事就由他包下了。从豆腐房到酱园店，要经过三座桥，每过一座，他就觉着高兴了一点儿。可阿二却不把高兴露出来，为了藏住，他还分外地绷紧了脸。他把豆腐放下，转身就走。走在回去的桥上，每过一座，心里就忧郁一点儿，可那忧郁也含了些高兴的，走着走着，脚下会不自禁地一跃。他觉着，王琦瑶也是从那正经的世界上裁下的，却是错裁的，上面留着那世界的精华。她是怎么才来到了这个地方的啊！阿二感激得都要流泪了。有了她，邬桥这地方就有些见天日，不会被埋没了；有了她，邬桥这地方还和大世界有了些藕断丝连的关系。

她给邬桥带来什么样的改变呀！阿二也听到了有关王琦瑶的传说，这传说再离谱也不叫阿二意外，相反，更合乎阿二的想象。王琦瑶的传说是海上繁华梦的景象，虽然繁华是旧繁华，梦是旧梦，可那余光照耀，也足够半个世纪用的。阿二的心，活跃了起来。

王琦瑶很快注意到这个送豆腐的少年，他的白皙文弱和学生装束，很像那种旧照片上的人物。她隔了板壁墙，听见他在后天井里和舅外公说话，声音是细细柔柔的，就像鸟语。有一回，她去买针线，正与他迎面，就见他红了脸，转上了一顶桥，逃跑似的走了。她心里觉着有趣，更注意他了。她发现他似乎有夜游的毛病，夜深人静时在街上行走，月光下的身影有着处子般的宁馨美好，当他有时轻盈地一跃，也是处子的快乐。这天，她见他挑了豆腐从店堂里穿出来，走过后厢房时，就在身后叫他“阿二”，等阿二回过头来，却闪进身去，偷偷地看他激动又惶惑的眼神。这是王琦瑶来到邬桥后头一次有淘气的闲心，是阿二唤起来的。阿二先是寻找，后是怀疑听错，却又不甘心，对了空中叫道：谁人喊我？王琦瑶就捂了嘴笑。也是头一回笑，由阿二引出的。下一天在街上碰见阿二，她就去堵阿二的路，说：阿二眼睛这么大啊，看都看不见人。一边看阿二窘，脸红到脖颈，颈上的蓝筋一跳一跳，眼睛看了地，手却没处放。她这才好好地问：阿二去做什么？阿二嗫嚅说是去收豆腐账，给她看手里的账本。王琦瑶拿过来看上边的小楷字，问：是阿二的字吗？阿二说有是有不是。王琦瑶就要他指哪是哪不是。阿二慢慢地定了神，指给她看，有几行特别娟秀细小的。王琦瑶其实并不懂，却装懂地说：阿二的字不错。阿二的脸渐渐不红了，说：阿姐是讲反话。

王琦瑶正色道，我们学校的国文教员都未必能写这样的蝇头小楷。阿二就说：上海的教育是重科学，重实用，写字本是闲里功夫，可有可无的。王琦瑶听他这话里有些见识的，怪自己小瞧了他，又接着问他别的问题，阿二都一一回答，像个听话的学生。然后，王琦瑶邀他时常来玩，才与他分了手。

下一日，来送豆腐的，又换了原先那伙计。阿二是晚上来的，脚上穿着刷了鞋粉的雪白的球鞋，围巾围着，手里夹了一些书本。他是正式来做客的样子，还给舅外公家的小孩带了些水果糖。他对王琦瑶说，带几本小说让阿姐解闷，邬桥这地方也没有电影院，晚上是很寂寞的。那书是杂七杂八的，有《拍案惊奇》，有《施公案》，有张恨水的《夜深沉》，还有几本杂志，《小说月报》《万象》什么的。她想，阿二也是倾其所有了。到底是邬桥地方的民风淳朴，要是在上海，这样的少年早就学得浮滑了，那些少年是何等的风流倜傥啊！王琦瑶心里生出了感慨，再看阿二，更觉怜惜。阿二的脸在灯下越发显得白皙，头发很黑地搭在前额。王琦瑶就说：阿二什么时候接新娘子呢？阿二脸又红了，说自己才不过十八岁。王琦瑶说：你家阿大二十岁已经有儿有女了嘛！阿二就说：那是邬桥人。王琦瑶听他这话已把自己排除在邬桥之外，便注意到阿二的自恃，暗自留心照顾阿二的心情，却又觉得有趣，说：要不要阿姐替阿二介绍一个上海小姐呢？阿二低了头说：阿姐拿我开玩笑！声音里有些委屈。王琦瑶不敢再逗他，赶紧说：阿二的年纪正是做事业的年纪，有什么打算呢？阿二便告诉她本要去南京读师范，被时局耽搁了。谈到时局，王琦瑶便黯然了，有一会儿没说话。细心的阿二知她是有触动的，却不好挑明，只能做笼统的开导，说些时局总要安定，人生也是有沉有浮，否极泰来的大道理。王琦瑶来到偏僻转折的邬桥，天地生死几茫茫的，人都是不足道，何况是心呢？可这时候，人和心都有点被唤回的意思。

阿二的人和心也都被唤回了。王琦瑶就像是一面镜子，对了她，阿二才知道自己的人是如何，心是如何。他隔天就要去她那里坐坐，谈东谈西，不一会儿，月亮就到了那头。有时，天不那么冷，他们就在街上走走。街边就是水道，停了船，船舱里漏出点光，两边人家的板壁缝里也漏出点光，丝丝缕缕地落在水面上，能照见水的流动来。两个人的心里都很安宁，也很明净。阿二说：阿姐，上海的月亮也是这一个吗？王琦瑶说：看起来就像是两个，其实还是一个。阿二说：其实就是两个，一个是月亮，一个是月亮的影。王琦瑶就笑了：原来阿二是个诗人呢！她想到了蒋丽莉，那就像是上一辈子的人了。她想同是诗的才情，蒋丽莉是做作，阿二却是天然。阿二忽然就腼腆起来，说：阿姐才是诗人呢！王琦瑶忍住笑问：你倒说说看，我怎么会是诗人？我是旧诗新诗一句也记不得的。阿二却认真起来，说：诗其实才不在于那几行字呢！有些人，以为把字句截短了一行一行地竖排着，就是诗；还有些人，以为拣那指心明腑、抒情言志的文字连起来就是诗，诗都快成装腔作势的代名词了。王琦瑶在心里说：阿二指的不就是蒋丽莉吗？阿二接着说：诗其实就是一幅图画，比如，“汉家秦地月，流影照明妃”，可不是一幅画？“千呼万唤始出来，犹抱琵琶半遮面”，又是一幅画；“玉容寂寞泪阑干，梨花一枝春带雨”，还不是一幅画？“桃之夭夭，灼灼其华”，这幅画又如何？王琦瑶听得出神，本是对诗没兴趣的，这会儿却叫阿二给训导出了一些诗情。阿二说着说着便止了口，她带了几分着急地追问:怎么不说了? 阿二说:我已经证明了呀! 证明什么? 王琦瑶问。阿二说,证明阿姐是个诗人。王琦瑶先不懂,然后忽然明白了,不觉红了脸。

4. 阿二的心

阿二的心,连他自己都不懂的。他不晓得他怎么高兴了没几日,又难过起来。这难过比先前的更甚,有点咬心的。先前的难过,是茫茫然一片,如今却是水落石出的。先前的难过,是不知道要什么,只知道不要什么的难过,如今却是知道要什么,还知道要不到的难过。他不懂他为什么知道是不能得,却偏要去向往,简直是搬起石头砸自己的脚。这个他口口声声地叫"阿姐"的上海女人,就像是天边的落霞,转眼就会过去,然后无影无踪。她其实是一个传奇,阿二想在上面添写几行吗? 不等他落笔,她又要去创造新的传奇。她和邬桥真是个奇怪的对照,邬桥有多么明白,她就有多么莫测;邬桥是个通达,她就是个云遮雾罩。阿二这样的年纪,宁可要个谜,也不要真理的。邬桥就是个真理。得了真理,人生便到头了,还有什么可望的? 这也是邬桥所以叫阿二消沉的缘故,也是王琦瑶所以激发阿二的缘故。阿二现在每天都要去酱园店的后厢房,对了王琦瑶坐着,看她做针线,与她说话。可是越是与她接近,她却越是远似的。越是远,阿二就越要追,结果便越追越远,都要看不清这人了。

阿二有时会想起那个谈诗的月亮夜,他引用的那些诗句,一句一句响起在耳边,王琦瑶反倒清晰了一些。其时其境,这些诗句都是不假思索,脱口而出。句句不像是古人所作,而是他阿二触景生情的即兴之句。可他渐渐记起这些诗的出处，心里忽有些不安了。“汉家秦地月，流影照明妃”是李白写王昭君。昭君出塞，离家千里，真是有些应了王琦瑶眼下的境地，也是故乡的月，照异地的人。后两句有“一上玉关道，天涯去不归”，难道是预兆王琦瑶在异乡久留不归吗？阿二有些兴奋，可却觉得不顶像，因为王琦瑶虽是离家，却没有去国，与昭君有根本的不同。阿二再一想，便有些恍悟，王琦瑶虽未去国，却是换了大朝代，可说是旧日的月照今天的人，时间不能倒流，自然是“天涯去不归”了。这一想，便觉得十分贴切了。并且，那旧时的海上明月里立了王琦瑶婷婷的身影，有一股难言的凄婉，是要扎进阿二心里去的。接下来引用的诗句则是一首比一首不祥：“千呼万唤始出来，犹抱琵琶半遮面”出处是白居易的《琵琶行》，诗中那琵琶女且是天涯沦落之人，良辰美景一去不复回了。那一句“玉容寂寞泪阑干，梨花一枝春带雨”却是《长恨歌》中，杨贵妃玉殒香消，魂魄在了仙山的情景。阿二不由生出悲戚来，他想他想起的美人图，全是不幸的美人图，正应了红颜薄命的说法。只有《诗经》上那“桃之夭夭，灼灼其华”是喜庆的图画，然而，在那一系列的惨淡画面之后，那桃花灿烂的景象却有了一股不祥的灾祸之气。阿二的心暗淡下来，他想，难道这真是预兆吗？他看见了那上海女人身上缭绕的不幸的气息。可这气息多么美啊，是沉鱼落雁之势，阿二无限地向往。

阿二对王琦瑶的向往里，并不光有爱，还有着膜拜在其中。王琦瑶不是一个人，而是化开来，弥漫和洋溢在空气里的一个灵样的东西。这是一个迷离的境界，乱了心智的，它是腾在邬桥的空中，海市蜃楼一般。阿二有时觉着，连他自己都化了的，变成烟雨那样的东西。邬桥这地方,其实是多有幻觉的,它实在太静,夜也太长,幻觉便产生了。那密集又曲折的水道间,挤挨着的屋檐下,石板路上,都是幻觉产生的地方。王琦瑶就是个幻觉成真。她走在邬桥的街上,身上披着那繁华锦绣的光影,几乎能听见歌舞的余音尾随而来。阿二想:这上海女人就是为了引诱他来的。前景有多不妙,引诱就有多强烈,阿二几乎怀了牺牲的精神。他膜拜的真是一个不幸的宗教,不是为了永生,而是为了短暂,是追逐过眼的烟云,瞬间的快乐。阿二的心是中了邪的心。

王琦瑶只把阿二的心当成少年之爱来领会,虽然把阿二看简单了,却也救了阿二。因为只有从这爱里,才可着手去接近王琦瑶,其余都是扑朔迷离。只有这点爱,是清晰的,有人间面目,是王琦瑶和阿二交流的桥梁。阿二的爱是纯洁的爱,没有要求,只要允许他爱,就足够了。王琦瑶上街买菜,阿二替她挎着篮子;太阳好的天气,王琦瑶把水端在屋外洗头,阿二提了水壶替她冲洗发上的肥皂沫;王琦瑶剥豆,阿二捧着碗接豆;王琦瑶做针线,阿二也要抢来那针穿线。王琦瑶看他眼睛对在鼻梁上穿针的模样,心里生出喜欢。这喜欢也很简单,由衷生起,不加考虑的。她情不自禁地伸出手摸摸阿二的头,发是柔顺和凉滑的。她还去刮他架了眼镜的鼻子,鼻子也是凉凉的,小狗似的。这时,阿二便兴奋得眼睛都湿润了。她对阿二说:跟我到上海去不去?阿二说:去!她又说:阿二怎么养阿姐呢?阿二说:做工。她笑了,又怔了怔,说:阿二做工的钱,光够阿姐买梳头油的。阿二也怔了怔,说:阿姐小看了我。王琦瑶就揪揪他的薄耳朵,说:和你开玩笑,究竟也不知能不能回上海呢。阿二正色道:我撑船送阿姐去上海！王琦瑶笑道:阿二的船能到上海？阿二说:百川归海,怎么到不了？王琦瑶便不说话了。

阿二迷蒙的心里有了些昏晦的光,使他辨别出一些形势,当然,也是昏晦的形势。他对自己说:我应该怎么办？阿二觉得是应当行动的时候了。冬天过去了,迎春花都开了,疏朗的枝条缀着些不明不暗的黄色,也像阿二的心。阿二想:他已经等待了一个冬天了,邬桥的冬天又是何等的漫长。阿二走在河边,看那船也是待发的样子,心里的光又亮了一些。这时,他真感激邬桥的水啊！有了这水,阿二才知道该怎么去行动。现在,阿二是迎了那光走去的,前途被昏晦的光照耀着。阿二变得勇敢了,全因为那光的照耀,所有的勇敢其实都是昏晦的勇敢。阿二不再天天去找王琦瑶,可王琦瑶反倒变得切实了,王琦瑶好像化进了他的行动里。阿二心中突兀而起一股悲恸之情,就像在做着一个重大的诀别,但这悲恸里是有些欢喜的,因他感到,这诀别其实不是诀别,而是相聚。他心里唱着歌,是那种童贞的悲喜交加的歌,在月夜里的邬桥走来走去。这时候如果有人看见他,就会被他的目光感动,那是什么样的温柔目光啊！那里的决心和信念,全是温柔如水。

王琦瑶正在惊异阿二的不来,却听见了他的敲门声。阿二的白球鞋是新洗的,刷了鞋粉,阿二的围巾也是新洗的,熨平了。阿二的眼睛在镜片后头,一闪一闪地发光。阿二说:阿姐,我看你来了。王琦瑶说:阿二也不来了,是不是忘记阿姐了？阿二说:我忘记谁也不会忘记你。王琦瑶说:娶了媳妇,连娘都要忘记,何况是非亲非故的我呢？阿二说:说不忘就是不忘,只怕有一日,在上海的大马路上,迎面遇见,都认不出我阿二了。王琦瑶就笑:认出怎样,认不出又怎样?阿二有些悲伤地垂了垂眼睛,小声道:是啊,我凭什么叫人永记不忘呢?王琦瑶正要哄他,他却退出门去,说了声:阿姐再见!转身走了。他的球鞋踩在石板路上,声息全无,一下子融入邬桥的夜色,再也看不见了。王琦瑶还有些话要对他说,想追上去,又想明天再说吧,便关上了门。邬桥的夜晚,真是要多静有多静,不一会儿,就听见沙沙的下露水声。第二日,王琦瑶等阿二来,没等到;第三天,又不来;再过一日,便听那送豆腐的伙计说,阿二走了,去南京考师范了。王琦瑶想起阿二来的那个晚上,每一句话都是有意思的。她把阿二的话又细细地想了一遍,在心里认定阿二去的不是南京,而是上海。她还觉着:阿二去上海不为别的,正是为她。阿二是到上海等她呢!可是上海是个人海,她即便是回了上海,阿二能找着她吗?

5. 上　　海

上海的心是被阿二勾起的,那不夜的夜晚就又出现在王琦瑶的眼前,却是多么久远的景象了啊!早晨,她对着镜子梳头,从镜子里看见了上海,不过,那上海已是有些憔悴,眼角有了细纹的。她走在河边,也从河里看见了上海的倒影,这上海是褪了色的。她撕去一张日历,就觉着上海又长了年纪。上海真是不能想,想起就是心痛。那里的日日夜夜,都是情义无限。邬桥天上的云,都是上海的形状,变化无端,晴雨无定,且美轮美奂。上海真是不可思议,它的辉煌叫人一生难忘,什么都过去了,化泥化灰,化成爬墙虎,那辉煌的光却在照耀。这照耀辐射广大,穿透一切。从来没有它，倒也无所谓；曾经有过，便再也放不下了。

王琦瑶眼前还出现阿二乘船去上海的景象，是乘风而去的。她想，阿二真是勇敢啊，竟把戏言当真了。可那戏言果真是戏言吗？难道不能说是预言？她想：连邬桥的阿二都去得上海，她上海生上海长的王琦瑶，又何故非要远离着，将一颗心劈成两半，长相思不能忘呢？上海真是叫人相思，怎么样的折腾和打击都灭不了，稍一和缓便又抬头。它简直像情人对情人，化成石头也是一座望夫石，望断天涯路的。阿二一走便音信全无，送豆腐的伙计也说没有信来。王琦瑶更断定阿二是去了上海。茫茫人海中，哪里是阿二的立足之地呢？她不由感叹阿二的鲁莽，可是阿二的传奇毕竟是开了头。什么时候才能见到阿二呢？王琦瑶有些怅惘。她推开窗户，看水边的月亮地，看到的也是上海的影子，却是浅淡了许多，在很遥远的折射的光之下。

邬桥并不是完全与上海隔绝，也是有一点消息的。那龙虎牌万金油的广告画是从上海来的，美人图的月份牌也是上海的产物，百货铺里有上海的双妹牌花露水、老刀牌香烟，上海的申曲，邬桥人也会哼唱。无心还好，一旦有意，这些零碎物件便都成了撩拨。王琦瑶的心，哪还经得起撩拨啊！她如今走到哪里都听见了上海的呼唤和回应。她这一颗上海的心，其实是有仇有怨，受了伤的。因此，这撩拨也是揭创口，刀绞一般地痛。可那仇和怨是有光有色，痛是甘愿受的。震动和惊吓过去，如今回想，什么都是应该，合情合理。这恩怨苦乐都是洗礼。她已经感觉到了上海的气息，与阿二感觉的不同，阿二感觉的都是不明就里，王琦瑶却是有名有实。栀子花传播的是上海的夹竹桃的气味，水鸟飞舞也是上海楼顶鸽群的身姿，邬桥的星是上海的灯，邬桥的水波是上海夜市的流光溢彩。她听着周璇的《四季歌》，一季一季地吟叹，分明是要她回家的意思。别人口口声声地称她上海孃孃，也是把她当外乡人，催促，也是把她当外乡人，催促她还乡的。她的旗袍穿旧了，要换新的。她的鞋走了样，也要换新。她的手脚裂口，羊毛衫蛀了洞，她这人有些千疮百孔的，不想回家也得回家了。

阿二还是没有信，传奇的开头总是偃声屏息，无声无闻。王琦瑶再不怀疑阿二是去了上海。有个阿二在上海，上海似乎暖心了些，还有些不甘心。现在，王琦瑶还没走，邬桥却已在向她挥手告别，一草一木，一砖一石，虽在眼前，却已成了记忆，雾蒙蒙，水蒙蒙的。邬桥的柳丝也是梦中情景，日婆娑，月婆娑。王琦瑶也注意到船了。船在桥洞下走过，很欢快的样子，穿过一个桥洞又一个桥洞，老大也是唱昆山调的。转眼间一冬一春过去，莲蓬又要结子了。王琦瑶乘上回苏州的船，两岸的房屋化成石壁，上面有千年万年的水迹和苔藓，邬桥变成长卷画一般的，渐渐拉开。碾米的水碓声凌空而起，是万声之首。邬桥的真实和虚空，邬桥的情和理，灵和肉，全在这水碓声中，它是亘古的声音。昆山调也是亘古的声音，老大是亘古的人。

王琦瑶从邬桥走出来了，那画卷收在水岸之间，视野开阔了，水鸟高飞起来，变成一个个黑点。岸上传来轰麻雀的铜锣声，铿铿锵锵，敲着得胜令的点子。红日高照，水面亮得像镜子，照的不是人，而是天。天上没有云，也是个大镜子，照着碧水荡漾。有无数船只乘风行驶，万舸争流的情景，你说心能不鼓荡吗！

没见苏州，已嗅到白兰花的香。苏州是上海的回忆，上海要就是不忆,一忆就忆到苏州。上海人要是梦回,就是回苏州。甜糯的苏州话,是给上海诉说爱的,连恨都能说成爱,点石成金似的。上海的园子,是从苏州搬过来的,藏一点闲情逸致。苏州是上海的旧情难忘。船到苏州,回上海的路便只剩一半了。

从苏州到上海的一段,王琦瑶是坐火车,船是嫌慢了,风也不顺帆的。车是夜车,窗外漆漆黑,有零星的灯掠过,萤火虫似的。王琦瑶的心此刻是静止了的,什么声音也没有,风声都息了。窗外的黑,就像厚帷幕一般,上海就在那幕后,等待开幕的一刻。窗外的黑还是隧道,尽头就是上海。当上海最初的灯光,闸北污水厂的灯光,出现在黑夜里头,王琦瑶忽然间热泪盈眶。灯光越来越稠密,就像扑灯的蛾子,扑向窗口。火车自是不理,还是朝前,轰隆声响盖满天地。往事像化了冻的春水,漫过了河堤,说不想它,它还是来了,可毕竟大河东去,再不复返。车窗上映出的全是旧人影,一个叠一个。王琦瑶不由得泪流满面。这时,汽笛响了,如裂帛一般。一排雪亮的灯照射窗前,那旧的影像刹那间消遁,火车进站了。

第二章

6. 平安里

上海这城市最少也有一百条平安里。一说起平安里，眼前就会出现那种曲折深长、藏污纳垢的弄堂。它们有时是可走穿，来到另一条马路上；还有时它们会和邻弄相通，连成一片。真是有些像网的，外地人一旦走进这种弄堂，必定迷失方向，不知会把你带到哪里。这样的平安里，别人看，是一片迷乱，而它们自己却是清醒的，各自守着各自的心，过着有些挣扎的日月。当夜幕降临，有时连月亮也升起的时候，平安里呈现出清洁宁静的面目，是工笔画一类的，将那粗疏的生计描画得细腻了。那平安里其实是有点内秀的，只是看不出来。在那开始朽烂的砖木格子里，也会盛着一些谈不上如锦如绣，却还是月影花影的回忆和向往。"小心火烛"的摇铃声声，是平安里的一点小心呵护，有些温爱的。平安里的一日生计，是在喧嚣之中拉开帷幕；粪车的轱辘声，涮马桶声，几十个煤球炉子在弄堂里升烟，隔夜洗的衣衫也晾出来了，竹竿交错，好像在烟幕中升旗。这些声色难免有些夸张，带着点负气和炫耀，气势很大的，将东升的日头都遮暗了。这里有一些老住户，与平安里同龄,他们是平安里的见证人一样,用富于历史感的眼睛,审视着那些后来的住户。其中有一部分是你来我往,呈现出川流不息的景象。他们的行迹藏头露尾,有些神秘,在平安里的上空散布着疑云。

王琦瑶住进平安里三十九号三楼。前边几任房客都在晒台上留下各种花草,大多枯败,也有一两盆无名的,却还长出了新叶。前几任的房客还在灶间里留下各自的瓶瓶罐罐,里面生了霉,积水里游着小虫,却又有半瓶新鲜的花生油。房门后的墙上留着一些手迹,有大人的,记着事:正月初十备寿礼。也不知是谁的寿礼。也有小孩的,是发泄私愤,写着"王根生吃屎"。都是些零星的岁月,不成篇章,却这里那里的,俯拾皆是。还是一层摞一层,糊鞋靠一样,扎扎实实,针锥都吃不进去。王琦瑶安置下自己的几件东西,别的都乱摊着,先把几幅窗帘装上,拉起,开亮了电灯。那房间就变了面目,虽是接在人家的茬上,到底也是换新的。那电灯没有罩子,光便满房间的,不是明亮,而是样样东西都扒了皮,裸着了。窗外是五月的天,风是和暖的,夹了油烟和泔水的气味,这其实才是上海芯子里的气味,嗅久了便浑然不觉,身心都浸透了。再晚些,桂花糖粥的香味也飘上来了,都是旧相识。窗帘也是旧窗帘,遮着熟知的夜晚。这熟知里却是有点隔,要悉心去连上,续上,有些拼接的痕迹。王琦瑶很感激窗帘上的大花朵,易时易地都是盛开,忠心陪伴的样子。它还有留影留照的意思,是好时光的遗痕,再是流逝,依然绚烂。地板和木窗框散发出木头的霉烂的暖意,有老鼠小心翼翼的脚步,从心上踩过似的,也是关照。然后,"小心火烛"的铃声便响起了。

王琦瑶到护士教习所学了三个月，得了一张注射执照，便在平安里弄口挂了牌子。这种牌子，几乎每三个弄口就有一块，是形形色色的王琦瑶的营生。她们早晨起来收拾干净房间，穿一身干净衣服，然后便点起酒精灯，煮一盒注射针头。阳光从前边人家的屋顶上照进窗口，在地板上划下一方一方的。她们熄了酒精灯，打开一本闲书，等着有人上门来打针。来人一般是上午一拨，下午一拨，也有晚上的一个两个。还有来请上门去打针的，那样的话，她们便提一个草包，装着针盒、药棉，白布帽和口罩，俨然一个护士的样子，去了。王琦瑶总是穿一件素色的旗袍，在五十年代的上海街头，这样的旗袍正日渐少去，所剩无多的几件，难免带有缅怀的表情，是上个时代的遗迹，陈旧和摩登集一身的。王琦瑶穿着旗袍，走过一两条马路，去给病家打针。她会有旧境重现的心情，不过人都是换了角色的。有一日，她去集雅公寓，走进暗沉沉的客厅，打蜡地板映着她的鞋袜。她被这家的佣人引进卧房，床上一个年轻女人，盖一条绿绸薄被，她觉得这女人就是自己的化身。打完针，装好东西，走出那公寓，心却好像留在了那里。她几乎能听见那女人对佣人发嗔的声音，是怪她买来的虾又小又不新鲜，明知道先生要来家吃晚饭的。她有时望着酒精灯蓝色的火苗，会望见斑斓的景象，里面有一个小世界，小世界里的歌舞永恒不止，是天上的歌舞。她偶尔去看一场电影，晚上八点的那一场。马路上静静的，路面有灯的反光，电影院前厅那静里的沸腾，有着时光倒流的意思。她看的多是老电影，周璇的《马路天使》，白杨的《十字街头》，这也是旧相识，最不相关的故事也是肺腑之言。她订了一份晚报，黄昏时间是看报度过的，报上的每一个字她都读到，懂一半，不懂一半，半懂不懂之间,晚饭的时间便到了,炉子上的水也开了。

晚上来打针的,总有点不速之客的味道,听见楼梯响,她便猜:是谁来了。她有些活跃,话也多几句。倘若打针的是孩子,她便格外地要哄他高兴。她重新点上酒精灯消毒针头,问东问西,打完针,病家要走时,她就有些不舍。那一阵骚动与声响还会留下余音,她忘了收拾,锅里的水干了底才醒来。这种夜晚,打破了千篇一律的生活,虽然是个没结果,可毕竟制造了一点起伏不定,使人生出期待。那期待是茫茫然的,方向都不明,有什么未知在酝酿和发展,终于会有果实似的。她有一次夜半被叫醒。人们早已入睡,那叫声便显得格外惊动,带着些危急和恐怖。王琦瑶的心擂鼓似的怦怦响着,她睡衣外面披上件夹袄便下楼去开门,见是两个乡下人,抬了一个担架,躺着垂危的病人,说是请王医师救命。王琦瑶知道他们弄错了,将护士当作医师了。她指点他们去最近处的医院,再回楼上,却怎么也睡不着了。这城市的夜晚总有着出其不意,每一点动静都不寻常。弄口路灯下,写着注射护士王琦瑶的牌子,带着点翘首以待。静夜里有汽车驶过,风扫落叶的声音,夜晚便流动起来,有了一股暗中的活跃。

上门打针的人川流不息,今天去了明天来,常有新人出现。这时,王琦瑶便暗自打量,猜那人的家庭和职业,再用些闲话去套,套出的几句实情,竟也能八九不离十。要逢到那些做奶妈的带孩子来,不问也要告诉你东家的底细。哪个奶妈不是碎嘴?又不是对东家有仇有恨,要把一肚子苦水倒给你的样子?还有一些是固定出现的病人,这些其实都算不上病人,打的是胎盘液之类的营养针,一周一次或一周两次。日子长了,有几个不打针时也来，坐坐，说说闲话，张家长李家短。这样，王琦瑶虽然不出门，也知天下事了。这些杂碎虽说是人家的，可也把王琦瑶的日子填个半满。一早一晚，有时甚至会是忙碌的，眼和耳都有些不够用。平安里的闹，是会传染的，而且无缝不钻，渐渐地，就有些将王琦瑶的清静给打破了。楼梯上的脚步纷沓起来，门开门关频繁起来，时常有人在后弄仰头叫王琦瑶的名字，一声声的。尤其是在那种悠闲的下午，这叫声便传远，有一股殷切的味道。夹竹桃也开了。平安里也是有几棵夹竹桃的，栽在晒台上碎砖围起来的一掬泥土中，开出绚烂的花朵。白昼里虽不会有奇遇，可却是悉心积累起许多细枝末节，最后也要酿成个什么。

王琦瑶和人相熟起来。人们知道她是个年轻的寡妇，自然就有热心说媒的人上门。王琦瑶见过其中的一个，是个做教师的，说是三十岁，却已歇顶。两人在电影院里见面，看一场农民翻身的电影，是王琦瑶最不要看的那种，硬撑到底的。其中有静默的间隙，便听见那教书的局促的呼吸声，带了一股胸腔里的啸音，是哮喘的症状。王琦瑶从此便对说媒的人婉言谢绝，她知道再介绍谁也跳不出教书先生这个窠臼。她不怪别人，只怪自己命运不济。她望着平安里油烟弥漫的上空，心里想，还会有什么好事情来临呢？人们有说她骄傲，也有说她守节，什么闲话她都作耳边风，什么开导的话她也作耳边风。虽是相熟，却还是隔的，这也是正常。平安里的相熟中不知有多少隔，浑水里不知有多少大鱼。平安里的相熟都是不求甚解，浮皮潦草，表面上闹，底下还是寂寞，这寂寞是人不知，己也不知。日子就糊里糊涂地过下去。王琦瑶是糊涂一半，清楚一半，糊涂的那半供过，清楚的一半是供想。白天忙着应付各样的人和事，到了夜晚，关了灯，月光一下子跳到窗帘上，把那大朵大朵的花推近眼前，不想也要想。平安里的夜晚其实也是有许多想头的，只不过没有王琦瑶窗帘上的大花朵，映显不出来罢了。许多想头都是沉在心底，沉渣一般。全是叫生计熬炼的，挤干汁，沥干水，凝结成块，怎么样的激荡也泛不起来。王琦瑶还没到这一步，她的想头还有些枝叶花朵，在平安里黯淡的夜里，闪出些光亮来。

7. 熟　客

常来的人中间，有一个人称严家师母的，更是常来一些。她也是住平安里，弄底的，独门独户的一幢。她三十六七岁的年纪，最大的儿子倒有十九岁了，在同济读建筑。她家先生一九四九年前是一爿灯泡厂的厂主，公私合营后做了副厂长，照严家师母的话，就是摆摆样子的。严家师母在平常的日子也描眉毛，抹口红，穿翠绿色的短夹袄，下面是舍味呢的西装裤。她在弄堂里走过，人们便都停了说话，将目光转向她。她则昂然不理会，进出如入无人之境。她家的儿女也不与邻人家的孩子嬉戏玩耍，严先生更是汽车进，汽车出，多年来，连他的面目都没看真切过。严家的娘姨是不让随便出来的，又换得勤，所以就连她家娘姨，也像是骄傲的，与人们并不相识。严家师母每逢星期一和四，到王琦瑶这里打一种进口的防止感冒的营养针。她第一眼见王琦瑶，心中便暗暗惊讶，她想，这女人定是有些来历。王琦瑶一举一动，一衣一食，都在告诉她隐情，这隐情是繁华场上的。她只这一眼就把王琦瑶视作了可亲可近。严家师母在平安里始终感到委屈，住在这里全为了房价便宜，因严先生是克勤克俭的人。

为此她没少发牢骚，严先生枕头上也立下千般愿，万般誓，不料公私合营，产业都归了国家，能保住一处私房就是天恩地恩，花园洋房终成泡影。严家师母在平安里总是鹤立鸡群，看别人都是下人一般，没一个可与她平起平坐。现在，三十九号住进一个王琦瑶，不由她又惊又喜，还使她有同病相怜之感。也不管王琦瑶同意不同意，便做起她的座上客。

严家师母总是在下午两点钟以后来王琦瑶处，手里拿一把檀香扇，再加身上的脂粉，人未见香先到。下午来打针多是在三四点钟，这一小时总空着，只她们俩，面对面地坐。夏天午间的困盹还没完全过去，禁不住哈欠连哈欠的。她们强打精神，自己都不知说的什么。弄口梧桐树上的蝉一迭声叫，传进来是嗡嗡的，也是不清楚。王琦瑶舀来自己做的乌梅汤给客人喝，一杯喝下去也不知喝的什么。等那哈欠过去，人渐渐醒了，胸中那股潮热劲平息下去，便有了些好的心情。一般总是严家师母说，王琦瑶听，说的和听的都入神。严家师母对了王琦瑶像有几百年的心里话，竹筒倒豆子似的，从娘家说到婆家，其实都是说给自己听的。王琦瑶呢？耳朵里听进的严家的事，落到心里便成了自己的事，是听自己的心声。也有时候，严家师母要问起王琦瑶的事，王琦瑶只照一般回答的话说，明知道她未必信，也只能叫她自己去猜，猜对了也别出口。严家师母虽是能猜出几分，却偏要开口问，像是检验王琦瑶的诚心似的。王琦瑶不是不诚心，只是不能说。两人有些兜圈子，你追我躲，心里就种下了芥蒂。好在女人和女人是不怕种下芥蒂的，女人间的友谊其实是用芥蒂结成的，越是有芥蒂，友情越是深。她们两人有时是不欢而散，可下一日又聚在了一处，比上一日更知心。

这一日，严家师母要与王琦瑶做媒，王琦瑶笑着说不要。严家师母问这又是为什么。王琦瑶并不说理由，只把那一日同教书先生看电影的情景描绘给她。她听了便是笑，笑过后则正色道：我要介绍给你的，一不教书，二不败顶，三不哮喘，说到此处，两人就又忍不住地笑，笑断肠子了。笑完后，严家师母就不提做媒的事，王琦瑶自然更不提，是心照不宣，也是顺水推舟。两人都是聪敏人，又还年轻，没叫时间磨钝了心，一点就通的。虽然相差有近十岁的年纪，可一个浅了几岁，另一个深了几岁，正好走在了一起。像她们这样半路上的朋友，各有各的隐衷，别看严家师母竹筒倒豆子，内中也有自己未必知道的保留，彼此并不知根知底，能有一些同情便可以了。所以尽管严家师母有些不满足的地方，可也担待下来，做了真心相待的朋友。

严家师母就是时间多，虽有严先生，却是早出晚归；有三个孩子，大的大了，小的丢给奶妈；再有些工商界的太太们的交际，毕竟不能天天去。于是，王琦瑶家便成了好去处，天天都要点个卯的，有时竟连饭也在这里陪王琦瑶吃。王琦瑶要去炒两个菜，她则死命拦着不放，说是有啥吃啥。她们常常是吃泡饭，黄泥螺下饭。王琦瑶这种简单的近于苦行的日子，有着淡泊和安宁，使人想起闺阁的生活，那已是多么遥远的了。当她们正说着闲话，会有来打针的人，严家师母就帮着端椅子，收钱接药，递这递那。来人竟把装扮艳丽的她看成是王琦瑶的妹妹，严家师母便兴奋得红了脸，好像孩子得到了大人的夸奖。事后，她必得鼓动王琦瑶烫头发做衣服，怀着点自我牺牲的精神。她说着做女人的道理，有关青春的短暂和美丽。想到青春，王琦瑶不由哀从中来。她看见她二十五岁的年纪在苍白的晨曦和昏黄的暮色里流淌，她是挽也挽不住,抽刀断水水更流的。严家师母的装束是常换常新,紧跟时尚,也只能拉住青春的尾巴。她的有些装束使王琦瑶触目惊心,却有点感动。她的光艳照人里有一些天真,也有一些沧桑,杂糅在一起,是哀绝的美。经不住严家师母言行并教的策动,王琦瑶真就去烫了头发。

走进理发店,那洗发水和头油的气味,夹着头发的焦煳味,扑鼻而来,真是熟得不能再熟。一个女人正烘着头发,一手拿本连环画看,另一手伸给理发师修剪的样子,也是熟进心里去的。洗头,修剪,卷发,电烫,烘干,定型,一系列的程序是不思量,自难忘。王琦瑶觉得昨天还刚来过的,周围都是熟面孔。最后,一切就绪,镜子里的王琦瑶也是昨天的,中间那三年的岁月是一剪子剪下,不知弃往何处。她在镜子里看见站在身后的严家师母瞠目结舌的表情,几乎是后悔怂恿她来烫发的。理发师正整理她的鬓发,手指触在脸颊,是最悉心的呵护。她微微侧过脸,躲着吹风机的热风,这略带娇憨的姿态也是昨天的。

严家师母真心地说:我真没想到你是这么好看的。王琦瑶也真心地说:我到你的年纪一定是不如你。这话虽是恭维,却还是触到了严家师母的痛处,到底是年纪不饶人的。话刚出口,王琦瑶就觉着不妥,两人都沉默下来。因对严家师母抱歉,王琦瑶便挽住她的臂弯,两人一起沿了茂名路向前走。走了几步,严家师母忽然笑了一声说:你晓得我最拥护共产党是哪一条?王琦瑶觉得这问题来得突兀,不知该作何答。严家师母接着说:那就是共产党不让讨小老婆。王琦瑶明知不是说她,心里还是咯噔一下,挽着臂弯的手也松了松。严家师母只顾自己说下去:倘若不是共产党反对,我们严先生早就讨了小的。王琦瑶说:这也是你多心，严先生真要讨早就讨了，还拖到这时候？严家师母摇了摇头，说道：王琦瑶你不知道，本就是差一点的事情，人都已经找好了，仙乐斯的一个舞女，后来说要解放，有人劝他去香港，又有人要他留上海，乱了一阵，才把这事搁下了。王琦瑶想她怎么忽然谈起这种私事，难道就因为方才那句关于年龄的话？两人又默默地走了一段，王琦瑶缓缓地劝慰说：其实再怎么样，也还是结发夫妻最恩深义长。严家师母笑了，点着头道：是啊，有恩有义是不错，可你知道恩和义是什么吗？恩和义就是受苦受罪，情和爱才是快活；恩和义是共患难的，情和爱是同享福的，你说你要哪样？王琦瑶不得不承认她的话有几分道理，并且惊讶养尊处优的严家师母竟也有着不失惨痛的人生经验。严家师母转回脸对了王琦瑶说：还是情和爱好啊，只要尝过味道没有肯放手的，你说我们做女人是为谁做？还不是为男人！这一回王琦瑶不同意了，负气似的说：我偏是为自己做的。严家师母拍了拍她挽在臂弯里的手背，说：那就更吃力了。为了男人做，还就是最省心。王琦瑶沉默不语了。她们这两个女人走在秋日的斑驳阳光下，人成了透明的玻璃人似的，彼此都能看进对方心里一些。

自从烫了头发，王琦瑶又有了些做人的兴趣了，从箱底翻出旧日的好衣服，稍做修改便是新。她也开始化妆，修眉毛的钳子、眉笔、粉扑都还在，一件件找出来摆开。她在镜子前流连的时间多了些，镜子里的人是老朋友，也是新认识，能与她说话的。严家师母看见她的变化，暗中加了把劲追赶。王琦瑶显见得比她懂打扮，也是仗着年轻有自信，样样方面都是往里收，留有余地，不像严家师母是向外扩张，非做到十二分不可。一个是含而不露，一个是虚张声势；一个是从容不迫，一个是剑拔弩张。严家师母不使劲还好,越使劲越失分寸,总是过火。王琦瑶当然觉察出严家师母的用力,更上了几分心。像她这样的聪敏,不上心就是合适,再要上心便是格外好了,由不得严家师母不服气。有几次,她甚至是忍了泪的,回到家中无由地向娘姨发脾气,还把新做的头梳乱,自己报复自己的。但脾气发过了,还是重整旗鼓,再与王琦瑶较量。这几日,严家师母到王琦瑶家,不是为别的,专是挑战而来的。她越这样,王琦瑶越不让她,每天都给她个出奇制胜,并且轻而易举,不留痕迹。严家师母话里面就有几分酸意了,说王琦瑶真是可惜了,这般的浓妆淡抹也相宜却无人赏识。王琦瑶知道她是发急,嘴里说的未必是心里想的,听了也当没听见,只是下一回再用些心,更上一层楼,叫她望尘莫及。这两个人勾心斗角的,其实不必硬往一起凑,不合则散罢了。可越是不合却越要聚,就像是把敌人当朋友,一天都不能不见。

有一日,严家师母穿了新做的织锦缎镶绲边的短夹袄来到王琦瑶处,王琦瑶正给人推静脉针,穿一件医生样的白长衫,戴了大口罩,只露一双眼睛在外,专心致志的表情。严家师母还没见白长衫里面穿的什么,就觉着输了,再也支撑不住似的,身心都软了下来。等王琦瑶注射完毕,打发走病人,再回头看严家师母,却见她向隅而泣。王琦瑶这一惊不得了,赶紧过去扶住她肩,还没出声问,严家师母先开口了,说,严先生早晨起来不知什么事不顺心了,问他什么都不做声的,想想做人真是没有意思,说罢眼泪又流了下来。王琦瑶就劝她不必这样小心眼,夫妻之间总是好一时坏一时,不能当真,严家师母当是比她更懂这些的。严家师母擦着眼泪又说,如今也不知怎么的,花多少力气也得不到严先生的一个笑脸。王琦瑶再劝道,干脆把他扔一旁,倒是他来讨你的笑脸了。严家师母不由破涕而笑。王琦瑶继续哄她,拉她到梳妆镜前,帮她梳头理妆,顺便教给她些修饰的窍门。两人其实是用话里面的话交谈,最终达到和解。

严家师母快把王琦瑶的门槛踩平了,王琦瑶却还没去过严家一次。严家师母不知邀请了多少回,王琦瑶总是推说有人上门打针,不肯去。有一回,严家师母半气半笑地说了句:你怕严先生吃了你啊!她把脖颈都羞红了,可还是拒绝。这一天,严家师母如此动容,王琦瑶总觉自己有错,至少是太计较,不厚道,便待她百般的迎合。过去是严家师母硬赖在她这里吃饭,今天却是她极力挽留,还将压箱底的衣服翻出来,请严家师母批评。严家师母这才渐渐回复过来。下午时,仗着是受过委屈、占着理的,又一次逼王琦瑶去她家玩,王琦瑶略一迟疑,点头答应了。她们俩说去就去,起身关了门窗,就下了楼。是两点钟的时分,隔壁小学校传来课间操的音乐,弄堂里少见的没人,宁静着,光线在地面流淌。她们一径往弄底走去,路上都没说话,很郑重的样子。绕到后门,严家师母叫了声"张妈",那门便开了,王琦瑶随严家师母走了进去。

眼前有一时的黑暗,稍停一会儿,便微亮起来。走过一条走廊,一边是临弄堂的窗,挂了一排扣纱窗帘,通向客餐厅。厅里有一张椭圆的橡木大西餐桌,四周一圈皮椅,上方垂一盏枝形吊灯,仿古的,做成蜡烛状的灯泡。周遭的窗上依然是扣纱窗帘,还有一层平绒带流苏的厚窗幔则束起着。厅里也是暗,打蜡地板发出幽然的光芒。穿过客餐厅,走上楼梯,亮了一些。楼梯很窄,上了棕色的油漆,也发着暗光,拐弯处的窗户上照例挂着扣纱窗帘。严家师母推开二楼的房门,王琦瑶不由怔了一下。这房间分成里外两进，中间半挽了天鹅绒的幔子，流苏垂地，半掩了一张大床，床上铺了绿色的缎床罩，打着褶皱，也是垂地。一盏绿罩子的灯低低地悬在上方。外一进是一个花团锦簇的房间，房中一张圆桌铺的是绣花的桌布；几张扶手椅上是绣花的坐垫和靠枕，窗下有一张长沙发，那种欧洲样式的，云纹流线型的背和脚，橘红和墨绿图案的布面。圆桌上方的灯是粉红玻璃灯罩。桌上丢了一把修指甲的小剪子，还有几张棉纸，上面有指甲油的印子。窗户上的窗幔半系半垂，后面总是扣纱窗帘。倘若不是亲眼所见，决不会相信平安里会有这样一个富丽世界。严家师母拉王琦瑶坐下，张妈送上了茶，茶碗是那种金丝边的细瓷碗，茶是绿茶，又漂了几朵菊花。光从窗帘的纱眼里筛进来，极细极细的亮，也能照亮一切的。外面开始嘈杂，声音也是筛细了的。王琦瑶心里迷蒙着，不知身在何处。严家师母从里面大橱取出一段绛红色的衣料，在她身上比画着，说要送她做一件秋大衣，还拉她到大橱的穿衣镜前照着。她从镜子里看见床头柜上有一个烟斗，心里忽然跳出"爱丽丝"三个字，这里的一切和"爱丽丝"多么相像啊。她其实早就知道会在这里遇见什么，又勾起什么，所以，她不敢来。

8. 牌　友

此后，除了严家师母到王琦瑶这里来，有时候王琦瑶也会去严家。有人来打针，楼下的邻居便会告诉去弄底那一家找。不久，严家第二个孩子出痧子。这孩子已经读小学三年级，早已过了出痧子的年龄，那痧子是越晚出声势越大，所以高烧几日不退，浑身都红肿着。这严家师母也不知怎么，从没有出过疹子，所以怕传染，不能接触小孩，只得请了王琦瑶来照顾。要打针的人，索性就直接进到严家门里了。严先生从早到晚不在家，又是个好脾气，也不计较的。于是，她俩就像在严先生卧室开了诊所似的，圆桌上成日价点一盏酒精灯，煮着针盒。孩子睡在三楼，专门辟出一个房间做病室。王琦瑶过一个钟头上去看一回，或打针或送药，其余时间便和严家师母坐着说闲话。午饭和下午的点心都是张妈送上楼来。说是孩子出疹子，倒像是她们俩过年，其乐融融的。

这些天，也有些亲朋好友来看孩子的，并不进孩子房间，只带些水果点心之类的，在楼下客厅坐一会儿就走。其中有一个常来的，是严家师母表舅的儿子，算是表弟的，都跟了孩子叫他毛毛娘舅。毛毛娘舅在北京读的大学，毕业后分他去甘肃，他自然不去，回到上海家中，吃父亲的定息。父亲是个旧厂主，企业比严先生要大上几倍，公私合营后就办了退休手续，带两个太太三个儿女住西区一幢花园洋房。毛毛娘舅是二太太生的，却是唯一的男孩，既是几方娇宠在一身，又须眼观六路，耳听八方地做人，从小就是个极乖顺的男孩，长大了也是。虽是闲散在家，也不讨嫌，大妈二妈，姐姐妹妹的事，他都当自己的事去跑腿奔忙。无论是去医院还是去理发店，或者买衣料做衣服，要他陪他就陪，还积极地出主意做参谋。亲友间有不可少又不耐烦的应酬，也由他全包了，探望严家，便是其中的一桩。

毛毛娘舅来的那天，因为中午孩子又发了场高烧，请了医生来看，配药打针，忙到下午一点多才吃饭。听张妈说毛毛娘舅来了，就请他上楼来坐，反正不是外人，又是年幼的亲戚。毛毛娘舅坐在一边,她们俩吃着饭,酒精灯还点着。外边是阴天,屋里便显得很温暖。饭后,张妈上来撤了碗碟,毛毛娘舅便坐上桌来,三个人一起闲聊。毛毛娘舅和王琦瑶虽是初次见面,但有严家师母左右周旋,谁都不会冷落着。这起居的房间又自有一股稔熟亲近的气氛,能使人消除生疏之感。说笑了一阵,毛毛娘舅就问有没有扑克牌,严家师母笑道:这里可没有你的对手。又向王琦瑶介绍,毛毛娘舅会打桥牌,每个星期天到国际俱乐部去打牌的。王琦瑶便赶忙地摇手,连说不打牌,不打牌。毛毛娘舅就笑了起来,说,谁说打牌啦?哪里有三个人打桥牌的。严家师母说:不打牌你又要什么牌呢?一边就站起来,拉开抽屉找牌。毛毛娘舅说:天下又不只桥牌一种,有的是玩法呢!他接过牌来,在手里很熟练地洗着,然后说:其实桥牌也不难学的,非但不难,还很有趣。说着,就把牌四张一叠地发着,"叫牌""打牌"地讲起来。严家师母说:看看,这不是得寸进尺,慢慢地就陪他玩起来了。王琦瑶笑着说:把他累死也教不会我们,到头还只他一个人在玩。毛毛娘舅说:桥牌真有这么可怕吗?又不是火坑陷阱。说罢只得把牌收起,哗哗地洗出各种花样,像一把扇子,或像一座桥,把王琦瑶看花了眼。严家师母说:你看他这手功夫,可以去大世界变戏法了。毛毛娘舅说:我不会变戏法,倒会算命,我给表姐算一个吧。严家师母说:你给我算命又不是本事,什么是你不知道的?要能给王琦瑶算出一二分,才可服人。毛毛娘舅说和王琦瑶初次见面,就妄言人家过去将来的,未免太失礼了。严家师母就说:露馅了吧,什么失礼,借口罢了,真金不怕火来炼,你还是没功夫。毛毛娘舅一听这话,倒非算不可了。王琦瑶要推托,经不住严家师母的激将,说什么:你放心,保他算你不出！就只好由他算。毛毛娘舅又洗了一遍牌，在桌上发了一排，再发一排，来回地发，就像通关似的。发到末了，还剩几张，再一字排开，让王琦瑶亲手翻一张。王琦瑶刚翻过，就听铃响，那孩子在叫人了，赶紧抽身上楼。趁她上楼，毛毛娘舅压低了声问他表姐：表姐快告诉我，王小姐有否婚嫁。严家师母几乎笑出声来，数落道：我说你是骗人，你还不服。然后压低了声说：告诉你吧，这事是连我也不知道的。

这天下午，时间不知不觉地过去，转眼已到晚饭时候，严先生的汽车在后门揿喇叭了。三个人却还意犹未尽，便约定好毛毛娘舅过一日再来，严家师母说到那日让张妈去王家沙买蟹粉小笼请客。隔了一天，毛毛娘舅果然来了，也是那个时间，这回她们已吃过饭，用缝被针捅莲心。酒精灯灭着，有一些气味散发开来，清爽凛冽的感觉。三个人你一言我一语地闲话，前一日的高兴劲却接不上似的，有些冷场。等莲心捅完，就更没事情做了。毛毛娘舅又提议打牌，她们懒得反对，便同意下来。那日找出来的牌还没有收好，就扔在沙发上，毛毛娘舅说要教她们打“杜勒克”，所有牌中最简单的一种，一边讲解一边就发起牌来。这两个人是连理牌都不会的，他只得一个个地帮着理，理完之后才发现已将两位的牌全看过了，只得收起来重新洗过再发。免不了要说些取笑的话，气氛就活跃了。打这样的牌，又是同这么两个人，毛毛娘舅十分心里用一分就够了。严家师母一边打牌一边缅怀麻将的乐趣，也只用了三分心。只有王琦瑶是十分心都用上了，眼睛只看在牌上，每一次出牌都掂量过的，只是无奈得牌不如人意，总是小牌多于大牌，所以每每反是输，而那两位却一人一副地赢，便十分感慨地说：看来成败自有定数，不能强夺天意的。毛毛娘舅说：王小姐原来还是个天命论者。王琦瑶刚要开口回答，严家师母却抢过去说：天命不天命我不懂，可我倒是相信定数，否则有许多事情都解释不来的。比如我们严先生老家有个人，是个摆渡的，有一天晚上，人都睡下了，却有人喊着渡河，他只得起来撑过船去，把那人摆过河，那人上了岸往他手里塞了个什么，硬硬的，就匆匆地走了；严先生他家乡人张开手一看，原来是块金条，他用这金条买了一批粮食，想不到第二年就是荒年，这批粮食卖了好价钱；发了财，也不摆渡了，到了上海，正碰上发行橡皮公司股票，统统买成股票，不想三个月后橡皮公司就破产倒闭，一分不剩，只得回乡下去再摆渡；后来才知道，那给他金条的摆渡客，实是个强盗，犯了杀头罪，那天是连夜出逃。说的和听的都忘了打牌，不知该谁出牌，只得和了再从头打。

毛毛娘舅说：这也是偶然。王琦瑶不同意道：我看恰恰是必然。严家师母又打断她说：我不管什么偶然必然，我只知道什么都不会平白无故临到头上，总是有道理，这道理又不是别的好商量的道理，而是铁打的定规。王琦瑶也说：命里只有七分，那么多得的三分就是祸了。我外婆说过苏州闾门有一个青楼女子，品貌都是一般；有一日来了一个扬州盐商，富比王侯的，一眼看中她，为她赎了身，进门不久太太就病故，立刻扶正，第二年生下儿子，本是高兴事，不料那孩子三个月就露出了呆相，原来是个聋哑儿，再过三个月，那女子便得了不吃不喝的病，一命呜呼；人们都说是福把她的寿给折了，因她本是个福浅之人。严家师母点头感慨不已。毛毛娘舅则道：你说的是月满则亏，水满则溢的道理。王琦瑶就说：月满则亏，水满则溢说到底也是个定数的事，总是指一定的分寸，但这分寸是因人各异。毛毛娘舅不再反驳，三人接着打牌。打了一阵，毛毛娘舅也有故事要讲了。他说的是他父亲的一位老友，十年前亡故，死的那一刻，墙上的电钟停了，因那钟很古旧，又是很高的墙上，说是要修，却也一天推一天的，竟拖了十年，到了半年前，老友的太太生了不治之症，也死了，就在她闭眼的时分，那钟竟走动起来，一直走到如今再没停过。故事说完，三人都静默着，太阳西移了，屋里暗了些，透过纱帘，却可看见对面的窗扇被太阳照得晃眼。心里有些生畏，又不知畏惧什么。这时张妈走上来，说莲心汤已煮好，什么时候去买蟹粉小笼。严家师母这才醒过来，赶紧说，现在就去，又嘱咐买好后坐三轮车回来，免得乘公共汽车挤漏了汤水。张妈应了下去，王琦瑶看看时间该给孩子打针，便点了酒精灯煮针，那蓝火苗一摇一曳的，房间里顿时有了暮色。

这个下午虽没有上一个的热闹高兴，却是有些令人感动的。张妈买回的小笼包子还烫着嘴，汤水也饱满。又新沏了一道茶，“杜勒克”且从头来起。一晃眼一下午又过去了。严家师母说：如今天短了，刚开始就结束，干脆，明天毛毛娘舅上午就来，中午在这里吃饭，我让张妈烧个八珍鸭，是张妈的拿手菜，过年才烧的。毛毛娘舅说：还是几年前，母亲在表姐这里吃过，回去就让烧饭的李大过来学，虽是正传，也不如真经啊！严家师母说：是啊，说起来已有四五年了，那时亲戚走动得还勤，现在都疏远下来，难得见一面，前天你来，我倒吓一跳，忽然间冒出个大人了。又转向王琦瑶说：你不知道他小时的样子，西装短裤，白色的长筒袜，梳着分头，像个小伴童，婚礼上专门牵新娘的礼服的。毛毛娘舅说：难道长大就讨嫌了？严家师母不由神情黯淡了一下，说：人是不讨嫌，只是这一身衣服，左看右看不入眼。毛毛娘舅穿的是一身蓝咔叽人民装，熨得很平整；脚下的皮鞋略有些尖头，擦得锃亮；头发是学生头，稍长些，梳向一边，露出白净的额头。那考究是不露声色的，还是急流勇退的摩登。王琦瑶去想他穿西装的样子，竟有些怦然心动。严家师母感慨了一会儿，三个人便散了。

再一日来，天下起了小雨，寒气逼人的，都添了衣服。午饭时，临时又添了一个暖锅，炭火烧旺了，汤始终滚着，菠菜碧绿，粉丝雪白。偶尔的，飞出几点火星，噼噼啪啪地响几声。半遮了窗户，开一盏罩子灯，真有说不出的暖和亲近。这是将里里外外的温馨都收拾在这一处，这一刻；是从长逝不回头中揽住的这一情，这一景；是你安慰我，我安慰你。窗户上的雨点声，是在说着天气的心里话，暖锅里的滚汤说的是炭火的心里话，墨绿的窗幔里，粉红的灯下，不出声都是知心话。王琦瑶吃鱼吃出一根仙人刺，用筷子搛着，往下一抛，仙人刺竟站住了，严家师母便问许了什么心愿，王琦瑶笑而不答。严家师母再追问，就说没有心愿。严家师母不信，毛毛娘舅也不信。王琦瑶说：不相信就不相信，反正是没有。严家师母就说：你瞒我，还能瞒他，毛毛娘舅可是会算命的。毛毛娘舅说，我不仅会算命，还会测字，不信就给一个字。王琦瑶不给，严家师母说，我帮她给。四周看看，看到窗外正下雨的天，随口说：就给个天字吧！毛毛娘舅用筷子蘸了汤，在桌上写个“天”，然后把那两横中的人字头向上一推，说：有了，王小姐命有贵夫。严家师母拍起手来，王琦瑶说：这字是严家师母给的字，贵夫也是她的贵夫，要我给，我偏给个“地”字。毛毛娘舅说：“地”字就“地”字。也用筷头蘸了汁水写了个

“地”,然后从中一分,在“也”字左边加个“人”字旁,说:是个“他”,也是个贵夫。王琦瑶用筷头点着“地”字的那一边说:你看,这不是入土了吗?本是顺嘴而出的话,心里却别的一跳,脸上的笑也勉强了。那两人也觉不吉祥,又见王琦瑶神色有异,便不敢再说下去。严家师母起身喊来张妈给暖锅添水加炭,毛毛娘舅趁机恭维张妈的八珍鸭,换过话题。等那暖锅再次滚起,火星四溅,王琦瑶才慢慢恢复过来。

喝了一会儿汤,王琦瑶缓缓地说:这世上要说心愿,真不知有多少,苏州有个庙,庙里有个水池,丢一个铜板发一个心愿,据我外婆说,庙里的和尚全是吃这池底的铜板,可见心愿有多少,可是,如愿的又有几个呢?这话题本已经避过不谈,不料王琦瑶反倒又提起了,他们两个不知该接不该接,怔着。暖锅里的汤又干了一些,突突地,想滚又滚不起来的样子。王琦瑶笑了一下,是笑自己的没趣,再接着喝汤。窗上的天又暗了一成,压低了声似的,好叫人吐露心曲。停了一会儿,毛毛娘舅说起一种扑克牌的玩法,叫作“吹牛皮”。“吹牛皮”的打法是:出牌的人将牌覆在桌上,然后报牌,报的牌可能是假也可能是真,倘若同意他是真,那么便过去,有不同意的就翻牌,翻出是真,翻牌的吃进,翻出是假,出牌的吃进,翻牌的则可出牌。毛毛娘舅说:这牌虽然是叫“吹牛皮”,可往往却是不吹牛皮的人赢。王琦瑶和严家师母都看着他,不知其中是什么道理。毛毛娘舅继续说:不吹牛皮的人也许牌要脱手得慢一些,杂牌零牌只能一张一张地出去,但只要他不吹牛皮,这牌总是在出,而不会吃进,对了,还有一点,他不吹牛皮,但也不要去翻人家的牌,翻人家的牌也是有吃牌的危险;让别人去吹牛,去翻牌,吃来吃去地僵持不下,他这边则一张牌一张牌地出了手。她们两个还是看着他，停了一会儿，王琦瑶若有所悟道：你说的是打牌，其实是指的做人，对吗？毛毛娘舅只是笑，严家师母就说：倘若是指做人，那未免过于消极，不如麻将来得周全：天时地利，再加上用心思，缺哪样都不行，那十三只牌的搭配是很有讲究的，既是给人机会，也是限定人的机会，等到一切都成功，却还要留一只空缺，等着牌来和；这真叫万事俱备，只欠东风；这才是做人的道理。说起麻将，严家师母就来精神，她脑子里出现许多精彩的和局，带有千钧一发之势的，还有柳暗花明又一村的，是多么令人激动啊！她对毛毛娘舅说：要说牌，什么都抵不上麻将，那种西洋的纸牌，没什么意思，比如你教我们的"杜勒克"，就是比牌大，谁大谁凶；你方才说的"吹牛皮"，也是把小牌吹大牌，谁大谁凶，小孩子打架似的，又像是小孩子做算术，麻将才不是呢！它没有什么大牌小牌，大和小全看你做牌，是看局面的，这就是做人了；人和人是怎么比大小的？是凭年纪大小？还是比力气大小？都不是，凭什么呢？还要我说吗？你们都是聪敏人。严家师母有些忿懑似的，带了一股气。暖锅的汤干了，还硬要喝。毛毛娘舅不服气，申辩说那纸牌里的技巧千变万化，并不是那么绝对，有相对的地方，比如"吹牛皮"，方才只是简单地说，其实有更深的道理，有时明明知道报牌是假，可也同意了，为的是也跟着把小牌当作大牌地打出去，大家其实心里都明白都在吹牛，可为了小牌出手，也都不说。严家师母鄙夷地撇撇嘴道：这才是不讲理呢！麻将可没有一点不讲理的地方。毛毛娘舅就有些不悦，说：如此高明的麻将，怎么不设一个国际比赛？王琦瑶见这表姐弟俩竟有些真动气，又觉得好笑，又觉得没趣，打圆场说：明后天，我请严家师母、毛毛娘舅吃晚饭好不好？我虽然不会做八珍鸭，家常菜也还能烧几个，不知你们给不给面子。

过了一天，王琦瑶下午就从严家回来，准备晚饭。这时，严家孩子的麻疹也出完了，烧退了，身上的红点也退了，开始楼上楼下地淘气起来。王琦瑶事先买好一只鸡，片下鸡脯肉留着热炒，然后半只炖汤，半只白斩，再做一个盐水虾，剥几个皮蛋，红烧烤麸，算四个冷盘。热菜是鸡片，葱烤鲫鱼，芹菜豆腐干，蛏子炒蛋。老实本分，又清爽可口的菜，没有一点要盖过严家师母的意思，也没有一点怠慢的意思。傍晚，那两人一起来了，毛毛娘舅因是头次上门，还带了些水果作礼物。听见楼梯上脚步声响，王琦瑶心里生出些欢腾。这是她头一次在这里请客，严师母便饭的那几回当然不能算。她将客人迎进房间，桌上早已换了新台布，放了一盘自家炒的瓜子，她觉得有点像过节。因为忙，还因为兴奋，她微微红了脸，脸上蒙一层薄汗。她拉上窗帘，打开电灯，窗帘上的大花朵一下子跳进来。王琦瑶眼里有些含泪的，要他们坐下，再端来茶水，就回到厨房去。她眼里的泪滴了下来，多少日的清锅冷灶，今天终于热气腾腾，活过来似的。煤炉上炖着鸡汤，她另点了只火油炉炒菜，油锅哔剥响着，也是活过来的声音。房间里传来客人说话声，这热闹虽然不是鼎沸之状，却是贴了心的。

菜上桌，又温了半瓶黄酒，屋里便暖和起来。这两人都是赞不绝口的，每一个菜都像知道他们的心思，很熨帖，很细致，平淡中见真情。这样的菜，是在家常与待客之间，既不见外又有礼貌，特别适合他们这样天天见的常客。严师母不由叹息一声道：可惜是三缺一啊！那两个都笑了。严师母不理会他们的好笑，四面环顾一下,说:其实就是打麻将,又有谁知道呢?拉上窗帘,桌上铺块毯子,谁能知道呢?她被自己的想象激动起来,说她藏着一副麻将,上等的骨牌,像玉似的。什么时候打一回吧!王琦瑶说她不会,毛毛娘舅也说不会。严师母起劲地说:这有什么不会的,简单得很,比"桥牌""杜勒克"都容易。毛毛娘舅说:怎么可能呢?"桥牌"什么的不都是小孩子们做算术吗?严师母也笑了,不搭理他,还是自顾自地说麻将的规则,人坐四面,东西南北,这才发现,终是三缺一,又泄了气,说这才叫作天不时地不利人不和呢。那两个见她这般沮丧,就说着打趣的话。严师母也不回嘴,由他们奚落,半天才说道:我真是为你们抱委屈,连麻将都不曾打过。说罢,自己也笑了起来。笑过之后,毛毛娘舅说:既然这样地想,大家商量一下,怎样来成全表姐,我可以找个朋友来的。王琦瑶说:严师母要不嫌弃,就在我这里好了,就是地方小了些。严师母说:地方小不要紧,又不是开生日舞会。又问毛毛娘舅他要找的人是否可靠。毛毛娘舅说:只要他来,就是可靠。她们一时没听懂,再一想便懂了。事情看来十有九成了,严师母反倒不安起来,千叮嘱万叮嘱不能叫严先生知道,严先生最是小心谨慎,人民政府禁止的事,他绝对不肯做,那一副麻将都是瞒了他藏下来的。这两人便道:只要你自己不说。

说妥了打麻将的事,酒菜也吃得差不多了,一个盛了半碗饭,王琦瑶再端上汤,都有些饱过头了,身上发懒,话也少了。王琦瑶撤去饭桌,热水擦过桌子,再摆上瓜子,添了热茶,将毛毛娘舅带来的水果削了皮切成片,装在碟里。三个人的思绪都有些涣散,不知想什么,说的话东一句西一句,也接不上茬。隔壁人家的收音机里放着沪剧,一句一句像说话一样,诉着悲苦。这悲苦是没米没盐的苦处,不像越剧是旷男怨女的苦处,也不像京剧的无限江山的悲凉。严师母说,王琦瑶这地方是要比她家闹,可心里倒静了,她家正好反过来,外面静心里闹。王琦瑶笑着说:看来在哪里都跑不掉一静一闹。毛毛娘舅注意地看她一眼,再环顾一下房间。房间有一股娟秀之气,却似乎隐含着某些伤痛。旧床罩上的绣花和荷叶边,留连着些梦的影子,窗帘上的烂漫也是梦的影子。那一具核桃心木的五斗橱是纪念碑的性质,纪念什么,只有它自己知道。沙发上的旧靠枕也是哀婉的表情,那被哀婉的则手掬不住水地东流而去。这温馨里的伤痛是有些叫人断肠的。毛毛娘舅没听见王琦瑶在叫他,递给他一碗酒酿圆子,圆子搓得珍珠米大小,酒酿是自家做的,一粒稗子也没有。

约定的这天,七点钟,严师母先来,抱婴儿似的抱一个毯子卷,里面是一副麻将,果真是白玉一般凉滑,不知被手多少遍地抚弄过,能听见嘀嘟的响。再过些时,毛毛娘舅带了位朋友来了。因是生人,王琦瑶和严师母有些拘束,又是为那样的目的而来,更不好说话。只有毛毛娘舅与他说笑,那人一开口竟是一口流利的普通话,令她们吃了一惊。毛毛娘舅介绍他叫萨沙,听起来像女孩的名字,他长得也有几分像女孩子:白净的面孔,尖下巴,戴一副浅色边的学生眼镜,细瘦的身体,头发有些发黄,眼睛则有些发蓝,二十岁出头的年纪。她们心里狐疑,不知他是个什么来历,谁也不提打牌的事,那两个也像忘了来意似的,尽是说些无关的事情,她们也只得跟着敷衍。话说到一半,那萨沙忽然煞住话头,很柔媚地笑了一下,说:现在开始好不好?这么突如其来,又直截了当,倒把她俩怔了一下,尤其是严师母,就像抓赌的已经在敲门了似的,红了脸,张口结舌的。萨沙将桌上的毯子打开铺好，把麻将扑地一合，牌便悄无声息地尽倒在桌上。于是，四个人东南西北地坐下了。说是不会，可一上桌全都会的，从那洗牌摸牌的手势便可看出。那牌在手间发出圆润的轻响，严师母眼泪都要涌上来的样子，过去的时光似乎倒流，唯一的陌生是那萨沙，是严师母牌友中的新人。

或是由于萨沙的缘故，或是由于紧张，麻将似乎并没有带来预期的快乐。说话都是压低了声，平时聊天打扑克的活跃这时也没了。一个个神情严肃，不像是玩牌，倒像是尽什么义务。毛毛娘舅不得不在严师母她们和萨沙之间周旋，好使双方稔熟起来，不觉也累了。反是萨沙这个生人，并不觉得有什么拘束，还有几句玩笑话，和这晚的压抑沉闷唱着反调。要不是他的普通话给她们官腔的感觉，心生隔膜，气氛便可好得多。他的玩笑也使她们不惯，其中有目空一切的味道，还有理所当然的味道，叫人不由得自谦自卑。但因他的礼貌和斯文，还不致使人反感。虽然他是这样文弱年轻又知礼，却给这里带来一股凌驾于一切的空气，好像他才是真正的主人。王琦瑶看见，毛毛娘舅有些奉迎萨沙，这叫她十分不悦，为毛毛娘舅委屈。她心里盼着这场麻将早点结束，各自回家了事。她本来准备有水果羹作夜宵的，如今也没兴致了。而严师母一旦真的坐到麻将桌前，畏惧便上心头。她始终心跳着，一会儿担心有人上楼来打针，一会儿生怕严先生找她，神不守舍，从头至尾就没和过一副，兴致也淡了。毛毛娘舅本就是陪太子读书，可有可无，见大家不起劲，自然也是盼着早散。只有萨沙有热情，大都是他和，别人家的筹码都到了他面前。到头来，萨沙不是毛毛娘舅找来陪她们打牌，而是那三个人陪萨沙打牌。终于东南西北风地打完十六圈，严师母说再不回去，严先生要发火了。毛毛娘舅也顺水推舟地说要回去。王琦瑶嘴上留客，心里却松了口气。萨沙意犹未尽，说才开始怎么就结束了？这时，隔壁无线电正好报时，报了十一点。大家都不相信地说：怎么这样晚了？严师母感叹道：打麻将是最不知道时间的了。这时，她却有些依依不舍的。他们和来时一样分两批走，严师母先走。过一会儿，毛毛娘舅和萨沙再告辞。弄堂里已经一片寂静，他俩自行车的钢条声，嗞啦啦地从很远处传来。

下一回毛毛娘舅来，严师母和王琦瑶就责怪他请了萨沙这位牌友，显见得与他们不是一路人，能靠得住吗？且又无话可说的。毛毛娘舅说这个萨沙是他的桥牌搭子，很要好的。他的父亲是个大干部，从延安派往苏联学习，和一个苏联女人结了婚，生下他，你看，"萨沙"这名字不就是苏联孩子的名字？后来，他父亲牺牲了，母亲回了苏联，他从小在上海的祖母家生活，因为身体不好，没有考大学，一直待在家里。听了萨沙的来历，那两位心里更加害怕，毛毛娘舅却笑了，也不与她们解释，只说尽管放心。到了下一回，他还是把萨沙带来，尽管有戒心，可经不起一回生二回熟。萨沙又是那么有趣，见多识广，虽然是另一路的见识，也是叫人开眼界的。他的普通话则是另一路的生动，消除偏见之后，也是日见有趣。他性情随和，虽然是占了优势的，毕竟是真心想搞好关系。他的牌也打得不错，还有一些风度。总之，作为一个牌友，萨沙当之无愧。

9. 下午茶

后来，萨沙不仅晚上来打牌，下午不打牌的时候，他也会跟了毛毛娘舅一起来玩。这时,他们聚集的地点,已从严家移到王琦瑶处。一是因为有人上门打针,二也是因为王琦瑶处更随意一些,严家的排场毕竟叫人受拘束,连严师母自己,似乎都是喜欢王琦瑶处胜过自己家的。现在,他们也有些少不了萨沙似的,有一段时间不来,就要问起。四个人都到齐,即使不打麻将,也有许多事好做。桌上那盏酒精灯,成日价点着,一苗蓝火,像个小精灵在舞蹈。每一回来,王琦瑶总备好点心,糕饼汤圆,虽简单,却可口可心的样子。也有时是严家师母叫张妈去乔家栅、王家沙买了送来。毛毛娘舅则专门负责茶叶和咖啡。渐渐地就成了习惯,本是为聚而吃点心,现在是为点心而聚的。萨沙总是空手而来,饱腹而去,人们都以为自然,并不计较。可是有一天,别人都来了,他还不来,只当他临时有事,不会再来,便就喝茶吃点心聊天,开始觉着有些冷清,渐渐也就忘了。时间依旧不知不觉过去,天色已黑。正想着散的时候,忽听楼梯上噔噔的脚步声响,萨沙气喘喘地一头撞进,满头大汗的样子。他手里拿着一个大报纸包,放在桌上,一层层地打开,里面是一个大圆面包,散发出热气和香味,边缘是酥脆的焦黄,显然是刚出炉。萨沙不等气喘定便解释说,这是他请一个苏联朋友烘烤的面包,正宗的苏联面包,本以为能赶上下午茶,没料到做面包竟那么复杂,直到这时才出烤箱。这时的萨沙,像大孩子似的,又天真又真诚。大家都受了感动,从此与萨沙更亲近,下午茶也成定规,一周至少要有两回。

到了说好的这一日,王琦瑶总要把房间整理一遍,将女人家的东西收好,桌上放一些平日就买下的零食,山楂片芒果干之类的。她还特地去买了一套茶具,镶金边带盖带托的茶碗,这时也一边一个地安置好。点心是前一回就说好由谁负责,因是在她这里,总是由她准备的多,虽是增加开销的,她也情愿。毛毛娘舅买茶叶咖啡,可有几次却是带了桂圆红枣还有莲心来的。王琦瑶体会到他的用心,惊讶也感激他的细致和善解。萨沙自从带过一次苏联面包之后,就没什么新的创举了。严师母让张妈去买了几回点心,因觉得周折麻烦,便疏懒下来。但她也感到都由王琦瑶一人负担不妥,就提出一个凑份子的方案。王琦瑶却坚辞不受,说本来有趣的事,这样一来,公事公办似的,就没意思了,要不,大家往后都别来了。她这样一说,严师母也不好再坚持。这时,毛毛娘舅出了个主意,他说,往后打麻将不应空算筹码,要有些输赢,输的拿出来,充入公账,就作点心的开销,这样,打牌还有些刺激,也更有意思了。严师母和萨沙都赞成,王琦瑶见大家都说好,反对不免扫兴,也拂了毛毛娘舅的好意,便同意了。从此,打一次麻将,总有一两块钱的收益,全交给王琦瑶操办茶点。王琦瑶不敢含糊,专门用个本子记账,每一笔进出都写明日期、数目和用途,详细而清楚。虽然谁也不看的,为的是自己心里有数。这样一来,别人便都撒手不管,全由王琦瑶一个人操办。她动足脑筋,努力翻新花样,总能给大家一个出其不意。有时实在想不出了,就和毛毛娘舅商量。后来,干脆每一回都要请教毛毛娘舅。毛毛娘舅也不推辞,不仅出点子,还出力气,买这买那的。那严师母和萨沙只管带了一张嘴来,说话和吃喝。

在萨沙带来苏联面包之后,他带来了那个做面包的苏联女人。她穿一件方格呢大衣,脚下是翻毛矮靴,头发梳在脑后,挽一个髻,蓝眼白肤,简直像从电影银幕走下来的女主角。她那么高大和光艳,王琦瑶的房间立时显得又小又暗淡。萨沙在她身边，被她搂着肩膀，就像她的儿子。萨沙看她的目光，媚得像猫眼，她看萨沙，则带着些痴迷，萨沙帮她脱下大衣，露出被毛衣裹紧的胸脯，两座小山似的。两人挨着坐下，这时便看见她脸上粗大的毛孔和脖子上的鸡皮疙瘩。她说着生硬的普通话，发音和表达都很古怪，引得他们好笑。每当她将大家逗笑，萨沙的眼睛就在每个人的脸上扫一遍，很得意的样子。无论王琦瑶还是严师母，她都叫“姑娘”，每叫一次，这两人就要红一阵脸，再笑一阵。她胃口很好，在茶里放糖，一碗接一碗。桂花赤豆粥，也是一碗接一碗。桌上的芝麻糖和金橘饼，则是一块接一块。脸上的毛孔渐渐红了，眼睛也亮了起来，话也多了，做着许多可笑的表情。他们越笑，她越来劲，显见得是人来疯，最后竟跳了一段舞，在桌椅间碰撞着。他们乐不可支，笑弯了腰。萨沙拍着手为她打拍子，她舞到萨沙跟前，便与他拥抱，热烈得如入无人之境。他们便偏过了头，吃吃地笑。闹到天黑，她还不想走，赖在椅子上，吃那碟子里芝麻糖的碎屑，舔着手指头，眼睛里流露出贪馋的粗鲁的光。后来是被萨沙硬拉走的。两人搂抱着下楼，苏联女人的笑声满弄堂都能听见。这时，房间里有些狼藉的，桌椅都乱了，台布上到处是茶渍和糖渍。剩下这三个人也都笑累了，懒在沙发上不想动。屋子里暗下去，也忘了开灯，任它暗去。

这样的下午茶的节目，也不可多得，大部分是平静度过。下午的太阳一点一点过去，光线柔和下来，话都说尽了，只是将眼睛看来看去，还有些未尽的意思。散了之后，王琦瑶也无心烧晚饭，将剩下的东西，无论是甜还是咸，胡乱热一热就打发了。这种热闹过了之后的夜晚，人有着说不出的散淡与无聊，做什么都提不起劲，都觉得没有意思。人来过又走了的房间里，显得格外空廓和静，掉一根针都能听见的样子。于是，千头万绪涌上心头。这真是愁烦的夜晚，总是难眠，月光都是搅人的。王琦瑶甚至盼着有人来打针，将酒精灯点起，有一些声色似的。她找一些针线来做，等找出来了又没了兴致，毛线团滚到沙发底下也不知道。她看晚报，看几遍都不了解说的什么。她对了镜子刷头发，也不知镜里的人是谁。心里的念头都是没头没尾不成章不成句。她拿一个分币在桌上掷着，却说不准要的是哪一面，卜的是哪一桩事情。她也用扑克牌通五关，通了还是没通也是不懂。窗外面弄堂里，"小心火烛"的巡夜声又响起了，梆子换了摇铃。那铃声凛冽得多了，在夜晚的平安里，一音独响。这一般寂寥，是要挨到下一次的下午茶。下午茶有多热闹，夜晚就有多难耐，非要将这热闹抵消掉似的，甚至抵消掉还不算，再要找回来一些，才罢休的。为消除寂寥，她又去看第四场电影。第四场电影是这城市残留的一点夜生活了，是这不夜城还未冥灭的一点芯。第四场电影已经坐不满了，余着一半座位，也是寂寥。回来的路上是人意阑珊加寂寥。这不夜城如今到处写着"夜"字，梧桐树影是夜色，候车的人满脸都是夜色，电车进场当当地敲着夜声，路灯霓虹灯全是夜的眼。不过，这城市再是夜，也有一些萌动的挣扎的光，河的暗流似的。全身心去注意，才可觉察出来。

现在，下午茶的前一日，毛毛娘舅还须来一次，和王琦瑶商量怎么安排茶点，商量好了，就由毛毛娘舅去采买东西。有时商量晚了，到了吃饭时间，王琦瑶便不让走，又去叫来弄底的严师母，三个人一起吃顿便饭。后来，到了这一日，严师母自己就来了，萨沙也参加进来。于是，下午茶之前又多了顿聚餐，麻将的赌注就高上去了一些，而且，这麻将还不打不行了似的。别人倒无所谓，只萨沙有些躲的，两回只来一回，另一回就说有推不掉的事。谁也不说，可心里却明白。王琦瑶还发现，毛毛娘舅有意地让萨沙吃牌，还有意地出冲，有和也不和的。王琦瑶知道他是要多出钱，又怕别人不接受，就用这个输的方式。想到这些，一边鄙夷萨沙，一边赞赏毛毛娘舅。有一回，她晓得毛毛娘舅早在听和，也推断出他听的是哪一张牌，正巧手里有一张，便往桌上"啪"地一放，还看他一眼。毛毛娘舅犹豫了一下，吃进了，果然和了，还是副大牌。王琦瑶见自己猜对了牌，又见他领自己的情，比自己和牌还兴奋。不料那萨沙却将她的牌翻下一看，说：你怎么拆对子给他牌，是有意放冲吧！王琦瑶赶紧把牌抹了，说她半路想做清一色，这一对就不想要了。心里却说，你不知吃了人家多少放冲的牌，倒不说。严师母则有些不高兴，说：打牌就要按规矩来，不许有私心的。听她这么说，王琦瑶便窘了，再次申辩没有放冲这回事，自己也正后悔拆对呢！接下去，大家就有些沉默，都藏着些气的，勉强打完四圈，便散了。下一次，毛毛娘舅来商量茶点时，王琦瑶心里还是上天的事，见了他就说：萨沙这个人是男人，倒比女人还心胸窄小。毛毛娘舅就说：萨沙也可怜，没工作，又爱玩，拿了些烈属抚恤金，不够他打台球的。王琦瑶还是气，说我不是为钱，是为公平，本来我就说不用设公账，也不是多么大的花销，后来是为了好玩才做出这出钱入账的规矩。毛毛娘舅笑了，说：怎么这样大的气，我代萨沙向你道歉。王琦瑶说：我不光是为萨沙。毛毛娘舅就说：我也代我表姐道歉。王琦瑶听了这话，眼圈倒有些红了，想这毛毛娘舅真是心细如发，什么都明白。想说什么又没说，这时，严师母倒上楼来了。她一进门，往椅上一坐，开口就说，萨沙这个人真是不上路！也是声讨的样子。王琦瑶和毛毛娘舅不由相视一眼,都笑了。

这天讨论下午茶,毛毛娘舅提出新建议:到国际俱乐部喝咖啡,由他做东。王琦瑶知道他是为了缓和矛盾,心里想他用心虽然良苦,但天下哪有不散的筵席?第二天上午,王琦瑶抽空去理发店吹了头发,中午饭提早吃了,洗过碗,就化妆更衣。她很淡地描了眉,敷一层薄粉,也不用胭脂,只涂了些口红。她本想穿旗袍,外罩秋大衣,又觉得过于隆重了,还好像故意去比严师母。所以就穿了薄呢西裤,上面是毛葛面的夹袄,都是浅灰的,只在颈上系一条花绸围巾,很收敛的花色。刚停当,就听见张妈叫她的声音,说三轮车已在严家门口,让她去上车。她拿着手提包便下了楼,弄底果然停了辆三轮车,严师母正往外走。她穿一件黑的薄呢大衣,很见身份的装束,妆也化得恰到好处。王琦瑶走过去也上了车,车子慢慢地出了平安里。太阳很红,梧桐叶疏落了,天空便显得高朗。王琦瑶忽有些恍惚,觉得身边这人不是严师母,而是蒋丽莉。蒋丽莉这名字从心头一掠而过,就冥灭了。她觉着脸有些干,像要脱皮似的,嘴唇也干。太阳晃着眼,眼皮是重的,睡肿了的感觉。三轮车从街面骑过,橱窗一帧一帧拉洋片似的过去。电车在轨道上缓缓地转过弯,又当当地向前。

毛毛娘舅和萨沙一起等在国际俱乐部门前。萨沙也是主人的样子,见面就说和毛毛娘舅一起做东。然后,他们在前边带路,引进了大厅。地板光可鉴人,落地窗外是深秋枯黄的草坪,花坛里还有菊花盛开着,有一种苍劲的鲜艳。厅内有低低的圆桌,铺了白桌布,四边是沙发椅。刚落座,就有白西装红领带的侍应生过来问要什么。萨沙擅自做主地点了好几样。毛毛娘舅并不插话,只赞许地笑。两个人都是胸有成竹的样子,到头总归是毛毛娘舅付账。王琦瑶心里说:萨沙的刁滑原是让这些人给宠出来的。一边把眼睛掉过去,看墙上莲花状的壁灯。热水汀烧得很热,有些红头涨脸的,很后悔没有穿单薄些,外套秋大衣,可穿可脱的。不知自己为什么没有想到,也是因为许久不来这样的地方,倒成个乡巴佬了。咖啡和蛋糕上来了,细白瓷的杯盘,勺子和叉是银的,咖啡壶也是银的。有人走过看见毛毛娘舅和萨沙,便同他们打招呼。毛毛娘舅向他介绍严师母和王琦瑶。那人就对严师母说:严先生近来还好吗?原来也是认识的,只是拐了个弯。他们几个嘘寒问暖地说着,王琦瑶则是个局外人了。她把脸又掉过去看墙边一盆万年青,已结了红果。这时候,厅里的桌椅都坐满人了,侍应生穿行着,上空弥漫着咖啡的香气,是热腾腾的景象。王琦瑶是这热腾腾中的冷清,穿着不合时宜的衣服,且又插不进嘴。她有些嘲笑自己,为什么要来这个地方,自找没意思。

那过路人干脆拉过一把沙发椅坐下不走了。自己挥手召侍应生来要了一份咖啡糕点,几个人像有说不完的话似的。毛毛娘舅侧过身,悄声对王琦瑶说,这人也是同他们一起打桥牌的,牌打得不怎么样,因此也没有固定的桥牌搭子,却特别爱好,谁肯同他打,他愿意请客的,今天,他又有请客的意思了。王琦瑶知道毛毛娘舅是在照顾她,不叫她受冷落,可却更叫她觉得是局外人了。这时,那人向这边转过来,问他们赏不赏脸,去红房子吃大餐。严师母和萨沙已经答应了,毛毛娘舅则征询地看着王琦瑶。王琦瑶欠了欠身,说,今天有几个预约打针的,她必得晚饭前回去,恕不奉陪了。严师母说:今天你有什么预约?我怎么不知道,不许走的。萨沙也嚷着不让走,说要走大家都走。毛毛娘舅虽不劝她,却问那几个预约的人家中有没有电话,通知晚一些时间再来。王琦瑶知道他是给自己台阶下,也是挽留的意思,就说等会儿再说吧。大家以为她是答应了,不料过一会儿她却起身告辞了,态度很坚决,谁也留不住。严师母真的生气了,说她不给面子。王琦瑶嘴里说抱歉的话,心里却想:严师母的意思其实是说她不识抬举。

毛毛娘舅送她出去,外面的天已有了暮色,风也料峭,幸好有浑身的热顶着,还不觉怎么冷。毛毛娘舅低着头,一句话也不说,她便找些话来问,问俱乐部有些什么好玩的,花销大不大,诸如此类的问题。穿过甬道,到了大门口,她说:毛毛娘舅你进去,外面这样的冷。毛毛娘舅却像没听见似的,突然说了一句:我本来是为大家高兴。他没再说下去,可王琦瑶全懂了,不由心里一动,想这人是什么都收进眼里的。这时,有一辆三轮车过来,她叫住了,头也不回地上了车。

10. 围炉夜话

天冷了,王琦瑶和毛毛娘舅商量在房间里装个烟囱炉取暖,大家来打牌喝茶,也不必缩手缩脚了。毛毛娘舅很同意,说着就要去买炉子和铅皮管,王琦瑶拿钱给他,他怎么也不要,说明明是大家受益,怎能让她一个人破费。第二天,毛毛娘舅就带了一个工人来了。那工人骑着黄鱼车,车上装着东西,毛毛娘舅指示他炉子安在什么位置,怎样通出烟囱,又朝哪个方向出烟,不到半天便完工了。因管子接得严密,一丝烟都不漏的,火还上得特别快,中午饭就在炉子上烧的。房间里暖和起来,飘着饭菜的香。王琦瑶又在炉膛里埋了块山芋，不一会儿，山芋也香了。下午来喝茶时，点心也不要了，围着炉子烤那山芋吃，都成了孩子似的。还抢着加煤球，人多手杂的，险些儿弄灭了，赶紧再添劈柴，火才又旺了起来。渐渐地天黑下来，屋里暗了，炉火映着人的脸，都有些变形，做梦似的，还像幻觉。似乎是为了同这炉子作对照，第二天就下起了雪，不是江南惯常的雨夹雪，而是真正的干雪，在窗台屋顶积起厚厚一层，连平安里都变得纯洁起来。

这是一九五七年的冬天，外面的世界正在发生大事情，和这炉边的小天地无关。这小天地是在世界的边角上，或者缝隙里，互相都被遗忘，倒也是安全。窗外飘着雪，屋里有一炉火，是什么样的良宵美景啊！他们都很会动脑筋，在这炉子上做出许多文章。烤朝鲜鱼干，烤年糕片，坐一个开水锅涮羊肉，下面条。他们上午就来，来了就坐到炉子旁，边闲谈边吃喝。午饭，点心，晚饭都是连成一片的。雪天的太阳，有和没有也一样，没有了时辰似的。那时间也是连成一气的。等窗外一片漆黑，他们才迟疑不决地起身回家。这时气温已在零下，地上结着冰，他们打着寒噤，脚下滑着，像一个半梦半醒的人。

围炉而坐，还滋生出一股类似亲情的气氛。他们像一家人似的。王琦瑶和严师母织毛线，毛毛娘舅和萨沙就为她们拿着毛线团，负责放线。她们一人一把汤匙在炉上做蛋饺，他们则把做好的蛋饺一圈圈排在盆里，排出花朵和宝塔的样子。他们说话也有些随便，开着玩笑。他们开玩笑的对象总是萨沙；把那苏联女人作材料，问他是不是永久性地吃苏联面包了。萨沙便说：苏联面包还可以，苏联的洋葱土豆却吃不消。大家听出他话中隐晦的意思，又是笑又是骂。萨沙厚着脸说，诸位若有兴趣，他可以提供苏联面包,但是要搭洋葱土豆。他们又骂他,他就委屈地说:这是资产阶级向无产阶级发起进攻。王琦瑶不平了,问:谁是资产阶级?要说无产,她是第一个无产,全靠两只手吃饭。萨沙便说:那你不帮我倒帮他们,我和你是一伙的呀!严师母说:产业都给了你们无产阶级,如今我们才是真正的无产,你们却是有产!王琦瑶说:我任凭有产无产也不帮你萨沙的,我们是吃中国饭,你是吃苏联面包,才是真正两路的人。严师母和毛毛娘舅都拍手称对,萨沙便做出可怜的样子,说他们联合起来欺他没爹没妈。听他这一说,别人还真惭愧起来,纷纷抚慰他。他却一把拉住王琦瑶的手,涎着脸说:让我叫你一声妈吧!王琦瑶甩开手,唾他一口道:你是拿亲爹亲妈都来取笑的。大家便笑,见他无所谓的样子,也就趁着开玩笑一味地追问。萨沙说:这有什么奇怪的,一句话,天要下雨娘要嫁。大家更是开怀。笑归笑,心里不免要把萨沙看轻,想他可算得上半个瘪三的。

萨沙见他们乐不可支,心里也是好笑,他暗暗说:看你们这些资产阶级,社会的渣滓,浑身散发出樟脑丸的陈旧气,过着苟且偷生的生活!可他确也喜欢他们,一是他们可提供他吃的,简直是变化无穷,层出不尽的吃的花样。萨沙有一张好嘴,大约也是肺结核的后遗症之一。他特别爱吃,没个够的时候,因为吃得多,便练出了品位。他是能吃出王琦瑶这里的好处的。他喜欢他们,二是他们可帮他消磨时光。正和他的没有钱相反,他的时间真是多得吓人,早上睁开眼就在想着如何打发时间。他们是一群和他时间一样多的人,且还挺有趣,有着另一路的见识,大可充实他的社会经验。萨沙是个重视经验的人,经验可帮助他去了解这个世界,在这世界里弄潮的。因为他们这两样无可取代的好处,萨沙便也愿意付出些代价。其实他也不把他们当真,趁着势胡来,什么样的浑话都敢出口。这些浑话里且有着些真货色,一股脑儿夹带出去,叫他们不收下也收下。什么叫作混,这就叫作混。一日复一日地厮混着,真中有假,假中有真的。知道的装不知道,不知道的装知道。太阳从东到西,再从西到东,月亮也是这样。这城市的夜和昼就是这么来去着。

有一日,大家又逗萨沙,要给萨沙介绍女朋友。萨沙谁也不要,只要严家女儿。严师母说她女儿还小得很,他就说情愿等,等白了头也不悔的。严师母说这样你就要叫我丈母娘了。萨沙说:有严师母做丈母娘很光荣。大家简直笑得不行,砂锅里的汤烧溢了,嗞嗞响着,汤里的蛋饺肉丸上下翻滚,也是乐开花的样子。萨沙忽而正色道:我倒是想给一个人做个介绍。大家问谁,萨沙说:就是他。将手指向毛毛娘舅。那两个就笑着问介绍的又是谁,心里却有些忐忑,想这人什么话都可说出口。萨沙笑而不答,她们就逼着,萨沙说:你们会骂我。在场的都有些心跳,脸上也有些绷起,却依然笑着,还是催问。萨沙说:你们保证不骂我?这时候,人们心里都有些明白,三个人脸上都有些异样,笑也勉强了。王琦瑶说:当然是要骂的,狗嘴里还能吐出象牙呀!萨沙说:这样说,王小姐已经知道我说的是谁了,要不怎么说一定要骂呢?王琦瑶不想一下子被他套住,窘得脸唰地红了,笑也挂不住了,带着几分真地说:你哪一句话不是找骂?萨沙还是涎着脸:要是说出来不骂呢?王琦瑶就有些气急交加,手里的瓷勺重重一放,那勺柄竟在砂锅沿上断了,气氛陡地紧张起来。这一日,无论萨沙再说了多少自轻自贱的话,毛毛娘舅再是及时及境地应和,却也缓不回来了。勉强坐到傍晚,屋里还没暗,便散了。

外面正在化雪,叫人踩得东一摊西一摊,淌着污浊的泥水。天已经晴了,出奇地明亮着,彼此能看见脸上的毛孔似的。王琦瑶将大家送到楼下,互相说着再见的话。那热烈中都是存了心的,显出些虚张声势。

过后的一日,严师母私下和毛毛娘舅说,王琦瑶也忒没意思了,萨沙明明是开玩笑,有什么了不得的事,发这样的火,弄得大家都下不来台。毛毛娘舅息事宁人地说,王琦瑶也并没有发火,失手打碎了汤勺,也是常有的事。严师母说:我又不是指她弄断勺子的事,我是觉着,萨沙开玩笑是无意,她倒是有心。说罢,还往她表弟脸上看了一眼。毛毛娘舅有些不自然,笑着说:我看是表姐你多心,什么事情也没有的。严师母哼了一声:其实你心里都是知道的,你是聪敏人,我也不多说,我只告诉你一声,如今大家闲来无事,在一起做伴玩玩,伴也是玩的伴,切不可有别的心。毛毛娘舅笑道:表姐你说我能有什么心?严师母又哼了一声:你保证你没有别的心,却不能保证旁人没有。听她这话似是不肯放过王琦瑶的意思,又不便为她作辩解,就只有不作声。严师母见他沉默不语,以为是听进了她的劝告,便缓和下来,说道:你在表姐我这里玩,要出了事情我怎么向你爹爹姆妈交代。毛毛娘舅说:我这样一个大人,能出什么样的事情。严师母就点了他的额角说:等出了事就来不及了。两人说罢就下楼去王琦瑶处,到了那里,见萨沙早来了,在烤火,一双白瘦的手,在炉上烙饼似的翻着。王琦瑶在一边灌开水,两人没事人一样,有一句没一句地搭讪。阳光照进来,房间便有些灰的,有无数尘屑在飞舞。严师母和毛毛娘舅也围炉坐下,将那日的不快尽数忘记,开始新的一日。

临近过年,王琦瑶在炉边用一盘小磨磨糯米粉。她前一夜就将糯米泡上,这时米粒就胀得很鼓。萨沙自告奋勇往磨眼里舀米,半勺水半勺米的。毛毛娘舅摇磨,王琦瑶则用石臼舂芝麻,严师母什么也不做,只在嘴里发指令。房间里洋溢着芝麻的香气,恨不能立刻就进嘴的。这时,萨沙体味到一种精雕细作的人生的快乐。这种人生是螺蛳壳里的,还是井底之蛙式的。它不看远,只看近,把时间掰开揉碎了过的,是可以把短暂的人生延长。萨沙有些感动,甚至变得有些严肃,很虚心地请教为什么要水浸了糯米磨粉的道理,还请教做黑洋酥的方法。她们便一一解释给他听,他一下子成了个乖孩子,人们把他以往的淘气都原谅了。她们向他约定过年时做种种好东西给他吃,糖年糕、炸春卷、核桃仁、松子糖,一件件,一宗宗,如数家珍一般。萨沙想:这真是一个吃的世界啊,每天忙着做忙着吃就不够的。他不禁感叹地念道:谁知盘中餐,粒粒皆辛苦!严师母哧一声笑了,说这还只是辛苦的一半呢,还有身上衣的另一半,只怕你萨沙听也没有听说过。一说起衣服,那话就更没得完了。王琦瑶和严师母一人一件地说,眼前像有羽衣霓裳在飞舞。萨沙听得忘了手里的事情,那磨就一圈圈地空转,摇磨的毛毛娘舅也是出了神的。那穿是针针线线、丝丝缕缕织成的世界,多少的心细如发,才可连成周身的美轮美奂。严师母无限感慨地说:要说做人,最是体现在穿衣上的,它是做人的兴趣和精神,是最要紧的。萨沙就问:那么吃呢?严师母摇了一下头,说:吃是做人的里子,虽也是重要,却不是像面子那样,支撑起全局,作宣言一般,让人信服和器重的,当然,里子有它实惠的一面,是做人做给自己看,可是,假如完全不为别人看的做人,又有多少味道呢?说到这里,严师母不觉有些伤感，声音低了下来。方才还是热烈的劳动场面，这时也沉寂了，磨和石臼发出空洞的声响。芝麻的香气浓得腻人了，乳白的米浆也是腻人的颜色。墙壁和地板上沾着黑色的煤屑，空气污浊而且干燥，炉子里的火在日光下看来黯淡而苍白。一切都有着不洁之感。这不洁索性是一片泥淖倒也好了，而它不是那么脏到底的，而是斑斑点点的污迹，就像黄梅天里的霉。

不过，天黑却将这些遮住了。暮色流进窗户，像是温暖和稀薄的液体，一切都蒙上了一层膜。物体、空间、声音和气息，全变得隔膜、模糊，不很确定。唯有那炉膛里的火，陡地鲜明起来，热烈起来，激励人的身心。这是火炉边最温情脉脉的时刻，所有的欲望全化为一个相偎相依的需求，别的都不去管它了。哪怕天塌地陷，又能怎么样呢？昨天的事不想了，明天的事也不想了，想又有什么用呢？他们剥着糖炒栗子的壳，炒栗子的香也是深入肺腑。他们说着最最闲来无事的闲话，每一个字都是从心底里吐出来，带着肚腹间的暖意。他们在炉上放了铁锅，炒夏天晒干的西瓜子，掺着几颗大白果。白果的苦香，有一种穿透力，从许多种有名或无名的气息中脱颖而出，带着点醒世的意思，也不去管它。他们全都不计前嫌，好得像一个人似的，弄不懂为什么要彼此生隙，好都好不过来了。他们简直是柔情蜜意，互相体谅得要命，这真是善解的时刻，除了善解又能做什么呢？外面的冷和黑，都是在给这屋内加温加光的，雪还是不要化的好，要是化尽了，这炉火便也差不多到时候了。他们还是说话，轻言慢语，说的什么，都是说过就忘，这才是心声呢！无痕无迹，却绵绵不尽。他们说的不外乎是炒栗子的甜糯，瓜子的香，白果的苦是一笔带过。他们还说糯米圆子的细滑，酒酿的醇厚，还有酒酿汤里的嫩鸡蛋。好了，天已黑到底了，再黑下去便要亮起来；知心话儿也说到底了，再说下去难免又要隔起来。他们嘴里说着走、走的，就是不走，挪不动脚步似的。他们一边说明天见，一边心里不愿意今夜结束，明天再好，也是个未知未到。今夜就在眼前，抓一把则在手中。给时间做个漏真是对得没法再对，时间真是不漏也漏，转眼间不走也要走。

他们的白天都是打发过去的，夜晚是悉心过的。他们围了炉子猜谜语，讲故事，很多谜语是猜不出谜底的，很多故事没头没尾。王琦瑶说，他们这就像除夕夜的守岁，可他们天天守，夜夜守，也守不住这年月日的。毛毛娘舅说，他们是将夜当成昼的，可任凭他们如何唱反调，总还是日东月西。严师母说他们还像守灵，不过那死去的人是上几辈的高祖，丧事当喜事的。萨沙说他们像西伯利亚的狩猎者，到头却是一场空。他们各形容各的，总之都是爱这样的夜晚，有许多吃食在炉上发出细碎的声音和细碎的香味，将那世界的缝隙都填满的。这世界的整块砖和整块石头，全是叫这些细碎的填充物给砌牢的。他们在炉边还做着一些简单的游戏，用一根鞋底线系起来挑棚棚。那线棚棚在他们手里传递着，变着花样，最后不是打结便是散了。他们还用头发打一个结，再解开，有的解开，有的折断，还有的越解结越紧。他们有一个九连环，轮流着分来分去，最终也是纠成一团或是撒了一地。他们还有个七巧板，拼过来，拼过去，再怎么千变万化，也跳不出方框。他们动足脑筋，多少小机巧和小聪敏在此生出，又湮灭。这些小东西都是给大东西做肥料的，很多大东西是吃着小东西的尸骸成长的。可别小看这些细碎的小东西，它们哪怕是这世界上的灰尘，太阳一出来，也是有歌有舞的。

第 三 章

11. 康 明 逊

在这些混沌的夜晚里，人心都是明一半，晦一半的。毛毛娘舅，也就是康明逊，是王琦瑶心里的那一半明，也是那一半晦，虽是不敢想，却还是要去想。有一次，只有他们俩时，王琦瑶便问：康明逊何日婚娶呢？康明逊笑道：有谁家女儿肯嫁我这样无业的游民？王琦瑶也笑道：这才是得了便宜又卖乖呢！康明逊这样的人品、家底和门第，谁家女儿娶不到？康明逊就说：那么王小姐替我介绍一个。王琦瑶说：与你相配的人家，可不是我辈能够结识的。康明逊便也学了她先前的口气道：这才是得了便宜又卖乖呢！像王小姐这样的仪态举止，一看就是出自上流的社会，倒不是我辈可攀比的了。王琦瑶说：你这不是嘲笑我们小家小户的女儿吗？康明逊说：受嘲笑的分明不是你而是我。两人这么一句去一句来地斗嘴，康明逊虽然有问必有答，王琦瑶却没有听出她想要的意思，倒有人来了。再有一次，也是只他们俩在，康明逊问了同样的问题：王小姐佳期何时呢？王琦瑶也学着上回康明逊的口气：谁能娶我这样的。但不待她说出"这样的"是怎样的话来，却突然地缄了口。康明逊再要问，竟看见她眼里的泪了,赶紧地问:有什么不对,千万包涵,不知者不为罪的。王琦瑶摇头不语,停了一会儿,才又说了一遍:有谁能要我这样的呢?康明逊就说:你这样的又怎样呢?王琦瑶反问:你说怎样呢?康明逊说:锦上添花。她说:你又嘲笑我。康明逊说:分明是你嘲笑我。这回,是康明逊挑起的问话,王琦瑶等着他追问到底,不料却没有问到她想要答的意思。

王琦瑶和康明逊的问与答,就像是捉迷藏。捉的只是一门心思去捉,藏的却有两重心,又是怕捉,又是怕不来捉,于是又要逃又要招惹的。有时大家都在的时候,他们的问与答便像双关语的游戏,面上一层意思,里头一层意思。这是在人多的地方捉迷藏,之间要有默契,特别的了解,才可一捉一藏地周旋。渐渐地,他们有了一些两人才知的用语,很平常的,在他们却另有一番意思,是指鹿为马的。他们能心领神会,还能于无声处听真言。别人都蒙在鼓里,他们自己也不挑明,说了也当没说。那回萨沙开玩笑要给康明逊介绍女朋友,着实把他俩唬了一跳,不怪王琦瑶要着急,把那瓷汤勺的柄也敲断了。过后严师母同她表弟的一番话,也叫康明逊慌神,说的话里到处是漏洞。不过显见得是虚惊一场,后来什么事也没有,再没有人提了。倒是王琦瑶自己向康明逊提了一回,问萨沙要给他介绍的女朋友到底是谁。康明逊说:我怎么知道,要问应当去问萨沙。她说:萨沙一定是有所指,你心里当然清楚。康明逊说:既是这样想知道,当时为什么不让萨沙说,千方百计堵住他的嘴?王琦瑶又急了,说她并没有堵萨沙的嘴,萨沙嘴里吐的什么,与她又有何干?康明逊便说:与你无干,又追着问他干吗?王琦瑶一听这话,就好像揭开了伤疤,又痛又羞,脸都红了,憋了一会儿才说:反正你们是一伙,天下乌鸦一般黑的。康明逊说:要分敌我的话,萨沙才是另一伙,是吃苏联面包的。王琦瑶只好笑了,两人就算和解了。其实是兜了个圈子,又回到原地,因为方才兜远了,回到原地时便觉着近了一步似的,是个错觉。

错觉也有错觉的好处,那是架虚的一格。而这架虚的一格上兴许却能搭上一格实的,虽是还要退下来,但因有了那实的一格,也不是退到底,不过是两格并一格,或者三格并一格,也就是进两步退一步的意思吧!这就像是舞步里的快三步,进进退退,退退进进,也能从池子的这边舞到那边,即使再舞回来,也有些人事皆非似的。一支舞曲奏完,心里便蓄了些活跃和满足。与康明逊捉迷藏,王琦瑶有一些是错觉,也有一些是有意将对当错,将错就错。她明知是错,还是按着错的来,倒叫康明逊没办法了。有时候,王琦瑶将她与康明逊叫作我们,严师母和萨沙叫成他们,虽然也是混着叫的,不定是特别的意思,康明逊心里也会一跳,不知这样是好是坏。有一回,他说:王琦瑶,你怎把我表姐算作萨沙的人了,她又不吃苏联面包。王琦瑶笑道:他们不是丈母娘和女婿吗?怎么不是一家人?大家都笑。王琦瑶这么解释,康明逊也不知是称心还是不称心。这时候,他们俩又有些像三岔口了,又要摸着对方,又怕被对方摸着,推来挡去地暗中对付,也是用错觉做文章。这文章有些连篇累牍,重复冗长。事后,两个人一处时,王琦瑶还得再回一回:你为什么问我把你表姐推给萨沙?康明逊再进一步问:你问我这个做什么?有些纠缠不清,还啰里啰唆。把个问题连环套似的,一个一个接起来。还像那种武术里的推手,一推一让,看似循环往复,其实用的是内功，还是有输赢胜负，强弱高低的。

其实，他俩积极筹备下午茶什么的，是有些以公济私，为了做这种双关语和三岔口的游戏，这还像浑水摸鱼，在一下午或者一晚上的废话中间，确实会有那么一两句有实质性意义的话，就看你怎么去听了。不过，即便是有实质性意义，那话也滑得很，捉也捉不住，所以说是“浑水摸鱼”嘛。他们两人话里来话里去，说的其实只是一件事。这件事他们都知道，却都要装不知道；但只能自己装不知道，不许对方也装不知道；他们既要提醒对方知道，又要对方承认自己的不知道。听起来就像绕口令，还像进了迷魂阵，只有当事人才搞得清楚。因为是这样的当事人，头脑都是清楚，想糊涂也糊涂不了。他们了解形势，目标明确，要什么不要什么，心里都有一本明白账。在这方面，他们是旗鼓相当，针尖对麦芒，这场游戏对双方的智能都是挑战。他们难免会沉迷游戏的技巧部分，自我欣赏和互相欣赏。但这沉迷只是一瞬，很快就会醒来，想起各自的目的。在这场貌似无聊，还不无轻薄的游戏之下，其实却埋着两人的苦衷。这苦衷不仅是因为自己，还为了对方，是含了些善解和同情的，只是自己的利益要紧，就有些顾不过来了。

康明逊其实早已知道王琦瑶是谁了，只是口封得紧。第一次看见她，他便觉得面熟，却想不起来在哪里见过。又见她过着这种寒素的避世的生活，心里难免疑惑。后来再去她家，房间里那几件家具，更流露出些来历似的。他虽然年轻，却是在时代的衔接口度过，深知这城市的内情。许多人的历史是在一夜之间中断，然后碎个七零八落，四处皆是。平安里这种地方，是城市的沟缝，藏着一些断枝碎节的人生。他好像看见王琦瑶身后有绰约的光与色,海市蜃楼一般,而眼前的她,却几乎是庵堂青灯的景象。有一回,打麻将时,灯从上照下来,脸上罩了些暗影,她的眼睛在暗影里亮着,有一些幽深的意思,忽然她一扬眉,笑了,将面前的牌推倒。这一笑使他想起一个人来,那就是三十年代的电影明星阮玲玉。可是,王琦瑶当然不会是阮玲玉,王琦瑶究竟是谁呢?其实他已经接触到谜底的边缘了,可却滑了过去。还有一次,他走过一家照相馆,见橱窗里有一张披婚纱的新娘照,他心里一亮。这照片有一种似曾相识的样子,使他想起很久以前也是在这里的一张照片。倘若这时他能想起王琦瑶,大约便可解开疑团,可他却没有,于是又一次从谜底的边缘滑过去。和王琦瑶接触越多,这个疑团就越是频繁地来打扰。他在王琦瑶的素淡里,看见了极艳,这艳洇染了她四周的空气,云烟氤氲,他还在王琦瑶的素淡里看见了风情,也是洇染在空气中。她到底是谁呢?这城市里似乎只有一点昔日的情怀了,那就是有轨电车的当当声。康明逊听见这声音,便伤感满怀。王琦瑶是那情怀的一点影,绰约不定,时隐时现。康明逊在心里发狠:一定要找出她的过去,可是到哪里去找呢?

最终却是得来全不费工夫。一天,在家和大妈二妈聊天,说起十年前上海的盛况一幕,那就是竞选上海小姐,他母亲竟还记得那几位小姐的芳名,第三位就叫王琦瑶。他这才如梦初醒。他想起那酷似阮玲玉的眉眼,照相馆里似曾相识的照片,还想起旧刊物《上海生活》上的"沪上淑媛",以及后来的做了某要人外室的风闻,这所有的记忆连贯起来,王琦瑶的历史便出现在了眼前。这历史真是有说不尽的奇情哀艳。现在,王琦瑶从谜团中走出来了,凸现在眼前,音容笑貌,栩栩如生。这是一个新的王琦瑶,也是一个旧的王琦瑶。他好像不认识她了,又好像太认识她了。他怀了一股失而复得般的激动和欢喜。他想,这城市已是另一座了,路名都是新路名。那建筑和灯光还在,却只是个壳子,里头是换了心的。昔日,风吹过来,都是罗曼蒂克,法国梧桐也是使者。如今风是风,树是树,全还了原形。他觉着他,人跟了年头走,心却留在了上个时代,成了个空心人。王琦瑶是上个时代的一件遗物,她把他的心带回来了。

他连着几天没有去王琦瑶处,严师母来电话约,他都说家里有事推掉了。他想:该对王琦瑶说什么呢?后来,他决定什么也不说,一如既往。因此,当他再看见王琦瑶时,就和什么也没发生过的一样。王琦瑶问他怎么几天不来,他说有事。王琦瑶就说什么有事,一定有了新去处,比这里更有趣的。他笑笑没说话,把带来的东西放到了桌上。他带来的是老大昌的奶油蛋糕,王琦瑶便去拿碟子。刚给人打过针,王琦瑶手上带着酒精的气味。她穿一件家常的毛线对襟衫,里面是一身布的夹旗袍,脚下是双搭袢布鞋,忙进忙出地准备着茶点。他忽然间想起初与王琦瑶相识,在表姐家吃暖锅,胡乱测字玩。王琦瑶说了个“地”字,康明逊指了右边的“也”说是个“他”,她则指了左边的“土”说,“岂不是入土了。”她那脱口而出然后油然哀起的样子,这时又一次出现眼前,却是有根有由的了。他心里生出怜悯,又生出惋惜,怜悯和惋惜是为王琦瑶,也是为自己。这时,康明逊被一股忧伤笼罩着,他话不多,有些走神,还有些所答非所问。他望着窗外对面人家窗台上的裂纹与水迹,想这世界真是残破得厉害,什么都是不完整的,不是这里缺一块,就是那里缺一块。这缺又不是月有圆缺的那个缺,那个缺是圆缺因循,循环往复。而这缺，却是一缺再缺，缺缺相承，最后是一座废墟。也许那个缺是大缺，这个则是小缺，放远了眼光看，缺到头就会满起来，可惜像人生那么短促的时间，倘若不幸是生在一个缺口上，那是无望看到满起来的日子的。

康明逊是二房所生的孩子，却是他家唯一的男孩，是家庭的正宗代表，所以他不得不在大房与二房之间来回周旋。一些较为正式的场合，由他和大妈跟了父亲出席；另一些比较亲密的社交，则是和二妈跟了父亲参加。大妈是个厉害人，正房本就是占着理的，还占着委屈，十分理加上三分委屈，大妈便有了十三分的权利，二妈却是倒欠了三分的。父亲是个老派人，宠归宠，爱归爱，却不越规矩半步，上下长幼，主次尊卑，各得其份。康明逊是康家的正传，他从小就是在大妈房里比在二妈房里多。他和两个同父异母的姐妹打得火热，比同胞还同胞，无意中他还有些讨好她们，好像怕受到她们的排斥。他隐隐地觉出，大妈的爱是需争取，二妈的爱则不要也在，没有也有。所以，他对大妈便悉心得多，而对二妈怎么也可以，甚至有时故意冷淡二妈好叫大妈欢喜。他的一颗小小的心里，其实全是倚强凌弱，也是适者生存的道理。有一回，他和两个姐妹玩捉迷藏，他循声上了三楼二妈的房间，推门而进，一眼看见垂地的床罩在波动，分明是藏了人的。他悄悄地走过去，这时却见靠里的床沿上，背着身坐着二妈，低了头，肩膀抽搐着。他不由站住了，床底下嗖地蹿出妹妹，一阵风地从他身边跑过，并且发出尖锐的快乐的叫声。他没有去追，施了定身术似的，站在原地。是个阴天，房间里的柚木家具发出幽暗的光，打蜡地板也是幽暗的光。二妈脸朝着窗口，有暗淡的光流淌进来，勾出她的背影。她头发蓬乱着，就像一个鸟巢，肩膀特别窄小，而且单薄。她觉察出后面有人，一边抽泣一边转过身体，不等她看见，他拔腿跑出了房间。他的心怦怦跳着，怜悯和嫌恶的情绪攫住了他，使他有说不出的难过。他以更大声的快乐尖叫来克服这难过，这天他是有些过分了，招来大妈的呵斥。大妈呵斥他的时候，便看见二妈乱蓬蓬的头从三楼楼梯上探下来。这时，他心里生出对二妈的说不出的恨意。这恨意为消除痛楚而生的，这痛楚有多深，这恨就有多大。随了成年，他应付这复杂环境渐渐熟练，可说得心应手，那痛楚和恨意便也消除，积留在心里的只是一些烟尘般的印象。可就是这些烟尘般的印象，却是能够决定某种事情。

康明逊知道，王琦瑶再美丽，再迎合他的旧情，再拾回他遗落的心，到头来，终究是个泡影。他有多少沉醉，就有多少清醒。有些事是绝对不行的，不行就是不行，可他又舍不得放下，是想在这“行”里走到头，然后收场。难度在于要在“行”里拓开疆场，多走几步，他能做些什么呢？王琦瑶是比他二妈聪敏一百倍，也坚定一百倍，使他处处遇到难题。可王琦瑶的聪敏和坚定却更激起他的怜惜，他深知聪敏和坚定全来自孤立无援的处境，是自我的保护和争取，其实是更绝望的。康明逊自己不会承认，他同弱者有一种息息相通，这最表现在他的善解上。那一种委曲求全，迂回战术，是他不懂都懂的。他和王琦瑶其实都是挤在犄角里求人生的人，都是有着周转不过来的苦处，本是可以携起手来，无奈利益是相背的，想帮忙也帮不上。但那同情的力量却又很大，引动的是康明逊最隐秘的心思，这心思有些是在童年那个阴霾下午里种下的。康明逊已经看见痛苦的影子了，不过眼前还有着没过时的快乐，等他去攫取。康明逊再是个有远见的人，到底是活在现时现地。又是这样一个现时现地，没多少快乐和希望。因没有希望，便也不举目前瞻，于是那痛苦的影子也忽略掉了，剩下的全是眼前的快乐。

康明逊到王琦瑶处来得频繁了，有时候事先并没有说好，他也会突然地来，说是正好路过。因王琦瑶没想到他会来，往往没怎么修饰，头发随便地用手绢扎起，衣服是更旧的，房间里也有些乱。王琦瑶不由面露窘态，手足无措，拾起这样放下那样。此情此景却更能引动康明逊的恻隐之心。所以，他就故意地突然撞来，制造一个措手不及。那样的场景里，总有着一些意外之笔，也是神来之笔。有一回他是在午饭时来的，王琦瑶一个人吃泡饭，一碟海瓜子下饭，碗边已聚起一小堆海瓜子的壳。这情形有一股感人的意味，是因陋就简，什么都不浪费的生计，细水长流的。还有一回来，王琦瑶正在洗头，衣领窝着，头发上满着泡沫。她的脸倒悬着，埋在脸盆里，可康明逊还是看见她裸着的耳朵与后颈红了。这一刻里，王琦瑶变成了一个没经过世面的孩子，她从脸盆里传出的声音几乎是带着哭音的。后来她洗完了，匆匆擦过的头发还在往下滴水，将衣服的肩背全洇湿了，看上去真是一副可怜相。渐渐地，王琦瑶晓得他会不期而至，便时时地准备着，但这准备是不能叫他看出来的准备，否则难免会被他看轻。她穿的还是家常的衣服，却不露邋遢相的。她房间还是有些乱，也是不露邋遢相的。吃饭照例要吃，也照例是个“简”字，却不是因陋而简的“简”，而是去芜存精的意思了。至于洗头之类的内务，她就安排在康明逊决不可能来的时间里，极早或是极晚。这么一来，康明逊的不期而至便得不到预期的效果了，不免遗憾。但他体察到王琦瑶自我捍卫的用心，深感抱歉。

王琦瑶的伪装,是为康明逊拉起一道帷幕,知他是想擅自入内。王琦瑶为康明逊拉起帷幕,正是为了日后向他揭开。这有点像旧式婚礼中,新娘蒙着红盖头,由新郎当众揭开的意思。这时候,王琦瑶对他格外矜持,反倒比先前生疏了。两人坐着说不了几句话,太阳已经偏西了。他们说话都有些反复掂量,生怕有什么破绽。过去他们是没话找话,现在却有话也不说,打埋伏似的。他们处在僵持的状态,身心都不敢懈怠地紧张,却又不离开,几乎日日在一起,看着日头从这面墙到那面墙。两人心里都是半明半暗,对现在对将来没一点数的。要说希望还是王琦瑶有一点,却无法行动,因她的行动是与牺牲画等号的,行动就是献出。康明逊没什么希望,却随时可以出击,怕就怕出击的结果是吃不了兜着走。他们嘴上什么也不说,心里都苦笑着,好像在说着各自的难处,请求对方让步。可是谁能够让谁呢?人都只有一生,谁是该为谁垫底的呢?

炉子拆掉了,地板上留下了炉座的印子,窗玻璃上的烟囱孔用纸糊着,好像是冬天留下的残垣。春日的阳光总是明媚,也总是徒然的样子。他们脸上作着笑,却是苦水往肚里流。他们的笑是有些哀恳的,做着另一种保证,都不是对方所要的。他们都很坚持,坚持是因为都不留后路,虽是谅解,可也无奈。他们都是利益中人,可利益心也是心,有哀有乐的。

这一天晚上,吃过晚饭了,又一前一后来了两个推静脉针的病人,将他们刚送走,又听楼梯上脚步响了。王琦瑶想:难道有第三个来了吗?可都挤在一起了。然而,楼梯口上来的竟是康明逊。这是他头一次在晚上单独到王琦瑶处,并且突如其来,两人都有些尴尬。王琦瑶心跳着,请他坐下,给他倒茶,又拿来糖果瓜子招待。她忙进忙出，有点脚不沾地的。康明逊说他是到朋友家去，朋友家却铁将军把门，只得回家，不料忘带钥匙了，今晚他家人除他父亲都去看越剧，连娘姨也带去了，他不好意思叫他父亲开门，只得到她这里来坐坐，等一会儿戏散场就回去。他絮絮叨叨地说着，王琦瑶只听对了一半，问他今晚去看什么戏，哪一个戏院。康明逊便再从头解释一遍，还不如前一遍来得清楚。王琦瑶更有些糊涂，却做出懂的样子，可不过一会儿又很担心地问，戏是几点开场，会不会迟到了。事情变得夹缠不清，康明逊索性不再解释。王琦瑶本是没话找话，见他不答，也不问了，两人就沉默下来。房间里显得分外地静，隔壁人家的动静都能听见。桌上酒精灯还燃着，一会儿便烧干了，自己灭了，空气中顿时充满浓郁的酒精味，有些呛鼻的。这时候，楼梯又一次响起脚步声，王琦瑶想：这是谁呢？这真是个不平凡的夜晚，像是要发生什么事情。来人是里弄小组长，收弄堂费的，连房门也没进就又走了。屋里的两个人听着楼梯一级一级响下去，中间还踏空了一级，不由都惊了一下，互相望了一眼，笑了。刹那间，便有了一个什么默契，而气氛却更加紧张，竟有点箭在弦上的味道。王琦瑶端起康明逊喝干的茶杯到厨房添水，她从后窗看见远处中苏友好大厦尖顶上的一颗红星，跳出在夜色之上。她带着些祈祷的心情，想：有什么样的事情来临呢？她端了添满水的茶杯再进房间，见那康明逊也是木登登地坐着，脸对了窗，不知在想什么。王琦瑶把茶杯放在他面前，然后退回自己的位子上坐着，她晓得今天是挨不过去的，就算挨过今天也终有一天是挨不过去。康明逊一直面朝着窗，因窗上是拉了窗帘，就有点面壁的意思，这姿势确实是有话要说，只是不知从何开口。他们静默的时间是有点过长了,这也是有话要说的证明,还是不知从何开口。

康明逊终于出口的一句话是:我没有办法。王琦瑶笑了一下,问:什么事情没有办法?康明逊说:我什么事情也没有办法。王琦瑶又笑了一下,到底什么事情没有办法?王琦瑶的笑其实是哭,她坚持了这样久等来的却是这么一句话。这时她倒平静下来,心里安宁,无风无浪。她是有些恶作剧的,非要他把那件事情的名目说出来,虽然这名目已与她无关,但无关也要是有名有目的无关。看他受窘,她便想:等了这么久,总要有一点补偿吧!她笑着说:你没办法做,也没办法说吗?康明逊不敢回头,只将耳后对着王琦瑶。这回是轮到王琦瑶看他的脖颈一点点地红出来。她又追了一句:其实你说出来也无妨,我又不会要你如何的。说到此处,王琦瑶的声音就有些哽咽,她含着泪,却还笑着,催问道:你说啊!你怎么不说?康明逊转过脸,求饶似的看着她,说:你让我说什么呢?王琦瑶倒叫他说怔了,一时想不起问他的究竟是什么,气更不打一处来,一急,眼泪就流了下来。康明逊心软了,多年前的那个阴霾午后又回到眼前,二妈背着他的身影就好像朝他转了过来,让他看见了泪脸。他说:王琦瑶,我会对你好的。这话虽是难有什么保证,却是肺腑之言,可再是肺腑之言,也无甚前景可望。康明逊也流下了眼泪。王琦瑶虽是哭着,也看在眼里,晓得他是真难过,心中就平和了一些,渐渐地收了泪。抬眼望望四周,一盏电灯在屋里似乎不是投下亮,而是投下暗,影比光多。她以往一个人时不觉得,今晚有了两个人却觉出了凄凉和孤独。她带着满脸泪痕地笑着:其实有什么说不出口的呢?像我这样的女人,太平就是福,哪里还敢心存奢望？可你当老天能帮你蒙混过关，混得了今天能混过明天吗？跑了和尚还跑不了庙呢！康明逊说：照你的话，我又算怎样的男人呢？自己亲生母亲都得叫二妈，夹缝中求生存，样样要靠自己，就更不敢有奢望了。听了这话，王琦瑶不觉长叹一声道：不是我说，你们男人，人生一世所求太多，倘若丢了芝麻拾西瓜，还说得过去，只怕是丢了西瓜拾芝麻。康明逊也叹了一声：男人的有所求，还不是因为女人对男人有所求？这女人光晓得求男人，男人却不知该去求谁，说起来男人其实是最不由己的。王琦瑶便说：谁求你什么了？康明逊说：你当然没求什么了。说罢便沉默下来。停了一会儿，王琦瑶说：我也有求你的，我求的是你的心。康明逊垂头道：我怕我是心有余而力不足。他这话是交底的，有言在先，画地为界。王琦瑶不由冷笑一声道：你放心！

这是揭开帷幕的晚上，帷幕后头的景象虽不尽如人意，毕竟是新天地。它是进一步，又是退而求其次；是说好再做，也是做了再说；是目标明确，也是走到哪算哪！他们俩都有些自欺欺人，避难就易，因为坚持不下去，彼此便达成妥协。他们这两个男女，一样的孤独，无聊，没前途，相互间不乏吸引，还有着一些真实的同情，是为着长远的利益而隔开，其实不妨抓住眼前的欢爱。虚无就虚无，过眼就过眼，人生本就是攒在手里的水似的，总是流逝，没什么千秋万载的一说。想开了，什么不能呢？王琦瑶的希望扑空了，反倒有一阵轻松，万事皆休之中，康明逊的那点爱，则成了一个劫后余生。康明逊从王琦瑶处出来，在静夜的马路上骑着自行车，平白地得了王琦瑶的爱，是负了债似的，心头重得很。这一个晚上的到来，虽是经过长久准备的，却还是猝不及防，有许多事先没想好的情形，可如今再怎么说也晚了，该发生的都发生了。

百般缱绻的时候,王琦瑶问康明逊,是怎么知道她身份的,康明逊则反问她怎么知道他知道。王琦瑶晓得他很会纠缠,就坦言道:那一日,大家坐着喝茶,他突然说起一九四六年的竞选上海小姐,别人听不出什么,她可一听就懂。他既然能将那情景说得这般详细,怎会不知道三小姐是谁。王琦瑶又说:这时她就晓得他们是鸳梦难圆了。康明逊拥着她说:这不是圆了吗?王琦瑶就冷笑:圆的也是野鸳鸯。康明逊自知理亏,松开她,翻身向里。王琦瑶就从背后偎着他,柔声说:生气啦!康明逊先不说话,停了一会儿,却说起他的二妈。他说他从小是在大妈跟前长大,见了二妈反倒不好意思,尤其不能单独和她在一处,在一处就想走。他想起这点心里就发痛,什么叫作难过,就是二妈教给他的。最后,他说道:他同二妈二十几年里说的话都不及同王琦瑶的一夕。王琦瑶将他的头抱在怀里,抚摸着他的头发,心里满是怜惜,她对他不仅是爱,还是体恤。康明逊说:我知道谁也比不上你,可我还是没办法!这个"没办法"要比前一个更添了凄凉。做人都有过不去的坎,可他没想到他的坎设在了这里,真是没办法。王琦瑶安慰他,她总是和他好,好到他娶亲结婚这一日,她就来做伴娘,从此与他永不见面。康明逊说:你这才是要我死,一边是合欢,一边是分离。到了这时,他们打趣的话都成了辛酸的话,说着说着就要掉泪的。

他俩虽做得形不留影,动不留踪,早来暮归避着人的耳目,但瞒得过别人,还瞒得过严师母吗?她早就留出一份心了,没什么的时候已经在猜,等有了些什么,那便不猜也知道了。严师母暗叫不好,她怪自己无意中做了牵线搭桥的角色。她还怪康明逊不听她的提醒,自找苦吃。她最怪的是王琦瑶,明知不行,却偏要行。她想:康明逊不知你是谁,你也不知道你是谁吗?在严师母眼里,王琦瑶不是个做舞女出身的,也是当年的交际花,世道变了,不得不规避起来。严师母原是想和她做个怀旧的朋友,可她却怀着觊觎之心,严师母便有上当被利用的感觉,自然不高兴。她不再去王琦瑶处,借口有事,甚至牺牲了打牌的快乐,那两人心里有点明白,嘴上却不好说。萨沙倒还是照来不误,不知是真不明白,还是假不明白,夹在他们中间,是他们的妨碍,也是障眼法。王琦瑶有一回问康明逊,严师母会不会去告诉他家他们俩的事。康明逊让她放心,说无论怎么他终是个不承认,他们也无奈。王琦瑶听了这话,有一阵沉默,然后说:你要对我也不承认,就连我也无奈了。康明逊就说:我承认不承认,总是个无奈。王琦瑶听了这话,想负气也负不下去。康明逊安慰她说,无论何时何地,心里总是有她的。王琦瑶便苦笑,她也不是个影子,装在心里就能活的。这话虽也是不痛快,却不是负气了,而是真难过。这就是他们始料不及的,本是想抓住眼前的快乐,不想这快乐是掺一半难过的。他们没想到眼前的快乐其实是要以将来作抵押,将来又是要过去来作抵,人生真是连成一串的锁链,想独取一环谈何容易。

难过得紧了,本来不抱希望的会生出希望,本来不让步的也会让步,都是妥协。两人暗底里都在等待一个奇迹,好为他们解困。这一日,康明逊回到家,发现全家人都对他冷着脸,二妈则带着泪痕,鼻沟发红,嘴唇青紫,是他最不要看见的样子。父亲关着门,吃晚饭也没出来。他心里疑惑,再看见客厅桌上放着一盒蛋糕,知道来过客人了,向佣人陈妈打听,才知来的是严师母。

那盒蛋糕没人去碰，放在那里，是代人受过的样子。第二天，他没敢出门，各个房里串着应酬，也没讨来笑脸，依然都冷着，爱理不理。父亲还是关门。二妈哭是不哭，却叹气。第三天，他出门去到王琦瑶处，将这情形说了。王琦瑶吃惊之余，竟意外地有一些欣喜。她想，干脆事情闹开，窗户纸捅破，倒会有料想不到的结局，像他们这种旧式人家，都是爱惜面子的，生米煮成熟饭，不定就睁眼闭眼，当它是个亏也吃下去了。康明逊也有轻松之感，却是另一番期待。他想，倘若父亲动了大怒，不要他这个儿子，更甚的是，连家都不让回，也就罢了。这一天，两人都生出些细微的指望，渺渺然的，内心有些共同的激动。他们比平日更相亲相爱，萨沙恰巧又没来打搅。两人偎在沙发上，裹着一床羊毛毯，看着窗帘上的光影由明到暗。他们手拉着手，并不说话，窗下的弄堂嘈杂着，是代他们发言，麻雀啁啾，也是代他们发言。这些细细琐琐的声音，是长恨长爱的碎枝末节，分在各人头上，也须竭尽全力的。房间里黑下来，他们也不开灯，四下里影影绰绰，时间和空间都虚掉了，只有这两具身体是贴肤的温暖和实在。

康明逊的期待落空了。这天回到家，进门就觉出和解的气氛。虽然已晚过十一点，谁也不问他为什么，从哪里来。父亲的房门虚掩着，漏出一点亮，他走过时看见父亲坐在鸭绒被里看一份报纸，脸色很平静。姐妹的房间里传出留声机的声音，唱的是那种新歌曲，有点铿锵的，却也是平静的气象。大妈问他饿不饿，要不要吃点心。他其实不饿，却不敢拂大妈的好意，便点了头。他吃红枣莲心粥时，大妈和二妈坐在一边织毛线，谈论着一出新上演的越剧，问他想不想看。他就说，倘若大妈二妈想看，他就去买票。她们则说，倘若他有空就去买，没空便算了。一连三天都是平静度过，他开头还等着他们来问，后来便不等了，他想他们不会问了。他们一定是商量好了，决定"不知道"，一切都和过去一样，什么都没发生过，连那盒蛋糕也无影无踪。康明逊不知是喜是悲，他足有整整一周没去王琦瑶那里。他陪两个母亲看越剧，陪两个姐妹看香港电影，又陪父亲去浴德池洗澡。父子俩洗完澡，裹着浴巾躺在睡榻上喝茶说话，好像一对忘年交。他又回到了小时候，那时父亲是壮年，自己只是个小男孩。他忽有点鼻酸，扭过头去，不敢看父亲颈项上叠起的赘肉。

王琦瑶在家里日日等他，开始还有些着急，后来急过头反心定了，想这事情闹得越不可收场，就越有转机，由他们闹去吧！中间严师母倒来过一次，像是探口风的意思，王琦瑶并不露出什么，一如既往地待她。严师母却憋不住了，问她康明逊怎么没来。王琦瑶笑笑说：严师母不来，把个牌局给拆了，所以康明逊也不来了，只有萨沙还记着我，常来些。正说着，楼梯上脚步响了，萨沙上来了，好像专门来印证她的话似的。王琦瑶就撇下严师母，和萨沙有说有笑，其实是在撒气，也是撒怨。她含着一包泪地想：他到底还来不来呢？

康明逊再来王琦瑶处，已是分手后第八天了。两人都憔悴了不少，王琦瑶只觉得一颗心沉了一沉，因本来也是浮着的，这时反觉得踏实了。这一回来，两人也是不说话，却是各坐一隅，都躲着眼睛，互相不敢看脸，生怕对方嘲笑似的。坐了一下午，天黑了，王琦瑶站起来拉开了灯，然后问：吃饭吗？房间亮着，两人都有些不认识的，还有些客气。康明逊说：我回去吃吧。却又不走。王琦瑶便不再问他，兀自到厨房去烧晚饭。康明逊一个人在房间里,这边走走,那边看看。对面窗户的灯也亮了,看得见里面活动的人,来去很频繁的样子,邻家的房门一会儿开一会儿关,乒乓地响。然后,厨房里传来油锅炸响的声音,是一种温和的轰然。接着,香味起来了。他心里安定下来,甚至还觉出几分快乐。王琦瑶端着饭菜进来了,一汤一菜,另有一碟黄泥螺下饭。两人坐下吃饭,再没有提这八天内的任何事情,这八天是没有过的八天。吃饭时,他们开始说话,说这日的天气,服装的新款式,马路上的见闻。饭后,两人就在一张《新民晚报》上找电影看。王琦瑶指着一个新上映的香港电影说,是不是去看这个。康明逊一看正是日前陪姐姐妹妹去看过的那个,心里难免一动,嘴上当然是说好。两人就收拾收拾准备出门,走到门口,手已经拉住门把了,王琦瑶又停下,一个转身将脸贴进他的怀里,两人默默不语地抱着,不知有多少时间过去。灯已拉灭,是人家的灯照着窗帘,屋里也有了光,薄膜似的铺在地板上。

从此,他们不再去想将来的事,将来本就是渺茫了,再怎么架得住眼前这一点一滴的侵蚀,使那实的更实,空的更空。因是没有将来,他们反而更珍惜眼前,一分钟掰开八瓣过的,短昼当作长夜过,斗转星移就是一轮回。这真是长有长的好处,短有短的好处。长虽然尽情尽兴,倒难免挥霍浪费;短是局促了,却可去芜存精,以少胜多。他们也不再想夫妻名分的事,夫妻名分说到底是为了别人,他们却都是为自己。他们爱的是自己,怨的是自己,别人是插不进嘴去的。是真正的两个人的世界,小虽小了些,孤单是孤单了些,可却是自由。爱是自由,怨是自由,别人主宰不了。这也是大有大的好处,小有小的好处。大固然周转得开,但却难免掺进旁骛和杂念,会产生假象,不如小来得纯和真。

他们两人在桌边坐着，看着酒精灯蓝色的火苗，安宁中有一些欣喜，也有些忧伤。有时有大人抱着孩子来打针，孩子趴在王琦瑶膝上，由那大人按着手脚，康明逊则举着一个玩具，对那孩子的哭脸哄着，赔着笑。这情景可笑到揪心，是角角落落里的温爱，将别人丢弃的收拾起重来。还有时他们一起择马兰头，那一小棵一小棵的，永远也择不完的样子。他们将老叶放一堆，嫩叶放一堆，这情景琐碎到也是揪心，是零零碎碎的温爱，都不成个器，倒是不掺假，他们本是以利益为重的人生，却因这段感情与利益相背，而有机会偷闲，温习了爱的功课。日子一天一天过去，不知道“将来”什么时候才来，似乎是近一步就远一步，永远到不了的。是因为那时间实在是太长太长，没有个头的。倘若不是后来的那件事发生，他们几乎以为日子会一径这么下去，把那将来推，推，推来推去，直推进眼不见心不烦的幽冥之中。后来的那件事，其实不是别的，正是将来的信号。这件事就是，王琦瑶怀孕了。

起初，他们不敢相信是真的，后来，确信无疑了，便陷入一筹莫展。他们不敢在家中商量这事情，生怕隔墙有耳，就跑到公园，又怕人认出，便戴了口罩。两人疑神疑鬼，只觉着险象环生。又到了冬天，公园里花木凋零，湖边上结着薄冰，草地枯黄，太阳在云后苍白地照着。他们想不出一点办法，围着草坪走了一圈又一圈。干冷的天气，脸上的皮肤都是收紧的，头发也在往下掉屑，心里都有到头的感觉。他们一出公园门，就分手各走各的，扮做两个陌路人。喧嚣的市声浮在他们的头顶，好像做雨的云层。他们各自走着，转眼间谁也看不见谁了。

下一日，他们还须再商量，就去一个更远的公园。依然草木凋零,游人稀疏,麻雀在枯草地上作并脚的跳远,太阳移着淡薄的影子,告诉他们时间流淌,刻不容缓。他们焦急得心都碎了,却还是一个没办法。然后,就有无端的口角发生。王琦瑶本就是害喜,身上有一百个不舒服,再加上心里有事,又是一百个不顺气,就变得急躁易怒。康明逊自己也是满腹的心事,因要顾忌王琦瑶,还须忍着,说一些言不由衷的宽慰话,其实是更不自由的。待到忍无可忍,便发作起来。他们站在公园的水泥甬道上,开始是压着声音你一句,我一句,后来就渐渐忘乎所以,提高了音量。但他们再怎么高声大气,在这冬天的空廓天空之下,也是和耳语没有两样,一出口便叫风吹散了,像扬起的沙粒一般。有一些鸟类在天上飞过。他们真是绝望,但又不是绝望到底,而是暗怀苟且之心。他们这两颗心其实都是奋力向上的,石头缝里都要求生存。别看他们一筹莫展,互相折磨,那正是因为不服输,所以要挣扎。他们两人都瘦了一圈,气色发黑,王琦瑶的脸上起了疙瘩。最初的焦急过去了,接下来的是一个倦怠的时期。两人不再去公园,也不再商量,王琦瑶抱着热水袋坐在被窝里,康明逊则在沙发上,裹一条羊毛毯。两人这么孵蛋似的孵着,好像能把那个危险孵化掉。等阳光照到沙发的那面墙上,康明逊便用双手在墙上做出许多剪影,有鹅,有狗,有兔子,有老鼠,王琦瑶在那头的床上看着。等阳光从墙上移走,皮影戏结束,房间里也有了暮色。

这一段日子,是康明逊烧饭,他从未碰过锅灶,可一出手就不平凡,连他自己也有些吃惊。他全神贯注于烹调技术,倒将那烦恼事情搁在了一边。他腰里系着王琦瑶的花围裙,手上戴着袖套,头发有些乱,额上有些油汗,眼睛里闪着兴奋的光芒,将饭菜端到王琦瑶的床边。王琦瑶吃着吃着饮泣起来,眼泪滴到碗里。康明逊手足无措地站在一边,好像是一个伙计,过了一会儿,也滴下泪来。事情是不能再拖了,必须有个决断。王琦瑶说她明天就去医院检查手术,康明逊就说要陪她一同去。王琦瑶却不同意,说她反正是逃不了的,何苦再赔上一个;她这一生也就是如此,康明逊却还有着未尽的责任。她抚摸着他的头发,含泪微笑道:留得青山在,不怕没柴烧嘛！这时候,王琦瑶发现自己真是很爱这个男人的,为他做什么都肯。康明逊说,人家要问起这孩子的来历怎么说呢?王琦瑶想这却是个问题,她就算不说,别人也会猜。她同康明逊再不露行迹,也是常来常往,跑不掉的嫌疑。别人想不到,严师母还能想不到?她忽然心头一亮,想起了一个人,这个人就是萨沙。

12. 萨　沙

萨沙是革命的混血儿,是共产国际的产儿。他是这城市的新主人,可萨沙的心其实是没有归宿的。他自己也搞不清自己是谁,到哪边都是外国人。这城市里有许多混血儿,他们的出生都来自一种偶然性很强的遭际,就好像是一个意外事故的结果。他们混血的脸上,流露出动荡漂泊的命运,还有聚散无常的命运。他们语言混杂,看上去都有怪癖,大约是两种血缘冲突的表现,还是两套起居方式混淆的表现。他们行为乖张,违背常理,小时看了好玩,大了可就不以为然。他们显得怪模怪样的,走在人群里,也是一副独行客的面目,招来好奇的目光,是看西洋景的目光。他们在这城市是寄居的人,总是临时的观点,可这一临时或许就是一生。他们很少做长远打算，人生都是零零落落，没有积累的。积累也不知积累什么，什么都是人家的，什么都不归他。有一些混血儿神秘地消失，杳无音讯。也有一些扎下根不走了，说着一口本地方言，甚至掌握了黑道上的切口，出没于街头巷尾，给这城市添上诡秘的一笔。

萨沙表面上骄傲，以革命的正传自居，其实是为抵挡内心的软弱虚空，自己壮自己的胆。他是连爹妈也没有的，又没个生存之计，成日价像个没头苍蝇似的乱投奔。脸上的笑都是用来逢迎的，好叫人收留他。可又不甘心，就再使点坏，将便宜找回来。反正他没什么道德观念，哪一路的做人原则也没有，什么都按着需要来，有时也是能给人方便的。

王琦瑶想到他是再合适不过的，对别人下不了手的，对他却可以。对别人过不去的，对他也可以。他好像生来就是为派这种用场的。她对康明逊说，有办法了。康明逊问她有什么办法。她不说，只叫他别管了，一切由她处理。康明逊有些不安，隐隐地有些明白，几乎不敢再问，可又不能不问。幸好王琦瑶死活不说，只让他近段时间不要来了。这天临走前他照例与王琦瑶相拥一阵，他将王琦瑶抱在怀里，忽然心痛欲裂。他久久不能放手，怀里的肉体与他骨血相连，怎么都扯不断的。他的眼泪没了，全干了，声音也哑了，一句话说不出。最后，他终于走出门去，推起自行车，推了几下没推动，才发现忘了开锁。他骑上车，摇摇晃晃地骑在马路上，眼前白晃晃的一片，云里雾里似的。他好一会儿才意识到自己是逆向地行车，车灯照着他的眼。他体会到人将死未死的情景，那就是身体还活着，魂已经飞走了。以后的几天里，他总是在平安里附近走动，好像在等着什么，自己也不清楚的。平安里总是嘈杂，人进人出，车来车往。他问自己：王琦瑶是住在里面吗？回答也是犹豫不决的。弄口王琦瑶的打针招牌他是头一回注意到，却不明白那上面的名字与自己有什么关系。已是临近过年，人们都在置办年货，马路上更添几分熙攘，与他也是隔岸的火似的，无干无系。一连几天过去，他早一趟晚一趟地从平安里过，竟一次也没看见王琦瑶，甚至也没见严师母家的人，进来出去的都是些未曾谋面的陌生人。这王琦瑶就像是沧海一粟，一松手便没了影。他心里空落落地往回走，说是第二天不来，第二天还是来了。直到有一天，下午三点时分，他在平安里对面，看见萨沙手里提着一包东西，脚步匆匆地走进弄口。他在附近几家商店穿行着，眼睛却看着弄口。天渐渐黑了，路灯亮了，萨沙没有出来。他有些倦了，便骑上车，慢慢地走开了。从此，他不再来了。

萨沙将王琦瑶当作许多喜欢他的女人中的一个。他知道自己有一张美丽的脸，是女人都喜欢。女人对他的喜欢总是掺杂着一点母亲对儿子的心情，爱怜交加的。久而久之，萨沙就变得更加温柔乖觉，就好像可着她们的心思长成的。萨沙对女人，则是当作衣食父母那么来喜欢的。他喜欢女人的慷慨和诚实，还喜欢女人的简单和轻信，她们总是有一得就有一还的。女人又是那么一种虚无的东西，将温情看得无比的重，简直不可思议。萨沙别的没有，可说是个真正的无产阶级，可温情他有的是，要多少有多少。萨沙对自己的苏联母亲，记忆早已模糊，也没有姐妹，他对女人的所有经验，都来自这些略微年长的、爱他胜过爱自己、向他索取温情、又赐以仁慈的女人。他在她们怀里就像一只小猫，温柔得不能再温柔。也有不耐烦的时候，那都是被她们的爱给惹的，他便是抓挠几下，也是温柔的。

萨沙在女人堆里可说是鱼水自如，可萨沙毕竟是个男人，心胸是广大的，欲望很多，虽不一定能争取到手，看一眼也是好的，男人的世界在向他招手。然而，萨沙在这个世界里却缩手缩脚地伸展不开，他的漂亮脸蛋没什么用处，国际主义后代的招牌也只是唬人的。他对男人是敬畏参半，有着不可克服的紧张。他敏感到人们看不起他，对谁也构不成威胁，心里难免又嫉又恨。女人对他既是安慰又安慰不了，她们甚至会唤起他的自惭形秽。他想，他是因为不行才和她们厮混的。所以，萨沙内心其实又是恨女人的，她们像镜子，照出了他的无能。有时，他就会伺机报复一下，当然，还是温柔的，引不起一点警惕。不过，萨沙对王琦瑶的心情略有不同，说这不同，其实也不是对王琦瑶来的，而是冲着康明逊。他毫不怀疑王琦瑶会喜欢自己，却是因为康明逊而使形势变了。凭他的聪敏小心，早已看出他俩的纠葛，他说不上有什么气恼，反觉得兴奋。他觉着他是与康明逊对峙，得到了平等的快感。

要说萨沙可怜，他自己却不知道。见王琦瑶待他亲热，康明逊又不上门了，便以为是战胜了他，虚荣心很是满足。那王琦瑶因是争取来的，有一点胜利果实的意思，则又分外看得重一些。见王琦瑶懒懒的乏力，没有胃口，又去求人做了回苏联面包。他还学会了搓棉球，消毒针头，给王琦瑶打着下手。王琦瑶不觉动了恻隐之心，问自己是否太缺德，可是紧接着就想到康明逊。康明逊出现在眼前，总是那系着围裙，戴了袖套，头上出了油汗，曲意奉承的样子，心便像被什么打击了一下。她晓得没有回头路可走，不行也得行。那头一回搂着萨沙睡时，她抚摸着萨沙，那皮肤薄得几乎透明，肋骨是细软的，不由心想：他还是个孩子呢！他拱着她的胸口熟睡着，她轻轻地拨着他的头发看，看那头发从根到梢竟不是一种颜色，鸟羽似的，便要笑一笑，一笑，眼泪倒落下来了。他平时戴眼镜不注意，脱下眼镜才看见了扇子般的长睫毛，覆在眼睑下，鼻翼是很精致的，轻微地抽动着。王琦瑶觉着害他是多么不应该，可她也是万般无奈，便在心里求他原谅。再想他到底没父没母，没个约束，又是革命后代的身份，再大个麻烦，也能吃下的，心里才平和一点。不过，萨沙也有使她觉着可怕的地方，她没有想到孩子般的萨沙，竟这么懂得女人，动作准确熟练，她几乎都有些难以自持了。王琦瑶和男人的经验虽不算少，但李主任已是久远的事情，总是来去匆忙，加上那时年轻害羞，顾不上体验的，并没留下多少印象；康明逊反是还要她教；只有这个萨沙，给了她做女人的快乐，可这快乐却是叫她恨的。这样的时候，她对萨沙的愧疚烟消云散，取而代之一股报复的痛快，她想：萨沙你只配得这种回报。

当她把怀孕的事情告诉萨沙时，萨沙眼睛里掠过疑虑的神情。然后，他开始提问，问题都很内行，就像一个妇产科专家。问题还有些设置圈套，逼王琦瑶露马脚似的。王琦瑶知道他是一百个不相信，可话里却是滴水不漏，叫他一百个没奈何。她暗暗惊讶萨沙的镇定，康明逊是不能与之同日而语，看来，由他来承担这事是对了。萨沙问过之后，心里虽还是不相信，可也没再说什么。两人依然吃饭说话，甚至还上床睡了。事后，萨沙趴在王琦瑶肚子上，用耳朵贴着。王琦瑶问他做什么，他笑嘻嘻地说：问它叫什么名字。王琦瑶就说：它不会告诉你的。两人话里有话，都是没法说出来的。王琦瑶只觉着萨沙下手比平日都狠，她的快乐也加了倍,更觉着他所做应得,心中很是解气。过后的两天里,萨沙都没提这事,这事就好像没有似的,王琦瑶忍不住问怎么办,他就说急什么呢?王琦瑶心里着急又不好说,只得忍着,依然与他周旋,却拿定主意咬住他不放。因有了恨意,事情反而变得简单了。她甚至还和萨沙开玩笑说,把孩子生下来。然后一同去苏联吃面包。萨沙也开玩笑,说不晓得他要不要吃苏联面包,说不定只吃大饼油条呢。王琦瑶到底心里发虚,不敢把这种玩笑开下去,只得中途撤回,心里的怨恨则有增无减,决心也更坚定了。又过了两天,萨沙来到王琦瑶处,吃完午饭,坐在那里剔牙。太阳从窗户照进来,照着他的脸,连皮肤下的毛细血管都历历可见。他剔了一会儿牙,然后说明天带王琦瑶去医院。王琦瑶问是哪一家,说是在徐家汇,他特别找了个医生,苏联留学的。多日来的石头落了地,王琦瑶长出一口气,竟觉着一阵晕眩。

去医院是乘公共汽车。萨沙好像是有意的,放过两辆车不上,偏要上那最挤的一辆。王琦瑶本是不常出门,更少乘车,也不会抢先,尽是让着人家,等她上了车,车门是在她背上关拢的,脚后跟也夹痛了。而萨沙早已挤到深处,没了人影。她站在门口,进不得退不得,上车下车的人都推她,还埋怨她。等到了徐家汇,下了车来,她已头发蓬乱,纽扣挤掉了一颗,鞋也踩黑了。她眼泪在眼眶里打转,嘴唇颤抖着。萨沙最后一个从车上下来,问她怎么了,她咬咬牙,把眼泪咽回肚里,说没怎么,就跟了萨沙往前走。无论他走多么快,都抢先一步,那姿态是说:看你还能怎样!萨沙原是要继续捣蛋,这时也不得不老实了。两人终于走到医院,挂了红十字招牌的大门赫赫然在了眼前。萨沙带了她七拐八绕地走，去找他认识的医生。那医生是在住院部的，刚查完病房，坐在办公室休息。萨沙先进去与他说了一会儿，然后招手让王琦瑶进去。王琦瑶一看，那医生竟是个男的，先就窘红了脸。医生问了几个问题，就让她去小便然后检查。她出了办公室去找厕所，找了几圈没找到，又不敢问，做贼似的。后来总算找到了，厕所里又有工务员在清扫。等人扫完，她走进去，关上门，一股来苏水的气味刺鼻而来，不由得一阵搅胃。她对着马桶呕吐起来，吐的全是酸水，刚擦过的马桶又叫她弄脏了。她又急又怕，眼泪就流了出来。这一流泪却引动了满腹的委屈，她几乎要号啕起来，用手绢堵着嘴，哽咽得弯下腰来，只得伏在厕所的后窗台上。后窗外是一片连绵起伏的屋顶，有谁家在瓦上铺了席子晒米。太阳照着屋顶，也照着生了虫的米粒。有鸽群飞起，盘旋在天空，一亮一亮的，令人眼花。王琦瑶止了抽噎，眼泪还在静静地流。鸽群在屋顶上打着转，忽高忽低，忽远忽近。屋顶像海洋，它们像是海鸟。王琦瑶直起腰，用手帕擦干眼泪，走出厕所，径直下了楼去。

直到下午两点，萨沙才回到王琦瑶处，见她正给人打针，还有一个等着的。桌上点了酒精灯，蓝火苗舔着针盒。床上的被褥全揭下来，堆在窗台上晒太阳。地板是新拖过的，家具也擦过了。王琦瑶换了身衣服，蓝底白点的罩衣，头发也重新梳过，整齐地梳向脑后，用橡皮筋扎住，就像换了个人似的。她见萨沙进来，便问他有没有吃过饭，要不要喝水。因有外人在，萨沙也不便发作，只得等着，却不知道王琦瑶究竟是要做什么。那打针的一走，他就跳了起来，脸上却带了笑的，问她是不是不喜欢那医生，只见了一面就跑了，连招呼都没打。王琦瑶说她去了厕所再找不到那间办公室，所以才走的。萨沙就说都怪他不好，说应当陪在她身边，给她做向导。王琦瑶则说是怪她太笨，总是不认路。萨沙说不认路倒不要紧，只怕要认错人。王琦瑶便不说了，只笑笑。停了一会儿，又问萨沙要不要吃饭，萨沙一扭身说不吃，脖子上的蓝筋鼓出来，一缕一缕的。他这样子使王琦瑶又一次想到，他还是个孩子，她想她和康明逊要比他年长四五岁，却在欺他。她走过去，站在萨沙身后，伸手抚摸他的头发，又看他鸟羽似的发丝，很轻柔地摩挲着她的掌心。两人都不说话，停了一会儿，萨沙脸不看她地问道：你到底要我怎么办？这话里是有着钻心的委屈，还有些哀告的意思。王琦瑶想她再委屈，其实也没萨沙委屈。可她是没办法，而萨沙却有办法。她的手停在萨沙的头发里，奇怪这头发的颜色是从哪里来。她说：萨沙，你知道有一句俗话叫作"一日夫妻百日恩"吗？萨沙不响。她又说：萨沙你难道不愿意帮帮我？萨沙没说话，站起来走出房间，将房门轻轻带上，下楼了。

萨沙的心真的疼痛了，他不知是发生了什么，事情竟是这么一团糟。切莫以为萨沙这种混血儿没有心肝，他们的心也是知冷知暖知好歹的。他知道王琦瑶欺他，心里有恨，又有可怜。他有气没地方出，心里憋得难受。他在马路上走着，没有地方去，街上的人都比他快乐，不像他。眼前老有着王琦瑶的面影，浮肿的，有孕斑，还有泪痕。萨沙知道这泪痕里全是算计他的坏主意，却还是可怜她。他眼里含了一包泪，压抑得要命。后来他走累了，肚子咕咕叫着，又饥又渴的。他买了一块蛋糕一瓶汽水，因汽水要退瓶，便只能站在柜台前吃。一边吃一边听有人叫他"外国人"，心里就有些莫名的得意，稍微高兴了一点。他喝完汽水退还了瓶，决定到他的苏联女友处去。他乘了几站电车，听着电车铃响，心情明快了许多。天气格外的好，四点钟了，阳光还很热烈。他走进女友住的大楼，正是打蜡的日子，楼里充斥了蜡的气味。女友的公寓里刚打完蜡，家具都推在墙边，椅子翻在桌上，地板光可鉴人。女友见萨沙来，高兴得一下子将他抱起，一直抱到房间的中央才放下，然后退后几步，说要好好看看萨沙。萨沙站在一大片光亮的地板上，人显得格外小，有点像玩偶。女友让他站着别动，自己则围着他跳起舞，哼着她们国家的歌曲。萨沙被她转得有些头晕，还有些不耐烦，就笑着叫她停下，自己走到沙发上去躺下，忽觉着身心疲惫，眼都睁不开了。他闭着眼睛，感觉到有阳光照在脸上，也是有些疲累的暖意。还感觉到她的摸索的手指，他顾不上回应她，转瞬间沉入了睡乡。等他醒来，房间里已黑了，走廊里亮着灯，厨房里传来红菜汤的洋葱味，油腻腻的香。女友和她丈夫在说话，声音压得很轻，怕吵了他。房间里的家具都复了原位，地板发着暗光。萨沙鼻子一酸，大颗的泪珠从眼角流了下来。

第二天，萨沙到王琦瑶处去，两人都平静了下来。萨沙说，他可以再找一个女医生。王琦瑶说男医生就男医生吧，到了这个地步，还管医生是男是女吗？两人就都笑了，还有些辛酸。再约定好日子，又一次去那医院。这一回去是叫了三轮车，萨沙坐一辆，王琦瑶坐一辆。还是那位医生，不过是在门诊部里了。他好像已经忘了王琦瑶，将先前的问题再问一遍，就让她去小便。王琦瑶出了门诊室，见萨沙跟在身后，便笑着说：你真怕我不认路啊！萨沙也笑了，却并不回门诊室，而是站在门口等。门前来往的都是女人，怀孕或不怀孕的。大约是因王琦瑶的关系，他觉着这一个个的女人，都有着没奈何的难处，又是百般地不能说，不由得心情忧郁。过了一会儿，王琦瑶回来了，自己进了门诊室，一会儿又出来，说是去化验间，再让他等着。王琦瑶匆匆消失在走廊尽头，已是决心接受一切的样子。事情很顺利地进行，手术的日子也最后定下了。走出医院，天已正午，王琦瑶提议在外面吃午饭，萨沙也同意，两人对徐家汇这地方都不熟，漫无目标地走了一阵，看见了徐家汇天主教堂的尖顶矗立在蓝天之下，心里便有一阵肃穆。再走了一阵，终于看见一个饭店，推门进去了。

一坐下，萨沙就说由他请客。王琦瑶说怎么是他请呢？当然是她请了。萨沙看她一眼，问为什么是她请，明明他请才对。王琦瑶暗暗一惊，差点儿露出破绽，是有些大意了。就不再与他争，心想萨沙也不定拿得出钱，等会儿再说吧。两人点了菜，说了会儿闲话，萨沙忽然冒出一句：做这种手术痛不痛？王琦瑶怔了怔，说她也并不知道，想来总不会比生孩子难。萨沙就又问：那么比拔牙齿呢？王琦瑶笑了，说怎么好比呢？她体会到萨沙的担忧，心中有几分感动，也有几分感激，却不好流露，只得嘲笑着：这又不是一颗牙齿。这时，菜来了，两人就开始吃饭。萨沙说：我吃来吃去，觉着最好吃的还是王琦瑶烧的菜。王琦瑶笑他嘴甜，萨沙却很正经，说他绝不是恭维，王琦瑶的菜好吃，绝不是因了珍奇异味，而是因了它的家常，它是那种居家过日子的菜，每日三餐，怎样循环往复都吃不厌的。王琦瑶就说：谁家的菜不是居家过日子的菜，还能是打家劫舍的菜？萨沙道：王琦瑶，你这“打家劫舍”几个字说得太对了，说出来怕你不相信，像我这样的人，从来就是过着打家劫舍似的生活。王琦瑶说：我当然不相信。萨沙不理她，兀自说下去：我是个没有家的人，你看我从早到晚地奔来忙去，有几百个要去的地方似的，其实就是因为没有家，我总是心不定，哪里都坐不长，坐在哪里都是火燎屁股，一会儿就站起要走的。王琦瑶说：不是有奶奶的家吗？萨沙有些凄凉地摇了一下头，没回答。王琦瑶心里同情，却没法安慰，两人沉默了一时。吃完饭，要结账了，王琦瑶做出理所当然的样子，掏出钱来，不料萨沙勃然大怒，说王琦瑶你这不是小看我吗？萨沙虽然不发财，可也不至于请女人的钱都没有。王琦瑶窘得脸都红了，嗫嚅了半天才说出一句：这本是我的事情。这话说得相当危险，眼睛里全是认账的表情。萨沙按住她拿钱的手，脸上忽有种温柔，他轻声说：这是男人的事情。王琦瑶没再与他争。等叫来招待付了钱，两人出了酒楼，一路没说话，都在往肚里吞着眼泪。

临到手术这天，忽又有事。萨沙的姨母从苏联来访问，要他去北京见面。萨沙说等他回来再去手术，反正没几天的。王琦瑶却说不要紧，他尽管去，她自己到医院好了，又不是什么开膛破腹的大手术，就好比是拔一颗牙齿，她开了句玩笑。萨沙不依，无论她怎么说行也是不行。后来王琦瑶骗他，说让她母亲陪她去。他虽是不信王琦瑶会让母亲陪去，可见她执意要去，也只有装作相信了。走之前，他硬是给王琦瑶十块钱，让她买营养品。王琦瑶先是收下，然后悄悄塞进他口袋二十元。听他下了楼梯，脚步声在后门口响起，又渐渐远去。有一阵子发呆，坐在那里，什么也不想。暮色漫进窗户，像烟一般罩住了王琦瑶。

这一个夜晚非常安静，好像又回到以前，没有萨沙，没有康明逊，也没有严师母的时候。她又听见平安里的细碎的声响：松动地板上的走路声，房门的关闭声，大人教训孩子的呵斥声，甚至谁家水开了，那潽出来的"噗"一声。她还看见对面人家晒台上栽在盆里的夹竹桃，披着清冷的月光，旁边是一盆泥栽的葱，也是披月光的，好像能看见栽它的手，小心翼翼的样子。水落管子的动静却气势磅礴，轰然而下，砰然落地，要为平安里说话似的，是屈服里的不屈。平安里的天空虽然狭窄曲折，也是高远的，阴霾消散的时候，就将平安里的房屋衬出一幅剪纸。那星和月有些被遮挡，可也不要紧，那光是挡不住的，那温凉冷暖也挡不住。这就好了，四季总是照常，生计也是照常。王琦瑶打开一包桂圆，剥着壳。没有人来打针，是个无病无灾的晚上。摇铃的老头来了，喊着"火烛小心"在狭弄里穿行，是叫人好自为之的声音，含着过来人的经验。剥好的桂圆蓄起了一碗，壳也有一堆，窗帘上的大花朵虽然褪了色，却还是清晰可见的。老鼠开始行动了，窸窸窣窣地响，还有蟑螂也开始爬行，背着人的眼睛。它们是静夜的主人，和人交接班的。许多小虫都在动作，麻雀正朝着这边飞行。

第二天是个阴雨的天气，潮湿而温暖。王琦瑶打了一把伞出门，锁门时，她看了一眼房间，心想能回得来吃午饭吗？然后就下了楼，雨是淅淅沥沥的，在阴沟里激起一点涟漪。她在弄口叫了部三轮车，车篷上虽然垂了油布帘，车垫还是湿漉漉的，这才觉出了凉意。有很细小的雨从帘外打进来，溅在她的脸上。她从帘缝里看见梧桐树的枯枝，从灰蒙蒙的天空划过，她想起了康明逊，她肚里这孩子的爸爸。她这时想到肚里的麻烦还是一个孩子，但这孩子马上就要没有了。王琦瑶背上出了一层冷汗，心也跳得快起来。她忽然之间有些糊涂，想这孩子为什么就要没了？她的脸完全被雨水溅湿了，雨点打在车篷上，噼噼啪啪地响，耳朵都给震聋似的。王琦瑶想，她其实什么都没有。连这个小孩子也要没有了，真正是一场空呢！有眼泪流了下来，她自己并不觉得，只觉得前所未有的紧张，膝盖都颤抖了，有一件大事将在须臾之间决定下来。她眼里盯着油布帘上的一个小洞，将破未破的，还网着丝线，透进了光。她想这破洞是什么意思呢？她又看见了灰白的天空，从车篷与布帘的连接处，那么苍茫的一条。她想起她三十岁的年龄，想她三十年来一无所有，后三十年能有什么指望呢？她这颗心算是灰到底了，灰到底倒仿佛看见了一点亮处。车停了，靠在医院大门旁的马路边。王琦瑶看见进出的人群，忽有一股如临深渊的心情。她坐在车帘后头，打着寒战，手心里全是汗。雨下得紧了，行人都打着伞。那车夫揭起了车帘，奇怪地看她一眼，这一个无声的催促是逼她做决定的。她头脑里昏昏然的，车夫的脸在很远的地方看她，淌着雨水和汗水，她听见自己的声音在说：忘了件东西，拉我回去。帘子垂下了，三轮车掉了个头，再向前驶去，是背风的方向，不再有雨水溅她的脸。她神志清明起来，在心里说，萨沙你说得对，一个人来是无论如何不行的。

她回到家，推开房门，房间里一切如故，时间只有上午九点。她在桌边坐下，划一根火柴，点起了酒精灯，放上针盒，不一时就听见水沸的声音。她又看钟，是九点十分，倘若这时去医院，也来得及。她忙了那许多日子，不就为了这一次吗？如不是她任性这时候怕已经完事大吉，正坐在回家的车中。她听着钟走的嘀嗒，想再晚就真来不及了。她将酒精灯吹灭，酒精气味顿时弥漫开来，正在这时，却有人敲门，来推静脉针的。她只得打开针盒,替他注射,却心急火燎的,恨不能立刻完事好去医院。越是急越找不着静脉,那人白挨了几下,连连地叫痛。她按下性子,终于找着了静脉,一针见血的刹那间,她的心定了一定,药水一点一点进入静脉,她的情绪也和缓下来。最后那人按着手臂上的棉球走了,她收拾着用脏的药棉和针头,那一阵急躁过去了,剩下的是说不出的疲惫和懒惰。她听天由命,抱着凡事无所谓的态度,她反正是没办法,就没办法到底也罢了。已是烧午饭的时间,她走进厨房,看见昨晚上就炖好的鸡汤,冷了,积起油膜。她捅开炉子,放上砂锅,然后就去淘米,一边看着玻璃窗上的雨,她想她总算赖住萨沙了,不生是他的,生也是他的,萨沙要帮忙就帮到底吧!她嗅到了鸡汤的滋补的香气,这香气给了她些抓挠着的希冀。这希冀是将眼下度过再说,船到桥头自会直的,是退到底,又是豁出去的。

萨沙此时正坐在北上的火车里,一支接一支地吸烟。这姨母是他从未见过的,甚至只在几天前刚听说。连母亲都是个陌生人,更何况是姨母。他所以去见姨母,是为了同她商量去苏联的事情。他决定去苏联是因为对眼下生活的厌倦,希望有个新开头。他想混血儿有这点好,就是有逃脱的去处。这逃脱你要说是放逐也可以,总之是不想见就不见,想走就走。

13. 还有一个程先生

与程先生故人重见,是在淮海中路的旧货行。这一年副食品供应逐渐紧张起来,每月的定粮虽是不减,却显得不够。政府增发了许多票证,什么东西都有了限量的。黑市悄然而起,价格是翻几倍的。市面上的空气很恐慌，有点朝不保夕的样子。王琦瑶怀着身孕，喂一张嘴，养两个人，不得不光顾黑市。靠给人打针的收入只够维持正常开销，黑市里的两只鸡都买不来的。当时李主任离开之际，留给她的那盒子里，是有一些金条，这些年都锁得好好的，一点没动过，作不备之需。如今似乎到了动它们的时候，夜深人静，王琦瑶从五斗橱的抽屉里取出它来，放在桌上。电灯照着它，桃花心木上的西班牙风的图案流露出追忆繁华的表情，摸上去，是温凉漠然的触觉，隔了有十万八千年的岁月似的。王琦瑶对了它静静地坐了会儿，还是一动没动地放回了原处。她觉着依然没到动它的时候，她实在说不准有多少过不去的时刻在前面等着呢！她不如找几件穿不着的衣服送去旧货行卖了，放着也是喂蟑螂。于是就去搬衣箱，打开箱盖，满箱的衣服便在了眼前，一时竟有些目眩。她定了定神，首先看见的是那一件粉红缎的旗袍。她拿在手里，绸缎如水似的滑爽，一松手便流走了，积了一堆。王琦瑶不敢多看，她眼睛里的衣服不是衣服，而是时间的蝉蜕，一层又一层。她胡乱拿了几件皮毛衣服，就合上了箱盖。后来，翻箱底就有些例行公事的意思，常开常关的，进出旧货行，也是例行公事，熟门熟路起来。这一日，她接到东西售出的通知，就到旧货行去领钱，正往外走，却听有人叫她，回头一看，竟是程先生。

王琦瑶有一时的恍惚，觉着岁月倒流，是程先生鬓上的白发唤醒了她。她说：程先生，怎么会是你？程先生也说：王琦瑶，我以为是在做梦呢！两人眼睛里都有些泪光，许多事情涌上心头，且来不及整理，乱麻似的一团。王琦瑶见他们正是站在照相器材的柜台边，不由笑了，说：程先生还照相吗？程先生也笑了。

想到照相,那乱麻一团的往昔,就好像抽出了一个头似的。王琦瑶又问那照相间是否依然如故。程先生说:原来你还记得。这时他看见了王琦瑶怀着身孕,脸是有些浮肿,那旧日的身影就好像隔了一层膜。他想刚才喊她的时候,觉着她一丝未变,宛如旧景重现,如今面对面的,却仿佛依稀了。时间这东西啊,真是不能定睛看的。他不由问王琦瑶:有多少年没见面了?掐指一算,竟有十二年了。再想到那分手的源头,都有些缄默。时近中午,旧货行拥挤起来,推来搡去的,站也站不稳,王琦瑶就说出去说话吧。两人出了旧货行,站在马路上,人群更是熙攘,他们一直让到一根电线杆子底下,才算站定,却不知该说什么,一起昂头看电线杆子上张贴的各种启事。太阳已是春天的气息,他俩都还穿着棉袄,背上像顶着盆火似的。站了一时,程先生就提出送王琦瑶回家,说她先生要等她吃饭。王琦瑶说,她才没人等呢!回去倒是该回去了,程太太一定要等急的。程先生脸红了,说程太太纯属子虚乌有,他孑然一身,这辈子大约不会有程太太了。王琦瑶便说:那就可惜了,女人犯了什么错,何至于没福分到这一步?两人都有些活跃,你一言我一语的,眼看着太阳就到了头顶,彼此都听见饥肠辘辘的。程先生说去吃饭,两人走了几个饭馆,都是客满,第二轮的客人都等齐了,肚子倒更觉着饿,刻不容缓的样子。最后,王琦瑶说还是到她那里下面吃罢了,程先生却说那就不如去他那里,昨天杭州有人来,带给他腊肉和鸡蛋。于是就去乘电车。中午时分,电车很空,两人并排坐着,看那街景从窗前拉洋片似的拉过,阳光一闪一闪,心里没什么牵挂的,由那电车开到哪是哪。

程先生住的大楼果然如故,只是旧了些,外墙上的水迹加深了颜色,楼里似也暗了。玻璃窗好像蒙了十二年的灰没擦,透进的光都是蒙灰的。电梯也是旧了,铁栅栏生锈的,上下哐啷作响,激起回声。王琦瑶随了程先生走出电梯,等他摸钥匙开门,看见了穹顶上的蜘蛛网,悬着巨大的半张,想这也是十二年里织成的。程先生开了门,她走进去,先是眼睛一暗,然后便看见了那个布幔围起的小世界。这世界就好像藏在时间的芯子里似的,竟一点没有变化。地板反射着棕色的蜡光,灯架伫立,照相机也伫立,木板台阶上铺着地毯,后面有纸板做的门窗,又古老又稚气的样子。程先生一头扎进厨房忙碌起来,传出了刀砧的声音。不一会儿,饭香也传出了,夹着腊肉的香气。王琦瑶也不去帮他,一个人在照相间走来走去。她慢慢走到后面,化妆间依然在,镜子却模糊了,映出的人有些绰约,看不清年纪的。她去推梳妆桌旁的窗子,风将她的头发吹乱了。太阳已经偏午,夹弄里的暗有些过来,她看见底下的行人,如蚁的大小和忙碌。她走出化妆间,又去推暗房的门,手摸着开关,一开,红灯亮了,聚着一点,其余都是黑,含着个心事般的,又还是万变不离其宗的那个"宗"字。王琦瑶不知道,那大世界如许多的惊变,都是被这小世界的不变衬托起的。她立了一会儿,关上灯掩了门再往里走,这一间却是厨房了,煤气灶边有张小圆桌,桌上已放好两副碗筷。饭还焖在火上,另一个火上炖着蛋羹。

程先生烧的是腊肉菜饭,再有一大碗蛋羹。两人面对面坐着,端着菜饭碗,却有点饿过头了,胃里满满的。一碗饭下去,才觉出了空,就一碗接一碗地吃下去,没底似的,不知不觉竟将一只中号钢精锅的饭都吃完,蛋羹也见了底,不由都笑了。想十二年才见一面,没说多少话,却是闷头吃饭。又想过去曾在一起吃过许多次饭，加起来大约也没这一顿吃得多。两人笑过之后又有些不好意思，王琦瑶见程先生看她，便说：你别看我，你是一个人，我是两个人，也不过同你吃的一样。说到这话，两人都一怔，不知该怎么接下去。停了一会儿，王琦瑶勉强一笑，说：我知道你早就想问我，可是你问我我也不知道如何告诉你，反正，我现在怎样是全部在你眼前，也就没什么可问的了。程先生听她这话说得泼辣世故，却又隐着无奈和辛酸，便有沧海桑田的心情。但既是把话说开，两人倒都坦然了。他们撇开过去不提，说些眼下的状况。程先生说他在一个公司机关做财务的工作，薪水供他一个人吃喝用度，可说绰绰有余，只是近些日子觉出了紧，但比起那些有家口的同事，就算是好上加好的了。王琦瑶告诉他，打针的收入本就勉强，如今就难免要时常光顾旧货行了。程先生不禁为她发愁，说卖旧衣服总不是个长久之计，卖完的那一天怎么办？王琦瑶笑了，反问他，什么是长久之计？什么又是个长久？看程先生回答不上来，又和缓口气说：只要把眼前过去，就是个长久之计。程先生便问眼前的日子如何。王琦瑶细细告诉他一日三餐怎么安排，一盐一酱都不遗漏的。程先生也告诉王琦瑶他的勤俭之道，一根火柴也发出三分光的。两人说着说着，又说回到吃的上面，是有千言万语要说的题目，说到兴趣，便互定了时间请客，好像下了战书似的，都是跃跃然的。然后，王琦瑶就说要走，约好人下午来打针，还有一个须上门去的。程先生送她出门，看着她进了电梯才回去。

一九六〇年的春天是个人人谈吃的春天。夹竹桃的气味，都是绞人饥肠。地板下的鼠类，在夜间繁忙地迁徙，麻雀则像候鸟似的南北大飞行，为了找一口吃食。在这城市里，要说“饥馑”二字是谈不上的，而是食欲旺盛。许多体面人物在西餐馆排着队，一轮接一轮地等待上座。不知有多少牛菲利、洋葱猪排和匿塌鱼倒进了饕餮之口，奶油蛋糕的香味几乎能杀人，至少是叫人丧失道德。抢劫的事件接连发生，事件也不是大事件，抢的都是孩子手中的点心。糕饼店是人们垂涎的地方，一人买，众人看。偷窃的事件也常有发生。夜里，人们不是被心事闹醒，而是被辘辘饥肠闹醒。什么样的感时伤怀都退居其次，继而无影无踪。人心都是实打实的，没什么虚情假意。人心也是质朴的，洗尽了铅华。在这城市明丽的灯光之下，人们脸上的表情都是归真还原的，黄是黄了，瘦是瘦了，礼貌也不太讲了，却是赤子之心。虽然还不是“饥馑”那样见真谛的，是比“饥馑”要表一层，略有些奢侈，却也相当纯粹，相当接近水落石出了。虽然也不如“饥馑”来得严肃，终有些滑稽的色彩，可嘲讽的力量也是极大的。不是说，喜剧是将无价值的撕碎给人看吗？这城市里如今撕碎的就正是这些东西。要说价值没什么，却是有些连皮带肉的，不是大创，只是小伤。

程先生与王琦瑶的再度相遇，是以吃为主。这吃不是那吃，这吃是饱腹的，不像以往同严师母几个的下午茶和夜宵，全是消磨时光。他们很快发现，两个合起来吃比分开单个吃更有效果，还有着一股同心协力的精神作用，于是他们每天至少有一顿是在一起吃了。程先生把他工资的大半交给王琦瑶作膳食费，自己只留下理发钱和在公司吃午饭的饭菜票钱。他每天下了班就往王琦瑶这里来，两人一起动手切菜淘米烧晚饭。星期天的时候，程先生午饭前就来，拿了王琦瑶的购粮卡，到米店排队，把配给的东西买来，有时是几十斤山芋，有时是几斤米粉。他勤勤恳恳地扛回来,一路上就在想如何消受这些别致的口粮。程先生的西装旧了,里面的羽纱烊了,袖口也起了毛。他的发顶稍有些秃。眼镜还是那副金丝边的,金丝边却褪了色。虽然是旧,还有些黯淡,程先生还是修饰得很整洁,脸色也清爽,并无颓败之相,这就使他看上去更有些特别,像是从四十年代旧电影里下来的一个人物。这类人物,在一九六〇年的上海,马路上还是走着几个的。他们的身影带着些纪念的神情,最会招来孩子的目光。他不是像穿人民装的康明逊那样,旧也是旧,却是新翻旧,是变通的意思。程先生是执著的,要与旧时尚从一而终的决心。程先生拎着一铅桶山芋,走在路上。因为拎得不得法,铅桶老是碰膝盖,他不得不经常换手。换手时,便趁机喘口气,看看街景。梧桐树都长出了叶子,路上有了树阴,他心里很安宁,问自己:这一切是真的吗?

程先生出入王琦瑶处,并没给平安里增添新话题。康明逊与萨沙相继光顾她处,又相继退出;再接着,她的腹部一日一日地显山显水,都看在了平安里的眼中。平安里也是蛮开通的,而且经验丰富,它将王琦瑶归进了那类女人,好奇心便得到了解释。这类女人,大约每一条平安里平均都有一个,她们本应当集中在"爱丽丝"的公寓里,因时代变迁,才成了散兵游勇。有时,平安里的柴米夫妻为些日常小事吵起来,那女的会说:我不如去做三十九号里的王琦瑶呢!男的就嘲笑道:你去做呀,你有那本事吗?女的便哑然。也有时是反过来,那男的先说:你看你,你再看三十九号里的王琦瑶!那女的则说:你养得起吗?你养得起我就做得起!男的也哑然。以此可见,平安里的内心其实并不轻视王琦瑶的,甚至还藏有几分艳羡。自从程先生上了门,王琦瑶的厨房里飘出的饭菜香气总是最诱人的。人们吸着鼻子说:王琦瑶家又吃肉了。

晚上,王琦瑶早早进了被窝,程先生坐在桌前,记着流水账,再商量第二天的菜肴。他们虽是吃过了晚饭,却已开始向往第二天的早餐了,说起来津津乐道的,在细节上做着反复。说着话,天就晚了。猫在后弄里叫着春,王琦瑶昏昏欲睡。程先生站起身,检查一下窗户的插销,拉好窗帘,将放乱的东西归归好,然后关上灯,走出房间,放下司伯灵锁,轻轻碰上了门。

程先生从不在王琦瑶处过夜。王琦瑶曾起过留他的念头,却没有开口,因是自己怀着人家的孩子,生怕程先生嫌弃。心里是想,只要程先生开口,自己决不会拒绝的。倒不是对程先生有什么欲望和爱,而是为了报恩。十二年前,程先生是王琦瑶的万事之底,是作退一步想的这个"想"。那时她并不知道这个"底"的宝贵和难得,是因为她尽是向前看的境遇,离向后退还早着呢!如今,她虽不是退,却也不敢说进的话了,那个"底"和自己是近了许多的。这些日子,她与程先生也算得上朝夕相处,她发现程先生没变,可她却是变了的,今天的她不再是昨天的她。倘是程先生也变了些,还好说。唯其因为程先生的不失毫厘,反使她生有愧疚的心情,觉得对不起程先生的等待。程先生守身如玉这多年,等来的是千疮百孔的一份生计,自己都为他抱屈。所以,当她接近这个"底"的时候,却又不敢认它作"底"了,自己已是失去资格,只剩有一颗知恩图报的心。但程先生就是不开口,坐得再晚也是一个回家。有几回,王琦瑶朦胧中觉着他是立在自己的床边,心里忐忑着,想他会不走,可他立了一会儿,还是走了。听见他碰上门的那"咔哒"一声,王琦瑶既是安慰又是惆怅。

他们有时候也会谈到一些故人,比如蒋丽莉。这些年里,程先生倒还有蒋丽莉一些稀疏的音信,是从那位导演朋友处得来的。提起导演,王琦瑶恍若隔世,有一些场景从混沌的往事中浮现起来,她说导演怎么会认识蒋丽莉的呢?程先生就告诉她,蒋丽莉曾为了找他,从吴佩珍那里找到导演,再从导演那里找到他的。吴佩珍是又一个故人,又有一些旧景接踵而来,浮在眼前。程先生说,导演如今是在电影部门任一个副职,当时他们都不知道,导演其实是共产党员。后来,蒋丽莉也在他的影响下参加了革命,上海解放的时候,他亲眼看见蒋丽莉挥着大镲,指挥女学生的腰鼓队游行。她还是戴眼镜,却穿一身旧军装,袖子卷在胳膊肘,腰里系一根皮带,他差点儿没认出她来。她本来还有两年就可以拿到毕业文凭,却退学去做了一名纱厂工人,因为有文化又要求进步,就提到工会做了干部。再后来,就和纱厂的军代表结婚了。军代表是山东人,随军南下到上海的。如今,已有了三个孩子,住在大杨浦的新村里。听完程先生的话,王琦瑶说:想不到蒋丽莉做干部了,真不错!程先生也说不错。但两人心里却都不相信自己的话。蒋丽莉的经历听起来像传奇,里面总有些不对头的地方。停了一会儿,王琦瑶说,原来导演是个共产党,那年竞选上海小姐,还特地请她吃饭,劝她退出,说不定是上级指派他做的呢。倘若那一回听了导演的话,就不是蒋丽莉革命,而是她王琦瑶革命了。说罢,两人都笑了。

王琦瑶和程先生商量要去看望蒋丽莉一回,却犹豫不定。他们不晓得如他们这样的身份,是否还能与蒋丽莉做朋友了。和所有的上海市民一样,共产党在他们眼中,是有着高不可攀的印象。像他们这样亲受历史转变的人,不免会有前朝遗民的心情,自认是落后时代的人。他们又都是生活在社会的芯子里的人,埋头于各自的柴米生计,对自己都谈不上什么看法,何况是对国家,对政权。也难怪他们眼界小,这城市像一架大机器,按机械的原理结构运转,只在它的细部,是有血有肉的质地,抓住它们人才有依傍,不致陷入抽象的虚空。所以,上海的市民,都是把人生往小处做的。对于政治,都是边缘人。你再对他们说,共产党是人民的政府,他们也还是敬而远之,是自卑自谦,也是有些妄自尊大,觉得他们才是城市的真正主人。王琦瑶和程先生自觉着从此与蒋丽莉不是一个阶层的人了,照说没有聚首的道理,只因为往事的纠缠,才生出这非分之想。

王琦瑶和程先生的重逢,就好像和往事重逢,她温习着旧时光,将那历经过的生平再读一遍,会有身临其境、恍若梦中的感觉。她想,谁知道哪个是过去,哪个才是现在呢?她身子越来越重,脚浮肿着,越发不想动,成天坐着,心里恍恍惚惚,手里织一件婴儿的毛衣裤。毛线是用她旧毛衣拆下的,有点断头,一边接一边织,进度很慢的。程先生忙里忙外,直到晚饭后,将近八点才算忙完坐下,王琦瑶的眼睛却已经半张半合,说话也是东半句,西半句。程先生不由也困乏起来。两人在一张沙发上,一人一头坐着,打着瞌睡,直到觉出了身上的寒。程先生打一个寒噤惊醒,王琦瑶还是不动,待程先生为她铺好床,扶她上去,才自己半脱了衣服钻进被窝。程先生照例检查一遍门窗,然后拉了灯走出去,轻轻碰上房门。

正当他们拿不定主意,要不要去看蒋丽莉的时候,万万想不到的,蒋丽莉竟然自己找上了程先生的门。这段日子,程先生除了睡觉,几乎不在自己家里待,也不知她究竟去了多少回,最后才把程先生在电梯里捉住的。她先是上楼,扑了一个空,只得下楼,等电梯上来,不想电梯里正走出了程先生。两人迎面看见,又认识又不认识,说是都变了,可又好像都没变,总是理所当然的样子。蒋丽莉穿着列宁装,一条咔叽裤,膝盖处鼓着包,裤腿又短了。脚上倒是皮鞋,却蒙了一层灰,眼镜上也蒙灰似的,好像又加深了近视,一层一层旋进去,最深处才是两只小眼,眼里的光,也是旋进深处的两小丛。程先生说:真是太巧了。蒋丽莉说:巧什么巧,你巧也不是我巧。程先生被她这么一堵,不知说什么才好。蒋丽莉又说:早来你不在,晚来你不在,中午来你也不在!程先生嘴里说对不起,心里却辩解:这不是在了吗?一边开门让她进房间。是星期日的中午,他把王琦瑶安顿睡了午觉,临时想要洗澡,就回来拿换洗衣服,不料碰上了蒋丽莉。蒋丽莉走进房间,站在翻卷着灰尘的阳光里,脸上没有一丝笑容,眼睛里那两丛光分明是怨气。程先生有些忐忑,心跳着,还有些窘,想找些闲话说,可出口的却是:你找我有事吗?蒋丽莉又火了,说:没事就不能来吗?程先生脸红了,赔着笑,说去给她泡茶,可热水瓶是空的,玻璃杯蒙了垢,茶叶听则生了锈,打不开。蒋丽莉跟他到厨房,看他忙着烧水洗杯子,说:简直像个鸡窝。转身走了回去。程先生忙完了,走出去,见她一个人站着出神。照相间的布幔都已拉起,灯推在角落,台阶什么的布景推在角落,越加显得空荡荡。程先生看着蒋丽莉的背影,不敢惊动她,又轻轻退到厨房去,守着那壶烧着的水。时间好像停住了,只有那壶水一点一点响了起来,最后顶起了壶盖。

程先生泡好茶走出去,见蒋丽莉正在房间里来回踱步,双手背在身后,步子有些像男人似的。程先生将茶放在作布景用的那张摇摇晃晃的圆桌上,两人一边坐一个。程先生说:你先生好吗?蒋丽莉皱皱眉头说:你是在说谁?是说老张吗?程先生就知道她男人是姓张,却不敢再问,转而问她的孩子。她也是皱眉,说孩子除了吵还是吵,有什么好不好?程先生要想问她的工作,又觉着那是自己不配问的,把话咽下,就再找不出什么话了。可他不说话,蒋丽莉也不愿意,说这么多年不见面,就没什么要问的吗?程先生听她这么说,知道没道理可讲,反倒豁出去了,笑着说:我看还是你问我答吧,反正我问什么都不对。蒋丽莉凶声说:谁说你不对了?脸色却和缓了一些,那凶也是有几分做作的。程先生更抱定主意不问只答,蒋丽莉也没了办法,不再逼他,低下头喝茶。窗外传来轮船的汽笛声,很是悠扬。房间里静默着,却有一股温煦滋生出来。他们都在想过去的时光,虽是不无尴尬的人与事,想起来也是温暖的。这人生说起来是向前走,却又好像是朝后退的,人越来越好商量,不计较。蒋丽莉对程先生说:你倒是一切如旧,住的都是老地方。程先生有些惭愧地低下头说:我是没什么追求的。蒋丽莉冷笑一声道:你怎么没追求?你很有追求。程先生就不敢出声。停了一会儿,蒋丽莉问道:王琦瑶住在什么地方?程先生惊异地说:你找她?蒋丽莉不耐烦地说:你知不知道?不知道就算了。程先生赶紧说知道。蒋丽莉就站起来问:在哪里?马上就要去找似的。程先生也站起来说:我正要去她那里,一起去吧,我们这几天还说到你呢!他神情跃然,也忘了回来是要拿衣服去洗澡,说着就往外走,走到门口回头一看,蒋丽莉还站在原地,看着他。即便是隔了这么一段距离,程先生还是看见了她眼睛里的幽怨。他好像觉着回到了从前,他们都还年轻的时候。两人对视了一阵,互相都明白了对方的一个矢志不忘,然后,一同走出房门。

蒋丽莉正在填写入党申请表格,个人履历里中学这一阶段,需一个证明人,她就想到了王琦瑶。王琦瑶真是久远的事情了,想起来都是怀疑,一切像是杜撰,而不是真实。这十多年来,她过的是一种截然不同的生活。她以她历来的狂热,接受这生活里不堪承受的一面。从前放纵任性的冲动,这时全用在约束检讨自己。她的积极性令她左右上下的人都感到跟不上。什么样的事情,她都要做得过头。她自知是落后反动,于是做人行事就都反着她的心愿来,越是不喜欢什么,就越是要做什么。比如和丈夫老张的婚姻,再比如杨树浦的纱厂。她变得越来越不像自己,有点像演戏,却是拿整个生活作剧情的。她的入党问题很令党的组织头疼,她固然是革命,可革命也不是这么革命法的。她几乎每半年要向组织写一份汇报,有点挖心挖肺的,用词造句也相当过火,即便是对组织,也有些肉麻了。一九六〇年,这种狂热病蔓延得很厉害,一般都有一顶小资产阶级的帽子,其实也难说是哪个阶级的,各有各的病根,是连自己都不清楚的。

从大楼里出来,蒋丽莉和程先生就去乘电车,两人一路都无话,听着电车当当地响。这好像是那千变万化中的一个不改其宗,凌驾于时空之上的声音。马路上的铁轨也是穿越时间隧道的,走过多少路了也还是不改其宗。下午三点的阳光都是似曾相识,说不出个过去、现在和将来,一万年都是如此,别说几十年的人生了。下了电车,穿过两条马路,就到了平安里。平安里的光和声是有些碎的,外面世界裁下的边角料似的,东一点西一点,合起来就有些杂乱。两人走过弄堂,也是默默无语。有一些玻璃窗在他们头顶上碰响，还有新洗的衣衫上的水珠滴在他们颈窝里。走到后门口，程先生就从口袋里摸出钥匙。蒋丽莉的眼光落在钥匙上，忽然变得锐利起来，待程先生发现，便迅速闪开。程先生稍有些窘，想开口解释什么，蒋丽莉已夺路而进，走在了前头。王琦瑶已经醒了，却还睡在被窝里养神。房间里拉着窗帘，有些暗，一时没认出蒋丽莉来，等她认出，蒋丽莉已走到她的跟前，低下头看她。两人几乎是脸对脸的，眼睛就不动了。其实只是一秒钟的时间，却有十几年的光阴从中关山飞渡，身心都是飘的，光和声则是倏忽而去。然后，王琦瑶从被窝里坐起，叫了声“蒋丽莉”。蒋丽莉的眼睛一下子落在她拱在被子下的腹部，也是锐利地一瞥。王琦瑶本能地往下缩了缩，反是画蛇添足。蒋丽莉的脸唰地红了，她退后几步，坐到沙发上，脸朝着窗外，一言不发。房间里的三个人是在尴尬中分的手，又是在尴尬中重聚，宿债未了的样子。窗帘上的光影过去了一些，窗下的嘈杂也更细碎了。蒋丽莉说要走了，那两人都不敢说留她的话，是自惭形秽，还是怕碰壁。程先生将她送到楼下，再回到房间，两人都有些回避目光，知道蒋丽莉是误会了，但这误会却有些称他们心的意思。

晚上，两人各坐方桌一边剥核桃，听隔壁无线电唱沪剧，有一句没一句的，心里很是宁静。他们其实都是已经想好的，这一生再无所求，照眼下这情景也就够了，虽不是心满意足，却是到好就收，有一点是一点。他们一个负责砸，一个负责出仁，整的留着，碎的就填进嘴了。王琦瑶破例没有早早就瞌睡，腰酸也好些了，程先生替她在椅子上垫了个枕头，问道：大约是什么时候生呢？王琦瑶掐指一算，竟就是十天之内的事了。程先生不觉有些紧张，王琦瑶倒反过来安慰他，说做什么事情都没有比生孩子自然的了，看这马路上有多少人便可明白。程先生说别的不怕，就怕要生时身边没有人，无法送去医院。王琦瑶就说，这生孩子也不是立时三刻的事情，说是要生，也须一天半天的。听她这么说，且还很沉着，程先生也定心了一些，停了停又说，不知道这孩子是男还是女。王琦瑶说，希望是个男的。程先生问为什么。王琦瑶说做女人太不由己了。两人就都沉默了。这是他们头一次提及这个未出世的孩子，这是一个禁区性质的话题，双方都小心地绕开着。如今一旦说及，就好像克服了一个障碍，有一些较深的情和义交流贯通，两人更亲近了一些。剥完核桃，已是十点，王琦瑶让程先生走，等他下了楼，听见后门响过，才检查了门窗，洗漱就寝。

第四章

14. 分　娩

这天，程先生下班后到王琦瑶处，见她脸色苍白，坐立不安，一会儿躺倒，一会儿站起，一个玻璃杯碰在地上，摔得粉碎，也顾不上去收拾。程先生赶紧去叫来一辆三轮车，扶她下楼，去了医院。到医院倒痛得好些了，程先生就出来买些吃的做晚饭。再回到医院，人已经进了产房，晚上八点便生下了，是个女孩，说是一出娘胎就满头黑发，手脚很长。程先生难免要想：她究竟像谁呢？三天之后，程先生接了王琦瑶母女出院，进弄堂时，自然招来许多眼光。程先生早一天就把王琦瑶的母亲接来，在沙发上安了一张铺，还很细心地准备了洗漱用具。王琦瑶母亲一路无言，看程先生忙着，忽然间说了一句：程先生要是孩子的爸爸就好了。程先生拿东西的手不禁抖了一下，他想说什么，喉头却哽着，待咽下了，又不知该说什么了，只得装没听见。王琦瑶到家后，她母亲已炖了鸡汤和红枣桂圆汤，什么话也没有地端给她喝，也不看那孩子一眼，就当没这个人似的。过一会儿，就有人上门探望，都是弄堂里的，平时仅是点头之交，并不往来，其时都是因好奇而来。看了婴儿，口口声声直说像王琦瑶，心里都在猜那另一半像谁。程先生到灶间拿热水瓶给客人添水,却见王琦瑶母亲一个人站在灰蒙蒙的窗前,静静地抹着眼泪。程先生向来觉得她母亲势利,过去并不把他放在眼里,他在楼下叫王琦瑶,她连门都不肯开,只让老妈子伸出头来回话。这时,他觉着她的心与他靠近了些,甚至是比王琦瑶更有了解和同情的。他站在她的身后,嗫嚅了一会儿,说道:伯母,请你放心,我会对她照顾的。说完这话,他觉着自己也要流泪,赶紧拎起热水瓶回房间去了。

过了一天,严师母来看王琦瑶了。她已经很久没有上门,早听娘姨张妈说,王琦瑶有喜了,挺着肚子在弄堂里进出,也不怕人笑话。其时,康明逊和萨沙都销声匿迹了似的,一个闭门不出,一个远走高飞,倒是半路里杀出个程先生,一日三回地来。严师母虽然不清楚究竟发生了怎样的事,但自视对王琦瑶一路的女人很了解,并不大惊小怪,倒是那个程先生给了她奇异的印象。她看出他的旧西装是好料子的,他的做派是旧时代的摩登。她猜想他是一个小开,舞场上的旧知那类人物,就从他身上派生出许多想象。她曾有几回在弄口看见他,手里捧着油炸臭豆腐什么的,急匆匆地走着,怕手里的东西凉了,那油浸透了纸袋,几乎要滴下来的样子。严师母不由受了感动,觉出些江湖不忘的味道,暗里甚至还对王琦瑶生出羡嫉。这时听说王琦瑶生了,也动了恻隐之心,感触到几分女人共同的苦衷,便决定上门看望。王琦瑶的母亲看出严师母身份不同,有一些安慰似的,脸色和悦了一些,泡来茶,一同坐下聊天。程先生上班去了,就只这老少三个女人,互诉着生产的苦情。比起来,王琦瑶多是听,少是说,因不是来路明正的生产，不敢居功似的。严师母和她母亲却是越说越热乎，虽然是多年前的事情，一点一滴都不忘怀的。她母亲说到生王琦瑶的艰辛，不觉触动心事，又红了眼圈，赶紧推说有事，避到灶间去了。留下这两人，竟一时无语。婴儿吃足了奶已睡着，蜷在蜡烛光里，也看不见个人形。王琦瑶低头剔着手指甲，忽然抬头一笑。这一笑是有些惨然的，严师母都不觉有一阵酸楚。王琦瑶说：严师母，谢谢你不嫌弃我，还来看我。严师母说：王琦瑶，你快不要说这样的话了，谁嫌弃你了？过几天我去叫康明逊也来看你。听到这个名字，王琦瑶把脸转到一边，背着严师母，停了一会儿才说：是呀，我也有好久没看见他了。严师母心里狐疑，嘴上却不好说，只闲扯着要重新聚一聚，可惜萨沙不在了，去西伯利亚吃苏联面包了，不过，补上那位新来的先生，也够一桌麻将了。说到这里，便问王琦瑶那位先生姓什么，贵庚多少，籍贯何处，在哪里高就。王琦瑶一一告诉她后，她便直截了当问道：看他对你这样忠心，两人又都不算年轻，为什么不结婚算了呢？王琦瑶听了这话又是一笑，仰起脸看了严师母说道：我这样的人，还谈什么结婚不结婚的话呢？

又过了一天，康明逊果然来了。王琦瑶虽是有准备，也是意外。两人一见面，都是怔怔的，说不出话来。她母亲是个明眼人，见这情形便走开去，关门时却重重地一摔，不甘心似的。这两人则是什么也听不见了。自从分手后，这是第一次见，中间相隔有十万八千年似的。彼此的梦里都做过无数回，那梦里的人都不大像了，还不如不梦见。其实都已经决定不去想了，也真不再想了，可人一到了面前，却发觉从没放下过的。两人怔了一时，康明逊就绕到床边要看孩子。王琦瑶不让看，康明逊问为什么,王琦瑶说,不让看就是不让看。康明逊还问为什么,王琦瑶就说因为不是他的孩子。两人又沉默了一会儿,康明逊问:不是我的是谁的?王琦瑶说:是萨沙的。说罢,两人都哭了。许多辛酸当时并不觉得,这时都涌上心头,心想,他们是怎样才熬过来的呀!康明逊连连说道:对不起,对不起。自己知道说上一万遍也是无从补过,可不说对不起又说什么呢?王琦瑶只是摇头,心里也知道不要这个对不起,就什么也没了。哭了一会儿,王琦瑶先止住了,擦干眼泪说道:确是萨沙的孩子。听她这一说,康明逊的眼泪也干了,在椅子上坐下,两人就此不再提孩子的话,也像没这个人似的。王琦瑶让他自己泡茶,问他这些日子做什么,打不打桥牌,有没有分配工作的消息。他说这几个月来好像只在做一件事,就是排队。上午九点半到中餐馆排队等吃饭,下午四点钟再到西餐社排队等吃饭,有时是排队喝咖啡,有时是排队吃咸肉菜饭。总是他一个人排着,然后家里老老少少的来到。说是闹饥荒,却好像从早到晚都在吃。王琦瑶看着他说:头上都吃出白头发来了。他就说:这怎么是吃出来的呢?分明是想一个人想出来的。王琦瑶白他一眼,说:谁同你唱"楼台会"!过去的时光似乎又回来了,只是多了床上那个小人。麻雀在窗台上啄着什么碎屑,有人拍打晒透的被子,啪啪地响。

程先生回来时,正好康明逊走,两人在楼梯上擦肩而过,互相看了一眼,也没留下什么印象。进房间才听王琦瑶说是弄堂底严师母的表弟,过去常在一起玩的。就说怎么临吃晚饭了还让人走。王琦瑶说没什么菜好留客的。王琦瑶的母亲并不说什么,脸色很不好看,但对程先生倒比往日更殷勤。程先生知道这不高兴不是对自己,却不知是对谁。吃过饭后,照例逗那婴儿玩一会儿，看王琦瑶给她喂了奶，她将小拳头塞进嘴巴，很满足地睡熟，便告辞出来。其时是八点钟左右，马路上人来车往，华灯照耀，有些流光溢彩。程先生也不去搭电车，臂上搭着秋大衣，信步走着。他在这夜晚里嗅到了他所熟悉的气息。灯光令他亲切，是驻进他身心里的那种。程先生现在的心情是闲适的，多日来的重负终于卸下，王琦瑶母女平安，他又不像担心的那样，对那婴儿生厌。程先生甚至有一种奇怪的兴奋心情，好像新生的不是那婴儿，而是他自己。电影院正将开映第四场电影，这给夜晚带来了活跃的空气。这城市还是睡得晚，精力不减当年。理发店门前的三色灯柱旋转着，也是夜景不熄的内心。老大昌的门里传出浓郁的巴西咖啡的香气，更是时光倒转。多么热闹的夜晚啊！四处是活跳跳的欲望和满足，虽说有些得过且过，却也是认真努力，不虚此生。程先生的眼睛几乎湿润了，心里有一种美妙的悸动，是他长久没体验过的。

康明逊再一次来的时候，王琦瑶的母亲没有避进厨房，她坐在沙发上看一本连环画的《红楼梦》。这两个人难免尴尬，说着些天气什么的闲话。孩子睡醒哭了，王琦瑶让康明逊将干净尿布递一块给她，不料她母亲站了起来，拿过康明逊手中的尿布，说：怎么好叫先生你做这样的事情呢。康明逊说不要紧，反正他也没事，王琦瑶也说让他拿好了。她母亲便将脸一沉，说：你懂不懂规矩，他是一位先生，怎么能碰这些屎尿的东西，人家是对你客气，把你当个人来看望你，你就以为是福气，要爬上脸去，这才是不识相呢！王琦瑶被她母亲劈头盖脸一顿说，话里且句句有所指，心里委屈，脸上又挂不住，就哭了起来。她这一哭，她母亲更火了，将手里的尿布往她脸上摔去，接着骂道：给你脸你不要脸,所以才说自作自践,这“践”都是自己“作”出来的。自己要往低处走,别人就怎么扶也扶不起了!说着,自己也流泪了。康明逊蒙了,不知是怎么会引起来这一个局面,又不好不说话,只得劝解道:伯母不要生气,王琦瑶是个老实人……她母亲一听这话倒笑了,转过脸对了他道:先生你算是明白人,知道王琦瑶老实,她确实是老实,她也只好老实,她倘若要不老实呢?又怎么样?康明逊这才听出这一句句原来都是冲着他来的,不由后退了几步,嘴里嗫嚅着。这时,孩子见久久没人管她,便大哭起来。房间里四个人有三个人在哭,真是乱得可以。康明逊忍不住说:王琦瑶还在月子里,不能伤心的。她母亲便连连冷笑道:王琦瑶原来是在坐月子,我倒不知道,她男人都没有,怎么就坐月子,你倒给我说说这个道理!话说到这样,王琦瑶的眼泪倒干了,她给孩子换好尿布,又喂给她奶吃,然后说:妈,你说我不懂规矩,可你自己不也是不懂规矩?你当了客人的面,说这些揭底的话,就好像与人家有什么干系似的,你这才是作践我呢!也是作践你自己,好歹我总是你的女儿。她这一席话把她母亲说怔了,待要开口,王琦瑶又说道:人家先生确是看得起我才来看我,我不会有非分之想,你也不要有非分之想,我这一辈子别的不敢说,但总是靠自己,这一次累你老人家侍候我坐月子,我会知恩图报的。她这话,既是说给母亲听,也是说给康明逊听,两人一时都沉默着。她母亲擦干眼泪,怆然一笑,说:看来我是多操了心,反正你也快出月子了,我在这里倒是多余了。说罢就去收拾东西要走,这两人都不敢劝她,怔怔地看她收拾好东西,再将一个红纸包放在婴儿胸前,出了门去,然后下楼,便听后门一声响,走了。再看那红纸包里,是装了二百块钱,还有一个金锁片。

程先生到来时，见王琦瑶已经起床，在厨房里烧晚饭。问她母亲上哪里去了，王琦瑶说是爹爹有些不舒服，她这里差几天就满月，劝母亲回去了。程先生又见她眼睛肿着，好像哭过的样子，无端的却不好问，只得作罢。这天晚上，兴许少了一个人的缘故，显出了沉闷。王琦瑶不太说话，问她什么也有些答非所问，程先生不免扫兴，一个人坐在一边看报纸。看了一会儿，听房间里没动静，以为王琦瑶睡着了，回过头去，却见她靠在枕上，两眼睁着，望了天花板，不知在想什么。他轻轻走过去，想问她什么，不料她却惊了一跳，回头反问程先生要什么。她的眼睛是漠然警觉的表情，使程先生觉着自己是个陌生人，就退回到沙发上，重新看报纸。忽听窗下弄堂里嘈杂声起，便推窗望去，原来是谁家在鸡窝里抓住一只黄鼠狼。那人倒提着黄鼠狼控诉它的罪孽，围了许多人看，然后，人们簇拥着他向弄口走去。程先生正要关窗，却在空气里嗅到一股桂花香，虽不浓烈，却沁人肺腑。他还注意到平安里上方的狭窄的天空，是十分彻底的深蓝。他心里有些跃然，回过头对王琦瑶说：等孩子满月，办一次满月酒吧！王琦瑶先不回答，然后笑了笑说：办什么满月酒！程先生更加积极地说：满月总是高兴吉利的事。王琦瑶反问：有什么高兴吉利？程先生被她问住了，虽然被泼了冷水，心里却只有对她的可怜。王琦瑶翻了个身，面向壁地躺着，停了一会儿，又说：也别提什么满不满月了，就烧几个菜，买一瓶酒，请严师母和她表弟吃顿便饭，他们都待我不错的，还来看我。程先生就又高兴起来，盘算着炒几个菜，烧什么汤，王琦瑶总是与他唱反调，把他的计划推翻再重来。两人你一句我一句地争执着，才有些热闹起来。

这天下午，程先生提前下班，买了菜到王琦瑶处，两人将孩子哄睡了，便一起忙了起来，一边忙一边说话。程先生见王琦瑶情绪好，自己的情绪也就好，将冷盆摆出各色花样，紫萝卜镶边的。王琦瑶说程先生不仅会照相，还会烹饪啊！程先生说：我最会的一样你却没有说。王琦瑶问：最会的是哪一样？程先生说：铁路工程。王琦瑶说：我倒忘了程先生的老本行了，弄了半天，原来都是在拿副业敷衍我们，真本事却藏着。程先生就笑，说不是藏着，而是没地方拿出来。两人正打趣，客人来了，严师母表姐弟俩一同进了门，都带着礼物。严师母是一磅开司米绒线，康明逊则是一对金元宝。王琦瑶想说金元宝的礼过重了，又恐严师母误以为嫌她的礼轻，便一并收下，日后再说。大家再看一遍孩子，称赞她大有人样，然后就围桌坐下，正好一人一面。程先生同这两位全是初次见面。严师母见过他，他却没见过严师母，和康明逊则是楼梯上交臂而过，谁也没看清谁。这时候，便由王琦瑶做了介绍，算是认识了。严师母在此之前就对程先生有好印象，便分外热情，见面就熟。程先生虽是有些招架不住，可也心领她的好意，并不见怪。相比之下，康明逊倒显得拘谨和沉默，也不大吃菜，只是喝温热的黄酒，一瓶黄酒很快喝完了，又开了一瓶。程先生说要去炒菜，站起来却有些摇晃，王琦瑶就说她去炒，按他坐下。他抬起手，在王琦瑶按他的肩的手背上抚摸了一下，王琦瑶本能地一抽手。对面的康明逊不禁看他一眼，是锐利的目光。程先生心里一动，清醒了一半。

王琦瑶炒了热菜上来，重又入座。严师母也脸热心跳地有了几分醉意。她向程先生敬一杯酒，称他是世上少有的仁义之士，又说是黄金万两容易得，知心一个也难求。话都说得有些不搭调，可也是借酒吐真言，放了平时则是难出口的。严师母自己敬了酒不算，又怂恿康明逊也向程先生敬酒。康明逊只得也举酒杯，却不晓得该说什么，看大家都等着，心里着急，说出的话更不搭调，说的是：祝程先生早结良缘。程先生照单全收，都是一个“谢”字，然后问王琦瑶有什么话说。王琦瑶看程先生的眼睛很不像过去，有些无赖似的，不知是喝了酒还是有别的原因，心里不安着，脸上便带了安抚的笑容，说：我当然是第一个要敬程先生酒的，就像方才严师母说的，“黄金万两容易得，知心一个也难求”，要说知心，这里人没一个比得上程先生对我的，程先生是我王琦瑶最难堪时的至交，王琦瑶就算是有一万个错处，程先生也是一个原谅，这恩和义是刻骨铭心，永世难报。程先生听她只说恩义，却不提一个“情”字，也知她是借了酒向他交心的意思，胸中有无穷的感慨，还是伤感，眼泪几乎都到了下眼睑，只是低头，停了一会儿，才勉强笑道：今天又不是我满月，怎么老向我敬酒，应当敬王琦瑶才对呢！于是又由严师母带头，向王琦瑶敬酒。可大约是方才的话都说多了，这时倒都不说话，只喝酒。喝着喝着，程先生与康明逊的目光又碰在一起，相互看了一眼，虽没看明白什么的，可心里却都种下了疑窦。这天的酒都喝过量了，程先生不记得是怎么送走的客人，也不记得洗没洗碗盏了，他一觉醒来，发现竟是睡在王琦瑶的沙发上，身上盖一床薄被，桌上还摆着碗碟剩菜，满屋都是黄酒酸甜的香。月光透过窗帘，正照在他的脸上，真是清凉如水。他心里很安宁，看着窗帘上的光影，什么都不去想的。

忽听有声音轻轻问道：要不要喝茶？他循声音望去，见是王琦瑶躺在房间那头的床上，也醒了。脸在阴影里，看不清楚，只见一个隐约的轮廓。程先生并不觉局促,反是一片静谧,他说:真是现世啊!王琦瑶不出声地笑了:趴在桌上就睡着了,三个人一起把你抬到了沙发。他说:喝过头了,也是高兴的缘故。静了一下,王琦瑶说:其实你是不高兴。程先生笑了一声:我怎么会不高兴?真的是高兴。两人都不说话,月光又移近了一些。程先生觉着自己像躺在水里似的。过了很久,程先生以为王琦瑶睡着了,不料却听她叫了声程先生。他问:什么事啊?王琦瑶停了一下,说:程先生睡不着吗?程先生说:方才那一大觉是睡足了。王琦瑶说,你没明白我的意思。程先生说:我很明白。王琦瑶就说:你还是没明白我的意思。程先生笑了:我当然明白的。王琦瑶就说:倘若明白,你说给我听听。程先生道:要我说我就说,你的意思是,如今你我只这一步之遥,只要我程先生跨过这一步,你王琦瑶是不会说一个"不"的。王琦瑶心里诧异这个呆木头似的程先生其实解人至深,面上却有些尴尬,解嘲说:我自知是不配,所以只能等程先生提出。程先生又笑了,这时他感到身心都十分轻松,几乎要飘起来似的,他听着自己的声音就好像听着别人在说话,说的都是体己的话。他说:要说这一步,我程先生几乎等了有半辈子了,可这不是说跨过就跨过的,不是还有咫尺天涯的说法吗?许多事情都是强求不得的。王琦瑶那边悄然无声,程先生不管她是否醒着,只顾自己滔滔不绝地说,像是把积攒了十余年的话全一股脑儿地倒出来。他说他其实早就明白这个道理,并且想好就做个知己知彼的朋友,也不枉为一世人生;可这人和人在一起,就有些像古话说的"逆水行舟,不进则退"的道理,要说没有进一步的愿望是不真实的,要进又进不了的时候,看来就只得退了。停了一会儿,他突然问道:康明逊是孩子的父亲吧？王琦瑶出声地笑了，说：是又如何？不是又如何？程先生倒反有些窘，说：随便问问的。两人各自翻了个身，不一会儿都睡熟了，发出了轻微的鼾声。

第二天，程先生下了班后，没有到王琦瑶处，他去找蒋丽莉了。事先他给她往班上打了电话，约好在提篮桥见面。程先生到时，蒋丽莉已在那里站着了，不停地看表。分明是她到早了，却怨程先生晚了。程先生也不与她争辩，两人在附近找了个小饭馆，坐进去，点好菜。那堂倌一转身，程先生便伏在桌上哭了，眼泪成串地落在碱水刷白的白木桌面上。蒋丽莉心里明白了大半，并不劝解，只沉默着，眼睛看着对面的墙壁，墙壁是刷了石灰水的，惨白的颜色。这时的程先生只顾着发泄自己的难过，全然不顾别人是什么心情，即便是如程先生这样的忠厚人，爱起来也极端自私的，也极其地不公平。在他所爱的人面前，兢兢业业，小心翼翼，而到了爱他的人面前，却无所顾忌，目中无人，有些像耍赖的小孩。也正是这个，促使程先生来找蒋丽莉了。

蒋丽莉沉默了一会儿，回头看他还在流泪，嘲笑道：怎么，失恋了？程先生的泪渐渐止了，坐在那里不作声。蒋丽莉还想刺他，又看他可怜，就换了口气道：世上东西，大多是越想越不得，不想倒得了。程先生轻声说：要不想也不得怎么办呢？蒋丽莉一听这话就火了，大了声说：天下女人都死光了吗？可不还有个蒋丽莉活着吗？这蒋丽莉是专供听你哭她活着的吗？程先生自知有错，低头不语，蒋丽莉也不说了。两人僵持了一会儿，程先生说：我本是有事托你，可不知道怎么就哭了起来，真是不好意思。听他这话，蒋丽莉也平和下来，说有什么事尽管说好了。程先生说：这件事我想来想去只能托你，其实也许是最不妥的，可却再无他人了。蒋丽莉说:有什么妥不妥的,有话快说。程先生就说托她今后多多照顾王琦瑶,她那地方,他从此是不会再去了。蒋丽莉听他说出的这件事情,心里不知是气还是怨,憋了半天才说出一句:天下女人原来真就死光了,连我一同都死光的。程先生忍着她奚落,可蒋丽莉就此打住,并没再往下说什么。

王琦瑶等程先生来,等了几日,却等来蒋丽莉。她是下班后从杨树浦过来,调了几部车,头发蓬乱着,鞋面上全是灰,声音嘶哑。手里提了一个网兜,装了水果、饼干、奶粉,还有一条半新的床单。进门就抖出来,王琦瑶来不及去阻止,就唰唰几下子,撕成一堆尿布。

15. “昔人已乘黄鹤去”

后来,王琦瑶也到蒋丽莉家去过。其时,她家已从新村搬出来,住在淮海坊,离王琦瑶处只两站路。这天是星期天,把孩子哄睡了午觉,王琦瑶自己出来交付水电费。看天气很好,时候也还早,就放慢脚步在马路上看橱窗。忽听有人叫她,见是蒋丽莉,手里拿着一卷藏青布料,说要去找裁缝做一条裤子。王琦瑶拿过布料一看,见是普通的人造棉,便说,这又何须找裁缝,她就能做。蒋丽莉说真的吗?那就到你家去量尺寸吧。两人掉头走了几步,蒋丽莉却停下脚步说,为什么不上她家去量呢?王琦瑶不是还从来没去过她家。于是两人就再掉头往淮海坊去。蒋丽莉家住底楼一层,朝南两大间,再带朝北一小间,前边有一个小花园,什么也没种,只是横了几根竹竿晾衣服。

墙壁是用石灰水刷的,白虽白,但深一块浅一块,好像还没干透。地板是房管处定期来打蜡的，上足的蜡上又滴上了水，东一塌西一塌，也是没干透的样子。家里的房门都是大敞着，且又房房相通，楼梯正在门口，人来人往，脚步纷沓，使她家就像一条弄堂。尽管是这么南北通风，还是有一股无法散去的葱蒜味。已是十月的天气，可几张床上都还挂着蚊帐，家具又简单，所以她家还像集体宿舍。家里用了一个奶妈一个娘姨，两人站在后门口，面和心不和的表情，见有客人来，就随后跟进房间，各站一隅，打量王琦瑶。两个大孩子七八岁的年纪，见了王琦瑶也是一副莫测的神情，交头接耳，窃笑不已，然后煞有介事地进进出出。蒋丽莉的丈夫老张不在家，墙上连张相片都没有，不知是个什么模样的人。蒋丽莉家也没根皮尺，让佣人去邻居家借，两人你推我，我推你，最后一致说邻居家也不会有这样的东西。只能找了团线，代替皮尺量了。王琦瑶心里记牢哪根线是裤长，哪根线是腰围或臀围，小心地夹进布料，就说要走。蒋丽莉送她到门口，两个佣人也跟着。王琦瑶从始至终都蒙头蒙脑的，不晓得天南地北，刚走出横弄，忽然身后冒出一声小孩子的尖叫：阿飞！她一回头，便看见蒋丽莉那两个孩子逃跑的背影，心中更是惘然。

过了两天，蒋丽莉按约好的时间来拿裤子了。王琦瑶让她穿上试试，前后左右都很合适，蒋丽莉很满意。王琦瑶却是不懂天都凉了，为什么还要做人造棉的裤子。蒋丽莉说她喜欢人造棉的裤子，即便天凉了，也可以套棉毛裤来穿的。王琦瑶就更不懂了，棉毛裤外面怎么能罩人造棉裤子。收好裤子，两人又坐着聊了会儿闲篇。是晚饭以后，孩子自己在床上玩着布娃娃。王琦瑶给蒋丽莉倒了茶，端了一碟瓜子，蒋丽莉却从口袋里掏出烟来，王琦瑶这才知道她手指上发黄的斑迹原来是香烟熏的。问她怎么学会抽烟了，蒋丽莉反问她要不要也抽一支，她说不要，蒋丽莉非让她抽，两人推来让去，笑作一团，好像又回到做女学生的时光。王琦瑶最后还是不抽，蒋丽莉只得自己点上一支。王琦瑶看她抽烟的姿势，不由想起她的母亲，便问她母亲怎么样了。蒋丽莉说老样子，死抱住旧社会的一套不丢掉，自己苦恼自己。王琦瑶又问她兄弟如何，她想起那个把自己关在房间里不出门的少年。她从来没看清过他的面目。蒋丽莉说也是老样子，不过总算自食其力，在中学教书，上班却是骑摩托车来去的，反正她是看不惯。她那个家庭呀，真是一股樟脑丸的气味，是这个时代的旧箱底。王琦瑶觉着蒋丽莉的话也是将她捎带进去的，便有些不自在，话里有话地问道，申请入党，让她王琦瑶这样的做证明人，能作数吗？蒋丽莉听了哈哈一笑，然后向她解释了一通共产党的章法。王琦瑶听起来全是云里雾里，摸不着头脑的，听她说完，便又问了一句，如今有没有批准她的申请呢？这话问出，蒋丽莉的神情便暗淡了一下。然后她宽容地笑了，是笑王琦瑶的无知，她更加耐心地解说道，这申请是在一个漫长时期内进行的，需要不懈的坚持和无条件的信任，是带有脱胎换骨重新做人的含义，这不是由谁来允诺你的，共产党不是救世主，而是靠自己救自己，凭你的忠诚和努力。听她说着这些，王琦瑶恍惚看见了那个对月吟诗的蒋丽莉，不过那时吟的是风月，如今却是铁骨热血，有点献祭的味道。两种都带有夸张的戏剧的风格，听起来总叫人不敢全信。但别人再是怀疑，蒋丽莉自己却是全心投入。听她说完，王琦瑶便再无话可说了。

如今，蒋丽莉每过十天半月就会来王琦瑶处坐一坐，她对自己说是为了受人之托，其实那只是一半。另一半是因为对旧时光的怀恋，这个怀恋甚至使她忽略了王琦瑶是她的“情敌”这一事实。但这是她不能正视的情感。她是要与旧时光一刀两断的新人。因为心中的矛盾，所以她在王琦瑶处总是带着生气的表情，好像是她不情愿来，而不得不来。有时候她一言不发，王琦瑶问她什么，回答起来也是嫌恶的样子。还有她比较和缓的时候，王琦瑶正与她闲聊，她却忽然间凛然起来，使人陷入惶惑不安。她来总是使王琦瑶紧张，满心搜索着话与她说，一边准备着受她的抢白，还要看她的冷脸。可是她内心里却并不讨厌蒋丽莉的来访，甚至还有几分欢迎。于她来说，蒋丽莉也是旧时光的标记，王琦瑶是不排斥怀恋旧时光的。最要紧的，也是最微妙的，是她在蒋丽莉面前，能持有一些胜利者的心情。她王琦瑶可说是输到底了，可比起蒋丽莉，却终有一桩不输，那就是程先生。仗着这个不输，对蒋丽莉再忍让，也是不委屈的。因此，看上去是王琦瑶曲意奉承，内里却全是蒋丽莉的退让，你说她能不气吗？论起来，王琦瑶是有些占了便宜卖乖，但也是可怜，一无所有中的那么点便宜，能不让她炫耀炫耀？再说也不全是卖乖，蒋丽莉已经认了输，让她气势上占个先，又有何妨？她们如此一进一退中，倒是有着至深的谅解，甚至体贴，均是彼此不觉察的。

蒋丽莉的冷若冰霜里，却有一点和颜悦色，那是冲着王琦瑶的孩子来的。蒋丽莉自己那三个都是男孩，就好像老张的缩版，说着半生不熟的普通话，身上永远散发出葱蒜和脚臭的气味。他们举止莽撞，言语粗鲁，肮脏邋遢，不是吵就是打。她看见他们就生厌，除了对他们叫嚷，再没什么话说。他们既不怕她也不喜欢她，只和父亲亲热。傍晚时分，三个人大牵小，小牵大，站在弄堂口，眼巴巴地看着天一点点黑下来，然后父亲的身影在暮色中出现，于是雀跃着迎上前去。最终是肩上骑一个，怀里抱一个，手上再扯一个地回家。而这时，蒋丽莉已经一个人吃完饭，躺在床上看报纸，这边闹翻天也与她无关的。老张的母亲每半年就从山东老家来住一段，帮着照看孩子，料理家务。这时候，蒋丽莉更成了局外人。老太太特别好客，家里永远坐满了生人，有的是老家的亲戚，有的是隔壁的邻居。蒋丽莉昂然从他们面前走过，彼此熟视无睹，那夹在人群里的三个男孩，更成了路人一般的。当她看见王琦瑶的女婴，穿一身鹅黄色羊毛连衣裤，帽子下露出一缕柔软的额发，心里就生出了喜欢。她伸出一根手指，抚了抚婴儿圆润的下巴，小脸上便绽开一个笑容，真是如花盛开一般。婴儿总是能唤起温柔和纯净的心情，而人世是那么纷乱，蒋丽莉又是乱麻中的一个结，多少的解不开理还乱。人其实都不是累死的，而是烦死的。婴儿的世界却是简单的世界，当他们对我们笑的时候，那世界便打开了窗口。蒋丽莉看着那婴儿时，心里确实有一刻平静。但她的烦乱心情使她脸上总带有紧张与暴怒的表情，那孩子便有些怕她，在她面前有时会哭。她去哄她，又总是越哄越哭，她简直束手无措，心里是无比的沮丧。

王琦瑶直要等她实在没办法了才去解围，孩子在她手里三下两下就弄服帖了。王琦瑶好笑地说：你这三个孩子都是白生了。蒋丽莉说：我虽然生了三个，却是头一遭抱孩子。王琦瑶便有些感动，说：送给你做女儿吧！话一出口就觉不妥，亵渎了蒋丽莉似的，赶紧添一句：就怕她没这个福气。蒋丽莉却不在意，反而说：要是照耶稣教的规矩，我就可以做她的教母。王琦瑶又脱口而出道：程先生做她的教父。蒋丽莉一下子涨红了脸。王琦瑶以为她要发怒，但是没有。红潮渐渐从她脸上褪下，她忽然一笑,有些嘲讽又有些伤感,说:程先生倒是想做她父亲的。这一回轮到王琦瑶脸红了,红过了才说:那她才真是没福气呢!两人一时都没说话,看着孩子。孩子刚吃饱奶,眼睛一闭一开,十分安宁的样子,许多尴尬事便在这安宁的眼光中变得自然和温和了。在春天的一个风和日暖的星期天里,蒋丽莉甚至硬拉来程先生给她们和孩子照相。每个人心里都有着时光倒流的感觉,只有这孩子是多出来的,打破了幻觉。他们三个大人一个孩子走在公园里,出于好心情而赞叹着花草树木。这些花草树木在灿烂的阳光的照射下,显得支撑不起似的,软弱和稀疏,虽然处处流露出精心养育的迹象,却反而透出一股无奈挣扎的表情。只有看着孩子在草地上歪歪斜斜地学步是令人振作的,那些娇嫩的小脚步,掩盖了草地的贫瘠枯萎。各色各样的玩具在草坪上滚来滚去,引那些小孩子去追逐游戏。王琦瑶把孩子也放下地来,三个大人看她跌倒爬起地折腾。

康明逊和王琦瑶还保持着稀疏却不间断的来往。似乎是孩子的问题已经解决,就没什么理由不来往了。不过,原先的爱不欲生和痛不欲生也释淡了。他们坐在一起,不再有冲动,即便是同床共枕,也有些例行公事,也是习惯使然。总之,他们成了一对真正的老熟人,你知我,我知你,却是桥归桥,路归路。所以,当王琦瑶听说康明逊在与人约会的时候,她心里也没有太大的难过,至多调侃他几句,康明逊也看出她的不认真和不在意。因为来去自由,他便也不急于找机会离开,而是从容行事,相当地挑剔。因此,虽然一直在进行着各种约会,却始终没有一个是明确了关系的,到了后来,连约会也疏落了下来。如今,他们两人之间不再是如火如荼的热烈,但却是很稳定,甚至称得上牢固的一对。倘若不是有个孩子在中间梗着,康明逊还会来得更勤一些。这孩子是使他不自在的,许多回忆都因她而起,打搅了他的平静。当孩子会说话的时候,喊他的是“毛毛娘舅”,这称呼会吓他一跳。他看着她的眼光,就好像她随时会追着他讨债,又惶恐又有点厌恶。王琦瑶看出这些,于是当他上门时,她总是把孩子打发到邻人家或者弄堂里去玩,避免这种尴尬的局面。蒋丽莉也使康明逊不安。他初次看见她,还以为是派出所的户籍警,穿一身蓝咔叽制服,晃晃荡荡的裤腿底下,是一双乱糟糟的中学生样式的丁字猪皮鞋。她说出话来也叫他吃一惊,有一半是报纸上的话。他其实早从王琦瑶处听过蒋丽莉这个名字,也知其出身和家庭,却和眼前情景对不上号,不知哪是虚哪是实。她看他的目光叫他不自在,也是有追逼的意思。知道她多是晚上和星期天来,便绕开这两种时间,来王琦瑶处的机会就又少了些。不过,无论是多是少,却也影响不了他们什么,无论是他们各人,还是之间的关系,都已成定局了。

时间就这样过去。如果不是孩子在一天天长大,就几乎不会觉出斗转星移。王琦瑶在打针的同时,还从里弄办的羊毛衫加工厂里接一点活。五斗橱抽屉里,那盒金条,她只动过一次,是孩子出麻疹时,托了康明逊去兑换的,等兑来了钱,她却一分没用,因为意外接到一批毛线活。她几个晚上没睡觉,赚来了孩子的医药费和营养费。虽然差点儿累倒,可是想到那笔财产完好无缺,却是备感安慰。当王琦瑶明白嫁人的希望不会再有的时候,这盒金条便成了她的后盾和靠山。夜深人静时,她会想念李主任,可她怎么想李主任却也想不起来,李主任的面目都是零碎着的,眼睛鼻子很清楚,拼在一起便拼不拢了,好像当年他和失事的飞机一起粉身碎骨的同时,也把王琦瑶记忆中的印象打散了。和李主任共眠的那些夜晚也是印象含糊的,就算是第一次的钻心疼痛,却早被以后多次的重复淹没了。与李主任的生离死别,回想起来,如噩梦一般,是被现实淹没的。别后的经历,一层层地砌起来,砌墙似的。同李主任的聚散是在那最底的一层,知道是有,却觉不出来。如今,唯一的看得见,摸得着,便是这个西班牙风雕花的木盒了。而就这一点,却是王琦瑶的定心丸。王琦瑶禁不住伤感地想:她这一辈子,要说做夫妻,就是和李主任了,不是明媒正娶,也不是天长地久,但到底是有恩又有义的。

日子很仔细地过着。上海屋檐下的日子,都有着仔细和用心的面目。倘若不是这样专心致志,将注意力集中在这些最具体最琐碎的细节上,也许就很难将日子过到底。这些日子其实都是不能从全局推敲的。所以,在这仔细的表面之下,是有着一股坚忍。这坚忍不是穿越疾风骤雨的那一种,而是用来对付江南独有的梅雨季节。外面下着连绵的细雨,房间的地板和墙壁起着潮,霉菌悄无声息地生长。那一点煨汤或是煎药的小火,散发出的干燥与热气,就是这坚忍。所以,这坚忍还是节省的原则,光和热都是有限,只可细水长流。它是供那些小人物的切碎了平均分配的小日子和小目标。

那些深长里巷里的夜声,细细碎碎的,就是这小日子的动静,它们走着比秒还小的毫秒的步子,难免是叽叽喳喳,鸡毛蒜皮的,却也是一步一个脚印,很扎实地往前去。歌和哭都是听不大出来,闷在肚子里的。只有当你看见迷雾笼罩弄堂的上空,才会发现它的忧愁和甜蜜。

一九六五年是这城市的好日子，它的安定和富裕为这些殷实的日子提供了好资源，为小康的人生理想提供了好舞台。一九六五年的城市上空，充斥着温饱的和暖气流，它绝非奢华，而是一股朴素敦厚的享乐之风。春天的街景，又恢复了鲜艳的色彩，滋养着不失常理的虚荣心。街道上有了一股隐隐的却勃勃的生气，静中有动。夜晚的灯光，虽称不上是灿烂辉煌，却一个萝卜一个坑的，每一点光都有用处，有情有景，有物有人，没一盏是虚设。这城市就像受过洗礼似的，有了平常心。这就是一九六五年这城市的内心，尘埃落定。程先生恢复了他的摄影间，在那里度过他的节假日。当灯光亮起的时候，他有着平静的心境，就好像一个游子终于回了家。他的兴趣也回到了最起初，也是最擅长，就是拍摄肖像。开始是附近理发店请他帮忙拍发型模特儿的照片，后来一传十，十传百地传开，逐渐就有一些年轻貌美的女性来造访他的摄影间。此时程先生已经四十三岁，在年轻人眼里可算得上老头。本来就是拘谨严肃的性情，不轻易动心，大半生全叫一个王琦瑶占了去，耗尽了情感和兴趣，如今就再无半点儿女情长的心了。在他眼里，那一个个美人都是木胎泥塑，只有观赏的价值。只是不知是因年纪增长，还是因王琦瑶的磨折所致，他倒是比过去更抓得住女性的美妙所在，常常有出奇制胜的表现，于寻常处见魅力。程先生不轻易接受请求给人照相，一旦接受便是精益求精。他宁少毋滥，凡拿出手的，全都是精品。晚上，他一个人坐在暗房，只一盏红灯照耀，万物万事全退于黑暗之中，连自己都一并退去了。药水中浮现起的花容月貌，是唯一的存在，也是蝉蜕一般的，内里是一团虚空。他全心都在这些姣好面容的明暗深浅的对比之中，寻找着最协调的关系。当一切完毕,他轻轻嘘一口气,边上一杯咖啡早已凉了。他任那咖啡搁着,关上红灯,在黑暗中摸出房间,走进卧室,上了床。上床后他还要吸一支雪茄,这是他新近培养的爱好,也是丰衣足食的一九六五年的赠赐。雪茄的烟雾好像安魂香,之后,程先生就睡了。

这一年,事情似乎回到了原先的轨道。中间的上下周折,由于无结无果,便都烟消雾散,如同做了一场梦。上海的天空终是这样,被楼房挤成一线天,光和雨都是漏进来的。上海马路上的喧声也是老调子。倘若不是住在这里,或许还能看出这城市的旧来,山墙上的爬墙虎一层覆一层,是葱茏的光阴植物;苏州河的水是一泓稠过一泓,积淀着时间的秽物;连那城市上方的一线天,其实也是加深颜色的,日夜吞吐的二氧化碳,使它变污浊了;悬铃木的叶子,都是这一批不如上一批新鲜润泽的。可是每天在这里起居的人们却无从发现这些,因为他们也是跟着一起长年纪的。他们睁开眼就是它,闭起眼也是它。有那么不多的几次,程先生在暗房里忘记了时间,万籁俱寂中,时间似乎藏匿了起来。岂不知那是时间分外活跃的时刻,越是无声越是活跃。后来是后街上牛奶车的声音提醒了程先生,他才知道已经到了早晨。他竟一点不觉得困倦。他放完最后一张照片,拉开暗房窗户上厚重的布幔,看见了晨曦中的黄浦江,这是久违了的情景,却是熟入心底的情景,程先生想他已有多少日子没有对它垂目,可它却一直驻守着,等待他回心转意。程先生的喉头都有些哽住。这时,一群鸽子从楼的缝隙中涌出,飞上天空。程先生想:这也是多年前的鸽群吗?也是在等待他吗?

程先生渐渐和朋友们断绝了来往,同王琦瑶、蒋丽莉也不通信息。在上海的顶楼上,居住着许多这样与世隔绝的人。他们的生活起居是一个谜,他们的生平遭际更是一个谜。他们独往独来。他们的居处就像是一个大蚌壳,不知道里面养育着什么样的软体生物。一九六五年也为这些蜗居样的生活提供了好空气。这是几乎称得上自由的年头,许多神秘的事物在这年头悄悄地生存和发展。唯有屋顶上的鸽群是知情者。

这一天晚上,响起门铃声的时候,程先生不由有些恼怒,他想今天并没有约人来拍照,谁能够不请自来呢?他走去开门的路上,心里斟酌着如何谢客。他虽然有些怪癖,却依然保持着平和文雅的天性。但他打开门,想好的谢客辞却一个字也用不上了,门口站的是王琦瑶。他没想到王琦瑶会上门来,他已经很久没想到过王琦瑶了。他有些意外,也有些高兴,却很平静,多年来激荡他的情感,全归于温存的往事。他请王琦瑶进房间,为她泡了茶来,这时他发现王琦瑶处在激动之中,她紧紧握住那杯茶,也不觉着烫手。她张口便道:蒋丽莉要死了!程先生惊了一跳,紧接着她又说了一句:蒋丽莉生了恶瘤。

这时候,“癌”这样东西还不那么普遍,人们对它的了解很少,甚至还不会叫它“癌”,而用“恶瘤”这两个字代替它。它是一个恐怖的传说,虽然听得不少,可从来不会想象它在自己身上甚至自己近处的人身上发生。它一旦来临,便要叫人吓破胆的。其实长久以来,蒋丽莉一直患有肝病,可是谁也不知道。她向来就是灰暗的肤色,挑肥拣瘦的口味,还有坏脾气。这使周围人忽略了她健康状况的退步,甚至也使她自己忽略。由于从小优裕的饮食生活,使她有一副好底子,抵抗力很强,于是减弱了对病痛的反应。她也觉得食欲不好,觉得疲劳,肝区不适,可这些全没超出她的承受能力，使她以为小事一桩。可是有一天，她突然起不来床，无力到连张纸也拿不了。是丈夫老张背了她去的医院，没有费什么周折，诊断便下来了。在观察室里挂了三天葡萄糖，老张又将她背了回来。蒋丽莉伏在老张的背上，嗅到他很浓烈的脑油的气味，心里涌起一股软弱的温情。她将脸埋在老张的后颈窝里，想说什么又说不动。这股温情是那么反常，叫她生出了不祥的预感。老张能为她做的，就是将他山东老家的亲人全都叫来。那都是些天底下最淳厚的人和最淳厚的情感，却与蒋丽莉有着最深的隔阂。他们怀着最沉痛的怜悯之情，围坐在蒋丽莉卧房的外间，偶尔低语交谈几句。他们看上去就像是一些守灵的人，使这房间里预先就有了凭吊的气氛。蒋丽莉突然生发的那一点温情在这令人窒息的空气中倏忽而去，荡然无存。抵抗病痛的耐心也荡然无存。她每天躺在房间里，一开门便是陌生人的身影和陌生的乡音。有几次，她竟破口大骂，骂这些亲人是催死的人。这些谩骂全被他们当作病人的痛苦而心甘情愿地承受了。

王琦瑶并不知道蒋丽莉生病。这些日子，蒋丽莉在川沙搞社会主义教育运动，一个月回来四天，所以她们也就不常见面。这天她走过蒋丽莉家弄堂，看见老张的母亲出来买切面，便上前招呼了一声。他母亲其实记不起王琦瑶是谁，但她是个热心肠的老太太，特别喜欢与人亲近，又加上这些日子憋得难过，站下来一说就没个完。王琦瑶听了不禁大惊失色，她顾不上安慰淌着眼泪的老太太，返身就向弄堂里走。她径直走进房间，穿过静坐无语的人们，推开蒋丽莉的房门。房间里拉着窗帘，开一盏床头灯，蒋丽莉靠在枕上，读一本《支部生活》，看见她来，露出了笑容。王琦瑶很少看见蒋丽莉的笑容,她总是蹙着眉,怨气冲天的样子。如今这笑容看上去可怜巴巴的,像是讨饶的样子,不由一阵鼻酸。她在床边坐下,心里打着战,想才几天不见,竟就憔悴成这个样。蒋丽莉不知道真正的病情,只以为是得了肝炎,因怕王琦瑶有顾虑,解释说是慢性的,所以不传染,也就不住隔离病房了。又问王琦瑶她孩子怎么样了,什么时候带她来玩。说到此,再解释了一遍慢性肝炎的不传染。王琦瑶心酸得说不出话,见蒋丽莉却是想说说不动,便不敢多留,告辞了出来。一个人在太阳很好的马路上乱转了一气,买了些并不需要的东西,再回到家里,已是午饭时间,肚子却饱饱的。炒了点剩饭给孩子吃,自己坐着钩羊毛风雪帽。钩着钩着,心里慢慢平静下来,第一个念头,便是去找程先生。

这天晚上,程先生一直将她送下楼,两人在外滩走了一会儿,都是心乱如麻,只得放下另说。江面上有一些水鸟在低低地飞行,开往浦东的轮渡在江心鸣着汽笛,隐隐约约地传来。背着江堤望去,不由就要仰起头来,殖民时期英国人的建筑高大森严。这些建筑的风格,倘要追根溯源,可追至欧洲的罗马时代,是帝国的风范,不可一世。它凌驾于一切,有专制的气息。幸好大楼背后的狭窄街道,引向成片的弄堂房屋,是民主的空气,黄浦江也象征着自由。海风通过吴淞口,从江上卷来,本是要一往无前而去,不料被高楼大厦挡住,只得回头,却加了外力,更加汹涌澎湃。幸而有开阔的江面供它铺陈,不至于左冲右突,变得狂暴,但就此外滩却总有着风在鼓荡,昼夜不息。走在江边,程先生问王琦瑶孩子怎么样,王琦瑶说很好,又说倘若她要有个三长两短,请他照顾这个孩子。程先生不由笑道:蒋丽莉生了绝症,你来托孤。两人想起了蒋丽莉，一颗心又沉重起来。停了一会儿，王琦瑶说，晚托不如早托呢！程先生说：我要是不接受呢？王琦瑶就说：那可不由你，我反正是赖上你了。话里有着一股认真的悲怆，使它听起来也不显得轻佻了。程先生扭过头去，看那黑暗里的江水，闪着一些微光，眼前却浮起当年他们一男二女三个，一同去国泰影院看电影的情景，心想究竟有多少岁月过去了呢？怎么连结局都看得到了。这结局又不是那结局，什么都没个了断，又什么都了断了。

这天，王琦瑶还与程先生商量，是不是劝说蒋丽莉搬回娘家去住，清静一些，饮食也好些，岂不料，在他们约好去看蒋丽莉的前一天，她母亲已经去看过她，几乎是被蒋丽莉赶了出来。其时，蒋丽莉的父亲早已回到上海，与她母亲正式离婚，将房子和一部分股息分给她母亲，自己和那个重庆女人在愚园路租了房子住。蒋丽莉的弟弟一直没有结婚，与人也无来往，每天下班回到家里，便把自己反锁在房间听唱片。他们母子生活在一个屋顶下，却形同路人，有时一连几天不打个照面的。平日里，她母亲只有一个保姆可以作陪，那保姆见她软弱可欺，并不将她放在眼里，一天倒有半天在外交游，于是，连保姆都不常照面了。这幢小楼因为人少显得格外空廓寂寥，院子里的花草早已凋谢，剩下残枝败叶，后来连残枝败叶都没了，只有垃圾灰土，更增添了荒凉。幸好她母亲生性愚钝，不是那种感时伤怀的人，因此身心不致受到太大伤害。只觉得时间过得慢，不知如何打发。知道蒋丽莉生病，她先是在家哭了一场。像她这样头脑简单且不求甚解的女人，总是靠眼泪来缓解困境，安抚心灵，并且总能收到好效果。哭过一场后，果然生出些希望，豁然开朗似的。她洗了脸，换上出门的衣裳，已经走到门口，又觉不妥，生怕惹那信仰共产党的女儿女婿讨厌。便回到房间，重又换一套朴素些的，再走出门去。走在去女儿家的途中，她怀着郑重的心情。她本来是怕去蒋丽莉家的，总共只去了两三回。那三个外孙看她的眼光就像在看怪物，女儿也不给她面子，来不迎，去不送，说话也很刻薄。女婿倒是忠厚人，是唯一待她礼貌的人，却又轮到她看不上他了，嫌他的山东话听不懂，又嫌他嘴里有葱蒜气，就爱理不理的。女婿也不会奉承，只能由着她受冷落去。如今，蒋丽莉的病就好像替她撑了腰似的，她理直气壮地走进蒋丽莉的家，对屋里那群外乡人视而不见，一径推开蒋丽莉的房间。她坐下不到五分钟，就提出了十几条批评和建议，那批评是否定一切，建议则明知做不到也要提的。蒋丽莉先是忍受着，可她母亲却得寸进尺，越发乘兴，竟动起手来，当场就嚷着要与蒋丽莉换床单被褥，洗澡洗头，一切重新来起的架势。蒋丽莉连反驳的耐心都没了，一下子将床头灯摔了出去。外屋的山东婆婆听见动静斗了胆闯进门，屋里已经一团糟。水瓶碎了，药也洒了，那蒋丽莉的母亲煞白了脸，还当她是个好人似的与她论理。蒋丽莉只是摔东西，手边的东西摔完了，就摔枕头被子。她婆婆拾起被子一把将她裹住，只觉得她在怀里筛糠似的抖，只得劝亲家母先回家转，过些时再来。蒋丽莉看着母亲退出房间，一下子就瘫软下来。从此，她婆婆便不敢随便放人进房间，事先都要通报一声，蒋丽莉让进才放行。

程先生同王琦瑶去看蒋丽莉时，遭到了拒绝。那山东老太出来告诉他们，蒋丽莉身上乏，要睡觉，不想见人。老太太的表情就好像自己有错似的，眼睛都不敢看他们，千般万般地对不住。两人都有些明白蒋丽莉不见他们的原因,又不敢承认,心里一阵恓惶。蒋丽莉的不见就好像是一种谴责,此情此景,这谴责是叫他们永世不得翻身的。两人更是不敢看老太太的眼睛,互相也躲避着目光,赶紧地分了手,各自回家。事后,又分别去探望蒋丽莉。程先生还是吃了辞客令,灰溜溜地出来,沿了淮海路朝东走。走过一家酒馆,里面吵吵嚷嚷的,白木方桌边坐的尽是做工模样的人,门口架一口大油锅,煎着臭豆腐,油香和着酒香,扑面而来。他走进去,也在桌边坐了一个位子,要了二两黄酒,一碟百叶丝。同桌的人互相都不认识,各自对了一两碟小菜喝酒。邻桌也有是熟人相聚,声浪一阵高过一阵。程先生半两酒下肚,心里热了,眼里也热了,不觉掉下成串的泪珠。没有人注意他。油锅的热气蒸腾弥漫,人都是掩在烟雾中的,模模糊糊,程先生可以尽情地伤心。就在这时候,王琦瑶已经坐在了蒋丽莉的床边。她是和程先生前后脚到的蒋丽莉家,程先生刚出弄口,她就来了。蒋丽莉让她进了房间。

王琦瑶走进房间,第一眼是觉着蒋丽莉要比前一回好些了。她头发梳得又齐又平,顺在耳后,新换一件白衬衣,脸颊上有一些红晕,靠在摞起来的枕头上。看见王琦瑶,没有招呼,反把头扭向一边,背着她。王琦瑶在床边坐下,一时也不知说什么好。蒋丽莉背着脸的侧影,好像在饮泣。窗帘拉开了半幅,有将近黄昏的阳光流泻进来,镀在她的头发和衣被上,看上去有一股难言的忧伤。停了一会儿,蒋丽莉却笑了一声,说:你看我们三个人滑稽不滑稽?王琦瑶不知该怎么回答,只得赔笑一声。听见她笑,蒋丽莉便转过脸来,望了她说:他刚才又来,我就不让他进来。王琦瑶说:他心里很难过。蒋丽莉绷紧脸,怒声说:他难过关我屁事！王琦瑶不敢说话了，她发现蒋丽莉其实是在发烧，脸越涨越红，倒是少见的鲜艳。她伸手去摸蒋丽莉的额头，被她猛地推开了，手心却是滚烫的。蒋丽莉坐起来，欠着身子拉开床边写字台的抽屉，拿出一本活页夹，扔给王琦瑶。王琦瑶打开一看，见是手写的诗行。她立刻认出是蒋丽莉的作品，就好像回到了十多年前的女学生时代。那些矫情的文字是烧成灰也写着蒋丽莉的名字的。它们再是矫情，也因着天真而流露出几分诚心。这些风月派的诗句总是有一种令人难过的肉麻，真实和夸张交织在一起，叫人哭不是，笑不是。王琦瑶本是最不能读这些的，也是因为这她反不敢与蒋丽莉亲近。可这时候，王琦瑶读着这些，却觉着眼泪都冒上来了。她想，就算是演戏，把性命都赔了进去，这戏也成真了。她看出那诗句底下，行行都写着一个名字，就是程先生的名字，不论是好句子，还是坏句子。蒋丽莉从王琦瑶手中夺过活页簿，哗哗地翻着，挑选那些最可笑的念着，没念完自己就笑开了。她的笑声是那么响，惹得老太太将门推开一条缝，朝里望了望。蒋丽莉伏在被子上，笑得直不起腰，说：王琦瑶，你说，这算什么？她的眼睛闪烁着锐利的光芒，声音变了腔调，也是尖锐的。王琦瑶不禁有些害怕，去夺她手里的本子，不让她再念。她不松手，两人争夺着，她竟在王琦瑶的手背上抓出一道血痕。王琦瑶还是不松手，坚决地把本子抢了过来，并且按她躺下。蒋丽莉挣扎着，笑声渐渐变成了哭声，眼泪从她镜片后面滚滚而下，她说：你们穿一条裤子，你们合起来害我，说是来看我，其实是来气我！王琦瑶急了，忘了她是个病人，大声说：你放心，我不会和他结婚的！蒋丽莉也急了，大声说：你和他结婚好了，我怕你们结婚吗？你把我当什么人了！王琦瑶流着泪说:蒋丽莉,你多么不值得,为了一个男人,就不好好做人了,你简直太傻了！蒋丽莉泪如泉涌地说道:王琦瑶,我告诉你,我这一辈子都是你们害的,你们害死我了！王琦瑶忍不住抱住她,说:蒋丽莉,你以为我不知道？你以为他不知道？蒋丽莉先是将她推开,后又一把拉进怀里,两人紧紧抱住,哭得喘不过气来。蒋丽莉说:王琦瑶,我真是太倒霉太倒霉了！王琦瑶说:蒋丽莉,说你倒霉,我就更倒霉了。多少不如意都是压抑着,此时翻肠倒肚地涌上来,涌上来也是白搭,任凭怎么都挽回不了的。

她们不知抱着哭了多久,肠子都揉断了似的。后来是蒋丽莉口腔里的味道提醒了王琦瑶,那味道夹着甜和腥,缓缓地散发着腐烂的气息。王琦瑶想起她是一个病人,强忍着伤心,把眼泪咽了下去。她松开蒋丽莉,将她按在枕上,又去绞来热毛巾给她擦脸。蒋丽莉的眼泪就像是长流水,流也流不断。这时候,天也暗了下来。那边酒馆里的程先生,喝酒喝到一个段落,已伏在桌上起不来了。他耳畔有汽笛的声音,恍惚间自己也登上了轮船,慢慢地离了岸。四周是浩渺的大水,不见边际的。一九六五年的歌哭就是这样渺小的伟大,带着些杯水风波的味道,却也是有头有尾的,终其人的一生。这些歌哭是从些小肚鸡肠里发出,鼓足劲也鸣不高亢的声音,怎么听来都有些嗡嗡嘤嘤,是敛住声气才可听见的,可是每一点嗡嘤里都是终其一生。这些歌哭是以其数量而铸成体积,它们聚集在这城市的上空,形成一种称之为“静声”的声音,是在喧嚣的市声之上。所以称为“静声”,是因为它们密度极大,体积也极大。它们的大和密,几乎是要超过“静”的,至少也是并列。它们也是国画中叫作“皴”的手法。所以,“静声”其实是最大的声音,它是万声之首。

仅仅一周之后，蒋丽莉脾脏破裂，大出血而死。身边是老张，三个孩子，还有来自山东的亲属，团团地围着她。可她一直处在昏迷之中，并没有留下什么话。她所在的工厂为她举行了追悼会，悼词中说她与剥削阶级家庭划清界限，一生都没有停止对加入共产党的追求。她的父亲、母亲和弟弟都没来参加。他们似乎觉得，他们的到场会亵渎蒋丽莉的人生理想。但他们在家里为蒋丽莉做了从头七到七七完整的一套送殓仪式。在这七七四十九天里，她的家人坐在一处，有时静默，不时低声地交谈，流露出宽谅和理解的气氛。可蒋丽莉却永远地缺席，再不会回来，与这静谧的聚合无缘。程先生和王琦瑶也没参加追悼会，事实上，他们是在追悼会之后才知道蒋丽莉的死讯。大悲之痛似乎已经过去，这消息甚至还使他们产生轻松之感，是为蒋丽莉的终于解脱。尽管他们自己也没什么值得庆幸的事情，可他们都是妥协的人，懂得随遇而安，而不像蒋丽莉一生都在挣扎，与什么都不肯调和，一意孤行，直到终极。他们对蒋丽莉的祭祀是分开进行，互相都瞒着，却不约而同是在第二年的清明。程先生独自去龙华骨灰存放堂洒扫一回，王琦瑶则是在夜深人静时替她烧了一刀纸。虽然是她不信，蒋丽莉也不信，可总是万般无奈中的一点安慰，否则又能如何？追悼会上，蒋丽莉的山东婆婆哭声不断，几乎将厂领导的悼词遮盖。她的啼哭引起一片应和之声，这乡下人的哭丧调，使整个追悼会从头至尾充满了真实的哀恸。

16．“此地空余黄鹤楼”

程先生是一九六六年夏天最早一批自杀者中的一人。身在这个夏天，回想一九六五年的日日夜夜，就像是不祥的狂欢，是乐极生悲的前兆。不过，这是不明就里的小市民的心情。稍大些的人物，都早已看出端倪，在心理上多少做了些准备。因此，一九六五年的歌舞其实只是小市民的歌舞，一点没有察觉危险的气息。对他们来说，这个夏天的打击是从天而降的。奇怪的是，弄堂里的夹竹桃依然艳若云霓。栀子花，玉兰花，晚饭花，凤仙花，月季花，也在各自的角角落落里盛开着，香气四散。只有鸽群，不时从屋顶惊起，陡地飞上天空，不停地盘旋，终于回到屋顶歇歇脚，却又是一阵惊飞。它们的翅膀都快飞断了，它们的眼睛要流出血来，它们看到的最多，每一件悲惨的事情，以及前因后果都逃不过它们的眼睛。

一九六六年的夏天里，这城市大大小小、长长短短的弄堂，那些红瓦或者黑瓦、立有老虎天窗或者水泥晒台的屋顶，被揭开了。多少不为人知的秘密暴露在光天化日之下。这些弄堂里的苟苟且且的秘密，带着阴潮的霉气，还有鼠溺的气味，它们本来是要腐烂下去，化作肥料，培育新的人生。这些渺小的人生，也是需要付出牺牲作代价的。这些人生秘密，由于多而且轻，会有一些透出墙缝瓦缝，弥漫在城市的空气里，我们从来没嗅出里面的腐味，因它们早已衍变生化出新的生命。如今，屋顶被揭开了，那景象是触目惊心，隐晦的故事污染了城市的空气。这故事中有一个是说，一个不守家规的女儿，被私下囚禁了整整二十年，当她被释放出来的时候，双脚已不会走路，头发全白，眼睛也见不得阳光。在这些屋顶底下，原来还藏有着囚室，都是像鼠穴一样，幽闭着窸窸窣窣的动静。一九六六年这场大革命在上海弄堂里的景象，就是这样。它确是有扫荡一切的气势，还有触及灵魂的特征。它穿透了这城市最隐秘的内心，从此再也无藏无躲，无遮无蔽。这些隐秘的内心，有一些就是靠了黑暗的掩护而存活着。它们虽然无人知无人晓，其实却是这城市生命的一半，甚至更多。就像海里的冰山，潜在水底的那一半。这城市流光溢彩的夜晚与活泼泼的白昼，都是以它们的隐秘作底的，是那声声色色的釜底之薪，却是看不见的。好了，现在全撕开了帷幕，这心便死了一半。别看这心是晦涩，阴霉，却也有羞怯知廉耻的一面，经得起折磨，却经不起揭底的。这也是称得上尊严的那一点东西。

这个夏天里，这城市的隐私袒露在大街上。由于人口繁多，变化也繁多，这城市一百年里积累的隐私比其他地方一千年的还多。这些隐私说一件没什么，放在一起可就不得了。是一个大隐私。这是这城市不得哭不得语的私房话，许多歌哭都源于此，又终于此。你看见那砸得稀巴烂的玻璃器皿、明清瓷器，火里焚烧的书籍、唱片、高跟鞋，从门楣上卸下的店号招牌，旧货店里一夜之间堆积如山的红木家具、男女服装、钢琴提琴，这都是隐私的残骸，化石一样的东西。你还看见，撕破的照片散布在垃圾箱四周，照片上这一半那一半的面孔，就像一群屈死的鬼魂。最后，连真的尸体也出现在人头济济的马路上了。

当隐私被揭露，沉渣泛起地在空中飞扬，也是谣言蜂起的时刻，我们所听见的那些私情，一半是真，一半是假。我们虽是信疑参半，可也并不停止继续传播。乌烟瘴气笼罩了城市的街道里巷。这是由最碎的舌头嚼出来的传言，它们使隐私被揭露的同时失去了真面目，变了颜色，自己都认不出自己。所以你千万不要全信，可也不要不信，在那耸人听闻的危言之下，只有着那么一点实情。那一点实情其实很简单,也是人之常情的一种,就看你怎么去听。千奇百怪的人和事,一夜之间诞生于世,昨天还是平淡如水,今天则骇世惊俗。你只要去看路边的大字报,白纸黑字写的都是;还有高楼顶上撒下的传单,五色纸黑油墨写的也是。你看这些,能把你看糊涂。这城市的心啊,已经歪曲得不成样了,眉眼也斜了,看什么,不像什么。

程先生的顶楼也被揭开了,他成了一个身怀绝技的情报特务,照相机是他的武器,那些登门求照的女人,则是他一手培养的色情间谍。这夏天,什么样的情节,都有人相信。他家的地板撬开,墙打穿了,环绕程先生的神秘气息有增无减。他被逼供了几天几夜,还是没有结果,只能将他关起来,锁在机关的一间厕所里,一关就是一个月。这一个月里,程先生过着行尸走肉的生活,他吃,他睡,他写,他说,都听凭着别人的意志。他的脑子成了一个空洞。夜深人静,有彻夜不断的水滴的声音,那是抽水马桶的漏水声,就好像时间的更漏。一个月过去,程先生被释放回家,已是深夜两点,没有公交车,他是步行回家。马路上没有人,外滩的江边也没有人,走进他住的大楼,大楼里静悄悄。电梯停在底层,锁着门,穹顶上开一盏电灯,将惨白的光洒下楼底。他一层层走在围绕电梯铁索盘旋而上的楼梯,脚步激起回声,在穹顶下左冲右突。窗户外传来江水拍岸的声响,可看见漆黑江水里的航标灯亮。他走到顶楼,推门进去,房间里意外地亮着,月光照在地上,原来所有的窗幔都已扯下。于是,他就想不起开灯,走过去,在月光里站了一时,然后在地上坐了下来。

这一晚的月光照进许多没有窗幔遮挡的房间,在房间的地板上移动它的光影。这些房间无论有人无人,都是一个空房间。

角落里堆着旧物,都是陈年八辈子,自己都忘了的,这使它看上去像废墟。房间是空房间,人是空皮囊,东西都被掏尽。其实几十年的磨砺本已磨得差不多,还在乎这一掏吗?今天的月亮,是可在许多空房子和空皮囊里穿行,地板缝里都是它的亮。然后,风也进来了,先是贴着墙根溜着,接着便鼓荡起来,还发出嗖嗖的声响。偶尔地,有一扇没关严的门窗噼啪地击打一声,就好像在为风鼓掌。房间里的一些碎纸碎布被风吹动了,在地板上滑来滑去。这些旧物的碎屑,眼见得就要扫进垃圾箱,在做着最后的舞蹈。

这样的夜晚真是很凄凉,无思无想,也没有梦,就像死了一样。等天亮了,倒还好些,可以去看,去听。可现在,看也没什么看,听也没什么听。街上多出许多野猫,成群结队地游荡。它们的眼睛就像人眼,似乎是被放逐的灵魂在做梦游。它们躲在暗处,望着那些空房间,呜呜地哀叫。它们无论从多么高的地方跳下,都是落地无声。它们一旦潜入黑暗,便无影无踪,它们实实在在就是那些不幸的灵魂从躯壳中被赶出。还有一样东西也可能是被驱出皮囊的灵魂,那就是下水道里的水老鼠。它们日游夜游,在这城市地下的街巷里穿行,奔赴黄浦江的水道。它们往往到不了目的地便死了,可终有一天,它们的尸体也会被冲进江水。它们是一种少有人看见的生物,偶尔地,千年难得见上一面,便会惊奇得了不得。在今天这个月夜里,下水道里几乎是熙熙攘攘,正举行着水老鼠的大游行。这个夜晚啊,唯独我们是最可怜的,行动最不自由,本是最自由的那颗心,却被放逐,离我们而去。幸亏我们都睡着,陷于无知无觉的境地,等到醒来,又是一个闹哄哄的白天,有看有听又有做。

程先生是睁着眼睛睡的，月光和风从他眼睑里过去，他以为是过往的梦境。他甚至没有注意到他的周围，他的家已经变成这副样子。可是江边传来的第一声汽笛唤醒了他，月光逝去又唤醒了他，最初的晨曦再唤醒了他。他抬头看看，一个声音对他说：要走快走，已经够晚了。他没有推敲这句话的意思，就站起身跨出了窗台。窗户本来就开着，好像在等候程先生。有风声从他耳边急促地掠过，他身轻如一片树叶，似乎还在空中回旋了一周。这时候，连鸽子都没有醒，第一部牛奶车也未起程，轮船倒是有一艘离岸，向着吴淞口的方向。没有一个人看见程先生在空中飞行的情景，他这一具空皮囊也是落地无声。他在空中度过的时间很长，足够他思考一些重要的事情。他一离开窗台，思绪便又回到他的身上。他想，其实，一切早已经结束，走的是最后的尾声，可这个尾拖得实在太长了。身体触地的一刹那，他终于听见了落幕的声音。

你有没有看见过卸去一面墙的房屋，所有的房间都裸着，人都走了，那房间成了一行行的空格子。你真难以想象那格子里曾经有过怎样沸腾的情景，有着生与死那样的大事情发生。这些空格子看上去是那么小，那么简陋，几乎不相信能容纳一个昼夜的起居。它们看上去还是那么单薄，一弯楼梯就像洋老鼠房子的楼梯，就好像经不起一脚踩的样子。看那一面面的后窗，窗外边是蓝天，有窗没窗都一个样。门也是可有可无，显得都有些无聊。可就是这些木头和砖垒起的小方格里，有着我们的好日子和坏日子。让我们把墙再竖起来吧，否则你差不多就能听见哭泣的声音，哭泣这些日子的逝去。让这些格子恢复原样，成为一座大房子，再连成一条弄堂，前面是大马路，后面是小马路，车流和人流从那里经过。无论这城市有多少空房子,总有着足够的人再将它们填满。这城市的人就像水一样,见空就钻。在这里你永远不会有足够的空闲去哀悼逝去的东西,挤都来不及呢。不过那是将一百年作一年,一年作一天那么去看事物的,倘若只是将人的一生填进去,却是不够塞历史的牙缝。倘若要哀悼,则可哀悼一生。但那哀悼纵然有一百年,第一百零一个年头,也就烟消云散。在这城市里生活,眼光不需太远,却也不需太近,够看个一百零一年的就足矣。然后就在那砖木的格子里过自己的日子,好一点坏一点都无妨。虽说有些苟且,却也是无奈中的有奈,要不,这一生怎么去过?怎么攫取快乐?你知道,在那密密匝匝的格子里,藏着的都是最达观的信念。即使那格子空了,信念还留着。窗台上,地板上,墙上,壁上,那楼梯转弯处用滑粉写着的孩子的手笔:“打倒王小狗”,就是这信念。

第三部

第　一　章

1. 薇　　薇

薇薇出生于一九六一年,到了一九七六年,正是十五岁的豆蔻年华。倘要以为她母亲王琦瑶漂亮,她就也漂亮,那就大错特错了。薇薇称不上是好看,虽然继承了王琦瑶的眉眼,可那类眉眼是要有风韵和情味作底的,否则便是平淡无趣了。而薇薇生长的那个年头,是最无法为人提供这两项的学习和培养。她难免也是干巴巴的,甚至在神情方面还有些粗陋。那些年头里,女孩子要称上好看,倒全是凭实力的,一点也掺不得水。薇薇显然不具备这样的好看的条件。她时常听见人们议论,说女儿不如母亲漂亮,这使她对母亲心生妒忌,尤其当她长成一个少女的时候。她看见母亲依然显得年轻清秀的样子,便觉着自己的好看是母亲剥夺掉的。这类议论对母亲也是有影响的,那就是使王琦瑶保持了心理上的优势,能以沉着自若的态度面对日益长成的女儿,而不致感到年岁逼人。薇薇刚长到能穿王琦瑶的衣服的时候,就开始和母亲争衣服穿了。有时候,王琦瑶分明出于好心,说这衣服对她太老成,她反而更要穿那衣服,似乎母亲是心怀叵测。家里有两个女人,再没个男人来解围,事情是真难办。

倘要以为这个没有父亲的家庭会受到种种压力,那也大错特错了。人们虽然会对她们嚼些舌头,可却从来没有麻烦过她们什么,甚至还有些怜惜和照顾。她们的麻烦尽是自己找的。如同所有结成对头的女人那样,她们也是勾心斗角的一对。一九七六年,王琦瑶是四十七岁,看上去至少减去十岁,和女儿走在一起,更像是一对姐妹,也是姐姐比妹妹好看。但好看归好看,青春却是另一回事,怎么补也补不过来,到底是年轻占些便宜,有着许多留待享用的权利,不争取也是归她。所以,王琦瑶对女儿也是有妒意的,薇薇呢,便也有了她的优势。总之,这母女俩的优劣位置是可转换的,决定于从哪个角度看问题。

每年的大伏天,王琦瑶晒霉的时候,打开樟木箱,衣服搭满了几竹竿,窗台上则是各色皮鞋。满屋子都飞扬着细小的灰尘,在阳光里上下沉浮。薇薇就像踩高跷似的,将每一双皮鞋都套在脚上拖一圈。开始的时候,她的脚只能占个鞋尖,走两步就要摔倒。后来,她的脚长起来了,一年比一年地穿满了这些高跟鞋。箱子底的抽了丝的玻璃丝袜也叫她惊奇,把手伸进去,再张开,对着太阳,看那蝉翼似的玻璃丝。她的手也一年一年长大,最终将那丝袜彻底撑破。还有那些缀了珠子的手提包,散了串的珍珠项链,掉了水钻的胸针,蛀了洞的法兰绒贝雷帽。都是箱角里的物件,虽是七零八落,却也凑合成了一幅奇光异色的图画。这幅图画在这大太阳天里,是有些暗淡,还有些灰心丧气的,就像那种剥落了油彩的旧油画,然而却流露出华丽的表情。薇薇将这些东西全披挂起来,然后去照镜子,镜子里的人不是人,是妖精。她一边做着许多她以为是坏女人的姿态,一边笑弯了腰。她想象不出母亲当年的样子,也想象不出母亲当年的那个时代。今天的景象再是索然无味,因为是她的时代,所以还是今天好。薇薇有时候故意将母亲的这些箱底弄坏一点两点,从皮领上扯下几撮毛,缎旗袍上勾出几根丝,等着母亲来骂她,好和王琦瑶顶嘴。可是,日落时分,母亲收东西时,却不是每次都发现,即使发现,反应也很淡漠。她将那破绽处迎着光线仔细看着,然后便叠好收起了,说:谁晓得还穿着穿不着。薇薇不觉也感到了黯然,甚至还有些可怜母亲,起了自责的心情。这心情不是出于同情和善解,倒是来自青春的狂妄,觉着世界都是自己的,何苦去欺那些走在末途的老年人。在他们眼中,只要年长十岁,便可称得上老人了。有时你听他们在说"老头子""老太婆"的,其实那不过是三十多岁的人,四十多岁的人就更别提了。

但薇薇时常会忘记自己的优势,内心是有些自卑的。年轻总是这样,因为缺乏经验,便不会利用自己的好条件,而且特别容易受影响,不相信自己。所以,薇薇就变得不愿意和母亲一起出门。母亲在场,她止不住就流露出丧气的表情,使她平淡的面目更打了折扣。小些的时候,对母亲的倚赖还压制着挫败感,渐渐大了,所谓翅膀硬了,倚赖逐步消退,挫败感便日益上升,变得尖锐起来。一九七六年时,薇薇是高中一年级学生。她照例是不会对学习有什么兴趣的,政治上自然也没什么要求。她是那种典型的淮海路上的女孩,商店橱窗是她们的日常景观,睁眼就看见的。这些橱窗里是有着切肤可感的人生,倒不是"假大空"的。它是比柴米油盐再进一步的生活图画,在物质需求上添一点精神需求,可说是生活的美学。薇薇这些女孩子,都是受到生活美学陶冶的女孩子。上海这城市,你不会找到比淮海路的女孩更会打扮的人了。穿衣戴帽,其实就是生活美学的实践。倘若你看见过她们将一件朴素的蓝布罩衫穿出那样别致的情调,你真是要惊得说不出话来。

在那个严重匮乏生活情趣的年头里,她们只需小小一点材料,便可使之焕发出光彩。她们一点不比那些反潮流的英雄们差劲,并且她们还是说得少,做得多,身体力行,传播着实事求是的人生意义和热情。在六十年代末到七十年代上半叶,你到淮海路来走一遭,便能感受到在那虚伪空洞的政治生活底下的一颗活泼跳跃的心。当然,你要细心地看,看那平直头发的一点弯曲的发梢,那蓝布衫里的一角衬衣领子,还有围巾的系法,鞋带上的小花头,那真是妙不可言,用心之苦令人大受感动。薇薇的理想,是高中毕业后到羊毛衫柜台去做一名营业员。说实在的,那阵子的选择很有限,薇薇也不是个好高骛远的人,她甚至都不是个肯动脑筋的人,对自己前途的设想,带着点依葫芦画瓢的意思。这点上,她也不如王琦瑶,当然这也是时代的局限性。总之,薇薇是淮海路上的女孩中最平常的一个,不是精英,也不是落伍者,属于群众的队伍,最多数人。

一九七六年的历史转变,带给薇薇她们的消息,也是生活美学范畴的。播映老电影是一桩,高跟鞋是一桩,电烫头发是又一桩。王琦瑶自然是要去烫头发的。不知是理发师的电烫手艺生疏了,还是看惯了直发反而看不惯鬈发了,王琦瑶从理发店回来时是非常懊恼的。新烫的头发就像鸡窝,显得邋遢,而且看出了年纪。她再怎么梳理都弄不好,心里直骂自己没事找事,还骂理发店没有金刚钻,却偏要揽瓷器活。其时,薇薇也和她的同学一起去烫了辫梢和刘海,倒是干净利索,也增添了一点妩媚。薇薇心情很好地回到家，却不料母亲说她像个从前的苏州小大姐。薇薇被泼了冷水，倒不气馁，晓得母亲这几日因为头发烫坏了气不顺，由着她说，并不回嘴，还帮着王琦瑶卷头发做头发，镜子里看出了自己的优势。王琦瑶一边想起佛家把头发叫作烦恼丝，是实在有道理。这千丝万缕的，真是烦恼死人了。过了几天，王琦瑶又去理发店，干脆剪了，极短的，倒新造出一个发式，非常别致。走出理发店时，这才觉出蓝天红日，微风拂面。薇薇一看母亲，再看自己，果然是一个苏州小大姐，不由一阵沮丧。这回就轮到王琦瑶替她弄头发了。可她心里有成见，总觉着母亲给她的建议不对头，故意要她难看似的。王琦瑶说什么，她反对什么。最后，王琦瑶生气了，撇下她走开去，薇薇一个人对着镜子，不由就哭了起来。这么闹一场，她们母女至少有三天不说话，进来出去都像没看见。

到了第二年，服装的世界开始繁荣，许多新款式出现在街头。据老派人看，这些新款式都可以在旧款式里找到源头的。于是，王琦瑶便哀悼起她的衣箱，有多少她以为穿不着的衣服，如今到了出头之日，却已经卖的卖，破的破。她唠叨着这些，薇薇倒不觉着啰唆，还很耐心地听。听母亲细致地描绘每一件衣服的质地款式，以及出席的场合，晒霉的日子又到了眼前。她看见母亲的好日子已经失了光彩，而她的好日子正在向她招手。她奋起直追地，要去响应新世界的召唤。她和她那些同学们，将这城市服装店的门槛都快踏破了，成衣店的门槛也踏破了。她们读书的时间没有谈衣服的时间多。她们还把外国电影当作服装的摹本反复去看。然而当她们初走出原先那个简单的无从选择的衣着世界，面对这一个丰富多彩、纷繁杂沓的服装形势，便会感到无所适从。天赋好一些的人，尚能够迅速找到方向，走到时尚的前列，起个领路人的作用。像薇薇这样天赋一般的人，难免就要走一些弯路，付些学费。其实薇薇要是肯多听母亲几句，也许还可以及时走上正轨，合上时尚的脚步，可她偏是要同母亲唱对台戏的。母亲说东，她偏西。要说起来，在服饰的进步方面，薇薇是花大力气了，但失败还是不可避免。她每过一段日子，就为了要钱做衣服和王琦瑶怄气；做好的衣服效果适得其反，又要和王琦瑶怄气；再看母亲不费一点难地，将箱底的旧衣服稍作整理便一领潮流，还得怄一次气。在追求时髦的过程中，薇薇就是这样将钱和心情作代价，举步维艰地前进。

不过，凡事都怕用心二字，再过了一年，薇薇的装束便得了要领。看见她，就知道街上在流行什么。而她一旦纳入时尚的潮流，心情便从容了许多。她有了一些识别力，晓得哪些只是时尚的假象，哪些才是真谛，需要跟上，不跟就要落伍。身在这一年，回顾前一年，难免百感交集，那真是叫人乱了手脚的。不要小看这些从俗入流的心，这心才是平常心，日日夜夜其实是由它们撑持着，这城市的繁华景色也是由它们撑持着。这些平常心是最审时度势，心明眼亮，所以也是永远不灭，常青树一样。薇薇高中毕业了，没有去卖羊毛衫，而是进入一所卫生学校。学校在郊区县，一星期回来一次。这个学校是女生多男生少，女孩子在一起，难免也是争奇斗艳，互相攀比着买衣买鞋。每到星期六回到市区，便如同补课一样，大逛马路。其时，王琦瑶早已经卸下打针的牌子，只在工场间里钩毛线活。本是活多人少，可是插队落户大回城，进了一批知青，就变成人多活少，收入自然减低了。为了应付薇薇服装上的开支，也为自己偶尔添一点行头，她不得已动用了那笔李主任留给她的财产。她等薇薇不在的时候，开箱取出金条，拿到外滩中国银行兑了现钱。她感慨地想：没饭吃的时候都没动这钱，如今有吃有穿的，却要动了。她觉得动了一回就难保没有下一回，就好像满口牙齿掉了一颗，就会掉第二颗，心里不觉有些发空。可是一街的商店都在伸手向她要钱，她挨得过今天挨得过明天吗？王琦瑶眼里的今日世界，不像薇薇眼里的是个新世界，而是个旧世界，是旧梦重温。有多少逝去的快乐，这时又回来了啊！她心里的欢喜其实是要胜过薇薇的，因为她比薇薇晓得这一些的价值和含义。

金条的事情，王琦瑶瞒着薇薇，想若是被她晓得，还不知怎么样地买衣服呢！所以，薇薇向她要钱时，她手是一点不松的。这时候，薇薇才会想起父亲这一桩事来。她想，倘若再有一个父亲挣钱，便可多买多少衣服啊！除此，她也并不觉得需要有个父亲。王琦瑶从小就对她说，父亲死了。她也是这样对别人说的。当薇薇稍稍懂事以后，她们这个家基本上就没有男客上门，女客也很少，除了弄底七十四号里的严家师母。虽然有外婆家，却也少走动，一年至多一回。所以，薇薇的生活其实很简单。她在外形上比她的实际年龄显得成熟，内心却还是个孩子，除了时尚，什么人情世故都不懂。这不能怪她，全因为没有人教她。这倒是淮海路女孩的一个例外。淮海路的女孩还是有些野心的，她们目睹这城市的最豪华，却身居中流人家，自然是有些不服，无疑要做争取的。住在淮海路繁华的中段的人家，大凡都是小康。倘若再往西去，商店稀疏，街面冷清，嚣声偃止，便会有高级公寓和花园洋房出现，是另一个世界。这其实才是淮海路的主人，它是淮海路中段的女孩的梦想。薇薇却没有这种追根溯源的思路，她是一根筋的，唯一的争取，便是回家向王琦瑶要钱。她甚至从来都没想一想，她向母亲要钱，母亲却向谁要钱。有时王琦瑶向她叹苦经，她便流着眼泪，为自己的家境悲叹。但过后就忘了，再接着向王琦瑶要钱。一旦要到钱，她欢喜都来不及，哪里还顾得想钱的来路。所以只要王琦瑶自己不说，薇薇是不会知道金条那回事的。

现在，到了晒霉的日子，薇薇的衣服也有一大堆了。从吃奶时候的羊毛斗篷，一直到前一年流行的喇叭裤，真是像蝉蜕一样的。这城市里的女人，衣服就是她们的蝉蜕。她们的年纪是从衣服上体现的，衣服里边的心，有时倒是长不大的。王琦瑶细心地翻检着这些衣服，看有没有生霉斑。大部分衣服是六成新的，只因为式样过时，便被抛置一边。王琦瑶却替薇薇收着，她知道，这些过时的样式，再过些时又会变成新样式。这就是时尚的规律，是根据循环论的法则。对于时尚，王琦瑶已有多年的经验，她知道再怎么千变万化，穿衣总是一个领两个袖，你能变出两个领三个袖吗？总之，样式就是那么几种，依次担纲时尚而已。她只是觉着有时循环的周期过长了，纵然有心等，年纪却不能等了。她想起那件粉红色的缎旗袍，当年是如何千颗心万颗心地用上去，穿在身上，又是如何的千娇百媚。这多年来压在箱底，她等着穿它的日子到来，如今这日子眼看着就近了，可她怎么再能穿呢？这些事情简直不能多想，多想就要流泪的。这女人的日子，其实是最不经熬的。过的时候不觉得，过去了再回头，怎么就已经十年二十年的？晒霉常常叫人惆怅心起，那一件件的旧衣服，都是旧光阴，衣服蛀了，烊了，生霉了，光阴也越推越远了。

曾有一次，王琦瑶让薇薇试穿这件旗袍，还帮她将头发拢起来，像是要再现当年的自己。当薇薇一切收拾停当，站在面前时，王琦瑶却惘然若失。她看见的并非是当年的自己，而是长大的薇薇。薇薇要比她高大，因此这件旗袍在她身上，紧绷绷的，也略短了。到底年代久了，缎面有些发黄变色，一看便是件旧物。薇薇穿了它，怎么看都不大像的。她在镜子前左顾右盼，格格地笑弯了腰。这件旧旗袍，并没有将她装束成一个淑女，而是衬出她无拘无束的年轻鲜艳，是从那衣褶里迸出来的。薇薇做出许多怪样子，自得其乐。等她乐够了，脱下旗袍，王琦瑶再没将它收进箱底，只是随手一塞。有几次理东西看见它，也做不看见地推在一边，渐渐地就把它忘了。

2. 薇薇的时代

薇薇眼睛里的上海，在王琦瑶看来，已经是走了样的。那有轨电车其实最是这城市的心声，如今却没了。今天，在一片嗡然市声之中，再听不见那个领首的当当声。马路上的铁轨拆除了，南京路上的楠木地砖早二十年就撬起，换上了水泥。沿黄浦江的乔治式建筑，石砌的墙壁发了黑，窗户上蒙着灰垢。江水一年比一年混浊稠厚，拍打防波堤的声音不觉降了好几个调。苏州河就别提了，隔有一站路就嗅得见那气味，可直接做肥料的。上海的弄堂变得更阴沉了，地上裂，墙上也裂了，弄内的电灯，叫调皮孩子砸碎了，阴沟堵了，污水漫流。夹竹桃的叶子也是蒙垢的。院墙上长了狗尾巴草，地砖缝里，隔年的西瓜子发了芽。这还都是次要，重要的变化在于房子的内心。先说那公寓大楼，就像有千军万马在楼梯上奔跑过,大理石的梯级都踩塌了边沿,也不怪它踩塌,几十年的脚步,是滴水穿岩的功夫。大理石的楼梯尚且如此,弄堂房子里的木楼梯就不用说了。大楼穹顶上的灯至少是碎了灯罩的;罗马式的雕花有还不如没有,专供积灰尘和结蛛网的;电梯的吊索自然是长了锈,机械部分也不灵了,一升降便隆隆响;楼梯扶手可千万别碰,几十年的灰尘在上面。倘若爬上顶楼,便可看见水箱的铁皮板也生了锈,顶上盖一片牛毛毡,是叫雨打得千疮百孔的。顶楼平台上是风声浩荡,扫起了地上的土,飞沙走石的势态。这里有一些莫名其妙的不知从哪里来的破东西,叫人百思不得其解。走过这些破东西,扶着砖砌的围栏,往下看去,便可看见这城市所有的晒台和屋顶都是烂了砖瓦的。从人家的老虎天窗看进去,那板壁墙早已叫白蚂蚁蛀空了。最妙的是花园洋房,不要进门,只看院子,便可知道那里的变化。院子里搭了多少晾衣架呀,一个洗衣工场也不过如此。花坛处搭起了灶间,好端端的半圆形大阳台,一分为二,是两个灶间。要是再走进去,活脱就是进了一座迷宫。尤其是在夜晚,你两眼一摸黑,耳边的声音却很丰富,油锅爆响,开水沸腾,小孩啼哭,收音机播音乐,那是从四面八方上下左右围拢来。你一动就会碰壁,一转弯也会碰壁,壁缝里传出的尽是油烟味。你也不能摸,一摸一手油。这里全都改了样子,昔日的最豪华,今天的最局促。当年精心设计的建筑式样,装饰风格,如今统统谈不上。

弄堂房子的内心还算是沉得住气,基本是原来的样子,但是一推敲,却也不同了。每一座房子的过道,楼梯拐角,都堆着旧东西。那是一年到头也想不起要用的东西,要扔却像是割他的肉，死活不肯的。这些旧东西就像有生命，会漫生漫长，它们先是在平地上扩展，渐渐就上了天花板，有时是贴着，有时则悬着，岌岌可危，弄不好就撞你的头。只要看它们，就可知道这里面积攒了多少岁月。这里的地板也是踩塌过的；地板是松动的；抽水马桶大半是漏水的，或者堵塞的；电线从墙壁里暴露出来，千股万股的样子；门球也是不灵的，里头滑了丝，旋了几圈也旋不开；倘若是木窗，难免就是歪斜的，关不严，或者关严就开不开。都是叫岁月侵蚀的。弄堂房子的内心，其实是憔悴许多的，因为耐心好，才克制着，不叫爆发出来。再说，又能往哪里去爆发？

薇薇她们的时代，照王琦瑶看来，旧和乱还在其次，重要的是变粗鲁了。马路上一下子涌现出来那么多说脏话的人，还有随地吐痰的人。星期天的闹市街道，形势竟是有些可怕的，人群如潮如涌，噪声喧天，一不小心就会葬身海底似的。穿马路也叫人害怕，自行车如穿梭一般，汽车也如穿梭一般，真是举步维艰。这城市变得有些暴风急雨似的，原先的优雅一扫而空。乘车，买东西，洗澡，理发，都是人挤成一堆，争先恐后的。谩骂和斗殴时有发生，这情景简直惊心动魄。仅有的几条清静街道，走在林阴之下，也是心揣不安，这安宁是朝不保夕，过一天少一天。西餐馆里西餐也走样走得厉害，杯盘碗碟都缺了口，那焗面的器具二十年都没洗似的，结了老厚的锅巴。大师傅的白衣衫也至少二十年没洗，油腻染了颜色。奶油是隔夜的，土豆色拉有了馊气。火车座的皮面换了人造革，瓶里的鲜花换了塑料花。西式糕点是泄了秘诀，一下子到处都是，全都是串了种的。中餐馆是靠猪油和味精当家，鲜得你掉眉毛。热手巾是要打在菜价里的，女招待脸上的笑也是打进菜价的。荣华楼的猪油菜饭不是烧烂就是炒焦，乔家栅的汤团不是馅少就是漏馅。中秋月饼花色品种多出多少倍，最基本的一个豆沙月饼里，豆沙是不去壳的。西装的跨肩和后背怎么都做不服帖了，领带的衬料是将就的，也是满街地穿开，却是三合一作面料的。淑女们的长发，因不是经常做和焗，于是显得乱纷纷。皮鞋的后跟，只顾高了，却不顾力学的原则，所以十有九又是歪的，踩高跷似的，颤颤巍巍。什么好东西都经不得这么滥的，不粗也要粗了。王琦瑶甚至觉得，如今满街的想穿好又没穿好的奇装异服，还不如"文化大革命"中清一色的蓝布衫，单调是单调，至少还有点朴素的文雅。

上海的街景简直不忍卒读。前几年是压抑着的心，如今释放出来，却是这样，大鼓大噪的，都窝着一团火似的。说是什么都在恢复，什么都在回来，回来的却不是原先的那个，而是另一个，只可辨个依稀大概的。霓虹灯又闪起来了，可这夜晚却不是那夜晚；老字号，名字号也挂起来了，这店也不是那店了；路名是改过来了，路上走着的就更这人不是那人了。可再怎么着，薇薇也是喜欢这时代。有谁能不喜欢自己的时代？这本不是有选择的事情，不喜欢也要喜欢，一旦错过就再没了。薇薇又没接受过什么异端思想，她一招一式都是跟着这时代走的。这城市的人几乎全是跟着时代走的，甚至还有点跟着起哄。所以，那一股时代潮流就显得格外强劲，声势浩大。薇薇倘不是有王琦瑶时不时地敲打，不知要疯成什么样子了。她走到马路上济济的人群中，心里就洋溢着很幸运的喜悦，觉着自己生逢其时。她从橱窗玻璃里照见自己模模糊糊的身影，那也是摩登的身影。她心绪很好，所有的不高兴都是冲着母亲来的。在家生气，出了门又兴致勃勃。她就像是这城市马路的主人一样，最有发言权。她在马路上最看不得的是外地人，总是以白眼对待。在她看来，做外地人是最最不幸的命运。所以，除了对她的时代满意，薇薇还为她的城市很骄傲。她满嘴都是马路上的流行语，说回家王琦瑶一句不懂，但其中那一股粗俗气，是令她掩耳的。薇薇在马路上也是不吃亏的，谁要是踩了她的脚，可就了不得。踩她脚的要是外地人，就更了不得。像她这样年纪的女孩，人们一般是不敢惹的。她们目中无人，不可一世，言语尖刻。但要是遇上一两个存心惹事的无赖之徒，那可就吃不了兜着走了。所以，她们往往是三个五个成行。要是有了男朋友，她们的神气就更逼人了，那才叫天不怕地不怕呢。

薇薇这一代傲行马路的摩登女性比前边历代的都多了一个秉性，那就是馋。你细细看去，她们几乎一无二致的，嘴里全在咀嚼，脸上有享受的表情。她们的唇齿都异常灵巧，可将易碎的瓜子皮肉两分。她们的舌头也很灵光，能品出万种滋味。她们的脾胃非常康健，一日三餐之外，还有着许多零碎负担，并且千奇百怪，回回给它出难题。其实，以前的小姐也馋，只是不好意思罢了，如今倒是实在多了。所以，这馋倒是给她们增添可爱的。电影院里，那哔哔剥剥老鼠吃夜食的声响，就是今天小姐们摩登的声音。今天的小姐倒都是不讲虚礼的，也不会做假，有一点豪爽的脾气。你要能放下架子，忍着她们的冷脸，无须长久，只一会儿便能与她们做朋友，然后一起交流摩登的心得。这一代的摩登女性还有一个特征是闹。她们到哪里都有满腹的知心话似的，叽叽喳喳说个没完，好像喜鹊闹窝。她们大凡都有清脆的声音，又特别喜爱笑。她们知心话不爱在家里说，喜欢在户外说，有一半是叫人给听去的。她们的唇舌除了吃灵巧，说也很灵巧。昔日的娘姨也没她们嘴碎,拉得来家常。她们一边吃一边说的,倒亏得舌头忙得过来。不过她们说的大都不是要紧话,说过等于白说,没一句留得住的。今天的摩登小姐其实是有着一颗朴实的心,是乡下人的耿脾气,认准一条摩登的道路,不到黄河心不死。

现在,交谊舞也时兴起来了,谁要是见过初兴舞会的那情景,一定会受感动。参加舞会的人们是那么害羞却执著,坚决同怕出洋相的心情做斗争。有时候,好几支舞曲都结束了,却没有一个跳舞的人。人们围着墙根坐了一圈,严肃而兴奋地凝视着空场子。一旦有人下去跳了,周围便爆发出笑声,笑声掩盖了羡慕的心情。这时候的舞会,一般都是单位里举办,要是想经常地参加舞会,必须在社会上有着较广泛的关系,渐渐地再联络起一些志同道合者。他们提着一只也是新兴的卡式录音机,找一间空房子,就可举行一场舞会。这种舞会是真正奔着跳舞而来的,不存在任何私心杂念,你只要看那踩着舞步的认真劲便可明白。七十年代末和八十年代初的时尚,全都是实心眼的。

3. 薇薇的女朋友

和薇薇要好的女朋友有好几个,她们是同班同学,还是逛马路的好伙伴。淮海路上有一个新迹象,她们便通风报信。她们互相鼓励和帮助,在每一代潮流中,不让任何一个人落伍。她们之间自然是要比的,妒忌心也是难免,不过,这并不妨碍她们的友谊,反而能督促她们的进取心。切不要认为她们是没什么见解,只知跟随时尚走的女孩,她们在长期的身体力行之后,逐渐积累起一些真正属于自己的时尚观念。她们在一起时常讨论着，否则你怎么解释她们在一起的话多？其实，要是将她们在一起闲聊的记录整理出来，就是一本预测时尚的工具书，反映出朴素的辩证思想。她们一般是利用反其道而行之的原理，推算时尚的进程。比如现在流行黑，接着就要流行白；现在流行长，紧跟着就是短。也就是从一个极端走向另一个极端。“极端”也是她们总结出的一个时尚精神。时尚为引起群众注意，总是旗帜鲜明，所以，它又带有独特的精神。然后，矛盾就来了，她们如何能在潮流中保持独特性呢？她们的讨论其实已经很深入，如果锲而不舍，便能成为哲学家了。

在薇薇的女朋友里边，最使薇薇崇拜的，是中学同学张永红。张永红可说是已经达到时尚中的独特境界，是女朋友中间的佼佼者。她对时尚超凡脱俗的领悟能力，使你不能不相信这个女孩是有着极好的审美的天性。张永红能使时尚在她身上达到最别致，纵然一百一千个时髦女孩在一起，她也是个最时髦。而她绝不是以背叛的姿势，也不是独树一帜。她是顺应的态度，是将这时尚推至最精华。这城市马路上的时尚多亏有了张永红这样的女孩，才可保持最好的面目。因为大多数人是在起破坏作用，把时尚歪曲得不成样子才罢休的。张永红难免会引起女友们的妒意，觉得被她抢了风头，但内心又不能不服，因为确实从她那里学来许多东西，所以在面上还维持着友好的关系。张永红自知这一切，便格外骄傲，把别人都不放在眼里，却唯独对薇薇迁就，甚至还反过来有些巴结她的。当然，这巴结也是带有恩赐的意思。其实这也很简单，再得意的人也一样怕孤独，总是要找一个伴的。张永红选择薇薇，虽不是经过明确的权衡，但本能的驱使自有它的道理。薇薇的心地单纯和她的不具备威胁性,使张永红一眼就认定这是她最好的伙伴。薇薇见张永红对她好,几乎是受宠若惊,高兴都来不及呢!她是那种内心挺软弱的女孩,天下的仇敌只她母亲一人,出了门外,就都是她的朋友,个个曲意奉承,何况出类拔萃的张永红呢。和张永红走在一起,她禁不住有着点狐假虎威的心情,张永红出众,她也跟着出众了。

而你决计想不到如张永红这样的风流人物,她所生活的家是什么样的,这其实是淮海路中段的最惊人的奇迹。这条繁华的马路的两边,是有着许多条窄而小的横马路。这些横马路中,有一些是好的,比如思南路,它通向幽静的林阴遮道的地方。那是闹中取静的地方,有着一些终日关着门的小楼。切莫以为那里不住人,是个摆设,那里的人生是凡夫俗子无法设想的,是前边大马路的喧哗与繁荣不可比拟的。相形之下,这种繁荣便不由不叫人感到虚张声势,还是徒有其表。有了它在,这淮海中路的华丽怎么看都是大众情调,走的群众路线。倘若认识到这一点,再去看那些旁枝错节般的横马路,你就能有些心理准备。这些横马路中最典型的一条是叫作成都路,它是一条南北向的长马路,要知道,这城市的大马路几乎都是东西向的,所以,它是从多少著名的马路穿越而过啊!尽管如此,它依然没有沾染那些豪华大道的虚荣气息,因它是有些铜墙铁壁的意思。这是坚如磐石的人生。你只要嗅嗅那里的气味便可了然。那气味是小菜场的气味,有鱼腥气,肉腥气,菜叶的腐烂气,豆制品在木格架子上的酸酵气,竹扫帚扫过留下的竹腥气。你再抬头看看那里的沿街房屋,大都是板壁的,伸手可够到二楼的窗户。那些雨檐都已叫雨水蚀烂了,黑乌乌的。楼下有一些小店,俗话叫烟纸店的,卖些针头线脑。弄堂就更别提了,几乎一律是弯弯曲曲,有的还是石子路面,自家搭的棚屋。你根本想不到,这样的农舍般的房屋,可跻身在城市的中心地带。这些农舍般的房屋到了薇薇这个年代,大都已经翻建成水泥的,这使得局面更加杂乱,弄堂也更狭窄,连供人转身都勉强了。想不到吧,淮海路的浮华竟是立足于这样一些脚踏实地的生存之计。

在那条崎岖漫长的成都路上,淮海路与长乐路之间的一段,沿街有一扇小门,虽是常开着,却无人会注意。一是因它小,再是因那里头的暗。假如无意地在门口滞留一时,便可嗅见一股呛鼻的异味。这异味中说得出名堂的是一股皮硝的气息,而那说不出所以然的,其实就是结核病菌的气息。这门里黑洞洞的,没有后窗,前窗也叫一块早已变色的花布挡着,透进朦胧的光线。倘若开了灯,便可看见那房间小得不能再小,堆着旧皮鞋或者皮鞋的部件。中间坐着的修鞋匠,就是张永红的父亲。迎着门,是一道窄而陡的楼梯,没有扶手的,直上二楼。说是二楼,实在只是个阁楼,只那最中间的屋脊下方,才可直起身子。这一个阁楼上躺着两个病人,一是张永红的母亲,二是张永红的大姐。她们患的均是肺结核。倘若张永红也去医院检查,或就又是一个结核病患者。她的肤色白得出奇,几乎透明了,到了午后两三点,且浮出红晕,真是艳若桃花。因从小就没什么吃的,将胃口压抑住了,所以她厌食得厉害,每顿只吃猫食样的一口,还特别对鱼肉反胃。她身上的新衣服都是靠自己挣来的:她替人家拆纱头,还接送几个小学生上下学,然后看管他们做作业,直到孩子的大人回家。她倒也不缺钱,但她也决计不会给自己买点吃的。当薇薇第一次把张永红带到家里，王琦瑶仅一眼便看出这女孩的病态。她先是不许薇薇与她做伴，以免染病。可薇薇哪里听她的，说了也是白说。再则，张永红看上去是那么美，结核病菌倒替她平添一股高贵气质，掩饰了困窘生活留下的粗鲁烙印。她也触动了王琦瑶的恻隐之心，让她想起红颜薄命的老话。张永红衣着的得体更是赢得王琦瑶的好感，同样的时尚，在薇薇身上是人云亦云的味道，在张永红身上却有了见解。于是，她也就不再干涉她们的交往，但她绝不留她吃饭，当然也绝不担心张永红会留薇薇吃饭。

张永红对王琦瑶印象深刻。她问薇薇她母亲是做什么的，这倒叫薇薇答不上来了。继而她又问她母亲有多大年纪，薇薇以为她也会像所有人那样感叹母亲显得年轻，看上去像她的姐姐。不料张永红只是说：你看你母亲身上的棉袄罩衫是照男式罩衫做的，开衩、反门襟，多么时髦啊！薇薇听了此话并没像以往那样生忌，反而有些高兴，因她实在太感激张永红的厚爱，心怀惭愧，不知该回赠什么。现在，看见张永红对她母亲有敬佩和学习之心，便觉得对得起她了些。虽因母亲反对她们往来，有些为难再带张永红上门，可实在报恩心重，也顾不得太多，于是三天两头邀张永红来玩。张永红则有请必应，一趟不落。久而久之，就和王琦瑶熟了起来。张永红和王琦瑶不熟不要紧，一熟竟是相见恨晚，有许多不谋而合的观点。而且，就像有什么默契，什么话都不用多说，一点就通。薇薇在一边听着简直傻了眼。比如有一回张永红对王琦瑶说：薇薇姆妈，其实你是真时髦，我们是假时髦。王琦瑶笑道：我算什么时髦，我都是旧翻新。张永红就说：对，你就是旧翻新的时髦。王琦瑶不禁点头道：要说起来，所有的时髦都是旧翻新的。薇薇就笑了，说你们就好像绕口令。可毕竟是因为崇拜张永红，所以便也对母亲有了些尊重，不再那么事事作对了。

张永红的审美能力从没有受到过培养教育，马路上的时尚是她唯一的教科书，能够在潮流中独占鳌头已是可能得到的最好成绩。她毕竟又还年轻，没经历过几朝时尚的，虽然才能过人，却终是受局限。不致掉在时尚的尾上，至多也不过是在时尚的首上，还是大多数人的队伍。如今的情形却起变化了。王琦瑶给她打开一个新世界。张永红再没想到，在她们之前，时尚已有过花团锦簇的辉煌场面。她们如同每一代的年轻人一样，以为历史是从她们这里开始的。但张永红不像薇薇那么冥顽不化，而王琦瑶又特别叫她信服，因她是真的懂什么是好，什么是不好的。那羽衣霓裳的图画呀！张永红真是庆幸自己遇到王琦瑶，这是她人生的良师。王琦瑶也很高兴遇到张永红，她有多少日子没有打开话匣子？真是数也数不清了。又不是说别的，说的是时装。几十年的时装，王琦瑶全部历历在目，那才是不思量，自难忘。时装这东西，你要说它是虚荣也罢，可你千万不可小视它，它也是时代精神。它只是不会说话而已，要是会说话，也可说出几番大道理。王琦瑶向张永红仔细地描绘历年历代的衣装鞋帽，眼前是一幅幅的美人图。张永红禁不住惭愧地想：她们这时代的时尚，只不过是前朝几代的零头，她们要补的课实在太多了。薇薇也跟着一起听，却不像张永红那么有感触，她还是觉着自己的时代好，母亲描绘的时装，在她脑子里，就好像老戏里的戏装，总显得滑稽可笑。只有等到这些时尚又一个轮回过来，走到她面前，她才会服气。这孩子是有些不见棺材不掉泪的。她完全不动脑筋,只看眼前,过去和将来对她都没意义。

八十年代初期,这城市的时尚,是带些埋头苦干的意思。它集回顾和瞻望于一身,是两条腿走路的。它也经历了被扭曲和压抑的时代,这时同样面临了思想解放。说实在的,这初解放时,它还真不知向哪里走呢!因此,也带着摸索前进的意思。街上的情景总有些奇特,有一点力不从心,又有一点言过其实。但那努力和用心,都是显而易见,看懂了的话,便会受感动。自从受到王琦瑶的影响,张永红表现出脱离潮流的趋势。乍一看,她竟是有些落伍,待细看,才发现她其实已经超出很远,将时尚抛在了身后。但毕竟如张永红这样的有识见者是在少数,连好朋友薇薇都难以理解,所以她便把自己孤立了。这时,有许多女孩额手称庆,以为她们的竞争对手退场了,留下的全是她们的舞台。其实她们是该感到悲哀才对,因为失去了领头人,每一轮时尚都难免平庸的下场了。说真的,本来时尚确是个好东西,可是精英们不断弃它而走,流失了人才,渐渐地就沦为俗套。现在,张永红显得形单影只的,只有王琦瑶是她的知音。有时候,薇薇不在家,她也会来和王琦瑶聊天。正说着,薇薇走了进来,她们俩看薇薇的眼光,就好像薇薇是外人,她们倒是一对亲人了。后来,中学毕业,薇薇去护校读书,张永红因是家庭特困,照顾分配到煤气公司,做抄表员的工作,三天两头就跑来看王琦瑶,就更是这两个人近,薇薇远了。薇薇有时对王琦瑶说:把张永红换给你算了!但其实,王琦瑶和张永红之间,倒并不是类似母女的感情,而是一个女人和另一个女人间的,跨过年纪和经历的隔阂而携起手来。

这两个女人的心,一颗是不会老的,另一颗是生来就有知的，总之，都是那种没有年纪的心，是真正的女人的心。无论她们的躯壳怎么样变化和不同，心却永远一样。这心有着深切的自知，又有着向往。别看那心只是用在几件衣服上，可那衣服你知道是什么吗？是她们的人生。都说那心是虚荣心，你倒虚荣虚荣看，倘不是底下有着坚强的支撑，那富丽堂皇的表面，又何以依存？她们都是最知命的人，知道这世界的大荣耀没她们的份，只是挣一些小风头，其实也是为那大荣耀做点缀的。她们倒是不奢望，但不等于说她们没要求，你少见她们这样一丝不苟的人。她们对一件衣裙的剪裁缝制，细致入微到一个裥，一个针脚。她们对色泽的要求，也是严到千分之一毫的。在她们看起来随便的表面之下，其实是十万分的刻意，这就叫作天衣无缝。当她们开始构思一个新款式的时候，心里欢喜，行动积极。她们到绸布店买料子，配衬里，连扣子的品种都是统筹考虑的。然后，样子打出来了，试样的时刻是最精益求精的时刻，针尖大的误差也逃不过她们的眼睛。等到大功告成，望着镜子里的自己，身穿新装，针针线线都是心意，她们不禁会有一阵惆怅，镜子里的图景是为谁而设的？这样虚空的时候，她们更是你需要我，我需要你。她们俩穿着不入俗流的衣装，张永红挽着王琦瑶的胳膊，走在热闹非凡的淮海路上，那身姿是有着无法摒去的落寞。这是迟暮时分的落寞和早晨时节的落寞，都只有着一线微弱的光，世界笼罩在昏昧之中。一个是收尾的，没有前景可言，另一个虽有前景，可也未必比得过那个已结束的景致，全是茫茫然。要不从年纪论，她们就真正是一对姐妹。

不过，她们倒不说体己话的，论衣谈帽就是她们的体己话。只是当一件事情发生之后，情形才有所改变。这天，张永红从王琦瑶家出来，已经走到弄堂口，想起前日借王琦瑶的两块钱没还，就又反身回去。进去时看见方才自己喝过水的茶杯已收到一边，杯里放了一个纸条。这显然是模仿一般饮食店的做法，桌上放一碟红纸条，凡患有传染病的客人吃过之后，取一张纸条放在碗盘里，以便特别消毒。张永红当时没说什么，将两块钱还给王琦瑶就走了，可过后有一个星期没有上门。星期六薇薇从学校回来，问张永红怎么没来，王琦瑶嘴里说不知道，心里却有几分数的。薇薇去找张永红，是她姐姐从阁楼窗口伸出头来，说张永红不在家，单位里加班。薇薇只得去找别的女朋友，打发过了一个假日。过了两日，张永红却忽然来了，进门一句话不说，将一份病历卡放在王琦瑶面前，上面有医师潦草的字迹，写着诊断结果，说明没有在肺部发现病灶及结核菌。王琦瑶窘得红了脸，一时竟有些嗫嚅，但她很快镇定下来，说：张永红，你做到我前边去了。我早就想带你去检查呢！这样，我也可以放心了。不过，虽然你没有肺病，但我还是觉得你有肺火，肺虚。过几日，我陪你去看看中医，你说好不好？张永红先是一怔，然后扭过头哭了。

在张永红这样的年纪，最体己的话，自然是关于男朋友的了。张永红没有男朋友，当她谈起那些对她表露心意的男孩子，总是怀着嘲笑的口吻。王琦瑶知道，像张永红一类的女孩子，总是要犯高不成低不就的错误。她们仗着长得好，衣着时髦，又因为同时有几个男孩追逐，就以为这男朋友是由她们挑由她们拣的。她们摆足了架子，却不知男孩子大都不很有耐心，并且知难而退。虽有个把死心塌地等着的，又往往是她们最瞧不上眼的那个。所以倒不如那些自知不如人的女孩，能够认清形势，及时抓住机会。王琦瑶觉着有责任将这番道理讲给张永红听，心底里也是想杀杀她的傲气。王琦瑶想：谁的时间是过不完的呢？张永红却不以为意，甚至还有几分不服，觉着王琦瑶把她看低了。于是，她再向王琦瑶展示那些男孩时，自然就夸张一些，将有些其实并不属于追求者的人也拉了进来，充人头数似的。这些谎言竟将她自己也骗过了，说起来像真的一样。王琦瑶当然能辨出虚实，想这张永红是在做梦，会有什么样的结果呢？因她不听自己的规劝，有时便也不掩饰怀疑的态度。张永红就恼了，越发要说得她信，却越说越有疑。说来也有意思，不说体己话的时候，句句是真，正经说起了体己话，倒要掺些假话了。不说体己话时还很和气，说开了体己话，就难免要生隙了。这阵子，王琦瑶和张永红之间，气氛是有些紧张了，比较起来，王琦瑶毕竟有涵养，从容不迫一些，张永红可就剑拔弩张的。也是她年轻，看不出王琦瑶的虚处，才这般地不肯让步。为了向王琦瑶做证明，这天，她带来了一个男朋友。

那男朋友来的时候，薇薇也在家，见张永红带个男孩子来，话就多了些，行动也琐碎了些。王琦瑶不觉咬牙，心里骂薇薇不庄重，暗中给了她几个白眼。薇薇却全无察觉，叽叽喳喳说个不停。张永红静坐一边，脸上的表情是带几分慷慨的。又见那男孩子确实不错，脸庞白净，举止斯文，难免更添气恼。可由不得男孩子会讨人喜欢，说话也有趣，尤其和薇薇一句来一句去的，好像说相声，有几回，王琦瑶忍不住也笑了。她起身走到厨房，为这几个孩子烧点心，耳边是那不解忧愁的笑声，心底反渐渐明朗了。想到底是些年轻人，在一起不分你我，只顾着高兴，也是福分，大人不该去扫他们的兴。她替他们做了几样点心，吃过后又打发他们去看电影。等他们走了,一个人坐在陡地安静下来的房间,看着春天午后的阳光在西墙上移动脚步,觉着这时辰似曾相识,又是此一时彼一时的。那面墙上的光影,她简直熟进骨头里去的,流连了一百年一千年的样子,总也不到头的,人到底是熬不过光阴。她的眼睛逐着那光影,眼看它陡地消失,屋里渐渐暗了。薇薇还不回来,不知去哪里疯了。星期天的黄昏总是打破规矩,所有动静都不按时了。明明是烧晚饭的时间,却分外安静,再过一会儿,灯光就要一盏一盏亮了。然后,夜晚来临,出去玩耍的人们更不急着回家了。

王琦瑶没等到薇薇回来就自己上床睡了。夜里醒来,见灯亮着,薇薇自己在收拾明天回学校的东西,想她还没忘记上学,又合上了眼睛,半睡半醒的,听得见邻家晒台上的鸽子,咕咕地做着梦呓。又过了一会儿,灯灭了,薇薇也睡了。

下一回,张永红再来时,王琦瑶夸奖她的男朋友很不错,不料张永红却说那算不上是男朋友,不过在一起玩玩罢了。王琦瑶碰了个钉子,要说的话又咽回肚子。停了一会儿,笑着说:可别把光阴都玩过去了,后悔就来不及。张永红说:不怕的,有光阴就是要玩。王琦瑶就说:你认为有多少光阴供你用的,其实都只一眨眼的工夫,玩得再热闹也有蓦然回首的一天。张永红说:蓦回首就蓦回首。两人就有些不欢而散。再到下一回,张永红又带个男朋友来,不是上回的那个,是黑一些,高一些,不太爱说笑的一个,铁塔似的坐在旁边,听张永红叽叽嘎嘎地笑,同上一个形成对比。王琦瑶晓得她是"玩玩的",就不当真了,也没烧点心,两人坐到晚饭前走了。第二天,张永红来说,这倒是个正经的男朋友,不过是在试验阶段。王琦瑶还是没当她真。可再下回，张永红真的又带他来玩，以后就经常地来。这男孩虽不如前一个那么讨喜，可是却能干，自来水龙头，抽水马桶，电灯开关，缝纫机皮带盘，都会修，而且手到病除，对张永红也是忠心耿耿的样子。薇薇在家的时候，三个人就一同去吃西餐，都是他会钞。可是忽然有一天，张永红却宣布同他断了，理由很奇怪，说他有脚癣，而且是生在手上。那男孩子来找过王琦瑶一回，羞愤交集，竟流下了眼泪。不仅是他，连王琦瑶都觉得受了耍弄。她对张永红说，以后不要把她的玩伴带来，她没时间奉陪。张永红果然不再带来。可有时候，话正说到一半，站起来就要走，说有人等她。话没落音，后窗下就有自行车铃声。等她下了楼，王琦瑶耐不住好奇，跑到楼梯拐角的窗口，往下看。就看见张永红坐在一架自行车的后架上，慢慢出了弄堂。那骑车人虽只看见一个背影，却也认得出是个新人。并且，从薇薇口中，她也听出来，张永红又替换过几轮新朋友了。

张永红走马灯似的交着男朋友。她的男朋友来源不一，有单位的同事，有中学的同学，有住一条马路的邻居，甚至有一个是她负责抄煤气表的地段里一个用户。她很难说有多少喜欢他们，她选择他们做朋友的原因其实只有一个，那就是他们喜欢她。他们的喜欢是能为她撑腰的，喜欢她的人越多，她的腰杆就越硬。她的那个家呀！除了替她挣羞辱，还能挣什么，还不都靠她自己了。她装束摩登，形貌出众，身后簇拥着男孩子，个个都像仆人一样，言听计从，招来妒忌的目光。这是她亲手为自己绘制的图画，哪怕有一笔画歪了，也是她画上去的。她特别善于捕捉那些欣赏她的目光，再使些小手腕，将欣赏发展成喜欢，就到此为止，又去注意下一个了。这样大的吞吐量，而后来者从不会断档，就好像是一支义勇军的队伍。他们从她那有始无终的圈套里经过，留下昙花一现却难以磨灭的记忆。因为那大多是在他们人生的初期，最容易汲取印象，这使他们一生都以为女人是扑朔迷离的。张永红自己呢？男朋友拉洋片似的从眼前过去，都是浅尝辄止，并没有太深的苦乐经验，心倒麻木了，觉不出什么刺激，像起了一层壳似的。所以，面上看起来很活跃，底下其实是静如止水。

现在，张永红和男朋友约会，几乎都要拉薇薇到场，薇薇是个俗话里的“电灯泡”。这“电灯泡”也是做观众的意思，约会就变成展览，最合张永红心意了。要换个女朋友，是断断不肯做“电灯泡”的，可薇薇不是有心眼的，又天生喜欢快活，还很感激张永红总是叫上她。她也处在对男孩留意的年纪，学校里男女生间都不说话，抱着不无做作的矜持态度，内心却一无二致地渴望交往。张永红带着她去约会，她掩饰不住兴奋的心情，有点不识趣地话多，没有守“电灯泡”的本分。张永红却并不见怪，相反还有一种满足的心情。那男朋友起先觉着薇薇聒噪，喧宾夺主，并且经常被张永红推出做替身，错承了他的殷勤，叫他有苦说不出，但渐渐地，因追求张永红太紧，怀了受挫败的伤痛，面对薇薇的如火热情，不觉把目光移到了薇薇身上。虽说不觉有些退而求其次的味道，可年轻人总是善于发掘优点的。于是，主次便发生了微妙的变化。这些哪里瞒得过张永红呢？她稍一看出端倪，便立即将男朋友打发了，是先下手为强。想到薇薇的男朋友是她不要的，失落中又有了一丝安慰。

当男朋友单独来与薇薇约会的时候，她自然是又惊又喜，却做出勉强的表情。这倒不是因为那是被张永红不要的，怕贬了身价，只是她以为男孩提出邀请，女孩就该这样。这都是从张永红那里学来的。她学来的还有频繁地更换男朋友，当然，这些男朋友一律是从张永红那里败下阵来的。薇薇内心里一直是羡慕张永红的，一招一式都跟着她走，耳闻目睹她交男朋友，早盼着有朝一日练练身手。不过，她再跟张永红学，也只是学的皮毛，走走形式而已，内心还是她自己的。她首先是抗不住别人的对她好，再就是天生有热情要善待别人，所以是不忍那么拾一个扔一个的，架子也摆不足。又因为总是处在旁观的位置，得以冷静看人，所以，还是有自己喜欢与不喜欢的原则。于是，三五轮下来，她就有了一个比较固定的男朋友，虽不是如火如荼的，却呈现稳步发展的趋势。每个星期见一两回面，看一场电影，逛一回马路。分手也不是十八相送式的，却说好下回再见，从不爽约。是那种可以将纯洁关系一直保持到婚礼举行的恋爱。你说平淡是平淡了些，可许多幸福和谐的婚姻生活，都是从这里起步的。这时候，薇薇已经在市区一家区级医院实习，做一名开刀间的护士。

4. 薇薇的男朋友

薇薇的男朋友姓林，比薇薇大三岁。父亲是煤气公司一名工程师，年纪虽不大，但因“文化大革命”中吃了苦，身体垮了，便提前退休让儿子顶替，在下面基层单位做修理工。小林白天工作，晚上自修。他曾经考过一次大学，可惜落第了，现正在准备下一年再考。由于考试落第，又由于和张永红也是落第的初恋，他脸上带着忧郁的神情，言语又不多，正好和薇薇形成互补。

薇薇的简单的活泼，无疑是对他起好作用的。他的沉默寡言，也可抑止薇薇的浮躁，使她变得稳重一些。总之，他们是天生的一对，真是没比的和谐。像薇薇这样没心没肺，不用脑子的女孩，倒能忠实地听凭她的本能行事。这本能一般都骗不了她，不会给她亏吃的，到头来，总会有意想不到的好结果。而聪敏如张永红，本能就不起作用了，那点聪敏又还不够用，难免会犯错误。倘要是大智大慧，则是将本能化为理性，还是跟着本能走，就像是两次否定一样。所以，还是薇薇这样的好，省得绕圈子。王琦瑶看见小林第一面的时候，就禁不住地想：这才叫糊涂人有糊涂福呢！

薇薇不说，王琦瑶也猜得到，小林先是张永红的男朋友，但她并没觉得有什么委屈，她倒还替张永红有些遗憾，觉得她没有眼光。小林家住新乐路上的公寓房子。那是一条安静的马路，林阴遮地，有这城市难得的鸟叫，来自附近的花园，那是昔日上海大亨的一所偏宅。因此，小林的脸色看上去就清洁一些，也安静一些，没有闹市喧嚣所烙上的骚动与浮躁，是好人家孩子的面相。他家的公寓，王琦瑶不用进也知道，只凭那门上的铜字码便估得出里面生活的分量，那是有些固若金汤的意思。然而也挡不住时间淘洗，世事变迁，那门内的房间已经有些分崩离析了。有的来自外力，“文化大革命”中的抢占房屋；还有的源于内部，比如兄弟生隙，分门立户。倘能避免这两劫，那就至少还可再保持一代人的好日子。那是安定，康乐，殷实，不受侵扰的日子，是许多人争取一生都不得的。

这一日，王琦瑶很郑重地请张永红来，向她打听小林的情况。这并不是王琦瑶的本意，小林的情况又不经薇薇这张快嘴说的，三言两语便一清二楚。王琦瑶其实是向张永红照会，明确薇薇和小林的关系。她对张永红存着戒心，怕她会后悔当初再来插足。王琦瑶晓得，薇薇远不是她的对手，况且年轻人的情感本就容易死灰复燃。因此，叫张永红来也含有安抚的意思。张永红没来之前就猜出王琦瑶几分意思，一经她提起话头，便大表撮合之意，完全是介绍人的姿态。王琦瑶不禁暗叹这女孩子的聪敏和骄傲。但她毕竟是个孩子，比不上大人的圆滑，表演得过火了些，还是露出不自然的马脚。王琦瑶看出她的失落，又想到没有大人为她做主不说，倒有大人同她斗法，不觉惭愧和内疚，便放下了那话题，问她究竟有没有谈妥一个男朋友。张永红先是一怔，接着便沉默下来。王琦瑶说：那么多男朋友，难道就没一个中意的？张永红还是不说话，眼圈却红红的，有点触动心事的样子。王琦瑶叹了口气，又说：我还是那句老话，别看这一时争先恐后，一眨眼便作鸟兽散了，女人呀，就那么一会儿的工夫，到最后被耽搁的，其实都是你这样漂亮聪明的女孩。张永红低着头，半天才说：你看哪个好呢？王琦瑶被她的孩子气逗笑了，说：怎么要我看，你看才作数的。张永红也笑了，带几分撒娇地说：就要让你看。王琦瑶说：我不看，我看不来。张永红便说：你替薇薇看得来，替我就看不来？这话虽是无心，也叫王琦瑶尴尬了一下。她停了一会儿说：其实我对你说的这些话，对薇薇倒是从没有说过，你比她聪敏，我怕的是聪敏反被聪敏误。张永红不做声了，两人相对无言地又坐了一会儿，张永红就告辞了。

其时，薇薇的男朋友小林已进入复习临考的关键时刻，与薇薇的见面自然减少了。每天晚上，王琦瑶看见薇薇百无聊赖的样子，心里不免有些担心，想那“复习临考”会不会是个托词。

再一想，自己女儿又不是个老姑娘，还怕嫁不出去？可一颗心终是有些放不下。这一天晚上，已经十点钟了，薇薇已经洗过澡上床，不料那小林却在前弄堂窗下一声迭一声地叫。薇薇穿着睡裙跑下去，去了就不回来了。王琦瑶想她穿了睡裙也不会跑远，就借买蚊香作由头，锁了门到弄堂口去找。刚出小弄堂，便看见前边横弄口一盏电灯下，站着那两个孩子，隔了一架自行车在说话。薇薇总是疯疯傻傻，张牙舞爪的样子，老远能听见她的笑声。王琦瑶又悄悄退了回去，再推开那房间门，心是放下了，却觉着发空。也是那空房间衬托的，形影相吊的情景。那面梳妆镜更是不堪，里面外面都是一个人，照了不如不照。正站着，楼梯上一阵噼里啪啦声，是薇薇穿了拖鞋的脚步。问她小林这么晚来做什么？回答说是看书看累了，来找她说几句闲话，放松放松。王琦瑶就说，以后让他上楼来坐，吃点西瓜什么的。薇薇说：谁家没有西瓜？

下一次小林再来，把薇薇叫出去，站在路灯下说话，王琦瑶就借故走过去，对薇薇说，她出去买东西，房门也没锁，到家里坐坐，替她看一会儿门吧！薇薇只得带了小林回家，嘴里嘀咕着说她怎么出去不锁门。两个孩子上了楼，东说西说的，王琦瑶也不回来，渐渐倒把她忘了，很是自由。小林在她家房间里走来走去，指着那核桃心木的五斗橱说：这是一件老货。又对了梳妆桌上的镜子说：这也是老货，一点不走样的。薇薇就说：有什么镜子会走样？小林笑笑，不与她分辩，又去看那珠罗纱的帐子，结论是又是一样老货。薇薇对他质问道：照你这样说，我们家成了旧货店了？小林知她理解错了，却并不解释。这时，王琦瑶从楼梯口上来了，手里拿几块冰砖，又进厨房取了盘子勺子，分给他们。两人都有些拘谨,不再说话。王琦瑶就问小林书温得怎么样了,考场设在哪里,十之八九是由薇薇抢着回答了。小林来不及说一两句的,只得低头看那碟子上的花纹和金边,想这样的细瓷如今是再难见了。这小林虽然年轻,却是有一股怀古的心情,看什么都是老的好。倒不是说他享用过它们的好处,而是相反,正因为他没有机会享用它们。那些老日子他都是听父母们说的,他那样的公寓,谁没有一点好回忆?小林在薇薇家看到了些老日子,虽是零星半点,却货真价实。王琦瑶又对他说,以后来找薇薇说话,就上楼来,不必客气,站在路灯底下,难道是喂蚊子?小林就笑了,薇薇却说:人家又不是客气,人家是不认识你。王琦瑶听她这话说得失分寸,便不搭理她,收拾起碟子进了厨房,小林也起身告辞了。

往后,小林来了,便不在窗下一声高一声低地喊,而是径直上楼来,在楼梯口喊一声。王琦瑶总是找个借口让出去,给他们自由。过上一段时间回来,也是为了替他们做点心。做完吃完,小林也到了回家的时候。这是能叫人安心的夜晚,尤其是在决定命运的考试来临之前,可使人分出心去,注意一些细枝末节的东西。这是些和命运无关,或者说给命运打底的东西,平时谁也不会注意,那就是日常生活。王琦瑶有一种本领,她能够将日常生活变成一份礼物,使你一下子看见了它。这时你会觉着,哪怕是退一万步,也还有它呢!这礼物对一般人,比如像薇薇,还显不出好处,因他们本也无所谓进退的。可对于小林这样求胜心切的,却无疑是一帖良药。

到了临考前的几天,小林几乎天天都来了。由于紧张,也由于要克服紧张,小林变得话多起来。因薇薇多半是有些胡搅蛮缠,或是不懂装懂,所以,小林的说话大半是对了王琦瑶的。他告诉王琦瑶,他父亲原是一个孤儿,在徐光启创立的天主教学校里,有一日学校来了一个老人,要听孩子背《圣经》,将背得最快最好的一个领为养子,这孩子便是他的父亲。他的父亲受到了很好的教育,曾在美国留学。如今,他一心希望他的孩子能上大学,事业成功,可上面两个大的,一个下乡,一个进厂,都与读书无缘,希望就寄托在他身上了。王琦瑶听后便笑道:凡天下父母的希望都是有些言过其实,说到底就是要儿女好,因此你也不必顾虑他们太多,只想着自己尽力就行,再说他们要小林你考大学也是因你实在是读书的料,还是为了你自己的希望,你要光想着他们,倒把自己给忽略了。她这一番话不是替他开释责任,而是让他放下包袱,轻装上阵。小林听了心里真的豁朗了一些,情绪也安定了。这话匣子一旦打开,就关不上,他继而向王琦瑶介绍他的母亲,一户中等人家的女儿,缩衣节食地供她读完中西女中。薇薇在一旁早已不耐烦了,嚷着要出去逛马路,小林只得截住了话头,却是恋恋不舍的样子。薇薇噔噔地下了楼梯,小林跟在后面。一走到弄堂里,薇薇就说:你和我妈倒有话说。小林说:这有什么不好吗?薇薇说:不好!就不好!小林见和她无理可讲,一扭头推上自行车走了。两人不欢而散。

就这样,考试的日子到了。考完后的下午,小林不回自己家,倒从考场直接去了薇薇家。王琦瑶见他来,一边端出绿豆百合汤给他消暑,一边就到公用电话打电话给薇薇,让她提早下班回来。经历一轮考试,小林竟瘦了一圈,精神却不错。问他考得如何,只说还可以,见他按捺着的样子,知他是有话要等薇薇来说的,便也不多问,给他找了几张报纸看着。不一会儿,薇薇进门了，高跟鞋一踢，抱怨着渴和热，竟像是她考试回来。小林等她问些考试的事情，她也不问，却问晚上有什么电影看，说已经有很长时间没看电影，又说如今已流行一种什么款式，再不赶上就要过时了。王琦瑶有些看不下去，只得代薇薇向小林提些问题，有哪些题目，回答得如何，等等。小林这才得以报告考试的情形，虽是以平淡的口气，却依然流露出兴奋和激动，尤其是外语这一门，几乎连他预习的三分之一都没有考到，自然得心应手。薇薇听了也很高兴，闹着要小林请她吃红房子，王琦瑶便阻止说：小林还没回过家，大人都在等他，再说又不是接到录取通知了，分明是敲竹杠嘛！小林却说无妨，家里可打个电话回去，至于录取不录取，那也由不得他，总是谋事在人，成事在天，他总归问心无愧了！虽是豁达的话，也是要有十二分把握撑腰的。王琦瑶便由他们去，两人走到门口，小林又回过身说：薇薇妈妈也一起去吧！王琦瑶自然是推辞，实在推辞不掉，薇薇又说些不耐烦的话，使局面有些尴尬起来，王琦瑶就说，也好，不过由她请客，算作犒劳小林吧！然后她让他们先走，她随后就到。等她换了衣服，拿了些钱，来到红房子西餐馆的时候，已是七点钟光景。夏天的黄昏总是漫长，太阳已经下去了，光还在街道上流淌。这种黄昏，即便一千年过去，也是不变，叫人忘记时光流转。这一条茂名路也是铁打的岁月，那两侧的悬铃木，几乎可以携手，法国式的建筑，虽有些沧桑，基本却本意未改。沿着它走进去，当看见那拐角上的剧院，是会有些曲终人散的伤感。但也是花团锦簇的热闹之后，有些梦影花魂的。这一路可真是永远的上海心，那天光也是上海心。她看见了绿树后面的红房子，想这名字也起得好，专叫人不老的。这时，路灯亮了，黄黄的，反倒将天映出了夜色，蒙着层薄雾。

王琦瑶隔着餐馆的玻璃门就看见了薇薇和小林的身影，两人头对头地在看菜单，有一些灯光罩着他们。王琦瑶不觉停了一下，心想：几十年的岁月怎么就像在一转眼间呢？她推门进去，走到他们面前，薇薇见她的第一句话便是：还当你不来了呢！口气里是有些嫌她来的意思。王琦瑶却作不知，反是说：说好请你们，怎么能不来。接着就是薇薇点菜，大包大揽的，专挑贵重的点，是向小林摆阔，也是敲母亲竹杠。王琦瑶本想随她，但见她太不顾自己面子，有意要给点颜色，便将薇薇点的菜作了番删减，又换了几味价廉物美的。薇薇难免争辩，王琦瑶就说：你不要以为贵就是好，其实不是，说起来自然是牛尾汤名贵，可那是在法国，专门饲养出来的牛；这里哪有，不如洋葱汤，是力所能及，倒比较正宗。这一番话把薇薇说得哑口无言，从此就不开口，沉着脸。小林却听出这话里的见识，也是和老日子有关的，便引发出一连串的问题，王琦瑶则有问必答，百问不厌。

转眼间，面前摆满了大盘小碟，白瓷在灯光下闪着柔和的光泽，有一些稀薄的热气弥漫着，哈着人的眼睛，眼里就有些湿润。窗外的天全黑了，路灯像星星一样亮起来，有车和人无声地过去。树在晚风中摆着，把一些影一阵阵地投来，梦牵魂萦的样子。这街角可说是这城市的罗曼蒂克之最，把那罗曼蒂克打碎了，残片也积在这里。王琦瑶有一时不说话，看着窗外，像要去找一些熟识的人和事，却在窗玻璃上看见他们三人的映像，默片电影似的在活动。等她回过脸来，一切就都有了声色。眼前这两人真可说得天生地配，却是浑然不觉。王琦瑶静静地坐着，几乎没动刀叉，她禁不住有些纳闷：她的世界似乎回来了，可她却成了个旁观者。

第 二 章

5. 舞 会

舞会上,那安静地坐在一隅,很甘于寂寞的女人,就是王琦瑶。她守着一堆衣服和包,脸上带着些宽容的微笑,看着舞场中的人群,似乎是在说:你们都跳错了,但也无妨。一个晚上,她也会有几次出场,和她作舞伴的是几个年轻的男女。当你靠近他们,便可听见她轻声的指点,才晓得她是教他们来的。你还没有足够的经验为她的舞步作评价,只觉得她的从容和镇静。在这种年轻人成堆的地方,能保持这风度着实不容易。像她这样年纪的人,无论男女,在每个舞场,平均都有一个或几个,专为舞会倒溯历史的。他们为舞场带来了绅士和淑女的气息,是三四十年前的,虽然不起眼,却是舞场的正传。他们上场时,一律表情严肃,动作一丝不苟。初看上去,你会以为他们是把跳舞当工作,本着负责的精神。可再往下看,你就在他们的举手投足间看出了心底的快乐。这快乐不是像年轻人那样如水漫流,而是在渠道里流淌,不事张扬却后劲很足的样子。相形之下,年轻人那快乐就只能叫作疯狂。这时你会明白拉丁舞的妙处,它将人的好情绪,严格规范在有序的动作中,使其得到理性的表达,它几乎是含有哲学的，要看懂它不容易。因此，这些人物在今天的舞场里，无一不显得落落寡合。这时节，迪斯科还没流传来，可年轻人已经没了耐心，他们跳起舞来，大多动作草率而冲动，他们喜欢快速的舞曲，因为那能蒙人，也能蒙自己。他们太急于攫取跳舞的快感，不管会不会的，跳起来再说。他们不晓得约束的道理，那是可使快乐细水长流，并且滋生繁衍。他们太挥霍了，往往收支不能相抵，一夜歌舞不够一夜用的。于是他们便一夜连一夜，是预支快乐和激情。但那疯狂劲真是能感染人，在旁边想坐也坐不住，心怦怦跳着，血涌上了头。

有一次，是区政协举办的舞会，小林搞来入场券，几个人又去了。在这里，王琦瑶看见了真正的拉丁舞。和以前去的舞会不同，这一次来的有一半是年过半百的老人，他们穿着灰或者蓝的家常衣服，熟人和熟人围坐一桌。舞场设在饭厅，空气中有着油烟的味道。地也脏了，重新拖过，又洒上一些滑粉，显得邋遢。天花板熏黄了，可是那一周边沿却是文艺复兴风的花样，廊柱也是罗马式的，还有迎向花园的拱形落地窗。灯光大亮着，倒不如暗些好遮一遮那个旧。这一亮，便什么也逃不过眼睛了，连那脸上手上的老年斑，都历历可数地清楚。后来，音乐响了，从一个四喇叭的录音机里放出，沙沙哑哑的，在空廓的大厅里，显得有些软弱。二三小节过去，便有几对上了场，缓缓地滑行着。在那高大的穹顶之下，人变虚变小了，就像个小人国似的。可这些小人儿全是舞蹈家，有过几十年舞蹈的经验，那舞姿全是炉火纯青。别看他们不动声色，内里可是胸有成竹，路数全在心中。这是三十年不跳也不会忘的，因为学的时候下工夫，练的时候也下工夫。虽是小人国，可那脸上的表情却跃然入目，几乎称得上是肃穆。你晓得他们心里在想什么吗？你晓得他们眼睛里看见了什么吗？这真是猜不透。他们看上去都有些悲喜交集似的，悲的什么又喜的什么呢？年轻人都有些瑟缩，不肯下去跳，在跳的也放不开手脚。今晚的舞场被凝重的气氛笼罩。这些头发花白的舞者，都是没有年纪的人，无古无今的，这大厅也是无古无今。拉丁舞真是了不起，它有穿越时间隧道的能力，无论是旧，是老，是落拓，是沧桑，有了它垫底，就都化腐朽为神奇，变成了高尚。

王琦瑶怂恿薇薇他们去跳，自己坐在边上。有风从落地窗里吹进来。她看着眼前的场面，觉得就像是从三十年前照搬过来的，只是蒙了三十年的灰垢，有些暗淡了。她甚至看得见旧窗幔上，有成缕的灰尘缓缓地飘落下来，坠入画面，消失了踪迹。等年轻人渐渐加入进去，那画面的颜色才鲜明起来。有几个是身着盛装的，虽和现境不相配，跳得也不怎么样，可那衣袖裙裾，却不由分说地夺人眼睛。青春也是夺目的，只那么几点，便将气氛活跃起来。有些乱，分明是错了节拍，却也顽强地向下走，直到曲终。还有误以为舞步就是走步，于是纵横交错，满场地梭行。正跳着，忽然来了两个抬汽水箱的人，号召人们凭入场券去领汽水，于是就有等不及的，从舞蹈的人丛中穿越，去领汽水。拔瓶盖的声音连成一片。还有人自作主张跑到录音机处，将奏到中间的舞曲按停，换上自己带来的磁带，叫人停不了又接不上。好了，这下全来了，连那民间的山歌都作了快四步跳，方才那古典派的一幕则作了鸟兽散，七零八落的。王琦瑶正坐着，忽有人来请她跳舞，倒是一位老先生。这时，舞会已到了将近尾声的时分，有些如火如荼，渐渐不分你我，天下与共的气氛。王琦瑶缓缓被带入舞池，前后左右都是人，却谁也不看谁，沉浸在各自的舞步中。虽是同一支舞曲，但每个人都觉着是自己的，各有各的跳法。这老先生的舞步就像是踯躅，长了便觉出那步子里的节律。在一片活跃之中，这样的舞步就像是海里不动的礁石。王琦瑶从这老人的舞步里就已经辨别出他是哪一类人，是那种规规矩矩，兢兢业业，持一份殷实家业，娶一位贤良太太，为了应酬才涉足舞场的好好先生，当年那些未嫁女儿的操心的父母们，眼睛都是盯着这类先生的。如今，他已满头白发，衣服也改了样子。舞曲终了，正好将王琦瑶送回原位，老先生轻轻一握她的手，然后松开，微微一颔首，转身走了。随后，最后一支舞曲响了，是《魂断蓝桥》的插曲《一路平安》。

除了单位举行的舞会，还有一类家庭舞会。房间稍大一些，再有个录音机，便成了。张永红新结识的男朋友小沈，就常组织这样的舞会，也不是在他家，而是在他的朋友家。有一回，也邀请王琦瑶去，说是请她教大家跳舞。王琦瑶说了声，她能教什么呢，就跟着去了。小沈这朋友，竟是住在爱丽丝公寓，也是底层，不过是隔了两个门牌。虽然是晚上，周围又变得厉害，可王琦瑶一进那个院落，便认了出来。她奇怪自己这么多年里却从来没再来过一回，倘若不是今晚来跳舞，大约一辈子也走不到这里。说起来，才是三四站公共汽车的距离，倒像是隔山阻水似的。有时候想起爱丽丝公寓，就好比上一世的事情。小沈这朋友的一套公寓，虽也是底层，隔间却有些区别，有两个卧室，客厅也多了个手枪柄似的一角。这朋友的父母姐妹都陆续去了香港，上海只他自己一人，住这么一套房子，虽是卫生煤气一应俱全，却没什么烟火气。来了这些人，也不烧开水，放了一桌啤酒和汽水。

王琦瑶他们到时，已经有几对人来了，在音乐声中缓缓起舞。也不知谁是主，谁是客，人们都很熟悉的样子，自己到冰箱里拿冰块，听见门铃响，谁都去开门，进来的人也像到了自己的家。甚至有一人，对跳舞没兴趣，自己跑进卧室睡觉去了。说是请王琦瑶教跳舞的，其实没有一个人来向她学习，都是自己管自己跳。王琦瑶先有些不知所措，后来看大家都是自己照顾自己，也就放松下来，干脆拿出主人翁的姿态，跑到厨房烧了壶水，冲在热水瓶里，又找到茶叶盒，泡了一杯茶，然后找个角落坐下。接着又有几个跟着泡了茶，也不问问是谁烧的水，天生该有似的。这时候，房间里大约聚了有二十来个人，有人将灯关了几盏，只留下一盏台灯，昏昏黄黄地照着，将些人影投在墙上，黑森林一般。王琦瑶坐在暗处，因没人注意，感到很自在。她想她竟回到了爱丽丝，但爱丽丝却是另一个爱丽丝，她王琦瑶也是另一个王琦瑶了。

王琦瑶坐在沙发里，手里的茶杯已经凉了。她的影子在密密匝匝的影子里，被吞掉了，她自己都要将自己忘了。要说她才是舞会的心呢！别看她是今晚上唯一的不跳，却是舞会的真谛，这真谛就是缅怀。别看那些人举手投足，舞步踩得地板噔噔响，岂不知他们连舞曲的尾巴都踩不着，音乐只是音乐的壳，约翰·施特劳斯蜕了一百年的蝉蜕，扫扫有一大堆的。那把裙裾展成莲花似的旋转，一百转也是空转，里面裹的都是风，没有一点罗曼蒂克。那罗曼蒂克早已无影无踪，只留有一些记忆，在很少几个人的心里，王琦瑶就是其中一个。那是一点想念罢了，哪经得住这么大肆张扬的折腾，一折腾就折腾散了。这舞会啊，开了不如不开，怎么着都是走样。就好像一个古墓，不出土还好，一出土，见风就化。在舞曲间歇时分，王琦瑶听见窗外有无轨电车驶过的声音，从百乐门那边传来，她想：这就是爱丽丝的夜晚吗？

6. 旅　游

小林收到大学录取通知之后，为表示庆贺，王琦瑶拿出钱让小林带薇薇去杭州玩几日。小林却说：伯母为什么不去呢？王琦瑶一想，那杭州虽然离上海近，却从没去过，便准备一起出行。临走前，趁薇薇去上班，把小林叫到家里，交给他一块金条，让他到外滩中国银行去兑钱，并嘱他不要告诉薇薇。如今，王琦瑶对小林比对薇薇更信得过，有事多是和他商量，也向他拿主意。而小林呢，凡事也是多和王琦瑶商量。和薇薇是玩耍快活，要遇上心情不好，倒更愿意同王琦瑶倾说，可以得些安慰。在内心里，小林要说是将王琦瑶当未来的岳母，还不如说是当朋友。王琦瑶也至少是将他当半个朋友看的，她有时甚至会忽略他的年轻，同他说一些自己的心情。当她将金条交给小林的时候，她犹豫了一下：要不要告诉他这笔财产的来历，这可是个大秘密。王琦瑶这几十年里，积攒了多少秘密啊！她听着小林下楼出门，近中午时便回来了，送还给她一沓钞票，于是，那隐秘往事也像兑了现似的，不提也罢，小林也并不多问，这城市里的财富也像秘闻一样，名不见经传。像小林这样的上海老户人家，自然是明白这些的。王琦瑶留他吃过午饭，便回家了。

在杭州玩的三天里，王琦瑶尽力做到“识相”两个字。每天清早，她先起来，走出宾馆转一圈。他们住的宾馆是在里西湖，她就沿着湖走，一直走到白堤。太阳把湖水照得灼亮，身上也出了一层薄汗，然后回来。路上，正和薇薇小林相遇，他们也是散步去的。她对他们说一声：等你们吃早饭啊，便走了过去，进到宾馆。这时，浴室里还有热水供应，洗一个澡，换身衣服，下去到餐厅，坐一刻，他们便来了。白天的活动，三次里有一次她缺席，晚上的时间统统给他们俩自由。薇薇直要到十二点才回房间，王琦瑶听见门响便闭上眼睛装睡。听着薇薇碰碰撞撞地洗澡，刷牙，开灯，关灯，最后上床，转眼间睡熟，响起轻轻的鼾声，她这才敢翻身，睁开眼睛，那眼睛闭得都有些累了。房间里其实很亮，什么都看得清楚，那光有一些极轻微的波动，想来是从湖面上折来的光。王琦瑶想着白天去过的九溪十八涧，一派空山鸟语的意境，心想去那里做个女隐士怎么样？样样事情眼不见心不烦，多好！那样的少人迹的地方，一百年都和一天一样，没什么过去和将来，也很好。但又觉着现在再去做隐士，有些晚了，已经付出的那半生的代价，难道都算作徒劳？都不计结果了？岂不是吃了大亏，又岂不是半途而废。再要去想那结果当是什么，思想却散漫开来，抓又抓不住，出现了些旁枝错节，渐渐就睡着了。第二天早上，她一睁开眼便见屋内大亮，薇薇已不见了踪影，才知自己睡过时间了。但也不着急，干脆慢下来，闭会儿眼睛再起床梳洗，到餐厅等那两位吃早餐。左等不来，右等不来，眼看人家要收摊，只得匆匆吃了几口。走到大厅里等，还是不来。又到门外去等。湖水已有些蒸人，远望过去，苏堤白堤上已有了游人的身影，慢慢地晃动。天上有几丝浮云，一会儿就不见了。蝉鸣起来，依然没有他俩的身影。

薇薇和小林这天早上是到六公园喝茶去了，然后直接乘船游了趟湖，中午十二点才回到宾馆。以为会在餐厅里碰见王琦瑶,却没有,便自己吃了饭再去房间拿些东西。因小林是与别人合房间的,所以东西都放在王琦瑶母女的房内。一开房门,却见王琦瑶靠在床上,看连环画,身边还放了有一沓连环画。因没想到屋里有人,先是惊了一跳,然后小林便问,伯母有没有吃饭。王琦瑶却像没听见似的不回答,眼睛看着连环画,手慢慢地翻着,脸上倒带着微笑。薇薇兀自拿了衣服进浴室去换装,小林又问,下午一同去黄龙洞看方竹吧!王琦瑶说:不去!脸上的微笑陡地没了。小林停了一下,就解释说:早上,我和薇薇沿着苏堤散步,走远了,就没回来吃早饭。王琦瑶听了这话,不由一阵委屈涌上心头,眼圈也红了,挣了一下才说出一句:我也散步去了。说罢又恼怒,恨自己显出可怜相,便再加了一句:你不用来向我汇报的。这时,薇薇从浴室里出来,冲着小林说:走不走?也不看王琦瑶一眼,就好像没这个人似的。王琦瑶从连环画上转过脸,看了她说:你是对谁说话?薇薇被她问得一怔,朝她翻翻眼:不是对你说话。王琦瑶便冷笑了:你不对我说话,又是对谁说话?你不要以为你有男人了,就可以不把别人放在眼睛里,你以为男人就靠得住?将来你在男人那里吃了亏,还是要跑回娘家来,你可以不相信我这句话,可是你要记住。她这漫不着边的一席话,把薇薇说急了,她说:谁有男人了?谁不把别人放在眼里了?今天我倒要你把话说说明白,黄龙洞我也不去了!说罢就在对面床上坐下,搁起腿来望着王琦瑶,正式谈判的样子。这母女俩向来不分尊卑上下,别人说她们像姐妹俩,还不仅因为王琦瑶长得年轻。平时的口角就不少,就连小林这个外人都亲眼目睹过几回。但今天的形势却有些不同寻常,似是无来无由,吵不下去却要硬吵,其实是有着原委,一旦触动可是个大难堪。小林看出这场口角的危险,便过去拉薇薇走,薇薇打开小林的手:你总是帮她,她是你什么人!话没落音,脸上就挨了王琦瑶一个嘴巴。薇薇到底是只敢还口不敢还手,气急之下,也只有哭这一条路了。小林则往外拉她,她一边哭一边还说:你们联合起来对付我!这一个下午,谁也没出去玩。大好的阳光,大好的湖光山色,便在怨怒和抽泣中过去了。

小林将薇薇拉到他的房间,同屋的人正好不在,于是便百般抚慰与劝说。薇薇闹了一会儿,渐渐平静下来,抬起泪汪汪的眼睛,说:小林,你评评这个理,今天是我不对还是她不对。小林替她擦着泪说:自己妈妈有什么对不对的?再不对也是你妈妈。薇薇又气了:照你这么说,世界上就没有什么对和错了?小林笑道:我又没说"世界上"。然后他沉默一下,又说:你妈妈其实很可怜。薇薇便说:可怜什么可怜!小林也不与她争,只是望着窗外出神。停了一会儿,薇薇将他的脸扳过来,问道:你和她好还是和我好?薇薇郑重的神情,使这荒唐无聊的问题变得严肃起来。小林亲了薇薇一下,反问说:我有必要回答你吗?薇薇也笑了,笑着笑着害羞起来,将脸埋在枕头里,不让小林看。两人这么说着话,时间就过得很快,到晚饭时间,小林对薇薇说:咱们去叫她吃饭,你要有点笑容。薇薇偏就拉下了脸,说:我不会笑。正要出门,却听有人敲门,开门一看,是王琦瑶。她换了一身衣服,拿着手提包,脸色平静,说带他们去楼外楼吃饭。等他们各自拿了随身的东西,三个人便下楼出去。

太阳正垂到街的上空,将个杭州城照得金光灿灿。自行车就像金水里的鱼似的,穿行而过。西湖上倒冷清下来,游客大都上了岸,只有很少几艘船在水上漂着。有漂到湖边的,与岸上的行人对望的眼神，似都带了些诧异。这时，天空变得绚丽，云彩被夕照染成七八种颜色，铺展到天边。小林说要拍照，于是单人照双人照地拍了一气，天色也纯净下来。到楼外楼，三人坐定，王琦瑶让他们两人点菜，自己并不发表意见。薇薇渐渐缓了过来，开始活跃，说这说那的，王琦瑶有时也应和两句，都将下午的事忘记了。小林这才将吊了半日的心放下来，松了口气。他一边替母女俩倒啤酒，一边很由衷地说：薇薇，你应当敬你妈妈一杯酒，她把你养这么大，吃了多少辛苦！薇薇要赖道：是她情愿，又不是我逼她生下来的。王琦瑶笑着说：我是逼你的，好不好？小林就说：我敬伯母一杯酒，花这么多钱让我们来旅游。不料，王琦瑶听了这话竟有些变脸，虽然还笑着，却是冷了下来。她喝了一口酒，并没说什么，就吃菜。薇薇自然不会察觉什么，小林却感不安了，隐约觉着自己说错了话，又不知错在哪里。这半日来，为了调解母女俩，已有些筋疲力尽，如今见这情形，竟是徒劳一场。不免心灰意懒，便也闷闷地喝酒吃菜。一时上，只有薇薇在聒噪，兴致很高，且不察言观色。一顿饭就她吃得高兴。

晚上，王琦瑶一人回到房间，也无事可干，便慢慢地收拾明天回去的东西。收到一半，突然一笑，心里说，原来是当她银行用啊！停了一会儿，又问自己，她当她是什么呢？她丢下手里的东西，决定去洗澡。热水还没来，水龙头空空地吐气。她就让它开着，又回房间躺在床上，不想却打了个瞌睡。醒来时只听见哗哗的水声，从浴室门里涌出一团团的蒸气，弥漫在房内。

第二天，他们是乘下午车回上海，车到北站已是晚上十点，广场上人声鼎沸，路灯纵横排着，散布着昏黄的光，混沌沌地浮在攒动的人头之上。薇薇和小林走在前边，王琦瑶落后半步，小林不时回头照应，问她东西好不好拿，路好不好走。王琦瑶就说很好，心想自己还没老到这程度。他们横穿广场，终于走到马路上，也是无头无尾的人流。最后，终于回到家中。才走三四天，房间已积起一层灰来，几只米虫化成的蛾子在左冲右突地飞翔。

7. 圣诞节

这一年，上海的某些客厅里，兴起了圣诞节。到了圣诞夜，这些人家的灯是亮过十二点的。还有钢琴上的圣诞歌，也是通宵达旦。这种夜晚虽也免不了吃喝，却因有圣诞蜡烛和圣诞歌作背景，吃喝也俗不到哪里去。圣诞树一般是没有的，没地方去买。午夜的钟声是听无线电里"嘟嘟"的报时声，在静夜里有些寂寥，却使这圣诞节更显得独树一帜。其实，这些过圣诞的人家倒并不见得是上帝的信徒，你问他们耶稣的事情，也只答得出一二。他们大都是从外国寄来的圣诞卡上了解这一节日。那些早年真正受过布道的教友们，恐怕都已想不起圣诞节这回事了。他们往往年老力衰，也有些落伍，不免随流入俗了。过圣诞的事，是由这城市里最摩登的人物担任。这些摩登人物的锐利目光，扫过这城市的每一个角落，这城市缺什么都躲不过他们的眼睛。他们积极地要将这城市推进潮流，结束它离群索居的历史。在今年的日子，圣诞夜难免有些冷清，可你可以想见它的竭诚竭力。最好的碗碟拿出来了，新桌布铺起来了，玫瑰花插在瓶子里了，客人也来了，一律是最新潮，一看便是这城市的主人。他们进门就说"圣诞快乐"，也是圣诞的主人。天有些冷，又没有暖气，可因为兴致高，便也不在乎，穿的都是春装。吃一点东西，再跳一会儿舞,就觉身上发热,挥洒自如了。圣诞夜是在九点钟开始的。这时候,人们大都准备就寝,外出的人也在往家赶,连舞会都到下半段了,可是这里才在迎客。等邻居家窗口一个一个暗了,这里的璀璨就好像是一座航标,这城市再不会迷失方向了。

这年头,这城市就像一个干涸已久的大海绵,张开了藻孔,有多少快乐便吸吮多少快乐,如今它还远没有吸饱呢!你看,那楼房上方的夜空,还是黑多亮少,那掩紧的门窗后头,大多是睡眠,这么点快乐不够人们用的。那点快乐,从街上流过,只能湿一湿地皮。你不知道,这城市对快乐的需求量有多大啊!这些客厅啊,旧是旧了,不过还管用,还盛得下一个圣诞夜,让我们就在这里歌舞好了。钢琴的音不准了,不过都是老牌的"斯特劳思"。那些老校音师呢?还须耐心地将他们一个个寻访出来,使其重操旧业,这城市的旧钢琴全指望他们了。否则,圣诞歌怎么办?还有很多朔拿大,小夜曲怎么办?

薇薇跟着小林到他同学家过圣诞的时候,王琦瑶一人在家。她想:这墨样黑的晚上,过什么圣诞呢?她坐在灯下编织羊毛的婴儿连衣裤,忽觉四下里十分的静,平日里的人声此时都偃止了,难道都去过圣诞了?这时,她听见有自鸣钟的声音响起,数了数,竟敲了十下,才知夜已深了。她想圣诞这日子真没意思,聚在一起听钟打十二下,哪一天不打十二下呢?王琦瑶自己上床睡了,夜里并不知道薇薇回来。早上起来买菜,见她睡着,床前扔着新买的长筒靴,衣服也是乱扔着,真有些一夜狂欢的意思。她轻轻下楼出门,路灯刚灭,天色有些阴,是在作雪,看起来却像通宵未眠的疲惫。路上走着匆匆的行人,有迎面过来的,王琦瑶便在他们脸上看见过圣诞的痕迹。她觉着,人人都过了圣诞,只有她除外,可她无所谓。她买了菜,拿了牛奶,还买了豆浆、油条,就往回走。一路上就有许多上学的孩子,脸冻得通红,啃着冰冷的早点。想来他们的父母也是刚从圣诞舞会上回家,来不及为他们烧早饭的。太阳在阴霾后面,透出滞重的光。王琦瑶回到家,房间里还是走时的情景,薇薇蒙头睡着。一股又酸又甜的隔宿气弥漫在屋内,叫人心头烦乱。王琦瑶想起今天是薇薇休息,不知她要睡到几点,便退到厨房,自己烧早饭吃。从窗里看见对面人家在收拾房间,进进出出的。还有一扇窗户里,伸出一竿洗净的衣服,又关上了窗户。那衣服在阴冷的空气中,永远不会干的样子。然后,送早报的来了,自行车铃响着。弄堂里嘈杂起来,一天开始了。

这天,薇薇睡到中午还不起来,两顿饭都没吃。王琦瑶不想与她费口舌,就随她去。一点来钟时,张永红却来了。薇薇翻个身睁开眼睛,人躺在被窝里,听她们说话,并不插嘴。王琦瑶少见她这么安静的,问她要不要吃饭,她说不要。因睡足了觉,脸色很红润,披散了头发,懒得像一只猫。王琦瑶问张永红,昨晚有没有去过圣诞夜。张永红不解地说:什么圣诞夜,听也没听说过。王琦瑶便慢慢告诉她圣诞节的来历。张永红认真听着,提了些无知的问题,让王琦瑶解释。薇薇也听着,一声不出。天阴着,屋里有些暗,不是夜色的那种暗,而是遮蔽得挺严实,于是便觉着温暖的暗。张永红听了半天说:咱们这些人有多少热闹没赶上啊!王琦瑶就说:你们还有时间呢,像我,连时间也没了。张永红不同意道:你已经赶过了,怎么好和我们比。王琦瑶安慰她:这就好比看戏,上场演过了,要停一会儿,下一场就开幕了。

张永红说:可别停得太久了呀!王琦瑶说:怎么会太久,锣鼓家什都敲起来了,你看这人,昨晚不就疯了一夜?她指了指薇薇,薇薇往被窝里一缩,露出双眼睛,还是不说话。王琦瑶就告诉张永红,薇薇昨天跟小林去过圣诞,不知什么时候才回来的。张永红朝薇薇看了一眼,没有说话。房间里又暗了一些,也暖了一些。王琦瑶起身到厨房去烧水,这边两个人却是无话,默默的,一个躺,一个坐。薇薇闭着眼睛,睡着的样子。张永红低着头,不知在想什么。等王琦瑶回来,屋里似乎又暗了一成,连人都看不清了。有那么一阵子,三个人一点声音都没有,都像在酝酿什么心事似的。忽然,被窝里发出一声笑,极短促的。王琦瑶和张永红朝那边看去,却见薇薇整个头都埋进被窝了。王琦瑶问:笑什么?先是没回答,过了一会儿才有声音,也是忍着笑的:不可以笑吗?

王琦瑶不再理薇薇,转过头来问张永红,同她那男朋友关系如何了?张永红很不愿提的表情,说已经断了。王琦瑶晓得是这结果,还是怔了怔,想说什么,又想什么都说过了。张永红却又开口,数出那男朋友的一堆坏处,都是要不得的。王琦瑶听罢后不觉笑道:张永红你的眼睛真是锻炼出来了,看人入木三分。张永红没听出她话里的刺,有些忧郁地说:是呀,我大约是有毛病了,十分钟的热情一过去,样样都看不入眼了。王琦瑶说:你是经得太多,就像吃药,吃多了就会有抗药性,不起作用;交人交多了,反交不到底了。张永红说:我反正是弄僵掉了!话是这么说,骨子里还是透着得意,毕竟是她挑人家,不是人家挑她,僵也是人家僵,她是有余地的。王琦瑶看出她的心思,在心里说:会有掉过头来的一日。她看张永红缺乏血色几近透明的脸上,已有了憔悴的阴影,那都是经历的烙印。一次次恋爱说是过去,其实都留在了脸上。人是怎么老的?就是这么老的!胭脂粉都是白搭,描画的恰是沧桑,是风尘中的美,每一笔都是欲盖弥彰。王琦瑶看着张永红替她整理毛线的纤纤十指,指甲油发出贝类的润泽的光,皮肤下映出来浅蓝色的脉络,有一股撑足劲的表情,王琦瑶有些为她难过。张永红开始说一些马路传闻,无非是偷情和杀人两个题目。薇薇从被窝里又伸出头来,眼睛睁得溜圆地听,王琦瑶就斥责道:你过了一个圣诞夜,倒像是值了个夜班,还要我们来服侍你吗?薇薇听了并不回嘴,王琦瑶不觉有些诧异,就看她一眼。她懒洋洋的,一动也不动。

这会儿,天是真的黑了,一开灯,有些满屋生辉的。张永红就说要走,薇薇也不起来,王琦瑶送她到楼梯口,反身进厨房烧饭。见那北窗外雾蒙蒙的,还有盈耳的沙沙声,仔细看,才知是下雪珠了。王琦瑶对着窗外看了一会儿,心想这倒是像圣诞节了。忽听薇薇在房间里叫她,先是不理她,而后还是走了出去,问她有什么事,难道还要把饭送到她床上?薇薇不答她的话,把被子拉到下巴上,说,小林向她提出要结婚。王琦瑶慢慢地坐到椅子上,然后问:什么时候?薇薇脸背着她说:春节。虽然薇薇和小林的关系已是定局,可却从未正式论过婚嫁之事,知道这一日迟早会到,真到了眼前,也还是意外似的。王琦瑶想:薇薇都要出嫁了,真是光阴如梭啊!她心里不知是喜是悲,一时竟无语以对。不知停了有多少时间,耳边响起薇薇急躁的声音:他爸爸妈妈下星期就要请我们吃饭,你到底同意不同意啊!王琦瑶猛醒过来,说:我有什么不同意的?是你们自己好的,什么时候问过我。薇薇却还是逼着问同意不同意,王琦瑶这才轻叹一口气道:我怎么会不同意呢?这是好事情。薇薇说:这算什么好事情!王琦瑶不说话,站起身,走到屋角,搬开樟木箱上的杂物,打开箱盖,将里面的羊毛毯,羽绒被,鸭绒枕,一床一床搬出来,摆了一大片,然后说:我多少年前就为你准备的。说罢眼泪流了出来。薇薇也哭了,却是嘴硬,不说一句软话的。

8. 婚　礼

王琦瑶给薇薇准备嫁妆,就好像给自己准备嫁妆。这一样样,一件件,是用来搭一个锦绣前程。这前程可遇不可求,照理说每人都有一份,因此也是可望的。那缎面上同色丝线的龙凤牡丹,宽褶复裥的荷叶边,镂空的蔓萝花枝,就是为那前程描绘的蓝图。你看那百货公司床上用品柜台前挤来挤去的女人们,有一大半是来买嫁妆的,不是为自己也是为女儿。她们看上十家也买不下一样,她们买下一样可就是做成了一件大事,谁能知道这里的心意啊!王琦瑶从没给自己买过嫁妆,这前程是被她绕着走过的。她走出老远四下一看,却已走到不相干的地方。不过,她可以替薇薇买嫁妆,可是有时候也会想:薇薇的嫁妆与她有何相干呢?于是,她热一阵,冷一阵的。这么断断续续买下的东西,却已存够有两三个箱子。晒霉的日子,一打开来,全是新东西,在伏天的大太阳下闪着耀眼的光彩。没什么来历,也没什么根基,却有的是前程。王琦瑶也是不忍细看,因知道都是没她份的。她把窗户都打开,太阳和风进来,房间里充满了一股新东西才有的气味,没沾过人气的气味。王琦瑶也会有一刹那间的喜悦,那多半是忘记谁是谁的时候。新东西总是叫人高兴,什么都没开始的样子。

现在,薇薇将嫁妆从王琦瑶手里接过来了。一下子拥有一大笔财产,心里便觉着十分富足。她每日都要翻一翻,看一看,再和王琦瑶讨论讨论。遇到对东西的质地有怀疑,又相持不下的时候,她们便一起做一个小试验。拔一丛绒毛,点上火,看它燃烧的状态和速度,以此辨别是否纯羊毛。当她们并拢了头专注地看,两人都有些像孩子。张永红也来参观薇薇的嫁妆,一边看一边暗暗与自己的比较。张永红不知从何时起,就将买衣服的钱省下一半,用来买嫁妆。虽然是走马灯一样地交着男朋友,一个个都是过眼烟云,这一份嫁妆却月月年年地积累起来,天长日久的样子。张永红唯有积攒着嫁妆的时候,才觉得自己的未来依稀可见。其余则是一片茫然。薇薇的嫁妆中有一顶珠罗纱蚊帐,王琦瑶将它抖开,与张永红各拽一头地张开。薇薇一头钻进来,隔着纱帐,真的成了一个新娘。王琦瑶与张永红对视一眼,有一种同情在两人之间升起,很快地闪开了眼睛。

再接着,薇薇要做衣服了。王琦瑶为她选的是一块西洋红的女衣呢,托严师母找一个做西装的裁缝。这天,裁缝来了,给薇薇量尺寸,边上站着王琦瑶、张永红,还有带他来的严师母,七嘴八舌地出主意。那裁缝便说:究竟你们是裁缝,还是我是裁缝?于是她们都笑,说:好,好,不说了。可只过一会儿,就又忍不住了。只有薇薇不声不响,很矜持地站着,由他们摆布,是今天的主角。这主角似乎是不期而至,稀里糊涂就当上的。要说她是对结婚最木知木觉,而金玉良缘就是专派给这种木知木觉的人的。越是刻意追求,苦心经营,越是不达。这就叫作有意栽花花不发,无心插柳柳成荫。为给西洋红西装配皮鞋也花了大力气。先是想当然地买了双白的，穿上却觉得头重脚轻，还有些乡气。再配黑的，压是压住了，却压得过头，一身艳丽到此为止，画了个句号，弥漫不开了。于是再动脑筋，还是练脚劲。几乎跑遍全上海，终于觅到一双同是西洋红的皮鞋，略深那么一点，却是朝着一个方向深去，这才画龙点睛，且又天衣无缝。然后是发式的问题，这是王琦瑶说了算的。她提前一个月叫薇薇去烫了长波浪，然后，每隔一周修剪一回。临到喜期，头发便似烫非烫，翻卷自然，梳起披下总相宜。

此时此刻，薇薇已不知多少次地在镜子前装扮成新娘。每逢这时，王琦瑶便暗暗惊叹，想一个相貌平平的女人，一旦做起新娘，竟会焕发出这样的光彩。这真是花朵绽开的那美妙的一瞬，所有的美丽都偃旗息鼓，为它让道的。这是将女人做足了的一刻，以前的日子是酝酿，然后就要结果。这一个交界点可是集精华于一身的。

现在，要缝被子了。王琦瑶来到严师母家，对她说：你知道，我这样的女人是不能缝这鸳鸯被的，严师母你儿女双全，大富大贵，薇薇要有你百分之一的福分也好了。严师母二话不说，叫上她家的保姆便来到王琦瑶家。让那保姆帮她铺展被子，随后就一针一线缝了起来。王琦瑶远远坐着看，不动一点手。严师母让她帮扯一根线，她也不扯，说：严师母，你知道我是不能碰的。严师母说：你倒找到偷懒的道理了。心里却有些凄然，因有那绍兴女人在场，也不好多说什么，又埋头缝着。中午，那保姆回去，自己则留下吃饭。闻到厨房里传出的菜香，恍然觉着时间倒流回去，又是多年前的情景，许多谜语涌上心头，都是搁下不提的。等饭菜上桌，两人面对面坐下，严师母开门见山就问：薇薇结婚，要不要叫她爸爸知道？这句话因是有二十多年时间作缓冲，所以并不显得突兀。王琦瑶笑笑说：她爸爸死了。然后又加一句：死在西伯利亚了。两人都笑起来，几乎喷饭。严师母说：你也要做件新衣服，薇薇结婚那日好穿。王琦瑶就说：人是个旧人，穿什么新衣服也没用。严师母说：那你也去当新人好了。说罢，两人又笑。笑过了，严师母正色道：其实，我也不全是说笑话，薇薇走了，你一个人就要冷清，不如找个伴呢！王琦瑶便问：你说找谁？

被子缝好，一天也过去了，薇薇的婚期又近了一日。由于临近春节，人们都在置办年货，送旧迎新，更为这婚礼增添了气氛。小林放了寒假，却又参加了一个英语班学习。他父亲在美国的旧同学，已为他作保，他准备读完这个学年，拿到大学二年级的学分，便去美国读书。结婚也是去美国的步骤之一，有配偶更容易得到入境签证。想到这，王琦瑶不觉感到忧虑。可薇薇自己却正相反，小林去美国，是比结婚更叫她兴奋。结婚是每个人都要结，去美国可不是每个人都能去的。甚至不需要想到将来小林会把她也办到美国去，仅仅是小林一个人去，已足够她激动了。因是要走，所以就有些临时观点。新房是做在朝西的小间，家具也是用旧的。可是，结婚毕竟是叫人欢喜，这欢喜重复多少遍也不会褪色的。小林学习英语空下来的时候，便和薇薇出去，逛马路，吃西餐，看电影。知道结婚就在眼前，难免会有一点小越轨，可也不要紧。在那人家的门洞里和公园的犄角里，能干得出什么大事？也有一些时间是在王琦瑶家度过的。他们说着美国，人没去心已经飞去了。王琦瑶也是喜欢美国的，她喜欢的美国是好莱坞电影里的。喜欢是喜欢，却知道是个故事，可望而不可即的。那两个却是当现实来喜欢的,有许多计划要在那里实施。王琦瑶插不进嘴去,只觉得他们的美国很乏味,比不上好莱坞的一半。

这一天,小林来的时候,薇薇不在家。王琦瑶说:小林你坐坐,吃过午饭薇薇会回来的。于是小林坐下了,拿一张隔日的晚报翻看。王琦瑶钩着羊毛衫,问他酒席订了没有,在什么地方。小林说他母亲正要问王琦瑶,她们家要几桌。王琦瑶想她的娘家人请也未必到,其他的关系,就只有一个严师母了,虽不是十分投契,却是几年来一直没断过来往,也算得上半个长相随了。就说,要不了一桌,只她一个再加严师母一个。小林说:严师母是要请,但她是朋友,难道就没有亲戚了吗?王琦瑶沉默了一会儿说:我只有薇薇一个亲戚,现在也交给你了。这话出口,彼此都有些感动。小林说:将来,你和我们一起生活。王琦瑶站起身,将手里的开司米一搁,说:那怎么行,还有你父母呢!然后就走进厨房。小林忽有些难过起来,即将到来的喜期似也罩上一层伤感的影子。这时候,他发现,这房间里的五斗橱,梳妆镜,他小林所赞叹的"老货",其实都蒙着这样的影子,说它"老",其实不是,而是"伤怀"。有薇薇在,他还不觉得,薇薇是将生活大把大把挥霍的,而这"伤怀"却恨不能伸出手去,抓住流逝不返的时光。这也是她们母女的不同了,薇薇是用完算数;王琦瑶用的时候悉心悉意,用完了却不能算数。其实不算数又如何?分明是不由己的事情,到头还是苦自己。

结婚那一日终于到了。早上,两个新人就去天开照相馆拍结婚照,王琦瑶陪着去的。婚服是照相馆出租,不知上过多少人身了,是照那最大的尺码缝制,兜头套上,再用大头针沿着身子一路别下来,从头做一件也不过这样的工程。但那白纱裙终是处子的表情,无论多么不合身,也是合乎情理的。薇薇变得十分安静,由着王琦瑶整理修改。那裙裾堆在脚下,一堆雪似的。王琦瑶的手在其间出入,感觉到那纱绉的潮湿,大头针的针头又有些秃,很难刺进去。不一会儿,她手心里出了汗,额上也出了汗,眼前有些恍惚,不知白纱裙里的人是谁。她抬起头,看看前面的镜子,镜子里有一个公主,美丽而高傲。镜子上方有一盏电灯照亮着,窗户叫布幔遮住了,镜台上放了一把缠着头发的发刷。照相馆的化妆间里有着一股幽秘的气息,包藏着许多不为人知的小手腕,比如,婚服的腋下那两排密密麻麻的大头针,还有裙裥里的大头针。头发也是做过手脚的,地上散落的发夹就是证明。现在,这一袭婚服可说是天衣无缝了,再披上婚纱,瀑布般直泻而下,几乎成了天人。

灯光大明的时刻,王琦瑶是坐在暗处,几乎成了个隐身人,没人看见她。灯光聚集处,是另一个世界,咫尺天涯的。王琦瑶忽然想:今天她真不该跟着来的,来也是做看客,看的又是不想看的。她明知道照相馆这地方是骗人,却还是要上这骗局的当,几十年也不觉悟。那灯光骤地冥灭与骤地照耀,使她的心也是一明一暗。这灯光其实是她最熟悉的,此时却离她远去。她分明看见摄影师的嘴动着,却听不见一点声音,新人们的声音也听不见。后来,他们终于走下场来,换了另一对上场。她替薇薇解下婚纱,大头针撒落一地,发出幽秘的嚓唧唧的声音。脱裙子的时候,薇薇的口红抹上了白纱绉,给这婚服又添一笔历史。裙子堆在地板上,是一个巨大的蝉蜕。走出照相馆,已是中午,就到国际饭店十一楼吃饭。三个人都有些疲惫,不怎么说话。望着窗外的天空，无风无云，无边无沿。然而，只要将目光向下移一寸，那连绵起伏的屋顶便涌入眼睑，嚣声也涌入耳内。这天空和这城市似乎两不相干，自行其是，黄浦江也是自行其是，总是流淌，却流淌不尽。不晓得谁是真理。

下午是在王琦瑶家度过的，小林也跟了来坐着。因是大年初二，弄堂里不时有鞭炮爆响。大年初二还是访亲问友的一天，平安里的动静都是迎客和送客的动静。停下来的时候，便有一些冷清。两个年轻人都沉默着，连日的兴奋和辛苦消耗了精力和心情，临到正式开幕，不由有些退缩起来。两人坐在桌边嗑瓜子，转眼间嗑出一堆瓜子壳，嘴唇也黑了。太阳在地板上画着方格子，新人的脸色都有些苍白，吃瓜子是打发时间的好办法。王琦瑶试图挑起一些话题，也无人响应。她走到厨房烧水，看见阳光已越到北窗，这是多少日复一日的。北窗上的阳光到底是走过一天的路程，积攒了阅历，流露出善解和同情。窗台上停了一只觅食的麻雀，啄了几下飞走了。王琦瑶推开窗，在窗台上放了几粒剩饭，等它明天再来吃。她回到房间去时，竟见那两个一人占一张床，昏昏地睡着了。她一看时间不早，赶紧叫醒他们，催促他们整装。不一会儿，日前定好的出租车就在后弄里揿喇叭了。

他们直到坐进汽车，脸上还木木地带着困意。这一天显得无比漫长，几乎没有信心坚持到底。想到即将来到的盛大场面，三个人竟都有些胆寒。新人是怯场，一生只一场的戏剧就要开幕，他们却发现还没准备充分，手足无措，台词都忘得差不多了。王琦瑶也是怯场，是做看客的准备没做好。这一幕幕的，尽是新花头，还有这最后最辉煌的一幕，要在她眼前演过去。现在，已经能看见酒家门前的灯光了，铺了一地，光里头空着，等着人去填充。汽车靠了边，有一些闲人站住了脚，等着看新人新事开场。王琦瑶先下车，再等那两人下来。她拉住小林的手臂，让薇薇挽住，然后在身后暗暗一推。他们并肩走了过去，看那背影，可真是一对啊！

9. 去美国

薇薇结婚，将她的衣服都带走了，衣橱陡地空了一半，五斗橱也空了一半。王琦瑶觉得，抚育薇薇的二十三年倏忽而去，而自己，竟然有了白发。她开始使用染发水，但她的皮肤和身腰还是显得年轻，如果不是有这样成年的女儿，人们绝不会想到她的年纪。她也是用女儿来提醒自己的，否则连自己都不相信似的。染过的头发比原先更黑亮，又增添几分年轻。王琦瑶看着镜子里的自己，思绪便有些散漫，想这是什么时候，何年何月？薇薇不在家，有时王琦瑶一天只吃一顿饭，从这天下午睡到那天下午，睡和醒都在午后一二点，太阳定在一个地方，没移动过一样。星期天是知道的，这一天，薇薇会和小林回家。他们早上来，晚饭后才走，生活恢复了常规。一天过去，一切重又散漫下来，显得常规的力量很不够。但毕竟是给散漫打了一个节拍，不至于陷入混沌。

婚后的薇薇和小林，变成了客人。她买菜买酒，煮汤烧饭，最后，人走了，留给她的是一堆吃剩的碗碟。王琦瑶在水斗洗涮着，心想这一日终于应付过去。她收拾完了，打开电视，从抽屉里拿出一包烟，点上一支。她坐下来，肘撑在桌面，徐徐地吐出烟。眼前有些云遮雾罩的，心里也是云遮雾罩。只一支烟就足够了,她收起烟还得再坐一时,听那窗外有许多季节交替的声音。都是从水泥墙缝里钻出来的,要十分静才听得见。是些声音的皮屑,蒙着点烟雾。有谁比王琦瑶更晓得时间呢?别看她日子过得昏天黑地,懵里懵懂,那都是让搅的。窗帘起伏波动,你看见的是风,王琦瑶看见的是时间。地板和楼梯脚上的蛀洞,你看见的是白蚂蚁,王琦瑶看见的也是时间。星期天的晚上,王琦瑶不急着上床睡觉,谁说是独守孤夜,她是载着时间漂呢!

这日子是无须数的,冬装脱下了,换上春装,接着春装也嫌厚了。小林的签证下来了,八月就要到美国,去赶秋季的开学。这些日子就有些乱,有一阵,星期天也不来,又有一阵,却是天天来。天天来是为了向王琦瑶请教置装的事情。人在中国,想着美国,就好像那里是一个大派推,非有几套行头不行。王琦瑶带小林去培罗蒙做西装,一路上教给些穿西装的道理。说到衣服,王琦瑶就有些活跃。她说衣服是什么?衣服也是一张文凭,都是把内部的东西给个结论和证明,不致被埋没。小林听了这说法,觉着新鲜又好笑。王琦瑶就说你不要笑,我说的一点不过分,衣服至少是女人的文凭,并且这文凭比那文凭更重要。小林更笑了,转脸问薇薇:你有文凭吗?王琦瑶冷笑一声道:那文凭读几年书就能读来,这文凭可是从生下地就开始苦心经营的,也不要问薇薇,她是身在福中不知福的,只问问张永红就可知道。薇薇就说:张永红有“文凭”,可到现在也找不到“工作”呢!这话说得很刻薄,是那种被幸福冲昏头脑的人才说的,连王琦瑶听了都有些刺痛,说:你不用替她发愁,她比你强!说着话,就到了地方。先看料子,再选式样,不免又发生了冲突。薇薇倾向新近流行的大驳壳领、双排扣的款式。王琦瑶则坚持最规矩的西装,说这才是本分，任何时候都有一分天下，而那些流行的式样，必得当时当令，只需差上一点点，便落到过时的下场；何况上海的流行，未必能与美国流行合拍。薇薇虽没有充分的道理，态度却很强硬。她天然地排斥老派的东西，喜新厌旧，目光又短浅，看不清未来，于是一味地追赶时髦，还是脱离背景地看问题。她像吵架般地，还有些蛮不讲理。王琦瑶只得说：让小林决定吧！小林却采纳了王琦瑶的意见，薇薇气得一扭身走了，小林便去追她，剩下王琦瑶一个人在店里，走不好不走也不好，站了一会儿，干脆也走了。去乘公共汽车的路上，想想三个人出来，却一个人回家，真是无趣得很。南京路上的熙攘和喧闹，都是在嘲笑她的。回到家里，已近中午。那两人是下午才进门，嘻嘻哈哈的，手里提着大包小包，上午的不快早已忘得一干二净。王琦瑶也不问那西装的事，全当不关心，却见小林背着薇薇向她眏了眏眼睛，是默契与讨好的意思。王琦瑶便生出一股委屈，想：你们做什么样的西装与我何干呢？

为小林置办行装，买的都是最好的东西，差一点就会愧对美国似的。以前的旧衣服，一件也用不上，里外全换新的。不仅求质，而且求量，每一种东西，都以打为计，十二件十二件地买。从这点看，又不像去美国，倒像是去偏远地区插队落户。美国那地方，到底是去的人少。光知道是好，却不知道是怎么个好。总之，能做到的尽量都做到。这也有些像置办嫁妆，是茫然的前途中的一个握在手，派上派不上用场且是另一回事了。那两个特大号箱子，一点一点塞满，心里便踏实起来似的。这一日，薇薇一个人回家，手脚很勤快地帮着做事情，将王琦瑶泡在盆里的两件衣服也洗了。王琦瑶知道薇薇是有事求她，并且大体可断定是钱的事情。以前,她求王琦瑶买衣服,就是这样表现的。不过,此时比那时更殷勤,出口也多了些犹豫,毕竟是已出阁的人了,再向母亲伸手总是理亏。王琦瑶不免也生出些感叹,再想小林这一走,也不知什么时候才可夫妻聚首,薇薇一个人住在婆家,虽说也是家,到底两下里都是不相干,前景也不可多想。等薇薇晾好衣服进来,见桌上已放了一些钱,王琦瑶说:拿去给小林买双鞋,算我送的。薇薇没有拿钱,说春夏秋冬的鞋都买了,不需再买鞋。王琦瑶看出她是嫌少了,就说,不买鞋就买别的,多的她也拿不出,这算是她的一点心意。薇薇还是不拿钱,低着头。王琦瑶就有些心凉,不再说什么,起身走开。不料薇薇却说话了,说的是某人某年也是去美国,什么都没带,就带了他外婆给的一个金锁片,到了美国后,就凭这金锁片度过了最初的时期,站稳了脚跟。王琦瑶听了这故事,心里便一动,她想:这是什么意思?接着便想起有一日让小林替她去兑金条的事情,她一阵心跳,脸都涨红了。她抖着声音说:我可从来没亏待过你们。薇薇惊异地扬起眉毛:谁说你亏待我们了?我们是向你借,以后一定还的。王琦瑶几乎要落下泪来:薇薇你真是瞎了眼,嫁给这种男人!薇薇不高兴了,说:是我自己来同你商量的,小林他都不知道,其实我也有几个戒指,但都是十四开,贵在工艺上,卖不出钱,外面的人是看成色的,要不,我这几个押在你这里,还顶不了你一个吗?王琦瑶这才明白薇薇看中的是她那一个老式嵌宝戒。这是初识李主任的时候,李主任带她到老凤祥银楼买的,也可算得上是一只婚戒。倘若说王琦瑶也有过婚姻的话。是一个纪念,可再是纪念也抵不过那人事皆非,沧海桑田的,给就给了吧!王琦瑶停了停,开开抽屉锁,将那戒指取出交给了薇薇,只说了一句:待男人太好,不会有好结果。薇薇没理会她,拿了戒指就走了。

走之前,小林家在锦江饭店办了一次宴请,亲朋好友一共坐了四桌,竟比结婚的场面还盛大。王琦瑶看着满面春风的薇薇,想她分明给人做了个出国的筹码,还高兴!她一个人坐在满目陌生的林家亲友中,虽是无人搭理,脸上却还须保持着微笑。待小林和薇薇敬酒敬到这一桌时,她倒真是想笑的,不料眼泪却掉了下来,倒弄得场面有些尴尬。后来,眼泪收住了,心里却抑郁得要命,也说不出个来由,就是觉得没意思。看出去的灯影酒光都是蒙泪的,都是在哀悼什么,人脸上的笑也是哭变的。那边年轻人的一桌上,乐得不行,吵得人耳聋,王琦瑶却觉得是悲极生乐,全是哀的面孔。邻座一个孩子打翻了大人的葡萄酒,桌布上一片殷红,王琦瑶看见的是血色。她几乎支持不到底了,心里痛得很,又不知症结在哪里,便无从解开。这一场盛宴似乎是最后的晚餐,一切都到了头的样子。这种绝望是突如其来,且来势汹涌,专找这样的大场面作舞台似的。场面越辉煌,哀绝的心情越强烈。隔着一张桌子,她听见小林和薇薇在唱歌,这歌声眼看将她最后的防线冲垮,又被一阵起哄压住了。等到大家起身互相告别的时候,王琦瑶已经哽塞得说不出话来,只能点头示意。好在,人们也不认识她,将她撇在一边。她从三三两两握手告辞的人群中走过,自己回了家。

在这一场不合时宜的大恸之后,又是长久的平静的日子。小林走了,薇薇回家就很经常,有时遇到张永红也在,就好像回到了以前的时光。将一块面料铺在桌上,左比画右比画,就是不下剪子。这时候,淮海路上又起来一批更年轻更大胆的时髦人物，张永红这一代已转向保守。但这保守不是那保守，这是以守为攻，以退为进。经过一系列的潮流，她们逐渐形成自己的观念，她们已过了那种摇摆不定人云亦云的阶段，就将时尚的风口浪尖的位置让了出来。总之是，她们已经在追波逐浪的潮流中站稳了脚跟，有点中流砥柱的意思。别看她们不趋潮流，却正是潮流中人，潮涨潮落都是经她们而去。马路上的时尚看起来如火如荼，却没什么根基，转瞬即逝的。薇薇总是要比张永红慢一步，她是天生需要领袖的人，倘若没有张永红和王琦瑶为她掌舵，保不住终身要做时尚的奴隶。现在，她们三人又一度在一起热切地商量剪布裁衣的事情。她们都添置了衣服，每一件都是集思广益，反复研究而成。试样的时候，一个站在镜前，那两个便身前身后地仔细察看。偶尔一转身，看见镜子里的那张脸，陡地发现那脸上的寂寞，赶紧地说出些话来，便遮掩了过去。

这一年的圣诞节，是她们三人一起过的。她们穿上新做的大衣，化了些妆。日前已定好三个圣诞大餐的座位，是在虹桥新开发区的大酒店。她们叫了部出租车，车还没走到酒店，已是满目的绚烂。她们走下汽车，有些茫然地站着，枝形的灯光在头顶结成了网，火树银花的。她们移动脚步，走进酒店，有穿扮成圣诞老人的侍者走来走去，宾客如云的气氛。她们上到餐厅，找到自己的座位，在足有二十人的长桌旁边。前后左右大多是情侣，也有年轻的父母，带着孩子，都是旁若无人的嘁嘁喳喳。她们三人，平时也是有话的，逢到这样的场合却不知说什么才好，正襟危坐着。那大餐也没什么了不起的，由于人多，倒像是吃客饭。圣诞歌却是一直在唱，同时不断预告十二点的钟声，届时会有圣诞老人来送礼物，礼物是凭餐券摸彩的。这三人都意识到来错了地方,这样的场合完全不适合她们;情侣们在亲热着,她们只能视若无睹。还是小孩子好些,都不大认生的,会和她们搭讪几句,增添了几分热闹。但父母们则都严肃着,目不斜视,她们就不好太过热络。总之她们在这里,是处处受钳制,浑身不自在。等不到十二点,便商量着要走。三人起身离开座位时,谁也没有注意她们。走到门口,却见一大群小姐端着托盘涌进,才知还需上一道冰淇淋,但也没有兴致再回头了。走廊里静静的,一按电钮,电梯无声地迅速上来,走进去,门便合上。三面都是镜子,镜子里的脸是不忍看的,一句话皆无,只看那指示灯,一一亮下去,终于到了底。她们走出大堂,也忘了要车,走上了马路。新区的马路又宽又直,很少有人,有从机场方向过来的静静的车流。她们走了几步,才想起搭车。这时,王琦瑶就说,到她那里去吧,哪里不能过圣诞呢?那两人也说好,便又走回酒店门口叫了辆车。十一点的城市,外面是静了,可那有一些门里和窗里,却藏着大热闹。不是从里面出来不会知道,从里面出来,便携了些声色,播种似的播了一路。

圣诞夜是在王琦瑶家结束的,从那热闹场出来,到平安里,就觉静得不能再静,敛声屏息似的。恰是在这静中显出了她们心的活跃。这活跃方才是被压着盖着,发不出声来,现在,就都是她们的世界了。她们吃着零食,说些闲话,有些平时不说的这会儿也情致所至地说了出来。张永红告诉说她与最近一位男朋友的龃龉,只为很小的一点事情,却根本改变了婚姻的前途。王琦瑶听她这么说,知她是在考虑婚嫁大事,不免劝说她放宽些标准。虽还是那些老话,可因这晚的气氛,是有些推心置腹的。张永红非但没有排斥,还说了些苦衷。她说,其实她并不是高估了自己,不过是将婚嫁当作人生的第二次投胎。她说你们都晓得我那个家的,因此,结婚也是重新书写历史。薇薇就说,也不能完全吃现成,要改写历史就两个人一起改写好了。张永红说:倒不是要吃现成,而是要吃些老本,两手空空从头来起,到老也看不见曙光;要说薇薇你才是吃现成,有公寓房子住,老公又去了美国。薇薇说:我倒情愿他不去美国,这种日子除非自己过,别人是想也想不到的。王琦瑶倒是第一次听薇薇诉苦,有些意外,再一想,也是情理之中。张永红说眼下自然有些苦,熬过去就好了。薇薇说:这一天天地熬,别人又不能代我,知道我为什么老往娘家跑吗?因为我不要看他们那种知识分子的脸。张永红笑道:知识分子的脸有什么?我想看还看不到呢!三人都笑了。这一晚,张永红也没回去,睡在沙发上。她们都忘了时间,等窗帘上有些发亮,才睡着。

这一夜里积攒起的同情,还够她们享用一阵的。她们一周要见几次面,薇薇几乎是一半搬回了娘家。只要有张永红在场,她们母女就能保持着谅解与宽待的空气。张永红是她们关系的润滑剂。可是不久,张永红又交了新的男朋友,来得就稀疏了。又过了半年,小林为薇薇办了陪读手续,薇薇也要走了。虽然只等了一年多的时间,可也耗尽了薇薇的耐心。她甚至没有心情为自己置装,只将平日穿的一些衣服装了一箱,另一箱装的大多是生活用品,包括一些炊具,还有一大盒华亭路上买来的两角钱一个的十字架项链。小林来信说,这项链在美国至少可卖两美元一个。王琦瑶心里犹豫要不要给她一块金条,但最终想到薇薇靠的是小林,她靠的是谁呢?于是打消了念头。薇薇穿了一身家常的布衣和一双旧鞋,登上了飞往旧金山的飞机。

第三章

10. 老克腊

所谓"老克腊"指的是某一类风流人物，尤以五十和六十年代盛行。在那全新的社会风貌中，他们保持着上海的旧时尚，以固守为激进。"克腊"这词其实来自英语"colour"，表示着那个殖民地文化的时代特征。英语这种外来语后来打散在这城市的民间口语中，内中的含义也是打散了重来，随着时间的演进，意思也越来越远。像"老克腊"这种人，到八十年代，几乎绝迹，有那么三个五个的，也都上了年纪，面目有些蜕变，人们也渐渐把这个名字给忘了似的。但很奇怪的，到了八十年代中叶，于无声处地，又悄悄地生长起一代年轻的老克腊，他们要比旧时代的老克腊更甘于寂寞，面目上也比较随和，不作哗众取宠之势。在熙来攘往的人群中，人们甚至难以辨别他们的身影，到哪里才能找到他们呢？

人们都在忙着置办音响的时候，那个在听老唱片的；人们时兴"尼康""美能达"电脑调焦照相机的时候，那个在摆弄"罗莱克斯"一二〇的；手上戴机械表，喝小壶煮咖啡，用剃须膏刮脸，玩老式幻灯机，穿船形牛皮鞋的，千真万确，就是他。找到他，再将眼光从他身上移开，去看目下的时尚，不由看出这时尚的粗陋鄙俗。一窝蜂上的，都来不及精雕细刻。又像有人在背后追赶，一浪一浪接替不暇。一个多和一个快，于是不得不偷工减料，粗制滥造，然后破罐破摔。只要看那服装店就知道了，墙上，货架上，柜台里，还有门口摊子上挂着大甩卖牌子的，一代流行来不及卖完，后一代后两代已经来了，不甩卖又怎么办？“老克腊”是这粗糙时尚中的一点精细所在。他们是真讲究，虽不作什么宣言，也不论什么理，却是脚踏实地，一步一个脚印，自己做，让别人说。他们甚至也没有名字，叫他们“老克腊”只是一两个过来人的发明，也流传不开。另有少数人，将他们归到西方的“雅皮士”里，也是难以传播。因此，他们无名无姓的，默默耕耘着自己的一方田地。其实，我们是可以把他们叫作“怀旧”这两个字的，虽然他们都是新人，无旧可念，可他们去过外滩呀，摆渡到江心再蓦然回首，便看见那屏障般的乔治式建筑，还有哥特式的尖顶钟塔，窗洞里全是森严的注视，全是穿越时间隧道的。他们还爬上过楼顶平台，在那里放鸽子或者放风筝，展目便是屋顶的海洋，有几幢耸起的，是像帆一样，也是越过时间的激流。再有那山墙上的爬墙虎，隔壁洋房里的钢琴声，都是怀旧的养料。

王琦瑶认识的便是其中一个，今年二十六岁。人们叫他“老克腊”，是带点反讽的意思，指的是他的小。他在一所中学做体育教师，平时总穿一身运动衣裤，头发是板刷式的那种。由于室外作业，长年都是黝黑的皮肤。在学校里少言寡语，与同事没有私交，谁也不会想到他其实弹了一手好吉他，西班牙式的，家里存有上百张爵士乐的唱片。他家住虹口一条老式弄堂房子，父母都是勤俭老实的职员，姐姐已经出嫁。他自己住一个三层阁，将棕绷放在地上，唱机也放在地上，进去就脱了鞋，席地而坐，自成一统的天下。他的老虎天窗开出去就是一片下斜的屋瓦，夏天有时候他在屋瓦上铺一张席子，再用根背包带系了腰，拴在窗台上，爬出去躺着。眼前便是一片深蓝的天空，悬挂着一些星星。远处有一家工厂，有隐约的轰鸣声传来，那烟囱里的一柱烟，在夜空里是白色的。一些琐细的夜声沉淀下去，他就像被空气溶解了似的，思无所思，想无所想。他还没有女朋友。在一起玩的男女中，虽也不乏相互有好感的，但只到好朋友这一层上，便停止了发展，因为没有进一步的需要。他对生活也没什么理想，只要有事干就行，也晓得事情是要自己去找，因此还是抱积极的态度。没有远的目标，近的目标是有的。所以，他便也没有大的烦恼，只不过有时会有一些无名的忧郁。这点忧郁，也是有安慰的，就是那些二十年代的爵士乐。萨克斯管里夹带着唱片的走针声，嘶嘶的，就有了些贴肤可感的意思。他是有些老调子的，新东西讨不得他欢心，觉着是暴发户的味道，没底气的。但老也不要老得太过，老得太过便是老八股，亦太荒凉，只需有百十年的时间尽够了。要的是那刚开始的少数人的繁华，黑漆漆的夜空里，那一小丛灿烂，平整的蛋硌路上，一座欧式洋房，还有那万籁俱寂中的一点蜿蜒曲折的音响。说起来，其实就是那老爵士乐可以代表和概括的。

老克腊的那些男女青年朋友，都是摩登的人物，他们与老克腊处在事物的两极，他们是走在潮流的最前列。这城市有网球场了，他们是第一批顾客；某宾馆进得保龄球了，他们也是第一批顾客。他们是老克腊读体育系时的同学，以体育的精神独领风骚，也体现了当今世界的潮流特征。只看那些名牌：耐克，彪马，几乎都来自于运动服装，而西装的老牌子“皮尔·卡丹”，却是在衰落下去。他们这一列人出现在马路上的形象，多是骑着摩托车，后座上有个姑娘，长发从头盔下飘起来，一阵风地过去。迪斯科舞厅中最疯狂的一伙也是他们。他们以各种方式，总能结识一个或两个外国人，参加在其中，使他们这一群人有了国际的面目，并可自由出入一些国际场所。老克腊在其中是默默无闻的一个，没有建树的一个。别人热闹的时候，他大多是靠边站，有他没他都行的。他看上去是有些寂寞的，但正是这寂寞，为这个快乐新潮的群体增添了底蕴。所以，有他和没他还是不一样的。对他来说呢，也是需要有一个摩登背景衬底，真将他抛入茫茫人海，无依无托的，他的那个老调子，难免会被淹没。因那老调子是有着过时的表象，为世人所难以识辨，它只有在一个崭崭新的座子上，才可显出价值。就好像一件古董是要放在天鹅绒华丽的底子上，倘若没这底子，就会被人扔进垃圾箱了。所以，他也离不开这个群体，虽然是寂寞的，但要是离开了，就连寂寞也没有，有的只是同流合俗。

老克腊的父母，将他看作一个老实的孩子：不抽烟，不喝酒，有正经的工作，也有正经的业余生活，亦不乱交女朋友。他们年轻的时候，也都不是贪玩的人，每周看一回电影，便是他们所有的娱乐。他母亲曾有一度，热衷于收集电影说明书，“文化大革命”时自觉烧掉了她的收藏，后来的电影院也再不出售说明书了。再往后，他们因有了电视机，就不去电影院了。每天晚饭吃过，打开电视机，一直看到十一点。有了电视机，他们的晚年便很完美了。儿子在阁楼上放的老音乐，在他们听来是有些耳熟，更使他们认定儿子是个老实的孩子。他的少言寡语,也叫他们放心。他们即便在一张桌上吃饭,从头到尾都说不上几个字。其实彼此是陌生的,但因为朝夕相处,也不把这陌生当回事,本该如此似的。说到底,这都是些真正的老实人,收着手脚,也收着心,无论物质还是精神,都只顾一小点空间就够用了。在上海弄堂的屋顶下,密密匝匝地存着许多这样的节约的生涯。有时你会觉着那里比较嘈杂,推开窗便噪声盈耳,你不要怪它,这就是简约人生聚沙成塔的动静。他们毕竟是活泼泼的,也是要有些声响的。在夏夜的屋顶上,躺着看星空的其实不止一个孩子,他们心里都是有些鼓荡,不知要往哪里去,就来到屋顶。那里就开阔多了,也自由多了,连鸽子也栖了,让出了它们的领空。那嘈杂都在底下了,而他们浮了上来,漂流一会儿就会好的。像这样有老虎天窗的弄堂,也是有些不同凡响的心曲,那硬是被挤压出来的,老虎天窗就是它的歌喉。

真了解老克腊的是上海西区的马路。他在那儿常来常往,有树阴罩着他。这树阴也是有历史的,遮了一百年的阳光,茂名路是由闹至静,闹和静都是有年头的。他就爱在那里走动,时光倒流的感觉。他想,路面上有着电车轨道,将是什么样的情形,那电车里面对面的木条长椅间,演的都是黑白的默片,那老饭店的建筑,砖缝和石棱里都是有字的,耐心去读,可读出一番旧风雨。上海东区的马路也了解老克腊,条条马路通江岸,那风景比西区粗犷,也爽利,演的黑白默片是史诗题材,旧风雨也是狂飙式的。江鸥飞翔,是没有岁月的,和鸽子一样,他要的就是这没有岁月。要的也不过分,不是地老天荒的一种,只是五十年的流萤。就像这城市的日出,不是从海平线和地平线上起来的,而是从屋脊上起来的,总归是掐头去尾,有节制的。论起来,这城市还是个孩子,真没多少回头望的日子,但像老克腊这样的孩子,却又成了个老人,一下地就在叙旧似的,心里话都是与旧情景说的。总算那海关大钟还在敲,是烟消云灭中的一个不灭,他听到的又是昔日的那一响。老克腊走在马路上,有风迎面吹来。是从楼缝中挤过来的变了形的风,他看上去没什么声色,心却是活跃的,甚至有些歌舞的感觉。他就喜欢这城市的落日,落日里的街景像一幅褪了色的油画,最合乎这城市的心境。

这一天,朋友说谁家举行一个派推,来人有谁谁谁,据说还有一个当年的上海小姐。他坐在朋友的摩托车后座,一路西去,来到靠近机场的一片新型住宅区。那朋友住一幢侨汇房的十三楼,是他国外亲戚买下后托他照管的。平时他并不来住,只是三天两头地开派推,将各种的朋友汇集起来,过一个快乐的夜晚,或者快乐的白天。他的派推渐渐地有了名声,一传十,十传百的,来的人呢,也是一带十,十带百,他全是欢迎。人多了,难免鱼目混珠,掺和进来一些不正经的人,就会有不愉快的事情发生,比如撬窃的案子。但按照概率来说,人多了也会沙里淘金地出现精英。因此,有时他的派推上会有特别的人物出场,比如电影明星,乐团的首席提琴手,记者,某共产党或国民党将领的子孙。他的派推就像一个小政协似的,许多旧闻和新闻在客厅上空交相流传,可真是热闹。

在这新区,推开窗户,便可看见如林的高楼,窗户有亮有暗,天空显得很辽阔,星月反而远了。低头看去,宽阔笔直的马路上跑着如豆的汽车,成串的亮珠子。不远处永远有一个工地,彻夜的灯光,电力打夯机的声音充满在夜空底下,有节律地涌动着。

空气里有一些水泥的粉末,风又很浩荡,在楼之间行军。那宾馆区的灯光却因为天地楼群的大和高,显得有些寂寥,却是璀璨的寂寥,有一些透心的快乐似的。这真是新区,是坦荡荡的胸襟,不像市区,怀着曲折衷肠,叫人猜不透。到新区来,总有点出城的感觉,那种马路和楼房的格式全是另一路的,横平竖直是讲道理讲出来的,不像市区,全是掏心窝掏出来的。

在新区的夜空底下,这幢侨汇房十三楼里的欢声笑语,一下子就消散了,音乐声也消散了。这点快乐在新区算得上什么?在那高楼的蜂窝般的窗洞里,全是新鲜的快乐。还没加上四星或五星级的酒店里的,那里每晚都举行着冷餐会,舞会,招待会。还储留着一些艳情,那也是响当当的,名正言顺,门口挂着"请勿打扰"的牌子。那里的快乐因有着各色人种的参加,带着普天同庆的意思。尤其到了圣诞节,圣诞歌一唱,你真分不清是中国还是外国。这地方一上来就显得有些没心肺,无忧虑,是因为它没来得及积蓄起什么回忆,它的头脑里还是空白一片,还用不着使用记忆力。这就是一整个新区的精神状态。十三楼里那点笑闹,只是沧海一粟罢了。只有开电梯的那女人有些不耐烦,这一群群,一伙伙,手里拿着酒或捧着花,涌进和涌出电梯,又大多是生人,形形色色的。

老克腊来到时,已不知是第十几批了。门半开着,里面满是人影晃动。他们走进去,谁也不注意他们,音响开着,有很暴烈的乐声放出。通往阳台的一间屋里,掩着门坐了一些人在看电视里的连续剧。阳台门开着,风把窗幔卷进卷出,很鼓荡的样子。屋角里坐着一个女人,白皙的皮肤,略施淡妆,穿一件丝麻的藕荷色套裙。她抱着胳膊,身体略向前倾,看着电视屏幕。窗幔有时从她裙边扫过去,也没叫她分心。当屏幕上的光陡地亮起来,便可看见她下眼睑略微下坠,这才显出了年纪。但这年纪也瞬息即过,是被悉心包藏起来,收在骨子里。是蹑着手脚走过来的岁月,唯恐留下痕迹,却还是不得已留下了。这就是一九八五年的王琦瑶。

其时,在一些回忆旧上海的文章中,再现了一九四六年的繁盛场景,于是,王琦瑶的名字便跃然而出。也有那么一两个好事者,追根溯源来找王琦瑶,写一些报屁股文章,却并没有引起反响,于是便销声匿迹了。到底是年经月久,再大的辉煌,一旦坠入时间的黑洞,能有些个光的渣就算不错了。四十年前的这道光环,也像王琦瑶的人一样,不尽人意地衰老了。这道光环,甚至还给王琦瑶添了年纪,给她标上了纪年。它就像箱底的旧衣服一样,好是好,可是错过了年头,披挂上身,一看就是个陈年累月的人,所以它还是给王琦瑶添旧的。唯有张永红受了感动,她起先不相信,后来相信了,便涌出无数个问题。王琦瑶开始矜持着,渐渐就打开了话匣子,更是有无数个回答等着她来问的。许多事情她本以为忘了,不料竟是一提就起,连同那些琐琐碎碎的细节,点点滴滴的,全都汇流成河。这是一个女人的风头,淮海路上的争奇斗艳的女孩,要的不就是它?那一代接一代的新潮流,推波助澜的,不就是抢一个上风头?张永红掂得出那光荣的分量,她说:你真是叫人羡慕啊!她向她每一任男友介绍王琦瑶,将王琦瑶邀请到各类聚会上。这些大都是年轻人的聚会上,王琦瑶总是很识时务地坐在一边,却让她的光辉为聚会添一笔奇色异彩。人们常常是看不见她,也无余暇看她,但都知道,今夜有一位“上海小姐”到场。有时候,人们会从始至终地等她莅临，岂不知她就坐在墙角，直到曲终人散。她穿着那么得体，态度且优雅，一点不扫人兴的，一点不碍人事情的。她就像一个摆设，一幅壁上的画，装点了客厅。这摆设和画，是沉稳的色调，酱黄底的，是真正的华丽，褪色不褪本。其余一切，均是浮光掠影。

老克腊就是在此情此景下见到王琦瑶的，他想：这就是人们说的“上海小姐”吗？他要走开时，见王琦瑶抬起了眼睛，扫了一下又低下了。这一眼带了些惊恐失措，并没有对谁的一种茫茫然的哀恳，要求原谅的表情。老克腊这才意识到他的不公平，他想，“上海小姐”已是近四十年的事情了。再看王琦瑶，眼前便有些发虚，焦点没对准似的，恍惚间，他看见了三十多年前的那个影。然后，那影又一点一点清晰，凸现，有了些细节。但这些细节终不那么真实，浮在面上的，它们刺痛了老克腊的心。他觉出了一个残酷的事实，那就是时间的腐蚀力。在他二十六岁的年纪里，本是不该知道时间的深浅，时间还没把道理教给他，所以他才敢怀旧呢，他才敢说时间好呢！老爵士乐里头的时间，确是个好东西，它将东西打磨得又结实又细腻，把东西浮浅的表面光泽磨去，呈现出细密的纹路，烈火见真金的意思。可他今天看见的，不是老爵士乐那样的旧物，而是个人，他真不知说什么好了。事情竟是有些惨烈，他这才真触及到旧时光的核了，以前他都是在旧时光的皮肉里穿行。老克腊没走开，有什么拖住了他的脚步，他就端着一杯酒，倚在门框上，眼睛看着电视。后来，王琦瑶从屋角走出来想是要去洗手间。走过他身边时，他微笑了一下。她立即将这微笑接了过去，流露出感激的神情，回了一笑。等她回来，他便对她说，要不要替她去倒杯饮料？她指了屋角，说那里有她的一杯茶，不必了。他又请她跳舞，她略迟疑一下，接受了。

客厅里在放着迪斯科的音乐，他们跳的却是四步，把节奏放慢一倍的。在一片激烈摇动之中，唯有他们不动，狂潮中的孤岛似的。她抱歉地让他还是跳迪斯科去吧，别陪她磨洋工了。他则说他就喜欢这个。他扶在她腰上的手，觉出她身体微妙的律动，以不变应万变，什么样的节奏里都能找到自己的那一种律动，穿越了时光。他有些感动，沉默着，忽听她在说话，夸他跳得好，是老派的拉丁风。接下来的舞曲，也有别人来邀请王琦瑶了。他们各自和舞伴悠然走步，有时目光相遇，便会心地一笑，带着些邂逅的喜悦。这一晚是国庆夜，有哪幢楼的平台上，放起礼花，孤零零的一朵，在湛黑的天空上缓缓地舒开叶瓣，又缓缓凋零成细细的流星，渐渐消失，空中还留有一团浅白的影。许久，才融入黑夜。

自这次派推以后，王琦瑶还在几次派推上见过老克腊，他们渐渐相熟起来。有一次，老克腊对王琦瑶说，他怀疑自己其实是四十年前的人，大约是死于非命，再转世投胎，前缘未尽，便旧景难忘。王琦瑶问他有什么根据。他说根据是他总是无端地怀想四十年前的上海，要说那和他有什么关系？有时他走在马路上，恍惚间就好像回到了过去，女人都穿洋装旗袍，男人则西装礼帽，电车当当当地响，“白兰花买哦”的叫声莺啼燕啭，还有沿街绸布行里有伙计剪布料的嚓嚓声，又清脆又凛冽的，他自己也成了个旧人，那种梳分头、夹公文皮包、到洋行去供职的家有贤妻的规矩男人。王琦瑶听到这里便笑了，说家有贤妻是怎样的贤妻？他不理王琦瑶，兀自说下去。说有一日自己照常乘电车去上班，不料电车上发生一场枪战，汪伪特务追杀重庆分子，在车厢里打开了,从这头追到那头,不幸叫他吃了记冷枪,饮弹身亡。王琦瑶就说:你这是从电视剧里看来的。他还是不理她,说,他实是一个冤魂,心有不甘,因此,到了如今,人是今人,心却是那时的心。他说:你看,我就是喜欢与比自己年长的人在一起,似曾相识的感觉。这时候,舞曲响了起来,两人便去跳舞。跳到中途,王琦瑶忽然笑了一下:要说我才是四十年前的人,却想回去也回去不得,你倒说去就去了。听了这话,他倒有些触动,不知回答什么。王琦瑶又接着说:就算那是一场梦,也是我的梦,轮不到你来做,倒像是真的一样!说罢,两人都笑了。散之前,老克腊说下一日请王琦瑶吃饭。王琦瑶见他是在扮演绅士的角色,心中好笑,也有些感动,说:还是我请你吧!我也不在外面请,自己家的便饭,愿来就来,不来拉倒。

到这天,老克腊早早地来了,坐在沙发上,看王琦瑶择豆苗。王琦瑶还请了张永红和她的新男朋友,都叫他长脚,他们是临吃饭才到的。这时,饭菜已上了桌,老克腊已像半个主人一样,摆碗布筷的。因是请这样的晚辈,王琦瑶便不甚讲究,冷菜热菜一起上来,只让个汤在煤气灶上炖着。张永红他们倒和老克腊不熟,见是见过,名字和人却对不上号。彼此难免有些生疏,话也说不太起来,全凭王琦瑶从中周旋。因是吃饭所以谈的无非是菜肴,王琦瑶说了几种如今看不到的菜,比如印尼的椰汁鸡,就因如今买不到椰酱,就不能做这样的鸡。还有广东叉烧,如今也没得叉烧粉卖,就又做不了。再就是法式鹅肝肠,越南的鱼露……她对他们说,这就是四十年前的餐桌,联合国开会似的,点哪一国的菜都有,那时候的上海,可是个小世界,东西南北中的风景都可看到,不过,话说回来,风景总归是风景,是窗户外面的东西，要紧的是窗户里头的，这才是过日子的根本；四十年前的这根本其实是不张扬的，不张贴也不做广告，一粒米一棵菜都是清清爽爽，如今的日子不知怎么的变成大把大把的，而且糊里糊涂的，有些像食堂里的大锅菜，要知道，四十年前的面，都是一碗一碗下出来的。老克腊听出王琦瑶这话是说给他听的，意思是告诉他四十年前的内心，而他所以为的只不过是些皮毛。他晓得王琦瑶是在嘲笑他，但也不觉得难堪，相反，内心还很欢迎这样的批评，这是带领他入门的。他还体会到她的聪颖，那也是四十年前的聪颖，没争得什么地位，像委屈似的隐忍着，没有张牙舞爪，声嘶力竭，并且多是为别人着想，少是为自己打算，其中怀着一股体贴，是四十年后的聪颖所没有的。

过后，他就经常来了。有一回来，是见张永红在请教王琦瑶做大衣，就在边上听着。虽是不太懂裁剪上的细节，但其中却是含有一些抽象的道理，可用于许多事物的。想他原来是什么也不懂的，那唱片里的老爵士乐其实只是伴奏曲，或者画外音，主旋律和内容情节却是在这里。别看那萨克斯管的装饰音千变万化，花哨得可以，到底只是为引人注意，抢镜头的，而那真正为主的却不动声色，也很简单，甚至相当朴素，是一颗平常心。他的眼睛从窗户望出去，是对面人家的窗口，关着窗，不知藏着些什么，他想，那大约是罗曼蒂克的底蕴一般的东西。他在房间里慢慢地走动，听见脚下地板松动的嘎嘎声，也是底蕴。他真是不知道，真是不懂得。其实四十年前的罗曼蒂克都是近在眼前，星散在各个角落。老克腊实在是个极有悟性的青年，对那年头的风情世故，一点就通。是真的就逃不过他眼睛，是假的也骗不了他。他几乎能嗅得到那样的空气，掺着梦巴黎的香水味和白兰花的气息。前者是高贵,后者是小户人家的平实,带点俗气,也是罗曼蒂克之一种,都是精心种植再收获的。前者虽是有着些超凡脱俗的想头,行起来还是脚踏实地。这是人间烟火的罗曼蒂克,所以挺经久耐磨,壳剥落了,还剩个芯子。

他和王琦瑶说:到你这里,真有时光倒流的感觉。王琦瑶就嘲笑:你又有多少时间可供得起倒流的?难道倒回娘肚子里不成?他说:不,倒回上一世。王琦瑶听他的转世轮回说又来了,赶紧摇手笑道:知道你的上一世好,是个家有贤妻洋行供职的绅士。他也笑,笑过了则说:我在上一世怕是见过你的,女中的学生,穿旗袍,拎一个荷叶边的花书包。她接过去说:于是你就跟在后头,说一声:小姐,看不看电影,费雯丽主演的。两人笑弯了腰。这样就开了个头。以后的话题往往从此开始,大体按着好莱坞的模式,一路演绎下去,难免是与爱情有关的,因是虚拟的前提,彼此也无顾忌。一个是回忆,一个是憧憬,都有身临其境之感。有时会忘了现实,还以为梦想是真,所编织的情节也注入了些真感情,说着说着竟伤感起来。王琦瑶便说:行了行了,别当是真的了。他则说:我倒情愿是真。这一句话说出后,有一刻静默无声。两人都有些尴尬,这才发现扯得远了。他到底年轻,不很善辞令,解释了一句:我很爱那时节的气氛。王琦瑶先没说话,停了停才说:是啊,气氛是好的,人却已经老掉牙了。他这便发现方才的话有了漏洞,再要解释也找不到词,不由涨红了脸。王琦瑶伸手抚了下他的头发,说:你真是个孩子!他的喉头有点哽,不敢抬头,总觉着有什么事情是被误解了,又说不清,还有什么事情确实是他错了,也是说不清。当王琦瑶的手抚上他头发时,他感觉到这女人的委屈和体谅,于是,就有一股同情从心里滋长出来,使得他与王琦瑶亲近了。

这样,他们再坐在一起时,便不提这个话题,拣些闲事说说,也不错。话虽少了些,但也不觉冷场,静着的时间,总有些什么垫底的。是那些新编的旧故事的细节,不思量自难忘的。这一日,老克腊又要请王琦瑶吃饭,王琦瑶却是想答应也没法答应,她心里说:这算什么呢?要是早四十年!她笑着说:这又何必,在外面未必有家里吃得好。将意思转移了个方向,他就也不坚持。自此,每过三天就要来一回,每来就要吃一顿饭的,像是半个家一般。间隔着,张永红也会来,就多一个人吃饭。再有时,张永红会带长脚来,却不定吃饭,两个坐一会儿就走了,剩下他们两个,气氛是要静一静,有点意味似的。这段日子,他们却不约而同地回避派推,那些派推使他们觉着大而无当,有话没处说的感觉。因此宁愿在家里,虽有些寂寥,但这寂寥倒是实事求是,有话则长,无话则短,是对相熟的人合适。而派推是为陌路人着想的。每当王琦瑶做一个新菜就会问他一句:比你妈妈如何?最近一次,王琦瑶又这么问的时候,他说:我从来不拿你和我妈妈比。王琦瑶问为什么,他就说:因为你是没有年纪的。王琦瑶倒说不出话来,停了停才说:人怎么会没有年纪?老克腊坚持道:你其实是懂我意思的。王琦瑶就说:意思是懂,却不同意。老克腊则说:我又不要你同意。说完就有点闷闷的,垂着头不说话。王琦瑶也不理他,只是心里苦笑,想这人真是走火入魔了,却说不出是悲是喜。她站在灶间窗前,守着一壶将开未开的水,眼睛望着窗外的景色。也是暮色将临,有最后的几线阳光,依依难舍的表情。这已是看了多少年头的光景了,丝丝缕缕都在心头,这一分钟就知道下一分钟。

王琦瑶走回房间,将泡好的茶往桌上一放,见他还沉着脸,就说:不要无事生非,好好的事情倒弄得不好了。他赌气地将脸扭到一边。王琦瑶又说:我是喜欢你这样懂事有礼的孩子,可我不喜欢胡思乱想的孩子。他突然地仰起脸,爆发道:什么孩子、孩子的,不要这么叫我!王琦瑶说了声:毛病!起身又要走,他就说:你走什么?你回避什么?有道理就讲嘛!王琦瑶站住了说:叫我和你讲什么道理?有什么道理可讲的?他更加发作道:反正你没道理,总想一走了之!王琦瑶笑了,反身又坐下了说:那我倒要听听你的道理,你说吧!他继续着对王琦瑶的批判:你不敢正视现实。王琦瑶点点头同意,再要听下去,他却无话了。王琦瑶就冷笑一声:我还当你有多少大道理呢!他一听这话,几乎要炸,张开嘴又不知要说什么,却一头扎进王琦瑶的怀里,要赖地抱住她的腰。王琦瑶大大地吃了一惊,却不敢动声色。她并不推开他,也不发怒,而是抬手抚着他的头发,轻声说一些安慰的话。他却再不肯起来,有一阵子,王琦瑶的安慰话也说完了,只得停下来,两人都静默着。

暮色一点点进来,将什么都蒙了一层暗,却仔细地勾着轮廓,成了一幅图画,一动不动的。他们也是动不了,没有一点前途供他们走的,他们只能停,停,停在这一刻中,将时间拉长些而已。他们也只能静默,说又说什么?像方才那样地吵?其实都是瞎吵一气,牛头不对马嘴的,越吵越糊涂。等静默下来,事情才刚刚有些对头。可时间在一点一滴过去,他们总不能这么到老吧!等天黑下来,彼此都有些面目难辨的时候,只见这两个人影悄悄起来,分开,然后,灯亮了。是平安里最后亮的一扇窗。

这一日就这么过去了,两人都忘了一般,搁下不提。不过,王琦瑶不再拿那样的问题问他，就是“我和你妈妈比怎么”，这话在如今的情形下已变得有挑逗性。年纪不年纪的事也不提了，成了一个禁区。这一天的结果，看起来是减法，删去一些话题，但其实这减法是去芜存精的，减去的都是些枝节。他们如今的相处是更为简洁，有时竟是无言，却是无声胜有声的。也有说个不停的时候，那可都是在说一些要紧的话，比如王琦瑶回忆当年。这样的题目真是繁荣似锦，将眼前一切都映暗了。还有与那繁荣联着的哀伤，也是披着霓虹灯的霞帔。王琦瑶给他看那四十年前的西班牙木雕的盒子，没打开只让他看面上的花纹，里头的东西不适合他似的。盒子上的图案，还有锁的样式，都是有年头的，是一个好道具，帮助他进入四十年前的戏剧中去。他其实是有些把王琦瑶当好莱坞电影的女主角了，他倒并不充当男主角，当的是忠诚的观众，将戏剧当人生的那类观众。他真是爱那年头的戏剧，看个没够的，虽只是个看，却也常常忘了自己身处何地。

从王琦瑶的往事中抬起头，面对眼前的现实，他是电影散场时的阑珊的心情。那一幕虽不是他经历的，可因是这样全神贯注地观看，他甚至比当事人更触动。当事人是要分出心来应付变故，撑持精神。他再躺到老虎天窗外的屋顶上，看那天空，就有画面呈现。一幅幅地，在暗沉沉、鳞次栉比的屋顶上拉过。哦，这城市，简直像艘沉船，电线杆子是那沉船的桅，看那桅的上面还挂着一片帆的碎片，原来是孩子放飞的风筝。他几乎难过得要流出眼泪。沉船上方的浮云是托住幻觉的海市蜃楼。耳边是一声一声传来的打桩声，在天宇下激起回声，那打桩声好像也是要将这城市砸到地底下去的。他感觉到屋顶的颤动，瓦在身下咯吱咯吱地叫。现在,连老爵士乐都安慰不了他了,唱片上蒙起了灰尘,唱针也钝了,声音都是沙哑的,只能增添伤感。他不知什么时候睡着的。天上有了星辰,驱散了幻觉,打桩声却更欢快激越,并且此起彼伏,像一支大合唱。这合唱是这城市夜晚的新起的大节目,通宵达旦的。天亮时,它们才渐渐收了尾音,露水下来了。他不由一哆嗦,睁开眼睛,有一群鸽子从他眼前掠过,扑啦啦的一阵。他想:这是什么时候了?他迷蒙地望着鸽子在天空中变成斑点,自己也成了其中的一个。太阳也出来了,照在瓦楞上,一层一层地闪过去,他要起来了。

他问王琦瑶说,有没有觉着这城市变旧了?王琦瑶笑了,说:什么东西能长新不旧?停了一下,又说:像我,自己就是个旧人,又有什么资格去挑剔别的?他有些辛酸,看那王琦瑶,再是显年轻也遮不住浮肿的眼睑,细密的皱纹。他想:时间怎么这般无情?怜惜之情油然生起。他抬起手摸摸王琦瑶的头发,像个年长的朋友似的。王琦瑶又笑了,轻轻掸开他的手,他却不依了,反握住她的手,说:你总是看不起我。她用另一只手理理他的头发,说:我没有看不起你。他坚持说:你就看不起我。王琦瑶也坚持:我就没有看不起你。他又说:其实,年龄是无所谓的。王琦瑶想了想说:那要看什么样的事情。他就问:什么样的事情?王琦瑶不回答,他便追问,问紧了,王琦瑶才说:和时间有关系的事情。这一句话说得很滑头,两人都笑了,手还握在他手里。这情形有些滑稽,还有些无聊,可在这滑稽与无聊下面,还是有一点严肃的东西。这点东西是不堪推敲的,推敲起来会是惨痛的。有谁见过这样的调情?相距有四分之一个世纪的,完全错了时辰,错了节拍。倘若不是那背后的一点东西,便有些肉麻了。他们手拉着手,又是停着了。好在两人都是有耐心,再说又是个没目的,急又能急什么?因此,便渐渐地松了手,一切还按老样子进行。就算有时会插进几句唐突的话,应付过去,还是老样子。

有一回,他说:你不能怪我!王琦瑶回答:我又没有怪你!他说:你心里怪我,怪我来迟了。王琦瑶笑笑,停了一下说:我们还是修修来世吧!他问:修来世做什么?王琦瑶反问:难道没听说这一句话?修百年才能同舟,修千年方可共枕。说到“共枕”两个字,双方的心都一动,静了下来。王琦瑶渐渐红了脸,觉着说话不妥,有想入非非之嫌,又看他是低头沉默着,就以为是不悦之色,不禁难堪得落下泪来。怕他看见,赶紧转身去到灶间,站了一会儿,收拾了一些不知什么东西,再回来,却见人已经不在了。桌上留了个条,上面写着:既有今生,何必来世。看了这字,心里反倒平静下来,还有些好笑,想这是在干什么?难道还当真吗?伸手将那字条团了。这一回就这样过去了,以后,许多这样的箭在弦上的日子都安然过去。不过,想想却有些后怕的,眼看着就走到薄刃上,一个闪失便可掉下去的,却又不知怎么地收住了脚。走钢丝般的游戏,是有些刺激的,可也不能多,多了就要失足了。因此,当他们单独相处时,会有一股紧张的空气,剑拔弩张的。这样的时候,张永红的到来,便会受到他们真心的欢迎。有第三者在,他们便可暂时避免去走钢丝。他们三个人说着些海阔天空的话题,无论说到多远,于这两个人其实都是一个意思。有了张永红这个外人,这两个便成了自己人,她的不相干反证了他们的互相干连。于是,默契便产生了。张永红的加入,真是解决了他们进也不是,退也不是的大苦恼,延缓了停滞的时间。渐渐地,张永红变成了他们不可缺少的人。

这一日,他再一次提出请客吃饭,因是包括张永红在内的,王琦瑶便无法推辞了。下一日,张永红却带了长脚一起来,四个人来到锦江饭店底层的西餐厅吃牛排。长脚虽是临时加盟的,倒唱了主角,数他的话多,说着时下的流行语和街头传闻,天外奇谈一般,叫人目瞪口呆的。这些事情,老克腊和张永红还不觉新鲜,王琦瑶却大开了眼界,真不知道在这城市夜也平常昼也平常的生计里,会有着烧杀掠抢,刀光血影的。心中半信半疑,就当故事来听。一顿饭有声有色地结束,长脚又要付钱,并且力不可挡。老克腊争夺了几番,也没成功,只得由他做了东。张永红无所谓谁付钱,这两人则觉得吃错了饭似的,很不称心。原先是借了张永红的幌子想做成一件私事,不料竟落了空,一些酝酿许久的心情也落了空。那一对出了门去便挥手上了一辆出租车,干别的去了。剩下他们站在马路沿,一时茫然不知接下去该去哪里。两人沿了长廊走了一段,那尴尬才好些。老克腊说:真心请你吃一顿饭的,到底也没请成。王琦瑶就笑:还是诚意不够啊!他也说:再加油吧!说罢,将双手插在裤兜里的臂弯朝王琦瑶张了张,王琦瑶伸手挽住了。茂名路这条林阴道,有着用不尽的罗曼蒂克。你以为那树阴是遮凉的?不对,那是制造梦境的,将人罩在影里,蒙上一层世外的光芒。

11. 长　脚

张永红和长脚维持了较长时间的朋友关系,一是因为长脚舍得在她身上花钱,二是因为还没有出现替代长脚的人。长脚对张永红说,他的祖父是沪上著名的酱油大王,他且是唯一的孙子,是法定的继承人。他说他祖父的酱油厂遍布东南亚地区,欧洲美国也有一部分。他老人家的产业除去酱油工业,还有橡胶园,垦殖地,甚至原始森林,湄公河边有一个专用码头,纽约华尔街在发行他的股票。听起来,就像是天方夜谭。张永红并不当真,但有一桩事情,却是假不了的,那就是他的钱。长脚花起钱来确实有些骇世惊俗,他使张永红对钱的观念,前进了好几位数。有时候,她克制不住激动的心情,来向王琦瑶描述他们一掷千金的情形。王琦瑶问他从哪里来的钱,张永红就也把那一套天方夜谭从头说一遍。说的时候,自己心里便也信服了。王琦瑶可不敢信,心里存疑,又不好说破,有机会冷眼观察长脚,却看出几分端倪。

这其实是一类混社会的人,上海这地场从来就有这样的人,他们大都没有正式职业,但吃喝穿戴却一律是上乘。白天在酒店的大堂酒吧里,喝酒谈笑的,就是他们。晚上,更不必说了,没有他们,这城市的夜生活便开不了场。但你别以为他们光是在玩,他们也是在工作挣钱。比如,陪外国人打网球,教授摩托车。再比如替一些服务单位接洽旅行团,顺带做一点兑换外币的买卖。这些国内国外的关系,他们是在马路上和酒店里打通的。他们一般都会几句英语,够他们打招呼,套近乎,换外币,做临时导游。由于他们从事的工作带有国际化的性质,使他们开阔了眼界,服饰和风度渐趋世界潮流。他们是思想开放的一群,不拘一格的作风。这个社会有许多兼顾不到的小环节,都是由他们承担义务,填补了漏洞。他们可是比谁都忙碌,街上出租车的生意,主要是靠他们做的,餐馆的买卖,也是靠他们做的。这城市显得多繁荣啊！

长脚身高一米九〇，脸是那类瘦长脸型，中间稍有些凹，牙齿则有些地包天，戴一副眼镜。身体看上去几乎是干瘦，实际上却很结实，肌肉称得上是发达。由于地包天的关系，他说起话来稍稍有些大舌头，但并不碍事，听起来还有几分斯文。他很喜欢说话，不管生人熟人，见面就滔滔不绝，这给人热情洋溢的印象。他还喜欢替人付账，有时在餐馆吃饭，遇到有熟人在另一桌吃，结束时，他便把熟人那一桌一起付了账。陪张永红买东西，都是挑最好的买。每次去王琦瑶家，从不空手的，要带礼物。礼物带得很雅致，一束玫瑰花。并且是在大冷的冬天，这玫瑰是从南方空运过来，十元钱一朵，来到没有暖气的王琦瑶家中，转眼间便枯萎了。他成天跑东跑西，来不及地花钱，钱都是花在别人身上，自己身上一年到头是一条牛仔裤，又脏又破。旅游鞋也是又脏又破。是顾不上自己，也是风格。尤其是冬天，他从不穿羽绒衣，只一件单衣，冻得鼻青脸肿，人也蜷起来了。但情绪依旧很昂扬，总是乐呵呵的，不笑不说话。他是一个天性快乐的人，喜欢人多和热闹，看到大家高兴，他便高兴。为了创造欢快的气氛，他甚至愿意扮演一个受嘲弄的角色。他真是能委屈自己，像他这样无私的人，天下难找。渐渐地，他确实也赢得了人们的心。人们要去哪里，都要叫上他一起，看不见他，也会找他，说：长脚呢？上哪儿去了？他就是这样，慢慢地耐心地经营起他的人际关系。像他们这样混社会的人，表面上流动无常，实质里还是有着相对的稳定，有一些约定俗成的规则，所以也是像上班和下班一样，聚和散是有一定路数可循的。他们上的是接近工厂里中班这一档班次，大约中午十一点碰头，深夜十二点以后才分手的。他们分手后，就各人走各人的路，渐渐消失在路灯下的树影里面。

长脚骑着一辆破旧的自行车，向着上海的西南角骑去。他慢慢地踏着车，路面上的人影显得很冷清。开始他嘴里还哼着一支歌，渐渐地也没声了，只听见自行车的铰链吱啦啦响。马路偏僻起来，灯也稀疏了，长脚那一颗欢快的心沉寂下来。假如有人在这时看见他的脸色，便会发现他换了一个人。他郁郁寡欢，眉宇间还有一股因烦躁而起的凶蛮之气。他的脸色暗淡了，失去了光彩。这时候，他已经骑到了一个住宅区，两边的房屋是七十年代造的工房，由于施工粗糙，用料简陋，看上去已旧得可以，在陡然明亮的月光下，像一排排的水泥盒子，一盏灯都不亮了。那里面藏着黑压压的梦魇，只有一个灵魂是清醒的，那就是长脚。他穿行在水泥盒子间，要是能够俯视的话，就好像一个虫子在墓穴间穿行。他停在其中一座楼前，将自行车靠在墙上，然后走进门洞，便被那里的黑暗吃掉了。难为长脚是怎么走上楼梯的，楼梯放满了杂物，供人走的只有一尺半宽的地方。这时，长脚就变成了一只灵巧的猫，他悄无声息，三步两步就上了楼。你可以想象他在这里已经生活得多么久了。他打开一扇门，这里有一些光，是从通道的窗里透进来。并且有一些动静，马桶的漏水声。通道里也是东西。这里两家共一套的单元，住了很多年，屋角里的蛛网就是证明。长脚先到厨房里，拉开碗橱的纱门，朝里看看，并不为想吃什么，只是习惯成自然。碗橱里有一些碗脚，上面积了一层薄膜。他关上橱门，从煤气灶下提了一瓶水，就去了厕所。过一会儿，就响起了脚在水盆里搅动的轻轻的泼刺声，长脚在洗脚。这一切他都是趁着窗外那点模糊的月光做的，完全不必开灯，闭着眼都行。他坐在马桶上，脚浸在水盆里，手里抓一块干脚布，搁在膝盖上，眼睛看着前方。潮湿的水泥地上，有一些小虫在活动，长脚在想什么呢？

假如不是亲眼看见，你说什么也不会相信，长脚睡在这样一张床上。这床是安在一个直套间的外间，床前是吃饭的方桌，桌上总难免有一些油腻的气息。床的上方是一长条搁板，夏天放棉花胎，冬天放席子，还放一些终年不用却不知为什么不丢的杂物，所以长脚看上去就好像钻进一个洞里去睡觉的。他一旦钻进去，便将被子蒙了头，转眼间也让梦魇攫了进去，沉没在黑暗中了。于是，最后的一点活动也没有了，真是说不出的寂静和沉闷。这里的黑夜倒是货真价实的黑夜，不掺一点假的，盛在这些水泥格子里，又压实了一些。从光明里走来的长脚怎么忍受得了啊！所以，他蒙着头大睡的样子，就好像是在哭泣，是一头哭泣的鸵鸟。你看他弓着腰，蜷着长腿，要藏身又藏不住的伤心样，你的眼泪也会流了下来。可到了白天，这情形就会变得有些滑稽。因像长脚这样晚睡的人，通常都是要晚起的。再说，他就是早起了又能上哪儿去？所有过夜生活的人这时候都在睡觉呢！于是他也只得睡觉。要去上班或者上学的人们就在他床前走来走去，高声说话，或是坐床沿吃早饭，筷子碰在碗边，叮当作响。门窗大开着，早晨的日光直晒到长脚身上，这是白昼的梦魇。谁说梦魇都是黑夜里的？有一些就不是。好像是有意同昨晚的寂静作比，这时候是要多吵有多吵，各种各样的声音都有，那个闹呀！可长脚就是睡得着，是这万物齐鸣中的一个独眠不醒。这样的闹至少有一个小时，只听那些门一扇扇碰响，楼梯上脚步杂沓，窗外自行车铃声一片，慢慢远去，趋于无声。就在将静未静的一刻，却从远而来一阵音乐，是小学校的早操乐曲，一拍一拍地极有节律，传进长脚的耳朵，这时，长脚就好像回到了小的时候。

长脚小时候还有一种常听的音乐，就是下午四点钟左右，铁路岔口放路障的当当钟声。钟声一响，他的两个姐姐就一人牵着他的一只手，跑到路口去等。他还隐约记得那时住的房子，是一片平房中的一间。他们姐弟三人在这些自家搭建的房屋的阡陌里穿行着，急匆匆像是去赶赴什么约会。当他们来到路口，已可看见那灯一亮一亮，警示行人车辆停止，钟声依然当当个不停。然后，汽笛响了，火车咔嚓嚓地过来了，开始还是轻快的脚步，到了近处，却陡然间风驰电掣起来，一节节车厢从眼前过去，那车窗里都是人，却来不及看清面目。长脚就想:他们是去哪里呢？车厢过尽，稍停一会儿，路障慢慢举起，人和车潮水般漫上铁轨，长脚便看见了一张熟悉的脸，他们的母亲。他是这家里唯一的男孩，两个姐姐一个比他大七岁，一个比他大六岁，是他的两个小保姆。她们在门口一棵树上吊一根绳子，绳子上拴一个小板凳，这样就做成一个秋千，是他的儿童乐园。还有砖地上爬行的蚂蚁，泥里的蚯蚓，都是他的伙伴，他还隐约记着那时的快乐。后来他们就搬到了现在的工房。这水泥匣子样的工房，给长脚的只有烦闷，虽然他是有好天性的，可也止不住烦闷的生长，屋角和床肚里的灰尘，墙上的水迹，天花板上的裂纹，还有越来越多的杂物，其实都是他日积月累的烦闷。他又说不出来，就觉着没意思，很没意思。中学毕业，他分在一家染料化工厂做操作工，进厂第二年就得了肝炎，回家休养，再没去上班。长病假里，他每天早晨骑着自行车出去漫游，不知不觉地，烦闷消散了。

他骑车走在马路上，看着街景，快乐的好天性又回来了。街上的阳光很明媚，景物也明媚。长脚弓着背，慢慢地蹬着车，就像阳光河里的一条鱼。长脚来到市中心的时候，总是在十一点半的光景。他停在马路边，脸上浮起些茫然的表情，但只一小会儿就过去，紧接着又坚定起来。他选择了一个方向骑去。太阳在建筑的顶上反射出锐利的光芒，是叫人兴奋的。这是在武康路淮海路的那一带，是闹中取静的地方，也是闹中取静的时间，有着些偃息着的快乐和骄傲。长脚心里明朗起来，梦魇的影子消散殆尽，有一些轻松，也有一些空旷。所有看见长脚的人都断定他是一个成功的人，有着重要的事情在身上，长脚是去做什么呢？他是去请他的朋友们吃饭。

长脚要对人好的心是那么迫切，无论是近是远，只要是个外人，都是他爱的人。是这些人，组成了他爱的这一个上海。上海的美丽的街道上，就是他们在当家做主，他和他的家人，却都是难以企及的外乡人。现在，他终于凭了自己的努力，跻身进去了。他走在这马路上，真是有家的感觉，街上的行人，都是他的家人，心里想的都是他的所想。那马路两边的橱窗，虽不是他所有，可在那里和不在那里就是不一样。一万个从街上走过的人中间，只可能有一个怀有这样至亲至近的心情，这万分之一的人是上海马路的脊梁，是马路的精神。这些轻佻佻的，不须多深的理由便可律动起来的生命力，倒是别无代替的，你说它盲动也可以，可它是那样的天真，天真到回归真理的境界。

在有些日子里，长脚从事的工作是炒汇。可别小看炒汇这一行当，这也是正经的行当，他们还印有名片呢！他们都是有正义感的人，你可去调查一下，骗人的把戏从来不是出自他们的手,那全是些客串的小角色搅的浑水。哪个行当里都有鱼目混珠的现象。他们一般都有一些老主顾,这些老主顾就可证明他们的品行。这种生意是有风险的生意,好时坏时都有。坏的时候,他们蛰伏着,等待好时候一跃而起。长脚做起生意来也是友谊为上的,只要人家找上门,赔本他也抛,倒是给人实力雄厚的印象。他的名片满天飞,谁手里都有一张的。有人说,长脚,你应当去做大买卖。长脚便不置可否地笑笑,也给人实力雄厚的印象。张永红认识他的时候,正是炒汇这一买卖比较顺手的当口,长脚挥金如土,叫人看了发呆。花钱本就有成就感,何况为女人花钱。长脚天性友善,又难得经验女性的温存,花钱花到后来,竟花出了真情。这一段日子里,他把对人对事的一腔热诚全放在张永红身上,把朋友淡了,把生意也淡了。他看上去是那么和蔼,忠实,眼睛里全是温柔,谁见都要感动。他实在是一个忘我的人,一心全在别人的身上。他给张永红买了一堆时装,自己别提有多邋遢了。他眼里都是张永红的好,自己则一无是处。他恨不能把一整个自己兜底献给张永红,又打心底自以为浑身上下没一点儿值钱的。他有上千句上万句的真心话要对张永红说,说出的却是实打实的假话。

长脚到王琦瑶家来,开始是为了张永红,后来就不全是了。他觉得这地方挺不错,王琦瑶这个人也挺不错。虽然是长了一辈的人,可是和他们在一起,并没什么隔阂的。虽然是旧时代的人,可是对这新时代的精神也是没有隔阂的。长脚和老克腊不同,他对旧人旧事没什么认识,也没什么感情,他是朝前看的,越前面的事情越好。因他不是像老克腊那么有思想,做什么都不是有选择,而是被推着走,是随波逐流,那浪头既是朝前赶,便也朝前看了。就是这样的不由自主,他也还是有着一些直觉的,这些直觉有时甚至能比思想更为敏捷地长驱直入事物的本质。他在王琦瑶这里也能获得心灵的某种平静,这平静是要他不必忙着朝前赶,有点定心丸的意思,好像冥冥之中发现了循环往复的真理,还有万变不离其宗的真理。上海马路上的虚荣和浮华,在这里都像找着了自己的家。王琦瑶饭桌上的荤素菜是饭店酒楼里盛宴的心;王琦瑶身上的衣服,是橱窗里的时装的心;王琦瑶的简朴是阔绰的心。总之,是一个踏实。在这里,长脚是能见着一些类似这城市真谛一样的东西。在爱这城市这一点上,他和老克腊是共同的。一个是爱它的旧,一个是爱它的新,其实,这只是名称不同,爱的都是它的光华和锦绣。一个是清醒的爱,一个是懵懵懂懂的爱,爱的程度却是同等,都是全身相许,全心相许。王琦瑶是他们的先导和老师,有了她的引领,那一切虚幻如梦的情境,都会变得切肤可感。这就是王琦瑶的魅力。

长脚也会有问题对王琦瑶提出,却是比老克腊幼稚一百倍的,有的实在令人发笑。但王琦瑶也还是一一向他解释,心里感叹着他的憨傻可爱,心想:他到了张永红的手里,还不是要圆就圆,要扁就扁?也算是张永红有福,但接着又冷笑了一下:只是不知道长脚的钱究竟能维持多久。她想:世上凡是自己的钱,都不会这样花法,有名堂地来,就必要有名堂地去,如长脚这样漫天挥洒,天晓得是谁的钱!她这么想其实还是不了解长脚,长脚是会将自己的钱花在别人身上的。甚至,为别人花钱正是他挣钱的动力,否则,当他手头拮据的时候,他用得着那样的苦恼和不安?他自己又没什么需要花费的。前边说过,穿得是那么简单,吃是更不必说了,一碗泡饭一包榨菜便可打发。即便是对了一席盛宴,也尽是在为别人张罗,少见他动筷子的。他个人的需求实只在温饱线上。他的快乐是在供别人吃喝玩耍的时候,有好几回,因别人抢着与他会钞,他动气翻了脸,那可是动真格的,他觉着别人是在剥夺他的享受。可他确实苦于没有足够的钱,套汇是一门起落很大的买卖,收入极不稳定。有时家人会给他一些钱,但也是杯水车薪。曾经有朋友介绍他陪几个海外华人游玩,采购,做些跑腿的事,到头来,他争付的饭钱和茶钱要比佣金多。朋友劝他不必如此,说好是包他茶水饭费的,他却回答,交个朋友嘛!他就是这么看重友情。谁都不知道,在他豪爽的背后,是夜以继日地为钱发愁。说真的,他向他两个姐姐借的钱已是个大数目,平时想都不敢去想。他还挪用过套汇的钱,和主顾打个招呼,拖几日兑现,打个时间差。好在他的信用向来不错,对朋友的情谊则有目共睹,所以拖几日也还成。而他也深知此事不可多,多了就收不住闸,非到万不得已不为之,实在万般无奈,他就对外声称,去外地几日,见他的从海外来的亲戚,借此躲几日。这几日里,热闹的饭桌上再见不着他的身影,听不见他争抢买单的声音。谁能知道其实他就在这城市的东北角的一个冷僻的小公园里,坐在一条长凳上,看着面前的滑梯,孩子们在爬上滑下,那尖叫声在城市边缘很显辽阔的天空下,传得很远。有麻雀在他脚边不远的地方啄着沙土,和他做伴。他一坐就是一天,直到傍晚公园关门才慢慢地回家,去吃家人留在饭桌上用纱罩盖着的饭菜。这时候,他口袋里连在外面吃一碗小馄饨的钱也没有了。

上海的繁华不折不扣是个势利场,没钱没势的人别进来。要说长脚是为朋友花钱,其实是在向这势利场纳税。那闪烁不定的霓虹灯，日长夜消的新浪潮，现在还多出了流行曲和迪斯科，把个城市的天空，闹得沸沸扬扬，你能甘心做个局外人吗？像长脚这样混社会的人，他们日里夜里在这繁华地里游荡穿行，天天都在过圣诞节，怎么忍受得了平常的非年非节的岁月。他们闭上眼睛就可辨别出哪里明，哪里暗。同是一条暗街，他们用鼻子嗅也能嗅出哪面墙里有通宵达旦的歌舞，哪面墙后只是一觉到天明。他们都是人里的尖子，这样的人怎么能甘于平凡？明白了这些，才能明白长脚一个人坐在小公园里的凄楚，不用问就知道他心里在想什么。

其实只有几十分钟的车路，可却是两重天地，风是寂寥，空气也是寂寥，人更是寂寥。他想，那些朋友在做什么？张永红又在做什么？和张永红在一起的时候，他一心只想着怎么叫张永红高兴，现在一个人了，他的思绪便走远了一些，开始考虑他和张永红的将来，这是一个陌生的思想。他们这些混社会的人，是很少想将来的，将来本是不想自来，没什么可想的，一旦去想，则又发现是想不出来的。因为是一个不知道，还因为是一个不打算。长脚的思绪在这里被弹了回来，他发现他和张永红是没有将来可言的，只有眼下这一天天的日子。这一天天的日子是浓缩成一餐餐的饭，一堂堂的舞会，一趟趟的逛马路买东西，这可都是人生的精华，是挑最要紧的来的，这最要紧的则是用钱来打底。因此，思绪兜了一圈又回来了，还是个钱的问题。

长脚再次出场，是以更为抖擞的面貌，他神清气朗，满面笑容，新理了发，换了干净衣衫，腰包鼓鼓的，连长年弓着的腰也直起来了。他说要请大家吃烧烤，在锦江饭店新开张的啤酒园。初秋的夜晚，风吹着桌上的蜡烛光，还有烧烤架的火光，玻璃盏里的酒是晶莹的色泽,有一些淡淡的烟随风而逝。长脚的眼睛几乎是噙泪的,心想:这可不是做梦吧?头顶上的布篷就像一面帆,时时鼓起着,不知要带他们去哪个温柔乡。这才是上海的夜晚呢,其他的,都是这夜晚的沉渣。长脚这么一走一来,难免要为他的家族传说增添新的篇章。在这水晶宫般的夜晚里,说什么都是叫人信的,人也是有想象力的。草坪里有一些小虫,轻轻地啄着人的脚,四周是欧式建筑环绕,悬铃木的树叶遮着挡着,有音乐盈耳。这些还都在其次,重要的,重要的是在心里,心里是什么样的感觉啊!好像人不是人,而是仙。长脚心里的话都是语不成句,歌不成调的,他的膝盖微微打着颤,手指在上面敲着鼓点,也是没拍眼的。什么叫陶醉,这就是陶醉。前后不过几天,长脚却好像做了两世人。

长脚时隔几日不出现,王琦瑶几乎断定他是一个骗子了,他这么一再来,王琦瑶又糊涂了。长脚并不解释什么,将一纸袋的礼品随意一放,纸袋上有免税商店的中英文字样。王琦瑶心里猜想他到底从什么地方来,嘴上却不问,只说张永红怎么不来?话没落音,张永红已从楼梯口上来了,原来是在弄堂口打电话。正好老克腊也在,四个人就坐下来闲话。长脚环顾着小别重逢的王琦瑶的家,感动地想:一切都没有改变。他觉得自己已离开了很久的时间,而这里的人和事竟然依旧,似乎是在等着他归队,真叫人备感温馨。为了回到这好日子里来,长脚终于做了一回诈骗犯。大前天的晚上,他在浦东陆家嘴路一条弄堂里,成交了一笔买卖,交货时,他使用了调包计,用十张一元钱的美钞,代替了二十元的美钞。这样的调包计,虽然不稀奇,可在长脚却是头一遭,这在他套汇的历史,刻下了一个耻辱的记录。在从浦东回浦西的轮渡上,长脚望着月亮被云遮住,心里一阵暗淡。如不是走投无路,他是决不会走这条黑暗的道路。长脚的好天性里还有一条是纯洁,现在,这纯洁被玷污了,他心里隐隐作痛着。这时,他望见了岸上的灯光,那巍峨的建筑群,像山峦似的,陡立眼前,镀着一道城市的光芒。那里的夜晚在向他招手,是如何的摄人魂魄!

第 四 章

12. 祸起萧墙

在这城市的喧嚣之中，有谁能听见平安里的祈祷？谁能注意到这里不求有功但求无过的生计？那晒台上又搭出半间披屋，天井也封了顶，做了灶间。如今要俯瞰这城市，屋顶是要错乱并且残破许多的，层上加层，见缝插针。尤其是诸如平安里这样的老弄堂，你惊异它怎么不倒？瓦碎了有三分之一，有些地方加铺了牛毛毡，木头门窗发黑朽烂，满目灰拓拓的颜色。可它却是形散神不散，有一股压抑着的心声。这心声在这城市的喧腾里，算得上什么呢？这城市又没个静的时候，昼有昼的声，夜有夜的声，便将它埋没掉了。但其实它是在的，不可抹杀，它是那喧腾的底蕴，没了它，这喧腾便是一声空响。这心声是什么？就是两个字：活着。那喧腾再是大声，再是热闹，再是没日没夜，也找不出这两个字的。这两个字是千斤重，只能向下沉，沉，沉到底，飘起来的都是一些烟和雾般的东西。所以，那心声是不能听的，听了你会哭。平安里的祈祷，也是没日没夜，长明灯一般，熬的不是油，是心思，一寸一寸的。那大把大把挥洒在空中的喧腾，说到底只是些活着的皮毛，所以才敢这么不节省，这么夸口。在这上海的几十万几百万弄堂里，藏着的祈祷汇集起来，是要比欧洲城市教堂里的钟声齐鸣还要响亮和振聋发聩，那是像地声一样的轰鸣，带来的是山崩地裂。可惜我们无法试一试，但只要看一看它们形成的沟壑，就足以心惊，它们把这块地弄成了什么呀！你说不上它们是建设，还是破坏，但这手笔却是大手笔。

平安里祈求的就是平安，从那每晚的“火烛小心”的铃声便可听出。要说平安还不是平常，平安里本就是平常心，也就这么点平常的祈求，就这一点，还难说是求得。多少年来，大事故没有，小事情却不断。收衣服翻身摔下楼，湿手摸开关触了电，高压锅爆炸，错吃了老鼠药，屈死鬼也不算少了，要喊冤也能喊得个耳朵聋，能不求平安吗？到了开灯的时分，你看那密密匝匝的窗户里的亮，是受惊的警觉的眼睛，寻找着危险的苗头。可是当危险真的来临，却谁也听不见它的脚步。这就是平安里麻木的地方，也是它经验主义的地方，它们对近的危险没有准备。火啊电的，它们早已经晓得了，其余的，它们却没有想象力了。所以，要是能听见平安里的祈祷，那就是像阿宝背书似的，只动嘴不动脑，行行复行行。那窗台外的花盆，差一步就要掉下去了，却没人伸手拉一把的；那白蚂蚁已经把楼板蛀得不成样子了，也没人当回事的；加层再加层，屋基快要下陷，新的一层眼看又起来了。在夏日的台风季节，平安里其实摇摇欲坠，可人们蜷缩在自己的房间里，感受着忽然凉爽的风，心里很安恬。因此，平安里求的，其实是苟且偷安，睁眼闭眼，是个不追究。早晨的鸽哨，奏的是平安令，却报喜不报忧，可报了又怎样？躲得了初一，躲得了十五吗？这样说来，那祈祷还透着知天命，是个大道行。再没什么说的了,就只愿它夜夜平安,也是句大白话。

风穿街过巷,窸窸窣窣地响,将落叶扫成一小撮一小撮,光也是一小撮一小撮,在这些曲长弄堂里流连。夏天过完了,秋天也过到头。后弄里的那些门扇关严了,窗也关严了。夹竹桃谢了,一些将说未说的故事都收回肚里去了。这是上海弄堂表情比较肃穆的时刻,这肃穆是有些分量了,从中可以感受到时间的压力。这弄堂也已经积累起历史了,历史总是有严正的面目,不由使它的轻佻有所收敛。原先它是多么不规矩呀,角角落落都是风情的媚眼,你一进去就要上它的圈套。如今,又好像是故事到了收尾部分,再嬉皮笑脸的都须正色以待,再含糊不过去,终要水落石出了。扳着指头算算,上海弄堂的年头可真不短了,再耐久的日子也是在往梢上走了。再登上高处看那城市的风貌,纵横交错的弄堂已透出些苍凉了。倘若它是高大宏伟的,这苍凉还说得过去,称得起是壮观,而它却是些低墙窄院,凡人小事,能配得起这苍凉吗?难免是滑稽的表情,就更加叫人黯然神伤。说得不好听,它真有些近似瓦砾堆了,又是在绿叶凋谢的初冬,我们只看见一些碎砖烂瓦的。那个窈窕的轮廓还在,却是美人迟暮,不堪细想了。风里还有些往昔的余韵吗?总不该会是一无所存?那曲里拐弯就是。它左绕右绕的,就像是左顾右盼,它顾盼的目光也有岁数了,散了神的,什么也抓不住。再接着,雨夹雪来了,是比较寒冽的往事,也已积起三五代的,落到地就化成了水。

现在,让我们透过窗口,看一看平安里的内景。先是弄口过街楼上,住的是扫弄堂老人的一家,籍贯山东,老人已在年前去世,墙上挂着他炭笔画的遗像,遗像下的方桌上有孙儿在写作业,要将一个字写上二十遍,早已瞌睡得睁不开眼。楼下披屋的一家,晚宴还未结束,酒喝得并不多,总共那么一斤竹叶青,却喝得很缠绵,点点滴滴全入心的。再往里去,灶间的后窗里,两个女人窃窃私语,眼睛瞟起一下,又瞟起一下,是母女俩在说媳妇和嫂嫂的坏话。沿着门牌号码过去,那下一户的前房间里正在打麻将,听得见哗哗的洗牌声,还有"一筒""二索"的叫牌声,看得出是一家人,却也是亲兄弟明算账的架势。隔壁的夫妇正反目,一句去一句来,都是伤筋动骨的诅咒,今宵今夜都过不去了,又像是拉锯战,没个了断。再隔壁的窗是黑着,不知是睡下了,还是没回来。十八号里退休自己干的裁缝,正忙着裁剪,老婆埋着头锁洞眼,面前开着电视机,谁也没工夫看。对了,虽然各家各事,可有一点却是一条心,那就是电视。无论打牌、喝酒、吵架、读书,看或是不看,听或是不听,那电视总开着,连开的频道都差不离,多是些有头没尾的连续剧,是夜晚的统领。我们终于看到了王琦瑶的窗口,原以为那里是寂寞的,不料全是人,沙发上,椅子上,甚至地板上,有坐着,有靠着,也有站着,还飘出小壶咖啡的香味。这里正开派推,你看有多热闹!

王琦瑶家,如今又聚集起人了,并且,大都是年轻的朋友,漂亮,潇洒,聪敏,时髦,看起来就叫人高兴。他们走进平安里,就好像草窝里飞来了金凤凰。人们目送他们的背影,消失在王琦瑶家的后门里,想着王琦瑶是多么了不起,竟召集起上海滩上的精英。人们已经忘记了王琦瑶的年纪,就像他们忘记了平安里的年纪。人们还忘记了她的女儿,以为她是一个没生过孩子的女人。要说常青树,她才是常青树,无日无月,岁岁年年。现在,又有那么些年轻洒脱的朋友,进出她家就好像进出自己家,真成了个青春乐园。有时，连王琦瑶自己也会怀疑，时间停止了脚步，依稀还是四十年前。这样的时候，确实有些叫人昏了头，只顾着高兴，就不去追究事实。其实，王琦瑶家的这些客人，就在我们身边，朝夕相遇的，我们却没有联系起来。比如，你要是到十六铺去，就能从进螃蟹的朋友中，认出其中一个两个。你要是再到某个小市场去，也会发现那卖蟋蟀的看上去很面熟。电影院前卖高价票，证券交易所里抢购股票认购证……那可真是三百六十行，行行有他们的人，到处能看见他们活跃的身影。他们在王琦瑶家度过他们闲暇的时间，喝着小壶咖啡，吃着王琦瑶给做的精致点心，觉得这真是个好地方。他们一带十，十带百地来到王琦瑶家，有一些王琦瑶完全说不上名字，还有一些王琦瑶只叫得上绰号，甚至有一些王琦瑶都来不及看清面目。人是太多了，就有些杂，但也顾不上了。王琦瑶的沙龙，在上海这地方也可算得上一个著名了，人们慕名而来，再将名声传播出去。

不过，常客还是那几个，一个老克腊，再加张永红和长脚一对。如今，他们更加稔熟，经常约好了一起行动，到哪里吃饭饮茶，又到哪里看电影跳舞。冬天来到的时候，王琦瑶便在自己家烧一个火锅，一个坐一边，边吃边说话，时间不知不觉地溜走，天色渐暗，那火锅却越烧越暖。王琦瑶忽觉得这情景似曾相识，哪一年哪一日有过，只是换了人的，不觉有些感伤。锅下的炭火一爆，发出红光，从下向上照耀了王琦瑶的脸，这张脸陡然间现出皱褶，一道道的，虽只一霎间，坐在对面的老克腊却全看见，心里先是一惊，后又是一痛，想：她是一个老妇人了。火锅吃到这个火候上，便是默然了。张永红和长脚也安静下来，各想各的心思，心情一下子旷远了。良久，王琦瑶轻声笑了一下，不由把那几个一惊，发现天已黑了。王琦瑶起身开了灯，又给火锅添上水，说道：怎么都不说话？谁就说，你也不说话。王琦瑶又笑了一声，问她笑什么，她不回答，再问，她就说，看着他们三个人，想起一些事情。问是些什么事情，却又说与他们无关。存心要弄他们似的，那三个人就不满了，定要她说个究竟。逼了半天，王琦瑶才说：你们将来不知是个什么命运呢！这三人倒一愣，停了一时，张永红说：你不也是不知道吗？王琦瑶说：我有什么将来？现在就是将来！大家都说她太谦虚，王琦瑶笑笑，再接着说，他们三个人今天的形势是这样，明天的结局却不定是怎样。他们三个面面相觑，忽然都有些尴尬，尤其是老克腊，硬被她扯进那一对的关系里，成了个第三者，不明白王琦瑶把水搅浑，是要摸条什么鱼。而他隐隐觉着王琦瑶的话其实是专讲给他听的，带有些窥探和试验的意思，心里感到不自在，就有意要把话扯开，说些别的。王琦瑶却不让，继续说着命运的无常，此一时彼一时，山不转水转，水不转人转。那两个听得发蒙，心里茫茫然一片，老克腊则听不下去了，他不无刻薄地笑道：听你的意思，就是说他们两人终于是要拆档，而我却会同张永红好。经他这么挑明，大家都笑了。王琦瑶先还辩解，说不是这个意思，老克腊说，照你的话，就这三个人，还能有什么组合法？王琦瑶说不出话来，也笑了。长脚脸上笑，心里却有些愠怒，他不怒王琦瑶，怒的是老克腊，觉着被他占了便宜。张永红嘴里骂老克腊神经病，心里则很微妙地一动。王琦瑶一边笑一边朝老克腊点头，说：算你嘴巴凶，算我输给你！

火锅之夜过去了几天，老克腊再去王琦瑶家，径直上楼，见房门开着，王琦瑶一人坐在沙发上，膝上盖条羊毛毯，手里钩着羊毛衫。他用手指弹一下门,走了进去。王琦瑶眼睛都没向他抬一下,就好像没他这个人。老克腊晓得她是在生气,却并不理会,自己在房间里慢慢地踱步。这天他穿一件中山装,一条白绸巾,随便搭在颈上,双手插在裤袋里,就像一名五四青年。他踱了一会儿,眼睛看着脚,在地板上阳光的方格里跨进跨出,想着又一个冬天来临了。忽听王琦瑶在身后冷冷地说话了,是嫌他走来走去妨碍了她的安静。老克腊便拉出一把椅子坐下,看窗台上的麻雀啄食,因被窗框挡着,只露出半个脑袋。停了一会儿,王琦瑶又说,今天她不舒服,不打算烧饭,所以没有饭给他吃。老克腊笑着说:难道我是来吃饭的吗?王琦瑶这才抬起眼睛,说:那你是来做什么的?老克腊反问:你说我来做什么?王琦瑶低下眼睛再去钩羊毛衫,不搭理他了。老克腊也有些气了,闷闷地坐着,手依然插在裤袋里。那姿态是含着委屈的,无缘无故地受了冤枉,又说不出来,讨回不了公道。坐了一时,那王琦瑶倒从沙发上起身了,泡了一杯茶,送到他跟前,说了一声:生什么气?说罢转身进了厨房,去烧午饭。这回轮到老克腊不理她了,继续坐在椅上生闷气。不知怎么的,又让王琦瑶占了道理,掌握了主动。这种时候,就体现出人生经验的高低之分了。这经验是靠时间积累的,天大的聪敏也超越不了时间,一天两天好说,一年两年也好说,可十年二十年就不好说了。

这天的午饭却比以往更丰富和精致,王琦瑶将方才的脾气全收起了,对他无微不至,说了许多有趣的事情,都是以前没说过的。老克腊渐渐缓了过来,几乎要把那些不痛快忘记,王琦瑶却又提起了。她说:你以为吃火锅时,我说那些话是无来由的?我有这么无聊吗?老克腊不知她要说什么,只停着筷子。她又说:我想起很多年前,也是这样的阴冷天,也有四个男女坐一处吃火锅,其中一个女的是无关的,另两男一女之间,后来发生的事情却是做梦也未想到的。停了一会儿,她说:那个女的就是我。老克腊放下筷子,抬眼看着王琦瑶。王琦瑶脸上是无所谓的神情,就像在说人家的事情。二十多年前,她和毛毛娘舅、萨沙的那段纠葛,如今说来,已隔膜得很,痛痒无关的心情。有些细节,不知是真模糊,还是假模糊,前后不太对得上号。就因这般的平淡和随意,这悲剧更是触目惊心。他是头一次听王琦瑶说自己的经历,以前的谈话多是关于情景的描述,情景中人则是虚的,一个忽隐忽现的影。如今,这人凸现起来,成了个真人,他倒有了玄虚的心情,如坠五里云雾之中。王琦瑶的脸就像水中的倒影,摇摇曳曳。他明白,自己是在落泪。他这眼泪,一半是同情,一半是感动。王琦瑶说:我都没哭,你哭什么?他将头伏到桌上,说:不知道。

就此,王琦瑶向他敞开了几十年的秘史。一连几天,他们一个听一个讲地度过。听的和讲的吸着烟,房间里烟雾缭绕,彼此的脸看起来都变得恍惚,声音也恍惚。那是四十年前起始的故事,一身的锦绣烟尘,如今,哪里去找这旧故事的头啊!那故事的头,虽然种的是悲剧,也是个锦绣繁华的悲剧,这故事的尾将收在哪里呢?王琦瑶的声音静下了,一时上没有声音,只有烟雾在自由无拘地聚散。然后屋里响起轻轻的三击掌,是王琦瑶自己。他不由一惊,抬头朝她望去,见她在烟雾中笑着,说:这场戏差不多也演到头了。他微微一战,觉着一些阴森可怖。她又说:做人就像在做戏,对不对?他不置可否,见她站起来,披了一身烟雾地向他走来,手摸着他的头,心凉了一下。那手梳理了几下他的头发,只听她说了声:你这个小弟弟。他伸出手要去挽留那手,却没有捉到,在空气中徒然地挥动了一下。王琦瑶已经离开了房间,他望着她消失了身影的房门,身上开始发热。王琦瑶再回到房间时,见他坐在椅上打寒噤,牙齿碰得格格响。王琦瑶将手上的饭菜一放就去摸他的额头,却被他像藤缠树样地抱住了。问他怎么了,他一个字也不说,闭着眼睛贴在她身上。她感觉到他浑身发烫,用力扶起他,让他在床上躺下。他的两条胳膊箍紧了王琦瑶的腰,将她也带倒了,压在他的身上。王琦瑶叫着松手松手,他反越加抱得紧。她急了,用手掴他的脸,他不睁眼也不松手,由她掴去,她把手都掴痛了。看着他脸上被掴起红杠的地方,便软了下来,将手轻抚上去,又被他的脸贴住了。就这样,有一些时间过去了。她叹息了一声,伏在了他的胸前,而他趁势一翻身,将王琦瑶压住了。

他身上的热退了,泻下一头冷汗,还是打战,嘴里说着梦呓般的话,听不出是在说什么。王琦瑶百般抚慰他,把他当个孩子般地哄他。他要什么都依着他,曲意奉承。他有几次发急,想做什么,又不知道该做什么,闹着性子,都是王琦瑶把着手帮他。他还哭了几声,哀哀的,为着什么万念俱灰。王琦瑶便安慰他,鼓励他。这一夜真是又长又不安稳,不知有多少多出来的事情。那灯是一会儿开一会儿关,人是一会儿起一会儿睡。这一夜,平安里也不知怎么了,那样的静,什么夜声都没了,满世界是他们的声音。这声音也是要被吞噬掉的,越是闹就越显得孤寂。他们两人都做了许多噩梦,发出压抑着的惊叫,呼吸粗重,眼睛酸涩。这一夜过得真是累,千斤重担压在身似的。他们心里都在祷告着白天快点来临,但当窗帘映上一丝光线时,两人又都惧从中来,这个白天将怎么过啊!他已经筋疲力尽,手脚都不会动弹。她则强挣着,在天大亮之前起床。当她梳头洗脸的时候,她不敢看镜子里的自己,匆匆完毕,提起菜篮子贼样地溜出家门。外面其实还一片漆黑,路灯都亮着,没几个行人。她向菜场走去,那里已有些人声,天色又白了些,她这才觉得活过来了一点。后来,路灯一盏盏地灭了,天上却还滞留着几颗星星,极淡的。王琦瑶想:这是什么时候了?等她回到家,床上已没了人,老克腊走了。

他这一走就没有再来,王琦瑶觉着这样也好。那天早晨,王琦瑶见他走了,第一个动作就是拉开窗帘,阳光照进来,就好像将昨日的夜晚化解掉了。她的思绪从这个夜晚上跳跃过去,她想:什么也没有发生。以后的日子,很平静,夜晚也很平静。人来人往似也稀疏了一些,各人都在忙各人的。王琦瑶新起头一件开司米毛线衫,很繁琐的针法。她从早织到晚,中间除了烧饭吃饭,电视机一早就开着,直到最后两个字跳出:"再见",然后收针睡觉。她连他的名字都不去想,就像没有过这个人一样。有时,她会很诧异地想:日子不是照样地过?有一天长脚来,随口问了声:老克腊几时回来?王琦瑶一怔,想他何时走的却也不知道。长脚又说:他不是去了无锡?王琦瑶没说什么,心里却无故地冷笑了一声。这天,她烧了很多菜招待长脚,为他烫了些花雕,听他吹牛。近来一段,长脚混得还不错,有几件买卖都得心应手,所以也多了一些话题,一样样说给王琦瑶听。王琦瑶听得很仔细,不时提些问题。长脚受到这般重视,很是感动,加上喝了酒,眼睛都湿润了,他说:王阿姨,你或者你的朋友要换外汇的话,交给我好了,一定比中国银行的牌价合算得多。他举出比价给她听,还算账给她听。王琦瑶说:我并没有外汇。停了一下,又说:黄货你换不换?长脚说:换呀!又报出黄金的黑市价和银行价,迅速算出差价,又给她讲了一些兑换的实例。王琦瑶却说:我也没有黄金。长脚最后说了一句:其实是很合算的,便按下不提,说别的去了。吃完饭,长脚走出王琦瑶的家,已是下午三点钟的光景,阳光很好,灿灿地照着却是走下坡路的样子,做不了大打算了。长脚略有些走路不稳,而且睁不开眼,他站在人车如流的马路上,想:现在去什么地方呢?

晚上,王琦瑶坐在沙发上织毛线,听着电视机里闹哄哄的声音,觉着有些乏,就闭了闭眼睛,不料却睡着了。醒来时,只见电视屏幕上白花花的一片,满屋都是嚓嚓的空频的噪音。她睁着眼睛,觉得这房间格外地空和大,灯也比平时亮,将房间照得惨白。她勉力起身关了电视,然后关灯上床,灯一灭,月光就跳到了床前。她忽然变得很清醒,睡意全无,看看月光里的窗帘的花影,思忖是什么日子,有这样好的月亮。她又想方才一觉是不该睡的,弄得现在睡不着了,这一夜可怎么过?一个人在静夜里醒着,自然会想起许多事情。奇怪的是许多重要的事情她都没去想,却想起一个无关紧要的夜晚。就是许多年前,两个乡下人抬着病人找医生,错敲了她的门的那一晚。那万籁俱寂中的敲门声,就好像响在耳畔,是多么清脆,不知是报喜讯,还是报凶信。这时候,王琦瑶的耳朵变得很灵,能将这一条长弄的动静尽收耳底,没有敲门声,弄里静得很,连野猫从墙头跳下那轻轻的一蹿都能听见。王琦瑶将这些琐细的夜声都搜索进来,细细辨别。这是一个静夜的游戏,可打发时间。这一夜,王琦瑶几乎是睁着眼到天亮的,有几次瞌睡,也很浅,似睡非睡,一惊即醒。下一日的晚上,因怕再度失眠,便有意熬到很晚,实在不能支持,才上了床,自然一沾枕头就入睡了。

不知什么时候,梦里忽然一惊,听玻璃窗响。醒过来,玻璃窗又是一响,似乎有人在扔石子。她起身走到窗前,撩开窗帘,楼下弄里一地月光,并没有一个人。她停了一会儿,刚要放下窗帘,那院墙的影地里却退出一个人,仰头站在月光里。两人一上一下地看了一会儿,王琦瑶转身回到床前,拿件衣服披上,然后下了楼去。后门一开,便踅进一个人来,两人默不作声,一前一后上了楼梯。

房间里没开灯,但有月光,两人却都对月光背着脸,不愿让对方看清似的。一个坐在床沿,另一个却站着,抱着胳膊。又有一些时间过去,站着的说:你回来了?坐着的垂下了头。站着的又说:你跑什么?难道我会去追你?随即冷笑一声,退到沙发上,点起了一支烟。这时,月光照在她脸上了,是惨白的,头发蓬乱着,一团烟雾腾起,又遮住了她。他不说话,兀自脱了衣裤,蜷进被窝,蒙上了头。她吸着烟,脸转向窗户,月光勾出她的侧影,烟雾缭绕,像是另一世界的人形。不知夜里几点,总之,连猫儿都睡着了。她终于吸完一支烟,将烟头揿灭在烟缸里,然后起身走到床边,上了床。这一夜是静默的,一切是在沉默中进行,没有啜泣,没有呓语,甚至连呼吸都偃息着。后来,月亮西移了,房间里暗了下来,这一张床上的两个人,就像沉到地底下去了,声息动静全无。在这黑和静里,发生的都是无可推测的事情,所谓隐秘就指这,听不得,看不得,甚至想不得,无以为计,无能为力。这个夜晚,只有一样东西是不安静的,那就是楼顶晒台上的鸽子,它们一夜闹腾,咕咕地叫个不停,好像有谁在摸它们的窝。

早上九点钟的时候，在冬日少有的明媚阳光下，老克腊骑车走在马路上。他问自己：这难道不是做梦吗？周围的景物都是鲜明和活跃的，使夜里的梦魇显得虚无渺茫，并且令他恐惧。他记不起是何以始，又何以终。他现在爱往人多的地方去，壮胆似的。他还喜欢白天，太阳升起心里就一阵轻松。他最怕的是天色将黑未黑时分，一股惶惑从心底升起，使他坐立不安。他常常事先就定下一些活动和约会，可等到晚饭后七八点钟，夜间的节目即将拉开帷幕，他却不由自主地车头一转，驶上去王琦瑶家的路上，就好像那些梦魇在向他招手。他已经有多长时间没有去唱片行？也没有听唱片，家里的唱片已蒙上灰尘。在那些他坚持回到自己的三层阁上的夜晚，他多半是通宵不眠，睁着眼睛。老虎天窗外是空寂的天幕，看久了，一颗心都要坠下去似的。那些梦魇此时在清晰的意识里都复活了，而且分外鲜明生动，靠他一个人承受着，无依无傍，真的不行。他只有去王琦瑶家，却又制造了新的梦魇。他横竖是不得安宁，因此他就有些豁出去了。有一日的早晨，他没有早早地从王琦瑶的床上溜走，而是看着晨曦一点点照亮房间，他看见了枕畔的王琦瑶，王琦瑶也看见了他。两人互相微笑了一下。

早上吃什么呢？停了一会儿，王琦瑶问，好像他们做了几十年的夫妻了。他没说话，手越过王琦瑶的身体去床头柜上摸香烟。王琦瑶递给他，自己也拿了一支，他们接火的样子，也像是一对夫妻。这时，第一线阳光射进来了，停在窗框的一边，清晨阳光里的烟雾透露出些倦怠和怅惘，这一日没开张就已到头了似的。几点钟上班？王琦瑶又问。他回答说不上班，放寒假了。王琦瑶一想，是啊，眼看春节就到眼前了，可是什么都没准备呢，便说:这年怎么过呢?他说:和往年一样过。王琦瑶就说:往年怎么过我还真不知道呢。他听出这话里使性子的意思,并不搭腔,王琦瑶也就把那点意思收了回去,笑了笑,说:年初二请张永红一对来吃饭,如何?他说很好。两人不再说话,一支烟接一支烟地吸。太阳已经把窗帘照得通红,满屋都是光,光里是氤氲流动。直到中午,他们才起床,简单下点面条,王琦瑶便要他帮忙大扫除。将被褥晒出去,床单泡在肥皂水里,拉开橱柜扫尘掸灰,两人倒也干得意气风发。一宿和一晨的晦涩气,都一扫而空,心情也清明起来。掸扫完毕,王琦瑶洗床单时,便打发他去浴室洗澡,再买些熏腊干货,好存着过年。等他一身清爽地带了东西再进王琦瑶家,已是点灯时分。虽是天晚,却也看得出房间里窗明几净,空气都是新鲜的,桌上放着饭菜,王琦瑶一边看电视一边织毛衣,见他进来,就说:吃饭吧!

这一晚上是少有的安宁,他甚至想:人生求的不就是这个?他和王琦瑶说着小时候的故事,爬墙磕破头,偷鸡蚀把米的鸡毛蒜皮。王琦瑶静静地听着,脸上带着微笑。他的话就变得越加琐碎啰唆,电视机里的声音是画外音。弄堂里不晓得哪个性急鬼点燃今冬明春第一个炮仗,"嗵"一声,把人惊了一跳,也是画外音。这一晚上几乎可算得上是甜蜜,梦魇退去了,也不再失眠。他们沉入睡乡,没有呓语。屋里很宁静,只有轻微的鼻息声。他们经历了搏斗与挣扎的夜晚,终于汇入了平安里的平安夜。

春节就是在这样的平安气氛中到来了,这是一九八六年的春节,是一个祥和的春节,到处透露着变化的希望,只要听听除夕的鞭炮声便可明白,此起彼伏,声声不绝。尤其当十二点钟声敲响,满城都是鞭炮声,天都炸红了。炸碎的火药纸如落英缤纷,铺了个满地红,说来也是好兆头。有哪一年的除夕是这般火爆?就像是爆出一个新世界,除旧的爆竹刚刚消停,迎新的又来了。晨曦薄雾中的头一个爆竹,爆响在天空中,就像雄鸡司晨,揭开了新纪元。你听那远远近近的一片应和声,虽不如前晚那样轰轰烈烈,却是绵绵不尽,声声复声声。它渐渐也稠密起来,并不是搅成一锅粥的,而是类似大珠小珠落玉盘,带了些歌唱的性质。唱的是复调,赋格,不变中进行,不知不觉就走远了。唱的是对位,众口一曲中你应我合。唱的还是卡侬,一浪追过一浪的。这就是这城市的大合唱,每个狭缝和犄角,都有声部参加。你唱累了我接上,从不中止。要听这合唱,便发现这城市是众志成城。

如王琦瑶所建议,初二那天,请张永红和长脚来做客了。一反常规,这一日全是老克腊的杰作。他围着王琦瑶的围裙和套袖,从前一天起就在准备。王琦瑶却为他打下手,玩笑说:看是什么人替你做小工啊!他便说:唯有这样的人才考得及给我做小工。王琦瑶点头笑道:很好,就是怕把牛皮吹破!他说:吹破了自有人补。王琦瑶问:谁补?你补!他说。忙过一晚,又忙过一早,到下午两点,各道菜便初见雏形,倒相当令王琦瑶意外。问他从哪里学的,他笑而不答,再问,就说自己跟自己学的。正说话,那一对到了,长脚手里自然提着大包小包,还有一束玫瑰。王琦瑶嘴里怪他买这么贵重的花,心里却很高兴,想这是很好的兆头。张永红对着桌上的大盘小碟,一眼看出风格的异常,便问是新请了厨师吗?王琦瑶向着老克腊努努嘴,老克腊且是笑而不答,张永红便说:这可是千金难请啊!老克腊这才说:不敢当!

又忙了一阵，虽然时间还早，但看也没别的事，四人便围桌坐下，准备吃饭，反正，新年里都是乱了钟点的，无所谓早晚。

坐下之后，那后来的一对便向主人和做菜的道辛苦敬酒，互祝新年欢喜。然后由老克腊指点着，开始品菜。每一道菜都是有名目的，他都要说个开篇，就要引来张永红的冷嘲热讽。他也不争辩，只让事实说话。事实果然是过得硬的，张永红心里服，嘴上却不服，还硬顶着。老克腊见她吃了嘴还不软，便也要用语言来做较量。于是你一句，我一句，打开了嘴仗。这两人都是聪敏绝顶，又都受过王琦瑶的调教，很有说话道白的技巧，出语惊人，使那两个听众不时地叫好。一见有人喝彩，自然更上了情绪，头脑和口舌都加倍机敏活跃，不晓得多少个回合下去，还没有罢休的意思。渐渐地，那两位喝彩的就有些不是滋味了，虽还鼓噪着，声音和笑容则冷淡下来，两个抬杠的便也余兴未休地告一段落。

这一斗嘴可说是接上了头，彼此都有些领略对方的厉害，自然生出了好斗心，有些按捺不住的兴奋。这时候，是想不斗嘴也要斗嘴了。一开口便是挑衅，一回答则是应战。一餐饭，至少也有两三个段落下来，两人间的对答，竟是有些珠联璧合，严丝密缝的意思。双方都很恋战，不急于决出胜负，只顾领略乐趣，就像一场表演赛。正当他们沉浸在这场赛事之中，却听王琦瑶说道：好了，暂停一会儿，吃些水果再继续。这两个才像醒过来似的，注意到那两个被他们冷落的人。长脚显出无聊的样子，还有些怅然若失，在房间里踱来踱去。王琦瑶则面带微笑地给大家分水果，当她将果盘送给老克腊时，眼睛并不看他。过后，无论他和她说什么，她嘴里回答，眼睛却看着别处，像是那里有着她更关心的事情。他知道他使她不悦了，可非但没有扫兴，相反，兴致更加高涨起来。他甚至有些得意地再接着找张永红的茬，开始了又一轮的舌战。他显得很欢悦，很活泼，机智得要命，真叫人看傻了眼。而王琦瑶就是不看他，只看着手里的毛线活，脸上的微笑始终不退。长脚却没那么好耐心，吵着要走。一看，也已经十一点钟，张永红便起了身。老克腊说：我和你们一起走吧！也一同出了门。三个人的脚步在楼梯上杂沓了一阵子，又静了下来。王琦瑶走到灶间，准备洗碗，听见他们在窗下后门口推自行车的动静。是谁找不到自行车钥匙了，找了一时又找到了，就听自行车啪啪地开了锁，然后一个个驶出了后弄。王琦瑶望着水斗里满满的碗碟，一时竟不知从何下手。她看着那脏碗碟站了一会儿，拉灭灯回到了房间。

其实老克腊同他们俩分手后，兀自在街上兜了个圈子，就又慢慢地向王琦瑶家骑去。马路上几乎没有人，难得有一辆空旷的公共汽车亮堂堂地开过去。他听着自己的自行车车条的嗞嗞声，心里的兴奋已经平息下来。这是一个淘气够了的孩子，要回他的家去了，由于心满意足而变得分外安静。他看着楼房在街道上的暗影，还有梧桐枝的暗影，心里想着些无谓的事，渐渐接近了那条熟悉的弄堂，看见弄堂深处的一盏电灯。野猫在他车轮下跳蹿过去，有着柔软的足音。他的自行车无声地停在王琦瑶的后门口，然后摸出钥匙开了后门。上了楼，再摸出一把钥匙开房门，却没开动。他将耳朵伏在门上，里面是用力屏住的寂静，王琦瑶将门销上了。他停了停，再又蹑足下了楼，趄出后门。虽然吃了闭门羹，可他的心情一点没坏，他对自己说：这可不怪我！就骑出了弄堂。他从弄口过街楼下骑过，身影陡然出现在脚下,竟生起一股快乐。他放开一只车把,直起身子望望天空,这才是静夜呢!他风一般地驶回自己的家,老远就认出自己那一扇老虎天窗,伏在屋顶上,耳边似乎响起了一支老爵士乐的旋律,萨克斯吹奏的。

初三和初四,他没出门。坐在他的三层阁上听了两天的唱片,好像又回到了几个月前的时光。唱针走在唱纹里的沙沙声,是在欢迎他回来,还有点惊宠的意思。他很有耐心地用细刷子刷着唱片上的灰尘,将这些收藏又检阅了一番。一天三顿饭他都是在家吃的,家里的饭菜呈现出久别重逢的味道,父母因他的在家流露出孩子般的羞怯的欢喜,父子俩在饭桌上对酌时互相都有些躲着眼睛。没有朋友来找他,说明他已有多么久不回家了。他仰天躺在床垫上,望着梁上方三角形的屋顶,心里依然平静。不是那种万事俱结的平静,而是含着些期待,却又不知期待什么。小孩子在窗下零零落落地放着炮仗,还有邻人们送客迎客的寒暄声声。这才是过年呢!亲是亲,客是客的。初五初六他也是在家过的,父母都上班了,鞭炮声也稀疏了,弄堂里安静下来,又是平常的日子。因这平常的日子是经年节理顺了的,所以显得更能沉得住气些,有些既往不咎,从头来起的决心。初七是个星期天,春节的余波便又回荡了一下,激起些小小的涟漪。他决定出门了。他骑着自行车,慢慢地在马路上行驶。有一些商店开着,有一些商店关着,是因为补休年假。地砖缝里残留着一些未扫尽的炮仗的碎纸,树枝上挂着一只飞上天又炸破了的气球。他看见了前边的平安里的过街楼,有阳光照在上面,记录落成年代的水泥字样已经脱落,看上去无精打采。楼下的弄口灰拓拓的,也是打不起精神。他的自行车从平安里前面滑了过去，是有意要试试自己的不讲道理。他加快了骑速，还微微地摇摆身子，看上去不大像老克腊，倒像是现代青年，一往无前的姿态。

再过几日，学校假期就结束了，他上了班，早出晚归，时间是排满的。他天天睡得早，心里很安宁。这时候，即便是老虎天窗外的黑瓦屋顶，也可看出一些春意了。那瓦缝里的杂草，虽然是无名无姓，却也茂盛起来。阳光是暖调子的，潮润了一些。还有就是鸟的啁啾，调门丰富了许多，有说不完的话似的。早晨起来，会想一想：今天会有什么好事情发生？连涉世顶深，顶老练的人，也难免这样的无名希望。这就是春天的好处了，每个人都无端地向往尽善尽美，心情也变得轻松。这一个星期天，他终于去了王琦瑶家。走进后弄，他忽有些茫然，甚至想：这是个什么地方？他曾经来过吗？可他轻车熟路地就停在了王琦瑶的后门口，径直上了楼梯。房门关着，他先敲门，没人应，就摸出钥匙去开门，没对上锁孔，门却开了。房间里拉着窗帘，近中午的阳光还是透了进来，是模模糊糊的光，掺着香烟的氤氲。床上还铺着被子，王琦瑶穿了睡衣，起来开门又坐回到床上。他说：生病了吗？没有回答。他走近去，想安慰她，却看见她枕头上染发水的污迹，情绪更低落了。房间里有一股隔宿的腐气，也是叫人意气消沉。他说了声“空气不好”，就走开去开窗，撩起窗帘时，有阳光刺了他的眼睛。他打起精神又说：该烧午饭了。不料这句话有了回音，王琦瑶幽然答道：你一直要请我吃饭，今天请好不好？这话就好像将他的军，其实彼此都明白这请吃饭的含义，却总是一个要一个不要。时过境迁，换了位置，还是一个要一个不要。他将脸对着窗帘站了一会儿，转身出了房间。

13. 碧落黄泉

前边说过长脚是个夜神仙，不过子夜不回巢的。曾经有一晚，他结束了一段夜生活，看看时间还早，又余兴未休，骑车走过平安里，不知不觉就弯了进去。见王琦瑶那扇窗亮着，以为那里一定聚着人，度着快乐的时光，心里便激动起来，赶紧朝后弄骑去。这时，他看见后门口正停下一辆自行车，原来是老克腊，他正要叫，却见老克腊径直开了后门进去，门轻轻地关上了。长脚想：他怎么会有这后门的钥匙？虽然生性单纯，但还是多了一个心眼，他没有叫门，而是退出了后弄。走过前弄时，再往上看一眼，见那窗户上的灯光已暗了。长脚低头看看表，是十二点整。平安里已没有一点灯光，房屋在夜幕上剪出崎岖的影的边缘。这夜晚有一点怪异，连深谙这城市夜生活的长脚，也感到了神秘叵测，心里受到压力，还有一些骚乱。楼房上空狭窄的夜幕，散布着一些鬼魅似的，还有着一些谶语似的夜声。长脚感到了这城市的陌生和恍惚。红绿灯在没有车辆行人的十字街头明暗交替，也是暗中受操纵的。难得有个赶路人，更是人怕人，赶紧走开算数。长脚觉得这夜晚就像一张网，而他就是网里的鱼，怎么游也游不出去的。这是有点类似于梦魇的印象，不过长脚是个没记性，早晨醒来便烟消云散，下一个夜晚还是一如既往地可亲可爱，朋友们在一起多么好，霓虹灯都是会歌舞的。

说起来，那也是春节前的事了。大年初二这一天，他们聚在王琦瑶家，光顾着观赏老克腊和张永红打嘴仗，长脚甚至都没想起来那一回事。这一个春节，长脚过得也不容易，年初二在一起吃的饭,年初三他就不见了。人们都知道长脚是去香港同他的表兄弟见面,张永红还等待他给自己买香港最流行的时装,实际上呢?长脚正冒着寒风,坐在人家的三轮卡车斗里,去洪泽湖贩水产。身上裹一件工厂发的棉大衣,手插在袖筒里。公路上的车都是抢道的,只见碗口粗的灯光扫来扫去,粗暴地打着蜷在车斗里的夜行人。满耳是卡车的发动机声,夹杂着尖厉的喇叭,路边不时出现翻倒的车辆,边上站着面无表情的人。这真是另一个世界,天是偌大一个天,地是偌大一个地,人是天地间的小爬虫,一脚就可踩死的。人在此种境遇里,是很容易产生亡命的思想,一下子就失去了做人的目标似的。贩水产的生意是有大风险的,前途未卜,长脚把他最后一笔钱押在这上面了。这几乎是破釜沉舟的,倘若失了手,他再怎么回上海去见他的朋友们,还有张永红呢?

这时候,上海正盛传着他的香港之行。你知道,事情就怕传,一传十,十传百,不走样也走样。人们说长脚这一去不会回来了,他的表兄弟为他办了移民手续。也有说他是去正式接受遗产,就算回来,也今人非昔人了。张永红便有些不安,心里暗暗算着他离开的日子。她不由想到自己的年纪,早该是婚嫁之龄。近一年来,自己也渐渐地专注于这个人,这也是唯一的人选了。她想着自己的归宿,就越发惦念长脚。他一去数日也没个消息,谣言则满天飞,她真有点坐不住了。这一日,她想去王琦瑶家散散心,刚到王琦瑶后门,却见老克腊从里面出来,就问:王琦瑶不在家吗?老克腊不置可否,反问她有没有事情,要不要一起去吃饭。张永红想:到哪里散心不是散心?便掉头跟他去了。两人也没走远,就进了隔壁弄堂里的“夜上海”,找了个角落里的桌子，很僻静的。张永红原想着老克腊会问起长脚，自己该如何回答，不料他并不提起。心里就有些感激，又有些不服，好像被他让了一步棋的感觉，就有意地说起长脚。说他到了香港忙昏了头，只来了一张明信片什么的。老克腊听了说：长脚去了香港吗？张永红这才发现他其实不知道这事，心里便怪自己多事，有些尴尬。老克腊却不察觉，与她商量着点什么菜。正谈着，有一个人绕过一张张的桌子朝他们走来，停在面前，一抬头，见是王琦瑶。她梳洗一新，化了淡妆，头发在脑后盘紧，穿一件豆绿色的高弹棉薄棉袄，显得格外年轻。她笑盈盈地说：真巧啊！怎么在这里遇上你们俩。张永红虽是不明白什么，可也觉得了不对劲，心里打着鼓。老克腊却几乎支持不住，脸变了色，停了一下说：坐吧！王琦瑶说：我不打扰你们。说罢便坐到对面角落，靠窗的单人小桌前坐下，又转过脸向他俩微笑一下。这样，他们这三人就坐了两张桌子，渐渐地来了客人，将他们之间的几张空桌坐满了，挡住了他们的视线。可这有什么用？彼此的眼睛里其实谁都没有，只有对面的那桌子上的人，一举一动都逃不过去的。

这顿饭不知怎么过去的，吃的不知是什么，说的不知是什么，店堂里的那些人，也不知是在做什么。终于走出“夜上海”，到了马路上，车辆如梭，行人也如梭，更是茫茫然。他也不知怎么和张永红分了手，她走她的路，他走他的路。他决定去找他的朋友们，他已经离开他们很久了。他知道这样的星期天下午，他们通常是在做什么，就往那地方骑去。果然就找到了他们，正准备去哪个大酒店去游温水泳，于是便参加进去。青年男女五六人，一径去了。

游泳池上方，弥散着一层雾气，看出去的人和物，虚无缥缈。声音也虚无缥缈，在穹顶下懵里懵懂地撞击着。他在池子里来回游着，透过防水镜，看见蓝色的水流一股股地穿行回流。水从身体上滑过的感觉也很好，告诉你身体的力量和弹性。他离开他的朋友，一个人在深水区游，有一些嬉闹声传来，隔世的远。身体内有一些混浊的东西渐渐在运动中澄清了，思想也澄清了。从游泳池出来，乘观光电梯下楼，已有几盏灯初亮，在暮色中闪烁。俯视之下的城市，此时此刻有一股温和的表情，对一切都很包容的样子。天空中还有霞光，渐渐暗下去，却散播着暖意。他有些激动，涌起一些欢悦的情绪。老克腊再是崇尚四十年前，心还是一颗现在的心。电梯降落，他的激动也平息下来，余下的是一点亲情般的感动。这时候，他想起了王琦瑶，她一个人坐在角落里的样子浮现在眼前。他的心很温柔地抽搐了一下，他想：是了结的时候了。

再到王琦瑶家的时候，已是晚饭过后，王琦瑶见他来，就站起替他泡茶。将茶杯放在他面前时，他看见她平静的脸色，不像发生过什么的样子，有些放心，又有些不相信。正想着话应该从何说起，却见王琦瑶走到五斗橱前，开了抽屉的锁，从中取出一个雕花木盒，转身放在了他的面前。他见过这盒子，记得上面的花样，也知道它的来历，只是不明白此时此地的意思。停了一会儿，王琦瑶说话了。她说这么多年来，她明白什么都靠不住，唯独这才靠得住，她向这盒子示意了一下；万般无奈的日子里，想到它，心里才有个底，现在，她说，现在她想把这个底交给他了，她已经没多长的岁月，要说底的话，眼睛也看得到了，他不必担心，她不会叫他拖几年的，她只是想叫他陪陪她，陪也不会陪多久的；倘若一直没有他倒没什么，可有了他，再一下子抽身退步，便觉得脱了底，什么也没了。她渐渐语无伦次，越说越快，脸上带着笑,眼泪却缓缓地流下来。流也流不多,只左眼里的一滴,像是干涸的样子。她一边说一边将那雕花木盒往他眼前推,他则用手挡着,感觉到她的力气,不得不也用了力气。她说:你不要吗?你大概是不知道这里头是什么,我来打开给你看。于是就要打开,他用手按住盖子,触到了她的手,手是冰凉的。他不由握住这手,眼泪也下来了,心里觉着凄惨得很,不晓得怎么会有这样的局面。王琦瑶挣着手,非要开那盒子不可,说他看见了就会喜欢,就会明白她的提议有道理,她是一片诚心,她把什么都给他,他怎么就不能给她几年的时间?王琦瑶的话像刀子一样割他的心,他一句话也说不出来,只是流泪。他想他今天实在不该再来,他真是不知道王琦瑶的可怜,这四十年的罗曼蒂克竟是这么一个可怜的结局。他没赶上那如锦如绣的高潮,却赶上了一个结局,这算是个什么命啊?最后,他是用力挣脱了走出来的。短短一天里,他已经是两次从这里逃跑出去,一次比一次不得已。他手上还留有王琦瑶手的冰凉,有一种死到临头的感觉,他想,这地方他再不能来了!

春天不留情地到了,春雨蒙蒙,暖湿的阴霾笼罩着城市,街道上盛开的雨伞是雨季里的花朵,伞下的行人步履匆匆。长脚终于回来了。这一走可是不短的时间,关于他的流言早已经平息,张永红等他等得绝望,倘若不是有老克腊与她消磨时间,她真不知该如何度过这些日子。她甚至萌发过向老克腊移情的念头,只是凭她的聪敏,足够了解老克腊的真实心情。她窥出他找她不过是为排遣某一桩难办的心事。他从不说,她也从不问,这种识相的态度自然使他产生好感,但这好感不是那好感。因此,她便也极早遏止了那个念头。这一日,老克腊说有一件事情托她，她问什么事，他就交给她两把系在一起的钥匙，说等她哪一日去王琦瑶家时，交给她便可。张永红想说：为什么不自己交给她？话到嘴边又咽了回去，心里暗忖老克腊与王琦瑶会有什么瓜葛。却不敢乱想，往哪想都是个想不通，再加上自己也是一肚子心情，也容不下别人的了。她接过钥匙往包里一搁，与老克腊一起吃了顿饭然后分手。回家时路过平安里，想弯进去交一下钥匙，可进弄堂却见王琦瑶的窗户黑着，便想改日再来，就退了出来。过后的几日里都有些想不起来，有一回想起来又有事情没时间，于是就决定下一日去。就在下一日，长脚悄然而至。

长脚给张永红带来一套法国化妆品，还有一顶窄檐女呢帽。两人来到"梦咖啡"里坐下，就着桌上一盏蜡烛灯。张永红絮叨着别后的一些事情，长脚却变得话少，而且有些走神。他眼睛里的张永红，是隔了几重山几重水的，人回来，魂还在飘荡。这烛光摇曳，轻声慢语，又喝了一点酒，看出去的人和物全是虚的，洇开去又融在一起，光色交映，是朦胧的辉煌。他长脚却是在这辉煌的边边上，最沉暗的一点上，因此他怎么看也看不见自己，自己已经消失了。这地方不愧为"梦咖啡"，是忘我的境界。长脚渐渐兴奋起来，开始说起香港。灵感来临了，香港呈现在了眼前，他看得多么清楚啊！他告诉张永红这，又告诉那，这些日子的经历真是丰富得了不得。他的美妙前程也呈现在眼前，他甚至提到了结婚这一桩喜事。他说他们的婚礼应当到泰国的曼谷去举行，或者到美国的旧金山举行。在这些地方，全有着他父亲的豪华宅邸，都是婚礼的好地方。张永红也激动起来，眼睛闪着泪光。虽然是讲究实际的头脑，可也挡不住这里的梦幻气氛。那蜡烛是漂在水上的一截，永远沉不下去，也燃烧不尽。熔化的蜡永远聚在一起，凝固不散，喂着那一丛梦幻之火。

这晚上，这小别重逢的两个人，不知喝了多少杯酒，最后，买单结账，起身要走时，张永红忽又想起一件事，她从皮包里掏出两把钥匙，笑着说：你看怪不怪，老克腊要我把这钥匙交给王琦瑶，就像他自己不能去交似的。长脚接过钥匙看了看，心里忽然一亮，酒醒了不少。张永红说：我也不想再去她家，谁知她是高兴是不高兴。于是就告诉长脚在"夜上海"的一幕。长脚其实并不在听，只顾端详这钥匙，又听张永红说：干脆你去交吧！他说好，就把钥匙揣进了口袋，然后两人走出了"梦咖啡"。将张永红送回家，他一个人骑车走在马路上，不知不觉地向王琦瑶家骑去。骑进弄堂时，黑暗里好像又有老克腊的身影在前边，径直走进那一扇后门里。他骑到门前，没有下车，用脚支着地，然后掏出钥匙，选择其中一把插入锁孔，钥匙在锁孔里灵活地转动了半周。他又回复到原位，拔了出来。这时他发现这无星无月的午夜，其实是有光的，他甚至能看清门扇上陈旧的纹理和裂缝。这城市是黑不到底的，你只要细想想，有多少彻夜不息的灯啊，还有多少彻夜不眠的人啊！你就能找到这光的源头。他把钥匙捏在手心里，出了弄堂，王琦瑶的窗黑着。

第二天下午，三点钟时分，长脚带了一盒化妆品，去了王琦瑶家。一上楼梯，他便嗅到一股苦涩的中药气味，然后就看见灶间的煤气上，小火炖着一个药罐。王琦瑶在睡午觉，见他来才起身。长脚看她脸色枯黄，问她是哪里不舒服。王琦瑶说是胃寒且有肝火，说着就去替他倒茶，被他拦住了，要自己去倒，并且问要不要帮她把药端来。王琦瑶说还须十分钟方可煎毕，长脚这才坐定。谈了一会儿保养身体，又谈了一会儿香港，十分钟已经过去，立即起身去厨房关火倒药。忙了一阵，还差点烫了手脚，才将一碗黑糊糊的苦水端进去，放在王琦瑶的床前。等她吃下药去，又含了一块糖去苦味，就将那两把钥匙放到桌上，说是老克腊让他顺便捎来的。一看见这两把钥匙，王琦瑶"哇"一声竟把喝下去的药连同嘴里的糖一并吐回到碗里。长脚慌忙站起，走过去帮她捶了一阵背，又扶她躺下。王琦瑶笑说：真是现世，对不起长脚，今天没办法招待你，改日吧。长脚说，他是老朋友了，不用招待，只是她病得这样，身边怎能没人。于是就陪在她身边，说些闲话给她听。到了傍晚时，又要去灶间烧饭，在煤气灶前站了一会儿，却无从下手。这时王琦瑶撑着走进来，说还是她来吧。长脚实在爱莫能助，只得在一旁打下手。不一会儿，两碗面条下出来了，还单独为长脚蒸了一碗响鱼肉饼，王琦瑶自己只吃面条。半碗面条吃下，王琦瑶的脸色才见好些，人也有了些精神，环顾房间，苦笑道：长脚你看，我这一病，房间里的灰都积了起来，好像要来埋我的样子！长脚说：灰有什么，一掸就没。说罢就真的拿了块抹布去擦灰。擦了一遍，房间真显得亮堂了，又打开电视，音乐声响起，房间里就有了些生气。

往下的两天，长脚一早就来，服侍王琦瑶，用尽了小心。看着他受累的样子，王琦瑶难免也会想：他这是为了什么？再一想：他能为什么呢？便自嘲地笑道：他为什么她也无所谓了。无论如何，在这难挨的时候，有长脚来与她消磨，心里还是感激的，就也找些话来应酬他，说些闲人闲事给他听，好叫他不致觉得无聊。长脚听得也很入迷，手脚更加殷勤，做这做那，就想多听点。她要说累了，就由长脚说些新鲜事给她听。长脚说来说去就说到黑市的黄金价，说如今黄金值钱到什么程度，是要比国家牌价翻几个跟头的。王琦瑶说:那可不是犯法?五十年代的时候,私套黄金是要吃枪毙的。长脚笑道:这才叫只许州官放火,不许百姓点灯,要说做黄牛,国家是大头,个人是小头。王琦瑶也笑了:听你说的也是道理。长脚说:但是凡事也都是此一时彼一时,现在形势很自由,谁知道哪一天国家的脑子又搭牢?王琦瑶问:那你说怎么办?长脚说:我的意思是,要是有黄货,现在拿出去兑换是最合算了。王琦瑶说:话是对的,可你说现在谁能拿得出黄货?长脚道:要我说,一百个人里至少有一个有黄货,“文化大革命”抄家时,有拉黄包车的都藏着几两黄金呢!王琦瑶笑着说:我倒愿意我是那拉黄包车的。长脚也笑了。这个话题就此打住,再去说别的。几天下来,王琦瑶的身体渐渐恢复,精神也振作了,她和长脚说:已经有很久没有聚一聚,星期六晚上,开个派推怎么样?长脚说好呀!自打香港回来,他还没和朋友们打过招呼呢,正好趁这个机会见面。王琦瑶说:我来准备吃的,你负责通知人。长脚答应了就走,走到楼梯口又转回头问:要不要叫老克腊?王琦瑶说:为什么不叫,第一个就要叫他。

然后,他们就分头去做准备。王琦瑶因为身体虚弱,便偷了懒,并不亲手做菜,只到弄口新开的个体户餐馆里订了些菜,让他们到时候送来,自己就只需买些酒水果饼之类。到了那一日,把家具稍稍挪动了位置,换了桌布,又插一束鲜花,房间就显得不一样。王琦瑶忽然想到:这屋里已经好久没开过派推了,只是那一个人来一个人往的,今天又要热闹了。什么都安排停当,还只下午三点,人没来,菜也没来,收拾过的房间显得有些空。她一个人坐着,心里也有些空。太阳照在玻璃上,明晃晃的。星期六下午,小孩子都不上学,在弄堂里玩耍,唱着歌谣,有一些新的，还有一些唱了几十年的，起心地熟悉。对面晒台上，盆里的夹竹桃长叶了，绿油油的。到底是春天了，天长了那么多，太阳老是不下去。楼梯上静悄悄的，没有人来。弄堂里却是有着清脆的足音，一会儿近来，一会儿远去。不过，别着急，热闹的夜晚在等着呢，很快就要来临。

老克腊没有来。他内心晓得，王琦瑶的这个派推，是专为他一个人举行的，会有些难堪等着他，还会有些伤感等着他，这就是王琦瑶为他准备的好菜肴。但他还是骑着车在平安里附近兜了一圈，晚上十点钟的光景，他知道，这往往是晚会正酣的时节，他骑进弄堂，看着王琦瑶的那一扇窗，光有些摇曳，他晓得那不是灯光，而是烛光。他望着那窗口，有几分钟的走神，心想：这是哪一年的景色？他甚至还能听见一些乐声，辨不出年头的。他回转身子出了弄堂，想他不管怎么也算到过了，也是对她请求的一个回答吧！这是一个正式的告别，有些歌舞在做着伴奏，他心里无喜也无悲，木木然地背着那歌乐离去，那歌乐中人实是镜中月水中花，伸手便是一个空。那似水的年月，他过桥，他渡舟，都也是个追不上。

王琦瑶其实也知道他不会来，这邀请只是个传话，告诉他，她放不了他，没有他在场，再是聚也是散。她忙里忙外，招呼这招呼那，全为了抵触心里的空虚。她把电灯关上，点上蜡烛，有些好时光就好像冉冉地回来。屋里都是年轻的朋友，又歌又舞的，她也忘记时光流逝。人们都在说：今天玩得实在好。不知不觉过去了一夜，十二点的钟声在一记一记地敲。酒水喝光了，大蛋糕也切得个七零八落。朋友们在告再见了，说着情意绵绵的话，终于鱼贯下了楼梯。屋里静了，长脚最后一个走，帮助收拾杯盘碗盏。王琦瑶说:明天再说吧,今天我也没精力了。长脚一出门,王琦瑶就吹熄了蜡烛,屋里鸦雀无声,楼梯上也一片黑。长脚说了声"再见",轻轻下了楼梯,走到后弄,关上了后门。长脚身上忽然哆嗦了一下,他抬头看天,天上有几颗星,发出疏淡的光,风里有一丝寒气。他轻轻地打着战,开了自行车的锁,颤颤巍巍地出了弄堂。

这一夜的热闹是给平安里留下印象的,习惯早睡的人们都以为是彻夜的灯火,这在平安里可算是个不平凡的事情,为它的睡梦增添了光色。人们睡醒一觉睁眼看见王琦瑶的窗口,还有中班下班,夜班上班的人们也看见王琦瑶的窗口,心想:还在闹呢!然后,睡觉的睡觉,上班的上班。其实这才十二点呢,下一点的事情人们就都不知道了,更别说是下半夜两三点钟。两三点是最平安无事的钟点,连虫子都在做梦。这时的睡梦特别严实,密不透风,一天的辛劳就指望这时候恢复了。淮海路的路灯静静地亮着,照着一条空寂的马路。平安里深处只有一盏铁罩灯,有年头了,锈迹斑斑,混混沌沌的光。就是在这敛声屏息的时刻,有一条长长的人影闪进了平安里,是长脚的身影。长脚悄无声息地在王琦瑶的后门停了车,口袋里摸出一把钥匙,开锁的那一霎,有"咔"一声轻响,却也无碍,根本打不破这大世界的沉静。他踮起脚尖,学着猫步,一级一级上了楼梯,拐弯处的窗户,有天光进来照着他,就好像照着另一个他。他令自己都吃惊地灵巧,在堆满杂物的角落里毫不碰撞地转了出来,上了又一层楼梯。现在,他站在了王琦瑶的房门前。灶间的门开了半扇,透进一道天光,将他的身影投在房门上,也像是别人的影子。他停了停,然后摸出了第二把钥匙。

房门推开了，原来是一地月光，将窗帘上的大花朵投在光里。长脚心里很豁朗，也很平静。他还是第一次在夜色里看这房间，完全是另外的一间，而他居然一步不差地走到了这里。他看见了靠墙放的那具核桃木五斗橱，月光婆娑，看上去它就像一个待嫁的新娘。长脚欢悦地想：正是它，它显出高贵和神秘的气质，等待着长脚。这简直像一个约会，激动人心，又折磨人心。长脚心跳着向它走拢去，一边在裤兜里摸索着一把螺丝刀，跃跃欲试的。当螺丝刀插进抽屉锁的一刹那，忽然灯亮了。长脚诧异地看见自己的人影一下子跳到了墙上，随即周围一切都跃入眼睑，是熟悉的景象。他还是没明白发生了什么，只起心地奇怪，他甚至还顺着动作的惯性，将螺丝刀有力地一撬，拉开了抽屉。那一声响动在灯光下就显得非同小可，他这才惊了一下，转过头去看个究竟。他看见了和衣靠在枕上的王琦瑶。原来她一直是醒着的，这一个夜晚在她是多么难熬啊！她一分一秒地等着天亮，看天亮之后能否有什么转机。方才看见长脚进来，她竟不觉着有一点惊吓。夜晚将什么怪诞的事情都抹平了棱角，什么鬼事情都很平常。看见他去撬那抽屉，她就觉得更自然了。下半夜是个奇异的时刻，人都变得多见不怪，沉着镇静。

王琦瑶望着他说：和你说过，我没有黄货。长脚有些羞涩地笑了笑，躲着她的眼睛：可是人家都这么说。王琦瑶就问：人家说什么？长脚说：人家说你是当年的上海小姐，上海滩上顶出风头的，后来和一个有钱人好，他把所有的财产给了你，自己去了台湾，直到现在，他还每年给你寄美金。王琦瑶很好奇地听着自己的故事，问道：还有呢？长脚接着说：你有一箱子的黄货，几十年用下来都只用了一只角，你定期就要去中国银行兑钞票，如果没有的话,你靠什么生活呢?长脚反问道。王琦瑶给他问得说不出话了,停了一会儿,才说:简直是海外奇谈。长脚向她走近一步,扑通跪在了她的床前,颤声说:你帮帮忙,先借我一点,等我掉过头来一定加倍还你。王琦瑶笑了:长脚你还会有掉不过头来的时候?长脚的声音不由透露出一丝凄惨:你看我都这样了,还会骗你吗?阿姨,帮帮忙,我们都晓得你阿姨心肠好,对人慷慨。王琦瑶本来还有兴趣与他周旋,可听他口口声声地叫着"阿姨",不觉怒从中来。她沉下脸,呵斥了一句:谁是你的阿姨?长脚将身子伏在床沿,扶住王琦瑶的腿,又一次请求道:帮帮忙,我给你写借条。王琦瑶推开他的手,说:你这么求我,何不去求你的爸爸,人们不都说你爸爸是个亿万富翁吗?你不是刚从香港回来吗?这话刺痛了长脚的心,他脸色也变了,收回了手,从地上爬起来,拍了拍膝盖上的灰,说:这和我爸爸有什么关系?不借就不借。说罢,便向门口走去,却被王琦瑶叫住了:你想走,没这么容易,有这样借钱的吗?半夜三更摸进房间。于是他只得站住了。

在这睡思昏昏的深夜,人的思路都有些反常,所说的话也句句对不上茬似的,有一些像闹剧。本来一场事故眼看化险为夷,将临结束,却又被王琦瑶一声喝令叫住,再要继续下去。长脚说:你要我怎么样?王琦瑶说:去派出所自首。长脚就有些被逼急,说:要是不去呢?王琦瑶说:你不去,我去。长脚说:你没有证据。王琦瑶得意地笑了:怎么没有证据?你撬开了抽屉,到处都是你的指纹。长脚一听这话,脑子里轰然一声,有些蒙了,有冷汗从他头上沁出。他站了一会儿,脸上露出狰狞的笑容:看来,我做和不做结果都是一样,那还不如做了呢!说着,他就走回到五斗橱前,从抽屉里端出那个木盒。王琦瑶躺不住了,从床上起来,就去夺那木盒。长脚一闪身,将木盒藏在身后,说:阿姨你急什么?不是说什么都没有吗?这回轮到王琦瑶急了,她流着汗叫道:放下来,强盗!长脚说:你叫我强盗,我就是强盗。他脸上的表情变得很无耻,还很残忍。王琦瑶扭住他的手,他由她扭着,就是不给她盒子。这时,他已经掂出了这盒子的重量,心里喜滋滋的,想这一趟真没有白来。王琦瑶恼怒地扭歪了脸,也变了样子。她咬着牙骂道:瘪三,你这个瘪三!你以为我看不出你的底细?不过是不拆穿你罢了!长脚这才收敛起心头的得意,那只手将盒子放了下来,却按住了王琦瑶的颈项。他说:你再骂一声!瘪三!王琦瑶骂道。

长脚的两只大手围拢了王琦瑶的颈脖,他想这颈脖是何等的细,只包着一层枯皮,真是令人作呕得很!王琦瑶又挣扎着骂了声瘪三,他的手便又紧了一点。这时他看见了王琦瑶的脸,多么丑陋和干枯啊!头发也是干的,发根是灰白的,发梢却油黑油黑,看上去真滑稽。王琦瑶的嘴动着,却听不见声音了。长脚只觉得不过瘾,手上的力气只使出了三分,那颈脖还不够他一握的。心里的欢悦又涌了上来,他将那双手紧了又紧,那颈脖绵软得没有弹性。他有些遗憾地叹了口气,将她轻轻地放下,松开了手。他连看她一眼的兴趣都没有,就转身去研究那盒子,盒子上的雕花木纹看上去富有而且昂贵,是个好东西。他用螺丝刀不费力就拔掉了上面的挂锁,打了开来。心里不免有些失望,却还不致一无所获。他将东西取出,放进裤兜,裤兜就有些发沉。他想起方才王琦瑶关于指纹的话,就找一块抹布将所有的家什抹了一遍。然后拉灭了电灯,轻轻地出了门。就这样闹了一大场,月亮仅不过移了一小点,两三点还是两三点。这真是人不知鬼不觉,谁知道这里发生了什么呢?

只有鸽子看见了。这里四十年前的鸽群的子息,它们一代一代地永不中断,繁衍至今,什么都尽收眼底。你听它们咕咕哝哝叫着,人类的夜晚是它们的梦魇。这城市有多少无头案啊,嵌在两点钟和三点钟之间,嵌在这些裂缝般的深长里弄之间,永无出头之日。等到天亮,鸽群高飞,你看那腾起的一刹那,其实是含有惊乍的表情。这些哑证人都血红了双眼,多少沉底的冤情包含在它们心中。那鸽哨分明是哀号,只是因为天宇辽阔,听起来才不那么刺耳,还有一些悠扬。它们盘旋空中,从不远去,是在向这老城市志哀。在新楼林立之间,这些老弄堂真好像一艘沉船,海水退去,露出残骸。

王琦瑶眼睑里最后的景象,是那盏摇曳不止的电灯,长脚的长胳膊挥动了它,它就摇曳起来。这情景好像很熟悉,她极力想着。在那最后的一秒钟里,思绪迅速穿越时间隧道,眼前出现了四十年前的片厂。对了,就是片厂,一间三面墙的房间里,有一张大床,一个女人横陈床上,头顶上也是一盏电灯,摇曳不停,在三面墙壁上投下水波般的光影。她这才明白,这床上的女人就是她自己,死于他杀。然后灭了,堕入黑暗。再有两三个钟点,鸽群就要起飞了。鸽子从它们的巢里弹射上天空时,在她的窗帘上掠过矫健的身影。对面盆里的夹竹桃开花了,花草的又一季枯荣拉开了帷幕。

1994 年 9 月 23 日

1995 年 3 月 16 日